KRISTEN LEPIONKA

Du findest sie nicht

GOLDMANN
Lesen erleben

Buch

Vor 15 Jahren wurde Brad Stockton zum Tode verurteilt. Er soll seine Freundin Sarah, ein hübsches blondes Mädchen, entführt und ihre Eltern getötet haben. Nun schwört Brads Schwester, Sarah vor Kurzem gesehen zu haben. Sie engagiert Roxane Weary, und obwohl die junge Privatermittlerin den Fall für aussichtslos hält, nimmt sie ihn aus Geldnot an. Als man Roxane aber von ihren Ermittlungen abbringen will, verbeißt sie sich – und stößt tatsächlich auf weitere hübsche blonde Mädchen, die spurlos verschwanden. Doch je tiefer Roxane gräbt, umso gefährlicher wird es: für sie selbst, für die vermissten Frauen und für Brad, dessen Zeit abläuft …

Autorin

Wer Kristen Lepionka in ihren Jugendjahren suchte, fand sie wahrscheinlich in der Bibliothek hinter einem großen Stapel Krimis. Als Erwachsene ist sie in Polizeiwagen mitgefahren und hat gelernt, wie man Schlösser knackt – natürlich stets im Dienste der Spannungsliteratur. Sie lebt in Ohio, USA.

Kristen Lepionka

Du findest sie nicht

Kriminalroman

Deutsch von
Verena Kilchling

GOLDMANN

Die amerikanische Originalausgabe erschien 2017 unter dem Titel
»The Last Place You Look« bei St. Martin's Press, New York.

Dieses Buch ist auch als E-Book erhältlich.

FSC
www.fsc.org
MIX
Papier aus verantwortungsvollen Quellen
FSC® C014496

Verlagsgruppe Random House FSC® N001967

1. Auflage
Deutsche Erstveröffentlichung August 2018

Dieses Werk wurde im Auftrag von St. Martin's Press durch die
Literarische Agentur Thomas Schlück GmbH, 30161 Hannover, vermittelt.
Umschlaggestaltung: UNO Werbeagentur, München
Umschlagmotiv: Getty Images/Artem Vorobiev
Redaktion: Alexander Groß
An · Herstellung: ik
Satz: KompetenzCenter, Mönchengladbach
Druck und Bindung: GGP Media GmbH, Pößneck
Printed in Germany
ISBN: 978-3-442-48764-6
www.goldmann-verlag.de

Besuchen Sie den Goldmann Verlag im Netz

Für meine Eltern,
die sich meine endlosen Geschichten
angehört haben

* * *

Niemand ist je für immer verloren.
Amanda Palmer

EINS

»Matt hat gesagt, dass Sie Dinge finden. Dass das Ihr Beruf ist«, erklärte die Frau am Telefon.

Ich lag auf dem Teppich unter meinem Schreibtisch. Ans Telefon war ich nur gegangen, damit das schrille Klingeln aufhörte. Das Innere meines Mundes schmeckte nach Schlagsahne und Whiskey, und mein Kopf dröhnte bei jedem Atemzug, aber wenigstens war ich allein und befand mich in meiner eigenen Wohnung. »Das ist richtig«, antwortete ich.

»Was für Dinge?« Ihr Tonfall war misstrauisch, als sei es ihr oberstes Ziel, als falsch zu entlarven, was auch immer ihr mein ältester Bruder über mich erzählt hatte.

»Gegenstände. Personen. Antworten. Was eben gefunden werden soll.«

»Können Sie das gut?«

Ich hatte in den letzten neun Monaten kaum gearbeitet und auch jetzt eigentlich keine Lust, wieder damit anzufangen. Mein Kontostand war anderer Ansicht. »Ja. Matt mag mich nicht besonders, Sie können es also als Vertrauensbeweis werten, dass er Ihnen überhaupt meine Nummer gegeben hat.«

Das war alles an Eigenwerbung, was ich zustande

brachte. Illusionen halfen in der Detektivbranche niemandem weiter – weder den Klienten noch mir.

Die Frau lachte. »Er hat mir prophezeit, dass Sie das sagen würden. Also, können Sie mir helfen?«

Ich dachte darüber nach. Wenn man etwas verloren hat, geben einem die Leute oft die absurdesten Ratschläge: *Gehen Sie noch einmal denselben Weg zurück. Beten Sie zum heiligen Antonius. Versuchen Sie sich zu erinnern, wo Sie den Gegenstand zuletzt gesehen haben.* Bei den Dingen, die wirklich wichtig sind, nützt das alles nichts, denn die hat man normalerweise direkt vor der Nase, ohne es zu merken. Man findet sie nicht, indem man nach ihnen sucht, sondern indem man sich alles andere anschaut. »Was wollen Sie denn wiederfinden?«, fragte ich schließlich.

»Die Frau, die meinen Bruder vor der Todesstrafe bewahren kann.«

Neunzig Minuten später saßen wir im Wohnzimmer meiner Wohnung, das gleichzeitig als improvisiertes Detektivbüro diente. Drei Tassen grüner Tee mit Minze hatten mich so weit gestärkt, dass ich eine einzelne eingeschaltete Lampe ertrug, auch wenn ich es vorzog, in dem am weitesten von ihr entfernten Sessel zu sitzen. Aus dem nach Westen weisenden Fenster unterhalb der Zimmerdecke fiel das Licht des Montagmittags herein, aber die Jalousien der übrigen Fenster hatte ich fest verschlossen gelassen. Falls meiner neuen Klientin die höhlenähnliche Atmosphäre merkwürdig vorkam, ließ sie es sich nicht anmerken.

»Bis zu jenem Abend«, berichtete Danielle Stockton,

»hatte ich sie fünfzehn Jahre nicht mehr gesehen. Niemand hat sie in dieser Zeit gesehen.«

Danielle war eine hübsche, gepflegte Frau um die dreißig in königsblauem Cardigan und Jeans. Ihre Haare waren zu einem straffen Knoten gebunden, und um ihren schlanken Hals hatte sie kunstvoll ein Halstuch mit Leopardenmuster drapiert. Bis auf den dunkelroten Lippenstift war sie ungeschminkt. Sie arbeite bei American Electric Power, hatte sie mir eingangs erzählt, und sei während ihrer Mittagspause hergekommen. »Sarah Cook«, fügte Danielle nun hinzu. »So heißt sie. Eine Weiße. Mein Bruder und sie waren damals ein Paar. Das sei sein Motiv, haben sie behauptet: dass ihre nette weiße Familie ihn abgelehnt habe.«

Sie, das waren die Vertreter der Staatsanwaltschaft im Prozess gegen ihren älteren Bruder, über den sie mich gerade in Kenntnis gesetzt hatte. Vor fünfzehn Jahren war Bradford Stockton mit knapp zwanzig des Mordes an den Eltern seiner Freundin für schuldig befunden worden. Schuldig, die beiden in ihrem Wohnzimmer mit einem Kershaw-Klappmesser erstochen zu haben, das die Polizei, in ein T-Shirt von Sarah gewickelt, im Kofferraum seines Toyota Kombi gefunden hatte. Die siebzehnjährige Sarah wiederum war in jener Nacht verschwunden. Die Anklage unterstellte, Brad habe sie ebenfalls umgebracht und ihre Leiche irgendwo verscharrt.

Die Verteidigung setzte sich nicht besonders vehement gegen die Anschuldigungen zur Wehr und ignorierte die auf der Hand liegende Alternativtheorie bezüglich des Tathergangs: dass die nicht anwesende Sarah die Morde begangen hatte und anschließend abgehauen war. Zu dem Zeitpunkt, als Elaine und Garrett Cook umgebracht worden waren, hatte Brad gerade seine Schicht in einem Subway-Schnellrestaurant beendet und behauptete, er habe in seinem Auto auf dem Parkplatz gesessen und auf Sarah gewartet. Sie war früher am Abend im Restaurant gewesen – was Brads Kollegen bestätigten –, und das Paar hatte ausgemacht, zusammen ins Kino zu gehen, wenn Brad mit der Arbeit fertig war. Aber Sarah erschien nicht, und als Brad zu den Cooks fuhr, um nachzusehen, ob sie zu Hause steckte, war die Polizei bereits vor Ort und sein Leben vorbei. Er wurde des zweifachen Mordes für schuldig erklärt und wartete seither auf die Vollstreckung seines Todesurteils.

»Sie sieht immer noch genauso aus«, sagte Danielle.

Sie hatte mir eine Heftmappe mit Zeitungsausschnitten und Fotos mitgebracht, ein düsteres Sammelalbum rund um die fatale Situation ihres älteren Bruders. Von der aufgeschlagenen Seite auf dem Wohnzimmertisch lächelte besagte Sarah von einem Jahrbuchfoto zu mir empor. Sie wirkte wie eine typische Pfadfinderin – honigblonde Haare, stumpf geschnittener Pony, blasse Sommersprossen auf der Nase.

»Ich meine, sie sah natürlich nicht mehr aus wie siebzehn«, fuhr Danielle zwischen zwei Schluck Tee fort. »Und sie hat seither zugenommen. Aber sie war es auf jeden Fall, daran habe ich keinerlei Zweifel. Kenny hat sie auch gesehen – Kenny Brayfield, ein alter Schulfreund von Brad.«

Ich hob die Augenbrauen. Das war die verrückteste Geschichte, die ich seit Langem gehört hatte. »Und wann war das?«

»Vor zehn Tagen, am zweiten November. Ungefähr um halb acht. Kenny und ich waren zum Abendessen in der Taverna Athena verabredet. Wir sind beide gerade dort angekommen, als ich zufällig über die Straße sah. Und dort habe ich sie entdeckt, wie sie eben aus der Tankstelle gegenüber trat. Ich rannte sofort los, aber der Verkehr versperrte mir die Sicht. Als ich endlich auf der anderen Straßenseite ankam, war sie verschwunden. Wahrscheinlich mit einem Auto weggefahren.«

»Haben Sie irgendeine Ahnung, mit was für einem?«

Danielles Mund zuckte. »Die Kreuzung ist ziemlich stark befahren. Es waren so viele Fahrzeuge unterwegs.«

Ich malte einen Aufzählungspunkt in mein Notizbuch, schrieb aber nichts dahinter. Abgesehen von dem blauen Punkt war die Seite bislang leer. »Erinnern Sie sich noch an einige davon?«

»Na ja«, antwortete Danielle, »ich habe einen roten Viertürer davonfahren sehen, als ich drüben ankam. Und einen grünen Pick-up oder so was, einen von diesen neuen, großen. Und einen Motorradfahrer. Aber es war schon dunkel, und ich habe nach *ihr* Ausschau gehalten, nicht nach irgendwelchen Autos. Daher kann ich es leider nicht mit Sicherheit sagen.«

»Was hatte sie an?«

»Einen Mantel. Einen langen Wollmantel. Glaube ich.«

Bei den wenigen Informationen, die sie mir zu der

Begegnung liefern konnte, war sie sich zu allem Überfluss auch noch unsicher. Ich schrieb: *rote Limousine, großer grüner Pick-up, langer Wollmantel.* »Aber Sie sind sich sicher, dass sie es war?«

»Absolut sicher«, bestätigte Danielle.

Ich erwiderte nichts, blätterte nur schweigend durch die Heftmappe. Es kam mir unwahrscheinlich vor, dass Sarah so leicht zu erkennen gewesen wäre – fünfzehn Jahre sind eine lange Zeit, und Danielle hatte sie nur für einen Sekundenbruchteil gesehen, noch dazu im Dunkeln. Außerdem: Wo sollte sie die ganze Zeit gesteckt haben?

Ich musterte Danielle, die mir auf einem Stuhl gegenübersaß. Wir hatten uns zwar gerade erst kennengelernt, aber sie machte einen sachlichen, intelligenten Eindruck auf mich. Vielleicht war es also doch nicht unmöglich.

»Angenommen, ich schaffe es, sie zu finden«, begann ich.

Danielle nickte.

»Was glauben Sie, wird dann passieren? Inwiefern kann sie Ihnen helfen? Und woher wollen Sie wissen, dass sie das überhaupt möchte?«

Meine neue Klientin schwieg einen Moment lang. Dann fragte sie: »Glauben Sie an Gott, Roxane?«

Ich lächelte. »Kein Kommentar.«

Danielle lächelte ebenfalls. »Na ja«, sagte sie. »Brad ist unschuldig, okay? Ich glaube ihm zu hundert Prozent, wenn er sagt, dass er es nicht getan hat. Er würde nie jemandem etwas antun. Er ist ein guter Mensch –

nicht perfekt, aber wer ist das schon? Mein Bruder hat diese Morde nicht begangen.«

Ich merkte ihr an, dass sie das wirklich glaubte. Aber ihre Frage bezüglich Gott bewies, dass Glaube generell etwas war, was ihr leichtfiel. »Was hat das alles mit Gott zu tun?«, fragte ich.

»Ich weiß nicht, was sich wirklich abgespielt hat oder wo sie gewesen ist«, erklärte Danielle. »Die Polizei hat versucht, sie zu finden, der von Brads Anwalt eingesetzte Detektiv hat versucht, sie zu finden – vergeblich, sie war spurlos verschwunden. Und dann, all die Jahre später, zwei Tage nachdem Brads Hinrichtungstermin festgesetzt wird, sehe ich sie plötzlich auf der anderen Straßenseite? Dafür muss es doch einen Grund geben.«

Ich hob die Augenbrauen. Das wichtigste Detail erwähnte sie ganz nebenbei. »Und wie lautet das Datum?«, fragte ich.

»Zwanzigster Januar.« Sie umklammerte ihren Becher mit beiden Händen.

Bis dahin waren es kaum mehr als zwei Monate. Ich konnte mir nur schwer vorstellen, selbst vor einem solchen Abgrund zu stehen, und rutschte unbehaglich auf meinem Sessel herum. »Könnte sie es getan haben?«, fragte ich. »Ihre eigenen Eltern umgebracht haben, meine ich?«

Danielle presste die Lippen zusammen. »Darüber habe ich unendlich viel nachgedacht. Brad hat sich damals aufgeführt, als wäre das völlig ausgeschlossen – er ließ nicht einmal zu, dass sein Anwalt das Thema beim Prozess zur Sprache brachte.«

»Das nennt sich dann wohl Liebe.«

Sie zuckte mit den Schultern.

»Aber was ist mit Ihnen? Was denken Sie?«

»Ich war nicht eng mit ihr befreundet, aber wir waren im selben Jahrgang, daher kannte ich sie«, sagte Danielle. »Sie war ein nettes, quirliges Mädchen. Ihre Familie war religiös, ziemlich puritanisch, und sie war eine Frühentwicklerin, Sie wissen schon – verrückt nach Jungs. Auf der Highschool hat sie gern geschrieben. Selbst verfasste Texte, Slam-Poetry. So haben sie und Brad sich kennengelernt, er schreibt nämlich auch. Wie ihr Verhältnis zu ihrer Familie war, habe ich nicht mitgekriegt, nur, wie sie sich bei uns zu Hause verhalten hat. Aber ich hatte das Gefühl, dass ihre Familie von ihrer Beziehung mit Brad nicht gerade begeistert war.«

Ich dachte daran, was Danielle zu Beginn unseres Gesprächs gesagt hatte: *nette weiße Familie.* »Nicht begeistert, weil Brad älter war oder weil er schwarz war?«, fragte ich und fügte dann hinzu: »Oder weil er Dichter war?«

Danielle lächelte matt. »Alle drei Gründe? Ich weiß auch nicht. Ich habe sie in unserem Keller miteinander reden hören, ungefähr eine Woche, bevor es passiert ist. Brad und Sarah. Es gab da so einen regionalen Poetry-Slam in Michigan, zu dem sie beide wollten. Sarah erzählte, dass ihre Eltern sie nicht mit ihm hinfahren lassen wollten, dass sie jedoch mit jemand anderem fahren und ihn dann dort treffen könne. Weiter ging die Ablehnung ihrer Eltern nicht, soweit ich weiß. Sie haben ihr nie wirklich verboten, ihn zu treffen. Aber dann sagte die Schwester von Mrs Cook beim Prozess aus, die Cooks hätten ein sehr schwieriges Verhältnis zu Brad gehabt, hätten sogar Angst vor ihm gehabt. Sie ist übrigens auch da drin. Ganz hinten.«

Ich blätterte zur letzten Seite der Heftmappe. *Stockton der Belmont-Morde überführt.* Ein körniges Foto einer attraktiven Frau im Tweed-Jackett, die in einem Gerichtssaal weinte und ein zerknülltes Taschentuch in der halb zum Gesicht gehobenen Hand hielt. Die Bildunterschrift lautete: *»Gerechtigkeit für meine große Schwester« – Elizabeth Troyan überwältigt vom Urteil.* Wenn Sarah damals siebzehn gewesen war, hieß das, dass das Gleiche für Danielle galt. Ich versuchte mir eine jüngere Version von ihr vorzustellen, wie sie sorgsam die nun vor mir liegenden Zeitungsartikel ausschnitt, sie in Klarsichthüllen schob und ihr gesamtes Erwachsenenleben mit sich herumtrug.

»Diese Frau kannte Brad gar nicht persönlich«, sagte Danielle kopfschüttelnd. »Während des Prozesses wurde ein Bild von meinem Bruder gezeichnet, das einfach nicht stimmte.«

»Und Sie glauben, dass Sarah diesbezüglich helfen könnte. Dass sie ihn in letzter Minute ins rechte Licht rücken könnte.«

»Ja.«

Ich klappte die Heftmappe zu. »Sie müssen aber auch mit der Möglichkeit rechnen, dass sie das nicht will.«

»Ich weiß.«

»Dass sie vielleicht ihre Gründe dafür hatte, nicht in Belmont zu bleiben, wie auch immer diese ausgesehen haben mögen.«

»Ich weiß.«

»Oder dass Ihnen nicht gefällt, was ich für Sie herausfinde.« Ich hielt es für unnötig, diese Aussage näher zu präzisieren: dass Sarah womöglich tot war und Danielles Bruder schuldig. Oder dass ich vielleicht überhaupt nichts herausfinden würde.

»Das meinte Brads neuer Anwalt auch: dass ich lieber mein Leben weiterleben soll, weil nichts Gutes dabei herauskommt, wenn man solche Sachen wieder ausgräbt.« Danielle zuckte mit den Schultern. »Er hat den Fall von seinem Onkel geerbt. Ihm ist das alles egal.«

Ich hob unwillkürlich die Augenbrauen. Jeder, ob unschuldig oder nicht, verdiente zumindest einen Anwalt, der den Angehörigen nicht sagte, sie sollten *ihr Leben weiterleben*. »Klingt, als bräuchten Sie keinen Detektiv, sondern einen neuen Anwalt«, sagte ich. »Ich kann Ihnen ein paar Namen nennen, wenn Sie wollen.«

Danielle schüttelte den Kopf. »Ich will Sarah finden. Matt hat mich vorgewarnt, dass Sie versuchen würden, mir die Sache auszureden.« Sie grinste. »Er meinte, dass Sie so das Vertrauen der Leute gewinnen.«

Sie hatte mich ertappt. Beinahe hätte ich gelacht. »Was hat er Ihnen noch erzählt?«

»Dass Sie sehr zielstrebig sind. Und klug.« Sie hielt inne, als wüsste sie nicht, ob sie mir die ganze Wahrheit verraten sollte. Ich nickte, und sie fuhr fort: »Und dass

Sie ziemlich am Ende sind, seit Ihr Vater gestorben ist. Aber dass Ihnen trotzdem nichts entgeht.«

Ich trank meinen Tee leer und stellte meinen Becher auf dem Wohnzimmertisch ab. Es stimmte, was ich ihr gesagt hatte: dass mein Bruder mich nicht besonders mochte. Er kannte mich trotzdem verdammt gut. »Also, wollen Sie es immer noch durchziehen?«

»Ja«, antwortete Danielle. Sie griff in ihre Handtasche und zog ihr Scheckbuch hervor. Mein Bankkonto würde begeistert sein.

ZWEI

Es war nach ein Uhr mittags, als Danielle ging. Ich blieb noch eine Weile im Sessel sitzen und blätterte durch ihre Heftmappe, wobei ich bei der Beschreibung der Mordwaffe hängen blieb. Acht Zentimeter lange Klinge, erhältlich in jedem Geschäft für Jagdbedarf. Ich brauchte keine Fotos vom Tatort, um zu wissen, dass diese Morde brutal gewesen und Garrett und Elaine Cook nicht schnell gestorben waren. Ich versuchte mir ihre siebzehnjährige Tochter als Täterin vorzustellen, aber mein Kopf schmerzte noch zu sehr von letzter Nacht, um mir überhaupt irgendetwas vorzustellen. Außerdem war das blutige Messer in Brads Kofferraum gefunden worden, eingewickelt in Sarahs T-Shirt.

Das war ziemlich überzeugend.

Vermutlich war er schuldig.

Danielle hatte mich jedoch nicht engagiert, damit ich ihr meine Meinung zu dem Fall sagte. Vielmehr hatte sie mir einen Scheck über zweitausendfünfhundert Gründe ausgestellt, von Brads Unschuld auszugehen.

Ich schluckte noch zwei Aspirin und rief Kenny Brayfield unter der Nummer an, die Danielle mir gegeben hatte. Er war zu beschäftigt, um mich sofort zu treffen, schlug jedoch vor, dass ich am späteren Nachmittag im Büro seiner Eventmarketing- und Promotion-Agentur vorbeikommen sollte. Dann telefonierte ich mit Brads neuem Anwalt, der mir nicht viel zu bieten hatte, bis auf die Kontaktdaten des Privatdetektivs, der seinem Vorgänger damals beim Prozess geholfen hatte. Bei ihm versuchte ich es als Nächstes.

»Ja?«, meldete sich eine alt klingende, schroffe Stimme nach dem dritten Klingeln.

»Peter Novotny?«, fragte ich.

»Vielleicht. Wer ist denn da?«

»Mein Name ist Roxane Weary. Sie hatten vor langer Zeit mit einem Fall zu tun. Brad Stockton?«

»Ach, das«, knurrte er. »Hören Sie, ich bin im Ruhestand und werde keinem Geist mehr in ganz Ohio hinterherjagen. Sekunde mal, sagten Sie Weary? Irgendeine Verbindung zu *Frank* Weary?«

Es war neun Monate her, dass mein Vater gestorben war, aber sein Tod fühlte sich immer noch an wie ein Schlag in die Magengrube. »Ich bin seine Tochter.«

»Scheiße noch eins«, sagte Peter Novotny. Der knurrige Unterton war verschwunden. »Großartiger Mann. Was für eine gottverdammte Schande … Natürlich können wir uns unterhalten, Schätzchen. Bist du ein Whiskey-Fan wie dein alter Herr?«

»Bin ich.«

»Gut, ich warte nämlich schon den ganzen Nachmittag darauf, dass eine schöne Frau diese Bar betritt und sich neben mich setzt«, erklärte Novotny.

»Na, dann viel Glück«, erwiderte ich. »Ich würde mich trotzdem gern mit Ihnen unterhalten. Wo können wir uns treffen?«

»Auch wenn du alt und hässlich sein solltest – Frank Wearys Kind gebe ich auf jeden Fall einen Drink aus.«

Ich kniff für eine Sekunde die Augen zu und beschloss dann, das Spielchen mitzuspielen. »Nur einen?«, fragte ich, und der alte Mann lachte.

»Ich mag dich jetzt schon.«

Ich fuhr auf die East Side und fand Peter Novotny an der Bar des Wing's vor, eines China-Restaurants, das absurderweise die beste Whiskey-Auswahl von ganz Columbus zu bieten hatte. Im Restaurant war es schummrig und warm, und die Bar wurde von tiefen Sitznischen aus rotem Kunstleder flankiert. Novotny war der einzige Gast. Er musste auf die achtzig zugehen, ein alter Mann mit vollem schlohweißem Haar und markantem Gesicht, dem man ansah, was für ein Herzensbrecher er vermutlich einmal gewesen war. Ich marschierte zur Bar, setzte mich neben ihn und säuselte mit meiner besten Marilyn-Monroe-Stimme: »Sitzt hier schon jemand?«

Er drehte sich ruckartig um, musterte mich und grinste dann breit. »Es werden also doch noch Träume wahr.« Er streckte die Hand aus, und ich schüttelte sie, während er mich noch eingehender unter die Lupe nahm. Ich war ganz sicher kein wahr gewordener Traum, aber alt und hässlich war ich auch nicht. »Wirklich schön, dich kennenzulernen, Roxane.« Er schob mir ein Glas hin; offenbar war er einer dieser alten Männer, die für alle mitbestellen. »Es sind keine K.o.-Tropfen drin, keine Sorge.«

»Das ist nicht lustig«, erwiderte ich, und er lachte.

»Ich wette mit dir um zehn Mäuse, dass du nicht errätst, welcher Whiskey das ist.«

Ich schwenkte die bernsteinfarbene Flüssigkeit im Glas und nahm einen Schluck. »Weich und samtig. Scotch. Leicht. Torfig und ein bisschen salzig.« Ich nahm noch einen Schluck. »Ich tippe auf irgendwas aus den West Highlands. Orban vierzehn Jahre?«

»Scheiße, Süße, du bist wirklich Franks Tochter.« Novotny öffnete seinen Geldbeutel und klatschte einen Zehner auf die glänzende Theke.

»Sie wollten nur, dass ich in Ihrer Anwesenheit Wörter wie ›samtig‹ in den Mund nehme, Sie Lüstling«, sagte ich und wies dann mit dem Kinn Richtung Bar. »Außerdem steht die Flasche direkt dort drüben.« Ich leerte mein Glas in einem Zug, und er fiel fast vom Stuhl vor Lachen.

Ich bestellte noch einen Whiskey, und wir gerieten ins Plaudern. Peter Novotny war vor Jahren Polizist gewesen, daher kannte er meinen Vater. Nach dreißig Dienstjahren war er in Rente gegangen und hatte sich als Privatermittler selbstständig gemacht. Inzwischen war er wirklich im Ruhestand, bis auf den gelegentlichen Faktencheck für die Kanzlei, die Brad Stockton vor Gericht vertreten hatte. »Aber der Fall war Mist. Dieses Mädchen, diese Sarah? Unauffindbar. Ob sie diesem Stockton-Jungen nun hätte helfen können oder nicht, sie wäre doch die offensichtliche Verteidigungsstrategie gewesen, oder etwa nicht? Wenn ihr Verschwinden nicht berechtigte Zweifel an seiner Schuld aufwarf, was dann? Aber nein, er wollte kein einziges schlechtes Wort über seine heißgeliebte Sarah hören. Weißt du was? Meiner Erfahrung nach sind es die Unschuldigen, die sich am wenigsten entgegenkommend zeigen.«

»Wirklich?«, sagte ich.

»Ich bin kein Anwalt«, erklärte er, »und auch kein Hellseher. Trotzdem. Ich hätte den Fall nicht der Staatsanwaltschaft überlassen, ohne ein wenig tiefer zu graben. Klar, da war das Messer, und es war eingewickelt in Sarahs Jacke oder T-Shirt oder so was. Aber ihr Blut war nicht drauf. Das von ihren Eltern schon, ihres nicht. Nicht auf dem Messer und nicht auf dem Shirt. Wie kriegt man denn so was hin? Und es war auch sonst nirgendwo Blut in Stocktons Auto oder bei ihm zu Hause. Bei so einem Mord hätte es doch eine ziemliche Sauerei geben müssen.«

»Seine eigenen Klamotten muss er also beseitigt haben.«

»So ist es«, sagte Novotny. »Aber warum dann nicht auch gleich das Messer? Das kam mir einfach alles verdammt eigenartig vor.«

»Sind Sie ihm je begegnet?«

»Oh ja«, antwortete Novotny. »Oft sogar. Netter Junge. Er hatte diese langen Wimpern, bei denen man dachte: Kein Wunder, dass das Cook-Mädchen verrückt nach ihm war. Höflich war er auch, ein Mann der leisen Töne. Allerdings muss er trotzdem ziemlich dumm gewesen sein, denn er kapierte nicht, was Sache war. Wie oft erlebt man einen schwarzen Jungen, der glaubt, er hätte eine Chance gegen das System? Er war richtig schockiert, als das Urteil verlesen wurde, das weiß ich noch. Hat versucht, sich zu erhängen. Aber er war zu groß.«

Das muss in so einer Situation die ultimative Enttäuschung sein, dachte ich: es nicht einmal zu schaffen, allem ein Ende zu setzen. »Sie haben ihm damals also geglaubt«, sagte ich.

Novotny leerte sein Glas. »Keine Ahnung. Ich erzähle dir nur meine Beobachtungen. Ein Schuldiger kann dir die Haarfarbe der Kassiererin nennen, die ihm zum Tatzeitpunkt angeblich Zigaretten verkauft hat, nicht wahr? Ein Unschuldiger, einer, der wirklich Zigaretten gekauft hat, während der Mord begangen wurde – der erinnert sich doch kaum noch an den Kauf, bis er nach dem Kassenzettel in seiner Hosentasche gefragt wird. Der Stockton-Junge konnte kaum etwas vorbringen, um sich zu verteidigen. Kein Alibi, keine Ahnung, wer ein blutiges Messer in sein Auto gelegt haben könnte, nichts, was ihm hätte weiterhelfen können.« Novotny hielt inne und sah mich an. »Ich an seiner Stelle hätte angefangen, Geschichten zu erfinden, um die Lücken zu füllen. Aber er nicht. Wie gesagt: schön dumm. Er wollte nur immer wieder wissen, ob wir Sarah schon gefunden hätten, als könnte sie ihm helfen, aus der ganzen Sache schlau zu werden.«

Novotny wirkte nicht wie jemand, der leichthin die Unschuld eines Angeklagten propagierte. Das taten

Polizisten nie. »Was glauben Sie, was mit ihr passiert ist?«

»Ich habe nicht den leisesten Schimmer«, antwortete Novotny. »Nichts von ihren persönlichen Gegenständen fehlte. Es fand sich keine heimlich getroffene Verabredung in ihren E-Mails. Damals hatte noch nicht jeder ein Handy, diesbezüglich war also auch nichts zu holen. Keine Umsätze auf ihrem Sparkonto. Wahrscheinlich ist sie tot, anders kann ich es mir nicht erklären. Wie hätte sie sonst so einfach spurlos verschwinden können?«

»Die Eine-Million-Dollar-Frage«, sagte ich.

Er schüttelte den Kopf, und seine Miene verdüsterte sich. »Das war einer dieser Fälle, die dich nie wieder loslassen. Die von vorne bis hinten keinen Sinn ergeben. Es muss alles mit irgendeinem großen Geheimnis zu tun haben, eine andere Erklärung finde ich nicht. Die Cooks waren nette Leute, langweilige Bürojobs, keine bekannten Feinde. Und wir haben Brads Aussage, dass das mit ihm und Sarah die große Liebe war. Andererseits ist da die Aussage von Elaines Schwester, die behauptete, Sarah hätte panische Angst vor Brad gehabt. Sarah ist nicht hier, um die Sache für uns zu klären, also richtet man irgendwann den Blick auf sie. Vielleicht war sie es ja doch. Aber in diesem Fall hätte sie sowohl auf ihre Eltern als auch auf Brad einen gewaltigen Hass haben müssen, und dafür gibt es keinerlei Anhaltspunkte.«

»Sie ist also verschwunden, und ihre Eltern sind tot. Ende der Geschichte?«, fragte ich.

»Tja …«, sagte Novotny. »Du hast bestimmt auf

neue Erkenntnisse gehofft, aber ich weiß nicht, was ich dir sagen soll, Mädchen. Mehr habe ich nicht. Ein zweifelsfrei aufgeklärter Fall war das nicht, weit davon entfernt. Andererseits würde dir Danielle Stockton wahrscheinlich erzählen, sie hätte Jesus Christus persönlich gesehen, wenn sie glauben würde, dass ihr Bruder dadurch freikäme«, fügte er kopfschüttelnd hinzu. »Du vergeudest deine Zeit.«

»Die Hinrichtung ist in zwei Monaten«, sagte ich. »Ich denke, es ist ihr einfach wichtig, vorher alles versucht zu haben, und das ist doch auch verständlich. Also: Was, wenn ich Brad Stockton im Gefängnis besuchen will?«

»Dann musst du ein Formular ausfüllen und warten, bis sie dich auf die Liste der genehmigten Besucher setzen, wie jeder andere auch. Ich glaube, das ist Formular DRC zwanzig-neunzig-sechs.«

»Wollen Sie damit etwa andeuten, dass ich wie alle anderen bin?«, fragte ich.

Er schmunzelte. »Also gut, nein. Als Privatdetektivin mit Lizenz bist du – Moment mal, du hast doch eine Lizenz, oder?«

»Petey, wofür halten Sie mich? Natürlich habe ich eine.«

»Gut, dann bist du berechtigt, einen dienstlichen Besuchsantrag zu stellen, vorausgesetzt, du hast ein Schreiben vom Prozessbevollmächtigten.«

»Ist das was, wobei Sie mir behilflich sein könnten?«, fragte ich. »Ich bin nämlich ungeduldig.«

Novotny grinste. »Ja, geht klar, ich kann die Kanzlei

anrufen.« Er sah mich lange an. »Was hat dein Daddy davon gehalten, dass du Detektivin wirst?«

»Er fand auch, dass ich nur meine Zeit vergeude«, antwortete ich. »Seiner Ansicht nach hätte ich lieber Zahnhygienikerin werden sollen.«

Novotny lachte. »Einen besseren Mann als Frank gab's nicht«, sagte er, obwohl die Anekdote, die ich ihm gerade erzählt hatte, nicht gerade einen Glanzmoment meines Vaters darstellte. So wie die wenigsten meiner Anekdoten. »Sie haben den Kerl erwischt, oder? Den Kerl, der ihn erschossen hat?«

»Noch am Tatort unschädlich gemacht«, bestätigte ich.

Novotny nickte. »Gut, gut. Das ist bestimmt eine Erleichterung.«

Ich nickte, auch wenn das nicht stimmte, nicht wirklich. Ich dachte nicht gern an ihn – den Zwanzigjährigen, den mein Vater quer über den Spielplatz einer Sozialsiedlung verfolgt hatte, den Zwanzigjährigen, der sich umgedreht und dreimal geschossen hatte, bevor Frank auch nur seine Waffe aus dem Holster ziehen konnte. Der Partner meines Vaters hatte zurückgeschossen und den Kerl mit einer Kugel in die Brust niedergestreckt, aber da war es bereits zu spät gewesen. Die Kugel aus der Waffe von Franks Partner hatte die Zeit auch nicht zurückdrehen können. Nichts von alldem war eine Erleichterung. »Danke für den Drink«, sagte ich und gab Novotny meine Karte. »*Die* Drinks.«

»Jederzeit, Schätzchen. Ich hoffe, du hast mehr Glück bei Brad als ich damals.«

»Zehn Dollar, dass es so ist«, erwiderte ich.
Wir gaben uns die Hand darauf.

Mein Vater hatte immer einen Drink in der Hand gehabt. Er hatte zu ihm gehört wie seine breiten Schultern, seine aufbrausende Art oder seine eisblauen Augen. Dieser Drink intensivierte jeden guten und jeden schlechten Moment seines Lebens. Er war wie ein Vergrößerungsglas, unter das sich Frank begab, ein Vergrößerungsglas, das die Wahrheit über ihn offenbarte. Es war das Einzige, was wir gemeinsam hatten, das Einzige, worin wir uns jemals einig gewesen waren.

Ich hatte Frank drei Wochen vor seinem Tod das letzte Mal gesehen. Wir aßen einmal im Monat zusammen zu Abend, meine Brüder, meine Eltern und ich. Ich weiß nicht mehr, was es zu essen gab oder worüber wir uns unterhielten. Wahrscheinlich nichts Tiefschürfendes, denn trotz unserer monatlichen Zusammenkünfte standen wir uns nicht besonders nahe. Ich erinnere mich nur noch an das Letzte, was mein Vater zu mir sagte. Das war nach dem Essen. Er packte meinen Arm, als ich an seinem Stuhl vorbei das Haus verlassen wollte.

»Du bist doch noch ganz okay geworden«, sagte er. Es klang nicht liebevoll. Es klang wie eine Anschuldigung. Frank war seit achtunddreißig Jahren Polizist. Alles, was er sagte, klang wie eine Anschuldigung. »Mehr wie ich. Ich hatte schon Angst, du würdest so werden wie deine Mutter.«

Andrew und Matt waren klugerweise bereits gegangen. Meine Mutter saß auf dem Sofa und blickte nicht von ihrer Zeitschrift auf. »Lass mich los«, bat ich.

»Sie ist *nett*, das würden die Leute über sie sagen. Aber du …« Er sah mich an, mit blutunterlaufenen, whiskey-wilden Augen. Dabei hielt er immer noch meinen Arm fest. In der anderen Hand hatte er ein Kristallglas, leer bis auf den Eiswürfel, der kaum die Chance gehabt hatte zu schmelzen. »Weißt du, eigentlich könntest du manchmal ein bisschen netter sein. Du bist ein Mädchen, du musst nett sein. Aber verdammt noch mal nicht zu nett. So solltest du sein: nett, aber verdammt noch mal nicht zu nett.«

Ich riss meinen Arm los. »Gute Nacht, Mom«, sagte ich.

»Fahr vorsichtig«, erwiderte meine Mutter und ignorierte die angespannte Stimmung, wie üblich.

Ich ging, ohne noch etwas zu sagen, fuhr auf dem Heimweg zu schnell und rief Andrew an, sobald ich das Haus betreten hatte, um ihm davon zu erzählen.

»Du bist immer so überrascht, wenn er sich mal wieder beschissen benimmt«, sagte er. »Roxane, das ist *Dad.* Er wird sich immer beschissen benehmen. Mehr ist an der Sache nicht dran.«

»Ja«, gab ich ihm recht. Aber ich hatte das eigenartige Gefühl, dass da eben doch noch mehr dahintersteckte.

DREI

Sei nett, aber verdammt noch mal nicht zu nett. Ich spulte unser letztes Gespräch noch einmal in Gedanken ab, während ich zu Kenny Brayfield fuhr. Näher als mit diesem Ratschlag war ich väterlicher Weisheit nie gekommen. Es hatte zu viel Uneinigkeit zwischen uns gegeben, wegen meiner Arbeit, wegen seiner Affären, wegen der Männer und Frauen, die ich mit nach Hause brachte. Von Frieden keine Spur. Keiner von uns beiden entschuldigte sich je, zumal wir ohnehin nicht daran interessiert waren, uns gegenseitig zu verzeihen, nicht voll und ganz, nicht zum damaligen Zeitpunkt. Ich hatte geglaubt, bezüglich meines Vaters noch nicht zu einer Entscheidung gelangen zu müssen, hatte geglaubt, die Vergangenheit werde in der Langzeitbilanz nicht mehr ins Gewicht fallen, wenn nur genügend Zeit verstrich – wie eine uneinbringliche Forderung oder ein Strafzettel für zu schnelles Fahren. Ich hatte es einfach aussitzen wollen, hatte geglaubt, mir bliebe noch Zeit. Aber mir war keine Zeit geblieben, und was mich am meisten quälte, war, dass mein Vater gesagt hatte, ich sei wie er, und dass er recht damit gehabt hatte.

Ich vertagte meine düsteren Gedanken auf später

und parkte meinen Wagen. Next Level Promotions befand sich in einem Backsteinquader im Brewery District am Südende der Innenstadt. Es war eins dieser billigen modernen Büros mit Glaswänden, freiliegenden Lüftungsrohren und nachgemachten Herman-Miller-Möbeln. Fünf junge, gut aussehende Mitarbeiterinnen knieten auf einem weißen Plüschteppich und legten T-Shirts mit dem Logo einer neuen Wodka-Marke zusammen. Aus den Lautsprechern eines iPhones plärrte ein Radiohead-Song. Zumindest die Musikauswahl fand meine Zustimmung. Eine der jungen Frauen blickte zu mir auf und verzog den rot geschminkten Mund. Vermutlich sah ich nicht genug nach einer potenziellen Kundin aus, um einen freundlichen Empfang zu verdienen. »Kann ich ... Ihnen helfen?«, fragte sie.

»Ich möchte zu Kenny Brayfield«, teilte ich ihr mit, bemüht, die lauten Bässe zu übertönen. Ich zog eine Visitenkarte aus der Tasche meiner Lederjacke und reichte sie ihr. »Er weiß, dass ich komme.«

»Ich kümmere mich darum.« Sie nahm meine Karte, stand auf und schlüpfte in ihre hochhackigen Lacklederpumps. Erst jetzt fiel mir auf, dass die vier anderen Mitarbeiterinnen auf dem weißen Teppich ebenfalls ihre Schuhe ausgezogen hatten.

»Darf ich über den Teppich, oder muss ich außen herum?«, fragte ich die anderen, während sie den polierten Betonboden des Flurs hinunterklapperte.

Niemand sagte etwas. Kurz darauf kehrte das Eine-Frau-Empfangskomitee zurück und zeigte hinter sich in den Flur. »Sie können zu ihm.« Die junge Frau klang enttäuscht darüber, dass sie mich nicht hinauswerfen durfte.

Ich machte mir nicht die Mühe, ihr zu danken, und umrundete die Teppichkante. Nachdem ich im Flur um eine Ecke gebogen war, kam ich an drei leeren Büros und einer kleinen Küche vorbei, in der sich Wodka-Kisten auf einem Tisch stapelten. Am Ende des Flurs fand ich Kenny in einem großen Büro hinter einem auffallend aufgeräumten Schreibtisch. Er war mager und trug einen Kapuzenpullover und schmutzige Chucks. Seine mittelbraunen Haare waren an den Seiten kurz geschoren und oben etwas länger, und an einem Ohrläppchen funkelte ein Diamant-Ohrstecker. Er sah aus wie jemand, den das Sicherheitspersonal eines Einkaufszentrums als potenziellen Ladendieb einstufen würde. Aber ihm gehörte dieser Laden, wer war ich also, mir ein Urteil zu erlauben? Als er mich sah, stand er auf und begrüßte mich mit einem breiten Lächeln.

»Sie sind also die Detektivin.« Er schüttelte mir übertrieben fest die Hand. »Wow. Also echt, wow. Wie crazy ist das denn?«

»Ziemlich crazy«, sagte ich, während ich mich setzte. Hinter seinem Schreibtisch befand sich ein großes Fenster, durch das ich den bräunlich grünen Scioto River und dahinter die Skyline der Innenstadt von Columbus sehen konnte.

»Darf ich Ihnen einen Drink anbieten?« Er setzte sich und griff nach einer Wodkaflasche mit demselben

Logo wie auf den T-Shirts. In der klaren Flüssigkeit trieben Blattgold-Flocken wie Fischfutter. »Von einem Kunden, für den wir Promotion machen.«

Ich schüttelte den Kopf. »Edelmetall zu schlucken ist nicht wirklich mein Ding«, sagte ich, und er lachte. »Also, Sarah Cook.«

»Sarah Cook.« Er lehnte sich zurück und balancierte auf der Stuhlkante.

»Konnten Sie sich die betreffende Person genau anschauen?«, fragte ich.

Er wartete länger als nötig mit seiner Antwort. »Ja, konnte ich.«

»Und?«

»Und …« Er hielt erneut inne. Ich war gerade dabei gewesen, mein Notizbuch aus der Tasche zu ziehen, stoppte meine Bewegung jedoch, um ihn anzustarren, bis er endlich etwas sagte. »Ich will Danielle nicht die Tour vermasseln.«

Eine ziemlich seltsame Aussage, fand ich. »War es Sarah oder nicht?«

»Wie ich neulich schon zu Danielle gesagt habe: Für mich sah sie aus wie jede andere Frau.«

Diesen Teil hatte mir meine Klientin verschwiegen. »Sie glauben also *nicht*, dass sie es war.«

Kenny federte auf seinem Stuhl auf und ab. »Danielle ist fix und fertig, wegen dem Datum, dem Hinrichtungsdatum. Ich meine, ich auch. Echt verrückt, dass das schon so bald ist. Deshalb verstehe ich sie natürlich. Sie will einfach tun, was sie kann. Und diese Frau, die wir gesehen haben, kam mir auch irgendwie bekannt vor, aber Belmont ist ein kleines Nest. Hier hat man viele Leute schon mal irgendwo gesehen. Trotzdem, Sarah hätte ich bestimmt erkannt. Es hieß doch immer, sie wäre tot. Wie soll sie es also gewesen sein?«

»Wie gut kannten Sie sie denn?«

»Ziemlich gut. Sie war ein echt liebes Mädchen, hatte einen guten Einfluss auf Brad.«

Ich rutschte unbehaglich auf meinem Stuhl herum. Er war unbequem, offenbar dazu da, allzu lange Gespräche mit dem Chef zu vereiteln. »Was meinen Sie damit?«

»Ach, wir sind damals ab und zu in Schwierigkeiten geraten, Brad und ich. Dumme Geschichten, Kinderkram. Sie wissen doch, wie es ist: gelangweilte Jugendliche in der Vorstadt. Als Brad anfing, mit Sarah abzuhängen, ist er ruhiger geworden. Aber das ist Schnee von gestern. Glauben Sie mir: Wenn in meinen Augen auch nur die leiseste Chance bestehen würde, dass diese Frau Sarah war, hätte ich Sie selbst engagiert. Brad gehört nicht ins Gefängnis.«

Ich nickte. Er war schon der Dritte, der für Brad Stocktons Unschuld stimmte. »Wenn Brad es also nicht getan hat«, begann ich, »wer dann? Sie kannten Sarah – glauben Sie, sie wäre dazu in der Lage gewesen?«

Kenny setzte sich gerade hin und stützte die Ellbogen auf. »Sie hat ehrenamtlich bei der Essensausgabe für Bedürftige gearbeitet und so was alles. Sie war ein guter Mensch. Und sie hat sich erstaunlich gut mit ihren Eltern verstanden, im Gegensatz zu so ziemlich jedem anderen, den ich damals kannte.« Er goss schwungvoll Wodka in ein Glas, trank es hastig aus und verzog das Gesicht, als hätte er sich das Trinken aus einem Film abgeschaut. »Die Antwort lautet also entweder: auf gar keinen Fall – oder niemand kannte sie wirklich.«

Frustriert fuhr ich nach Hause. Danielle hatte bequemerweise unterschlagen, dass der zweite Zeuge, der Sarah angeblich ebenfalls gesehen hatte, nicht ihrer Meinung war, was der ganzen Sache einen gewissen Beigeschmack verlieh. Aber es war ihr Geld, daher konnte sie mich natürlich anlügen, wenn ihr danach war. Ich setzte mich an den Schreibtisch und durchsuchte einige Datenbanken, um zu überprüfen, ob Sarah Cooks fünfzehnjährige Abwesenheit elektronische Spuren hinterlassen hatte, was natürlich nicht der Fall war. Immerhin wartete ein Fax mit dem Briefkopf der Kanzlei Donovan & Calvert auf mich, ein Schreiben, das mich autorisierte, in dienstlicher Funktion die Chillicothe Correctional Institution aufzusuchen. Peter Novotny war schnell. Das gefiel mir.

Ich klappte den Laptop zu und starrte lange an die Wand meines Büros. Die vorherige Mieterin hatte jeden Raum in einer anderen gewagten Farbe gestrichen: ein dunkles, glänzendes Blaugrün im Arbeitszimmer, ein bräunliches Orange im Wohnzimmer, Aubergine im Schlafzimmer, Knallgelb im Bad, schokoladenbraune Wände und rote Einbauschränke in der Küche, Kornblumenblau im Flur, der sich über die gesamte Länge der Wohnung zog. Vor meinem Einzug hatte ich den Vermieter gebeten, den Farbenwahn weiß zu überstreichen – vergeblich. Mit der Zeit hatte ich mich daran gewöhnt und es irgendwann überhaupt nicht mehr wahrgenommen. Nur manchmal fühlte ich mich aufs Neue davon erschlagen.

Ich stand auf und schob das Fenster einen Spalt auf. Es war kalt draußen, aber die uralten überaktiven Heizkörper des Gebäudes zischten und gurgelten Tag und Nacht unkontrolliert vor sich hin, wodurch die Temperatur in meiner Wohnung in tropische Höhen stieg. Deshalb waren in fast jedem Zimmer die Fenster einen Spaltbreit geöffnet, selbst im tiefsten Winter. Doch die Hitze war nicht der Grund dafür, dass ich das Gefühl hatte, keine Luft zu bekommen. Es näherten sich die Abendstunden, in denen sich die Wohnung jeden Tag wie ein Grab anfühlte. Durch das Fliegengitter des Fensters hörte ich jemanden in der Gasse hinter dem Haus klappernd einen Sack Aludosen hinter sich herziehen. »Alle hatten sie ihre ausdruckslosen Gesichter aufgesetzt«, hörte ich eine Männerstimme murmeln, »wie von Jesus Christus prophezeit.«

Ich zog meine Jacke wieder an und schnappte mir meine Schlüssel.

In der Lobby des Westin Hotels in der Innenstadt bestimmten Marmorböden und barock wirkende Polstermöbel das Bild, und der Portier begrüßte mich mit einem vertrauten Nicken, als ich an ihm vorbeimarschierte und nach rechts zur Bar abbog. Für einen Montagabend nach acht Uhr war sie halbwegs gut besucht:

Grüppchen von Geschäftsmännern mit gelockerten Krawatten an den Tischen sowie ein angespannt wirkendes Pärchen, das entweder gerade ein Blind Date hatte oder dabei war, sich zu trennen. An der Theke saß hingegen nur eine Person, und ich setzte mich ans andere Ende. Andrew entdeckte mich im Spiegel hinter den Spirituosen und grinste breit.

Mein Bruder hatte inzwischen in so ziemlich jedem Hotel in Columbus als Barkeeper gearbeitet. Ein guter Arbeitsplatz, wenn man nebenher ein wenig dealte, denn die Hotelbar war der erste Ort, an dem Auswärtige ihr Glück versuchten, wenn sie in Partystimmung waren. Und manchmal auch Einheimische. Er mixte zwei Drinks zu Ende und übergab sie einer Kellnerin, die sie zu dem kurz vor der Trennung stehenden Pärchen brachte.

»Hast du schon unsere tolle neue *Herbstliche Cocktail-Karte* begutachtet?«, fragte Andrew sarkastisch, als er sich zu mir umdrehte. Er war siebenunddreißig, drei Jahre älter als ich. Wir hatten die gleichen blaugrauen Augen, die gleichen dunkelbraunen Haare. Meine gingen mir bis knapp über die Schultern, die meines Bruders berührten fransig seinen Kragen. Unter den Manschetten seines Hemds kamen seine Tätowierungen zum Vorschein. Er schob eine schmale elfenbeinfarbene Karte in meine Richtung. »Wenn ich noch einen einzigen heißen *Apfelmostini* machen muss, bringe ich mich um.«

Ich spähte im Halbdunkel auf die Getränkekarte. »Für mich bitte einen *Winter in Paris*.«

Andrew knallte zwei Schnapsgläser auf die Theke und füllte beide mit Whiskey. »Nein«, sagte er.

»So schlecht klingt der doch gar nicht! Saint-Germain und Champagner? Vielleicht ist mir heute mal nach stilvoller Eleganz.«

»Ist dir nicht.« Er schob mir eins der Schnapsgläser hin und hielt seines hoch. »Echte Freunde lassen ihre Schwestern keine von Social-Media-Praktikanten erfundenen Cocktails bestellen.«

Ich stieß mein Glas gegen seins, und wir tranken. »Hat Matt eigentlich eine Freundin?«, fragte ich.

Andrew zuckte mit den Schultern. »Als ob er mir das erzählen würde. Warum?«

»Weil er mir eine Klientin geschickt hat«, antwortete ich. »Und da dachte ich mir, das ist vielleicht jemand, den er beeindrucken will.«

»Und?«

»Ich bin mir nicht sicher, ob ich der Herausforderung, jemanden zu beeindrucken, gewachsen bin.«

»Du bist der schlaueste Mensch, den ich kenne.«

»Oje, dann musst du wirklich mehr Leute kennenlernen.«

»Bist du immer so, wenn dir nach Eleganz ist? Also, *ich* denke«, fuhr er leiser fort, während er unsere Gläser nachfüllte, »dass du nach Dads Tod einfach keine Lust hast, dein bisheriges Leben wieder aufzunehmen.«

Ich antwortete ihm nicht sofort. Dann widersprach ich: »Das ist nicht wahr.«

»Ist es wohl.«

»Warum?«

»Du hast Angst davor. Weil es bedeuten würde, dass du so weit über seinen Verlust hinweg bist, wie du je darüber hinweg sein wirst.«

Ich trank hastig meinen zweiten Whiskey und dachte über Andrews Einschätzung nach. Keiner von uns hatte ein gutes Verhältnis zu Frank gehabt, was die Sache leider kein bisschen leichter machte. Vielleicht machte es sie sogar noch schwerer. »Du nicht auch?«, fragte ich dann.

»Roxane, ich mache mir verdammt noch mal in die Hose vor Angst.«

VIER

Um elf Uhr am nächsten Vormittag machte ich mich auf den Weg zur Haftanstalt in Chillicothe, die eine Stunde südlich von Columbus lag. Ich wollte Brads Version der Geschichte hören, in der Hoffnung, dass er sein mangelndes Entgegenkommen nach fünfzehn Jahren hinter Gittern noch einmal überdachte. Auf der Fahrt dorthin fiel mein Blick auf die Ausfahrt nach Belmont, und ich beschloss, einen kurzen Umweg zu machen. Belmont war einer der am weitesten vom Zentrum entfernten Vororte südöstlich der Stadt. Dem Schild nach zu urteilen, das mich beim Abbiegen vom Highway begrüßte, war es außerdem die Wildblumen-Hauptstadt Ohios. Ich hatte mein ganzes Leben in diesem Bundesstaat verbracht, und dies war das erste Mal, dass ich von einer Wildblumen-Hauptstadt hörte. Es sah nicht so aus, als hätte Belmont ansonsten viel zu bieten, worauf es stolz sein konnte: eine typische wuchernde Siebzigerjahre-Siedlung mit Einfamilienhäusern im Ranch-Stil und Sackgassen mit Wendekreis. Die äußere Ringautobahn von Columbus teilte den Ort in zwei Teile – alles östlich der Autobahn bildete die gute Seite, alles westlich die schlechte. Auf der East Side befanden sich die größeren Häuser, die Highschool, ein paar dichter gebaute Häuserblocks, die als Ortszentrum fungierten, ein Einkaufszentrum mit dem Namen Shops at Wildflower Glade und eine Reihe halbwegs netter Hotels und Restaurantketten. Auf der West Side gab es einen Skate-Park, einen Bahnübergang und eine Paketsortieranlage von UPS. Nirgendwo waren Wildblumen zu sehen, aber es war ja auch November.

Die Tankstelle, an der Sarah gesichtet worden war, befand sich an der Clover Road, der Hauptgeschäftsstraße. Ich parkte, ging hinein und fragte den Jungen an der Kasse, ob die Überwachungskameras funktionierten.

»Welche Kameras?«, fragte er.

Ich zeigte sie ihm. Es waren vier Kameras in Sichtweite installiert: jeweils eine in den beiden hinteren Ecken des Verkaufsraums, eine über der Tür und eine hinter dem Verkaufstresen.

»Oh«, erwiderte er. Er wirkte peinlich berührt, als wäre ihm der Gedanke, dass jede seiner Bewegungen auf Film gebannt werden könnte, noch nie gekommen.

»Ja«, sagte ich. »Also, funktionieren die?«

»Moment.« Er verschwand durch eine Tür, auf der *Privat* stand, und tauchte kurz danach wieder auf. »Ja«, antwortete er, »sie funktionieren.«

»Meinst du, ich könnte einen Blick auf das gefilmte Material werfen?«, fragte ich.

Er ging wieder durch die Tür. Als sie sich erneut öffnete, hatte er eine junge Frau im Schlepptau. »Kann ich Ihnen helfen?«

»Hallo«, sagte ich. »Ich hatte gehofft, einen Blick auf Ihre Überwachungskameras werfen zu dürfen.«

Beide starrten mich an. Ich schätzte sie auf achtzehn oder neunzehn Jahre. Nachdem ich meine Lizenz hervorgezogen hatte, erklärte ich, wer ich war und was ich wollte. »Es geht nur um einen Tag, vor ungefähr zwei Wochen. Ich suche eine Frau, die hier war, und da dachte ich, dass sie vielleicht auf euren Kameras ist und man eventuell erkennt, ob sie mit jemandem zusammen war.«

»Sind Sie 'n Cop?«, fragte der Junge.

»Sie ist kein Cop«, korrigierte ihn das Mädchen schnell.

Ich setzte das respekteinflößendste Lächeln auf, das ich zustande brachte. »Aber ich arbeite eng mit den Cops zusammen.«

»Sie hat 'ne Dienstmarke.« Der Blick des Jungen schoss zu meiner Lizenz auf dem Tresen.

»Das ist *keine* Dienstmarke.«

»Sollen wir Dave anrufen?«

»*Nein*«, sagte das Mädchen.

»Ist Dave der Geschäftsführer?«, fragte ich. »Könnte ich dann vielleicht direkt mit ihm reden?«

Ich erntete bestürzte Blicke. Offenbar wollte keiner von beiden, dass dieser Dave mit hineingezogen wurde.

»Haben Sie ein Foto von ihr oder so was?«, fragte der Junge. »Mit einem Foto könnten wir wahrscheinlich nachschauen gehen.«

Ich tippte frustriert mit den Fingernägeln auf den Tresen. Ein Foto hatte ich nicht vorzuweisen, es sei denn, ich griff auf Sarahs altes Jahrbuchfoto zurück, das einen Abgleich mit der heutigen Sarah naturgemäß erschweren würde. »Na ja«, erwiderte ich, »ich hatte eigentlich gehofft, dass eure Überwachungskameras mir ein Bild von ihr liefern würden.«

Das Mädchen schüttelte den Kopf. »Wir dürfen ausnahmslos *niemanden* nach hinten lassen.«

Ich insistierte nicht. Stattdessen kaufte ich mir einen Becher Tee zum Mitnehmen, setzte mich ins Auto und dachte nach. Jemanden aufzuspüren, der seit fünfzehn Jahren nicht mehr gesehen worden war, brachte viele Herausforderungen mit sich, aber am schwersten wog die Tatsache, dass ich kein Foto zum Herumzeigen hatte. Also rief ich Catherine Walsh in ihrem Atelier an, das sich bei ihr zu Hause befand. Ihr Mann ging ans Telefon. Mein erster Impuls war, gleich wieder aufzulegen, bis mir einfiel, dass ich zur Abwechslung geschäftlich anrief. »Kann ich bitte mit Catherine sprechen?« Ich versuchte, höflich und kunstaffin zu klingen.

Ihr Mann knallte den Hörer auf den Tisch, und kurz darauf war Catherine am Apparat.

»Ist da Catherine Walsh, die weltberühmte Kunstdozentin und Malerin?«, fragte ich mit meiner höflichen, kunstaffinen Stimme. »Ich habe nämlich ein dringendes Geschäft mit ihr zu besprechen.«

Catherine seufzte. »Roxane, wir haben Anruferkennung.«

Sie klang nicht gerade glücklich, von mir zu hören.

»Bist du nicht neugierig auf das dringende Geschäft?«, fragte ich.

»Ich bin gerade mittendrin in einer wichtigen Sache.« Als da wäre: *ihr Leben.* »Oder ist es wirklich geschäftlich?«

»Ich brauche eine Phantombild-Zeichnerin«, antwortete ich.

»Tatsächlich.«

»Meine Klientin scheut keine Kosten.«

»Und wen würde ich zeichnen?«

Ich setzte sie kurz über Sarah Cook ins Bild.

»Ich weiß nicht ...«, sträubte sich Catherine, aber ihr Tonfall erwärmte sich um eine Nuance. »Klingt interessant. Ich weiß trotzdem nicht, ob das jetzt gerade so eine gute Idee wäre.«

»Ich kann meiner Klientin einfach deine Kontaktdaten geben und ihr sagen, dass sie dich anrufen soll«, schlug ich vor. »Dann kannst du alles direkt mit ihr arrangieren. Du müsstest mich nicht einmal treffen. So ist es wahrscheinlich einfacher, wenn auch nicht so amüsant.«

»Fürwahr«, stimmte mir Catherine zu. »Gut, okay.«

»Ich sage Danielle, dass sie sich bei dir melden soll.«

»Okay.«

Keine von uns fügte noch etwas hinzu, aber es legte auch keine auf.

Schließlich fragte Catherine: »Sonst noch was?«

Ich hatte sie seit der Beerdigung meines Vaters nicht mehr gesehen. Ihr Kommen hatte mich überrascht, hatte sie doch im letzten Herbst beschlossen, zu ihrem Mann zurückzukehren. Ich war ebenfalls zu verschiedenen Männern und Frauen »zurückgekehrt«, und jetzt schwebte das Gefühl von etwas Angefangenem, nicht Beendetem zwischen uns. »Nein«, antwortete ich. »Danke.«

Nachdem wir aufgelegt hatten, rief ich Danielle an und hinterließ ihr eine Sprachnachricht mit den entsprechenden Anweisungen. Dann fuhr ich die Route 23 entlang und ließ Elliott Smith auf der Stereoanlage meines Autos laufen, eines alten blauen Mercedes 300D, der fünf Jahre älter war als ich. Er war vor einigen Jahren per Tauschgeschäft in meinen Besitz gelangt, weil ein Gebrauchtwagenhändler Hilfe beim Aufspüren eines Autoteile-Diebs und ich ein neues Auto gebraucht hatte. Der Vorbesitzer hatte offenbar gut auf sein Fahrzeug achtgegeben – es hatte erst sechzigtausend Kilometer auf dem Tacho, als ich es bekam. Inzwischen waren es über hundertfünfzigtausend. Der altmodische Kilometerzähler zeigte nur drei Ziffern an, sodass es aussah, als wären es bloß hundertfünfzig. Der Mercedes fuhr, wie ein Auto fahren sollte, gleichmäßig, schnell und solide. Ich liebte mein Auto und verbrachte mehr Zeit darin als in meiner Wohnung.

Die Chillicothe Correctional Institution befand sich in der Nähe des Scioto River auf einem Areal, das man auch für ein kleines geisteswissenschaftliches College hätte halten können, wären da nicht Stacheldraht, Wachtürme, Metalldetektoren und Sicherheitsschleusen gewesen. Mein Schreiben von Donovan & Calvert ersparte mir einen Teil des üblichen Verwaltungsaufwands, aber das Gefängnissystem war immer noch eine Bürokratie, und so musste ich eine gute Stunde in einem beige gestrichenen Raum warten, in dem man sich fühlte wie im einsamsten Busbahnhof-Wartesaal der Welt.

Endlich wurde ich in einen engen, von Plexiglas-Kabinen gesäumten Flur geführt, wo ich auf einem wackeligen Metallstuhl erneut warten musste. Es roch nach Desinfektionsmittel, Keller und Schmierfett. Ein Wächter führte auf der anderen Seite der Plexiglasscheibe Bradford Stockton zu mir. Er setzte sich und runzelte die Stirn.

Der freundliche Junge mit den langen Wimpern von den Fotos aus Danielles Heftmappe war verschwunden. Brad war inzwischen vierunddreißig, ein großer, schlanker, ernster Mann. Seine orange Gefängniskluft hob sich leuchtend von seiner glatten, dunklen Haut ab. Sein kantiges Gesicht war immer noch attraktiv, hatte inzwischen aber auch einen etwas verbitterten Zug an sich.

Ich griff nach dem schmuddeligen Telefonhörer an der Glasscheibe und wartete darauf, dass Brad das Gleiche tat. Seine Bewegungen waren langsam und fließend, als hätten wir alle Zeit der Welt.

»Wer sind Sie?«, fragte er.

»Roxane Weary. Ihre Schwester hat mich engagiert …«

»Was ist denn mit dem anderen Kerl passiert?«

»Novotny?«, fragte ich.

Brad nickte.

»Der ist in Rente.«

»Dani zahlt jetzt also den Anwalt *und* Sie?«

Angesichts seiner prekären Situation mutete es seltsam an, dass er sich um so etwas Gedanken machte. »Ja, ich denke schon.«

»Wie viel?« Er kauerte tief in seinem Stuhl. »Wie viel bezahlt sie Ihnen?«

»Das fragen Sie sie besser selbst«, erwiderte ich.

Er starrte mich böse an. »Wo hat sie Sie überhaupt ausgegraben? Sie sehen nämlich ein bisschen … na ja, ich weiß auch nicht. Sie sehen aus, als würde es Ihnen auch nicht viel besser gehen als mir.«

»Oh, vielen Dank«, sagte ich, klemmte den Hörer zwischen Ohr und Schulter und verschränkte die Arme vor der Brust. Es war kalt im Gefängnis, als wäre das Thermostat auf knapp zehn Grad eingestellt.

»Sind Sie hier, um herauszufinden, ob ich es getan habe? Ob *Sie* mir anmerken, ob ich lüge oder nicht?«

Ich ignorierte sein wenig entgegenkommendes Verhalten. »Hat Ihre Schwester Ihnen erzählt, dass sie Sarah gesehen hat?«

Brad nickte kaum merklich. »Das behauptet sie zumindest.«

»Sie glauben ihr nicht?«

»Sie will, dass alles wieder gut wird«, antwortete er. »Sie gibt sich die größte Mühe. Von mir aus kann sie denken, was sie will, wenn sie sich dadurch besser fühlt. *Ich* muss mich deshalb noch lange nicht besser fühlen.«

»Sie glauben also nicht, dass ich Ihnen helfen kann.«

»Nichts gegen Sie persönlich, Lady, aber nein, das glaube ich nicht.«

Ich konnte es ihm nicht verübeln. Fünfzehn Jahre,

in denen unbekannte Menschen zu ihm kamen und versuchten, ihm zu helfen, hatten Brad Stockton rein gar nichts gebracht. Trotzdem war ich mir nicht sicher, ob er das mit dem *Nichts gegen Sie persönlich* ernst meinte. Ich wollte unbedingt seine Version der Geschichte hören, doch wenn er hier saß und mich beleidigte, würde ich ganz sicher nicht darum betteln. »Es liegt an Ihnen«, sagte ich. »Das Datum wurde festgesetzt, Sie sind so gut wie tot, Brad. Ihre Schwester möchte zumindest das Gefühl haben, alles in ihrer Macht Stehende getan zu haben. Denn *Sie* mögen zwar bald nicht mehr da sein, aber *sie* muss den Rest ihres Lebens damit klarkommen. Sie reden also entweder mit mir, oder Sie lassen es bleiben. Ich tue das hier für Ihre Schwester, nicht für Sie. Und ich werde ohnehin bezahlt, ob Sie nun mit mir sprechen oder nicht.«

Er wirkte ein wenig verdutzt und sagte eine Weile nichts mehr, als versuchte er, zu einem Urteil über mich zu gelangen. Dann setzte er sich eine Spur gerader hin und zog die Augenbrauen zusammen.

»Okay«, begann ich. »Wo, glauben Sie, befindet sich Sarah?«

»Ich weiß es nicht.«

»Ich weiß, dass Sie es nicht wissen, Brad. Aber helfen Sie mir ein bisschen. Mutmaßen Sie.«

»Ihnen helfen?« Er seufzte schwer, bevor er antwortete: »Ich denke, sie ist fort.«

»Fort?«, wiederholte ich.

»Von uns gegangen. Ich habe lange gebraucht, bis ich mich damit abgefunden hatte, dass sie nicht mehr zurückkommen würde. Weil das hieß, dass sie tot sein musste. Sarah würde mich niemals hier alleinlassen, schon gar nicht mit dem, was mich erwartet.« Er seufzte, ein kurzer, heftiger Luftausstoß durchs Telefon. »Ich will nicht über Sarah reden. Was hilft es denn, wenn ich über sie rede?«

»Das lassen Sie meine Sorge sein. Es geht nur darum, dass Sie mir ein paar Fragen beantworten. Etwas Leichteres machen Sie hier den ganzen Tag nicht.«

Er schüttelte den Kopf, zuckte nach einer Weile aber doch mit den Schultern.

»Sind Sie je ihren Eltern begegnet?«

»Ein paarmal.«

»Und?«

Wieder ein Schulterzucken. »Sie waren, ich weiß auch nicht … nett. Höflich zu mir. Deshalb war es ja so ein Schock, was Mrs Cooks Schwester beim Prozess gesagt hat. Dass die beiden angeblich Angst vor mir hatten. Wir haben einmal sogar zusammen Scrabble gespielt.« Er seufzte. »Aber man weiß wahrscheinlich nie, wie die Leute über einen urteilen, wenn man nicht dabei ist. Meine Mom meinte immer: ›Was die Leute hinter deinem Rücken über dich sagen, hat dich nichts anzugehen.‹«

Es sei denn, es brachte einen in die Todeszelle. »Glauben Sie, Mrs Cook hat diese Dinge wirklich gesagt?«

»Ich weiß nicht mehr, was ich glauben soll«, antwortete Brad.

»Ich habe gestern mit Kenny Brayfield gesprochen«, sagte ich. »Er hat mir erzählt, dass Sie früher manchmal zusammen Blödsinn gemacht haben. Die Art von Blödsinn, die anderen Leuten Angst einjagt?«

Er zuckte mit den Schultern. »Vandalismus, was weiß ich. Kenny hat damals auf dem Schulgelände Gras verkauft. Typisch, dass er Ihnen mit diesem Mist kommt – der Typ wäre immer noch gern ein Gangster. Aber seine Eltern sind stinkreich. Er hat nie für irgendwas Ärger bekommen.«

Wir kamen vom Thema ab. »Erzählen Sie mir, was an dem Tag passiert ist, als Sie Sarah zum letzten Mal gesehen haben.«

Er stieß einen langen Atemzug aus. »Ich möchte lieber nicht daran denken. Es zerreißt mich jedes Mal innerlich.« Er fing wieder an, ungehalten den Kopf zu schütteln. »Glauben Sie wirklich, dass ausgerechnet Sie etwas fertigbringen, was fünfzehn Jahre lang niemand geschafft hat? Dass Sie etwas beweisen können, was noch nie jemand bewiesen hat? Sie tun so, als wäre es total einfach für mich, hier zu sitzen und mit Ihnen zu plaudern, aber das ist es nicht. Vielleicht ist dieses Gespräch hiermit beendet. Ich will sowieso nicht, dass meine Schwester noch mehr Geld ausgibt.«

»Sie wollen nicht, dass sie Geld dafür ausgibt, Sie vor der Hinrichtung zu bewahren?«, fragte ich. »Klingt nicht wie die Aussage eines Unschuldigen.«

Er zuckte merklich zusammen. »Sie können mich mal.« Er beugte sich ruckartig vor und stieß mit dem Zeigefinger in meine Richtung. »Sie wissen gar nichts über mich oder meine Schwester.«

»Brad, ich bin auf Ihrer Seite.«

»Glauben Sie, es hilft mir jetzt noch was, wenn jemand auf meiner Seite ist?«, fragte er.

Die Frage war nicht ganz unberechtigt.

»Hören Sie, als ich hierherkam, war ich unglaublich deprimiert«, fuhr er fort. »Jeder hat behauptet, ich hätte diese schrecklichen Dinge getan, die ich nicht getan hatte, und dieser Zustand war nicht vorübergehend, sondern dauerhaft. Ich habe damals versucht, eine ... eine Schlinge zu knüpfen, aus meinem Bettlaken. Weil es sinnlos ist, hier zu sitzen und zu warten.« Er blickte zur Decke. »Aber es ging nicht – ich meine, ich habe es offenbar nicht richtig hingekriegt, was weiß ich, wie man aus Bettlaken einen Galgen macht. Sie haben mich dann auf die Krankenstation gebracht und mit Lithium vollgepumpt, ich konnte nur noch die Decke anstarren. Als ich danach zurück in meine Zelle kam, dachte ich: Okay, das alles hier passiert wirklich. Wie in diesem Kinderlied, dem Lied über die Bärenjagd.«

Ich wusste, welches Lied er meinte. »Du kannst nicht darüber hinweg«, zitierte ich. »Du kannst nicht darunter hindurch.«

»Du kannst nicht außen herum«, fuhr Brad fort und lächelte schwach. »Du musst mitten hindurch.«

Wieder blickten wir uns lange schweigend an.

»Ich habe dann jedes einzelne Wort von jedem Rechtsdokument über meinen Fall gelesen, das ich in die Finger bekam. Ich habe juristische Fachbücher gewälzt, mich in dieser Uni eingeschrieben, bei der man die Unterlagen zugeschickt bekommt und seinen College-Abschluss machen kann. Ein Fernstudium. Ich habe ungefähr tausend Gedichte geschrieben, Briefe an die Anwälte, die Polizei, an jeden, der mir eingefallen ist. Habe versucht, mich zu beschäftigen, wie es so schön heißt. Beschäftigen, beschäftigen, beschäftigen, kämpfen, kämpfen, kämpfen.« Er kniff sich in den Nasenrücken. »Gebracht hat es mir einen Scheiß. Es gibt kein *mitten hindurch.* Hindurch heißt, dass ich tot bin. Und daran kann kein Beschäftigen oder Kämpfen etwas ändern.« Er zuckte mit den Schultern. »Das einzige *wirkliche* Hindurch besteht darin, es zu akzeptieren. Sonst zerreißt es mich wieder so wie am Anfang, und zwar jeden einzelnen Tag.«

Ich wollte gerne glauben, dass ich für einen Unschuldigen arbeitete. Und ich wollte glauben, dass ich selbst jede Minute gekämpft hätte, wenn man mir irrtümlich ein Verbrechen vorgeworfen hätte. Aber seine Worte besaßen eine traurige Art von Weisheit. »Also gut«, sagte ich. »Vergessen Sie all die anderen Fragen, vergessen Sie jede andere Person, die versucht hat, Ihnen zu helfen oder Sie zu verletzen oder was auch immer. Niemand weiß so viel über diesen Fall wie Sie, hab ich recht?«

»Ja, ich schätze schon.«

»Dann lassen Sie uns noch mal ganz von vorn anfangen. Informieren Sie mich über Ihren Fall. Tun Sie so, als wüsste ich gar nichts.«

Er schien endlich zu akzeptieren, dass ich nicht einfach wieder verschwinden würde. »Es war ein Donnerstag«, begann er. »Ich habe bis neun Uhr abends im Subway gearbeitet. Sarah kam nach der Schule vorbei, es war nur ein Katzensprung mit dem Fahrrad. Das war ungefähr um halb vier. Ich nahm mein Mittagessen mit raus, und wir setzten uns ins Auto und redeten. Wir nahmen uns vor, später ins Kino zu gehen – das Kino ist im selben Einkaufszentrum wie das Subway. Sie wollte zum Abendessen nach Hause und danach wiederkommen. Und das war's. Sie stieg wieder auf ihr Fahrrad, und ich ging zurück ins Restaurant.«

»Und was war nach Schichtende?«

»Da habe ich gewartet, im Auto«, antwortete er. »Ich habe ewig gewartet, weil ich dachte, dass sie sich vielleicht nur verspätet hat. Ich habe von einer Telefonzelle auf dem Parkplatz bei ihr zu Hause angerufen, aber es ging niemand dran. Da war es wahrscheinlich gegen halb elf. Danach bin ich zum Haus ihrer Eltern gefahren, und da standen überall Krankenwagen und Polizeiautos, es war das totale Chaos. Niemand wollte mir sagen, was passiert war. Ich wurde gebeten, mit aufs Revier zu kommen, es hieß, ich könne gehen, wann immer ich wollte, aber so hat es sich nicht angefühlt.«

»Wie lange waren Sie auf dem Revier?«

»Die Befragung ging Stunden, ich meine, buchstäblich *Stunden*. Die Polizisten wollten mir immer noch nicht verraten, was genau passiert war. Ich dachte, dass Sarah verletzt war oder so was. Weil sie mir nur Fragen über sie gestellt haben. Am nächsten Morgen haben sie mich zurück zu meinem Auto gebracht, und ich bin nach Hause gefahren. Erst als ich mit meiner Mom die Nachrichten geschaut habe, habe ich erfahren, was wirklich passiert war. Wir waren geschockt und starrten einfach nur auf den Fernseher – und dann standen plötzlich die Cops vor der Tür. Sie wollten, dass ich mitkomme und noch mehr Fragen beantworte, und ihr Tonfall war jetzt ganz anders. Sie fragten mich nach Messern aus, besitzt du irgendwelche Messer, warst du schon mal jagen, all diesen Mist. Noch während ich mit ihnen redete, besorgten sie sich einen Durchsuchungsbefehl und stellten mein Zimmer und mein Auto auf den Kopf. Ich dachte erst, sie hätten sich das nur ausgedacht – dass sie ein Messer in meinem Auto gefunden hätten. Ich habe nämlich noch nie ein Messer besessen. Ehrlich, ich habe denen kein Wort geglaubt.«

»Wie ist das Messer dann dahin gekommen?«, fragte ich. »Und was ist wirklich an dem Abend passiert?«

»Wenn ich es wüsste, glauben Sie, ich würde mein Wissen für mich behalten?«

»Ich glaube, dass Sie furchtbar lange Zeit hatten, diesbezüglich irgendeine Art von Theorie aufzustellen, Brad.«

Er hob wieder den Blick zur Decke und schüttelte den Kopf. »Ich habe mal diese Nachrichtensendung gesehen, in der über eine ermordete Familie berichtet wurde. Es gab absolut keine Erklärung, weit und breit keinen ersichtlichen Grund. Niemand wurde schlau aus der Geschichte. Und dann stellte sich heraus, dass irgendjemand ein paar Typen damit beauftragt hatte, eine ganz andere Familie umzubringen, die eine ähnliche Adresse hatte, Court statt Street oder so was. Also sind sie im falschen Haus gelandet und haben die falsche Familie getötet.«

»Sie glauben also, dass es so etwas war.«
»Ja.«
»Dass es nur ein Irrtum war.«
»Ich meine, was soll es sonst gewesen sein? Die Cooks waren so nette Leute. Es gibt weder einen plausiblen Grund dafür, dass sie jetzt tot sind, noch einen Grund dafür, dass Sarah nicht mehr da ist, noch einen Grund dafür, dass ich hier drinnen sitze. Es ist alles ein großer Irrtum.«
»Und das Messer?«, gab ich zu bedenken. »Das Universum hat sich also in der Adresse getäuscht, aber irgendwie das richtige Auto erwischt?«
»Ich *weiß* es nicht. Ich weiß nicht, wie es da hingekommen ist. Als ich mit Medikamenten vollgepumpt im Gefängniskrankentrakt lag und an die Decke starrte, kam mir der Gedanke, dass Aliens das Messer dort hingelegt haben müssen. Das klingt zwar bescheuert, aber diese Theorie ist so gut oder schlecht wie jede andere.«
»Wo war Ihr Auto denn, als Sie mit der Polizei gesprochen haben? Erst vor Sarahs Haus und später vor Ihrem?«
Er nickte.
»Wann waren Sie das letzte Mal in Ihrem Auto?«
»Nachdem ich das erste Mal mit den Cops geredet habe«, sagte er. »Sie haben mich vom Revier aus zurück zum Auto gebracht, und dann bin ich damit nach Hause gefahren.«
»Und dabei ist Ihnen nichts Außergewöhnliches aufgefallen, zum Beispiel, dass sich jemand darin zu schaffen gemacht hat?«

»Nein.«

»Die Türen waren abgeschlossen?«

»Meine Schlösser waren kaputt, ich musste es also unverschlossen abstellen.«

»Wusste noch jemand, dass die Schlösser kaputt waren?«

»Jeder, den ich mal mit dem Auto mitgenommen habe. Sarah wusste es natürlich. Kenny. Meine Schwester. Viele Leute.«

»Und es ist ausgeschlossen, dass Sarah etwas damit zu tun hatte«, sagte ich.

»Ja, völlig ausgeschlossen. Es gibt nicht viel, was ich sicher sagen kann, aber das schon. Sie war ein guter Mensch. Durch und durch. Der Anwalt meinte zu mir: Kommen Sie, ich weiß, Sie glauben, Sie wären in sie verliebt gewesen, doch es ist nun mal so, dass Sarah nicht hier drinnen sitzt, Sie schon. Also seien Sie realistisch. Damit kam er bei mir nicht weiter. Bevor ich versuche, meine Haut zu retten, indem ich ihr etwas anhänge, was sie nicht getan hat, sterbe ich lieber.«

»Im wahrsten Sinne des Wortes.«

»Im wahrsten Sinne des Wortes«, sagte er.

»Diese Haltung würden die meisten Leute wohl nicht lange durchhalten.«

»Ich bin nicht die meisten Leute.«

»Das ist vielleicht nicht unbedingt etwas, worauf man stolz sein sollte.«

»Vielleicht doch«, entgegnete Brad.

»Vielleicht doch«, gab ich ihm recht. »Es sei denn, Sie schützen Ihre damalige Freundin.«

Die Falten um seine Augen wurden noch tiefer. »Ich wünschte, es wäre so.«

»Sogar jetzt noch, nach all der Zeit?«

»Wenn ich sie schützen würde, hieße das, dass sie am Leben wäre. Aber ich weiß nicht, was passiert ist. Wirklich nicht.« Er rieb sich mit der Hand das Gesicht.

Ich hätte gern daran geglaubt, dass ich ihm helfen konnte, aber das fiel mir nicht leicht – weil *er* nicht daran glaubte, dass ich ihm helfen konnte. Er glaubte auch nicht, sich selbst helfen zu können, dabei hatte er unendlich viel Zeit gehabt, sich etwas einfallen zu lassen. Ich wusste nicht recht, was ich von Brad Stockton halten sollte. Das Ende war dieser Besuch noch nicht, das spürte ich.

FÜNF

Ich fuhr zu Dirty Frank's an der Fourth Street und bestellte mir ein Abendessen zum Mitnehmen – einen Hotdog mit einem Topping aus scharfem Sriracha-Frischkäse und Mais-Chips und dazu Kroketten. Während ich wartete, setzte ich mich an die Bar und orderte einen Crown Royal on the rocks. Das Restaurant war klein und angenehm warm, und das Frösteln, das mich seit der Haftanstalt begleitete, ließ allmählich nach. Ich starrte gerade in mein Glas und dachte angestrengt darüber nach, ob ich Brad Stockton seine *Ich würde lieber sterben, als meine geliebte Sarah ans Messer zu liefern*-Nummer abnahm, als ich plötzlich eine Hand zwischen meinen Schulterblättern spürte. Erschrocken fuhr ich auf meinem Barhocker herum und erblickte direkt hinter mir den früheren Partner meines Vaters.

»Hi. Tut mir leid«, entschuldigte sich Tom Heitker schnell. »Habe ich dir Angst eingejagt?«

»Und wie«, erwiderte ich und lächelte. »Was ist nur mit dir los, verdammt?«

Er grinste und trat noch näher heran, um eine Kellnerin vorbeizulassen, die den Arm voll roter, als Teller dienender Körbchen hatte.

»Und überhaupt: Was machst du in diesem Teil der Stadt, noch dazu in Jeans?«, fragte ich.

»Im Zwölften Revier war eine Bürgerversammlung. Ich wollte inkognito hin, um heimlich zu lauschen.«

Selbst in Jeans und Fleece-Pullover war er überall mühelos als Polizist zu erkennen. Es lag an seiner Körperhaltung, vielleicht auch an seinen Augen, leicht zusammengekniffen und ständig auf der Hut. Tom war Ende dreißig und hatte seine gesamte Laufbahn als Detective mit Frank zusammengearbeitet. Seit dem Tod meines Vaters hatte er abgenommen, rund zehn Kilo, nachdem er vorher zwanzig zu viel auf den Rippen gehabt hatte. Er sah gut aus, aber das war vorher auch der Fall gewesen.

»Und?«, fragte ich.

»Zwecklos«, antwortete er. »Niemand hat etwas gesehen, wie immer. Darf ich mich setzen?«

Ich wies auf den leeren Barhocker neben mir. »Allerdings bleibe ich nicht hier, sondern habe mir was zum Mitnehmen bestellt. Ich habe den Nachmittag im Knast in Chillicothe verbracht und will nur noch nach Hause.«

Tom hielt sein eigenes zum Mitnehmen eingepacktes Essen hoch. »Zwei Doofe, ein Gedanke«, sagte er. »Woran arbeitest du gerade?«

»Ich versuche eine Zeugin in einem alten Fall aufzuspüren. Vielleicht war sie auch gar nicht Zeugin. Doppelmord in Belmont. Schon eine Weile her.«

»Wann?«

»Vor fünfzehn Jahren«, antwortete ich. »Circa.«

»Ehepaar, stimmt's? Erstochen? Tochter seither vermisst?«

»Ja«, sagte ich überrascht. »Woher weißt du das?«

»Polizisten merken sich alles. Ich war damals Teil einer Drogenbekämpfungseinheit im Südosten der Stadt und deshalb ständig dort unten. Die Grenze zwischen Belmont und Columbus verläuft manchmal fließend. Der Fall, den du meinst, wurde in Rekordzeit ad acta gelegt, wenn ich mich recht erinnere. Gibt es inzwischen was Neues?«

»Der junge Mann, der damals verurteilt wurde, wird in zwei Monaten hingerichtet«, erklärte ich. »Seine Schwester hat mich engagiert. Sie behauptet, die Tochter des ermordeten Ehepaars vor ungefähr zwei Wochen in Belmont gesehen zu haben.«

»Na, was für ein Timing.«

»Ja«, sagte ich und stieß ungewollt einen Seufzer aus. »Hattest du je mit einem Fall zu tun, bei dem jemand unschuldig hinter Gitter musste?«

»Nö. So was gibt's nur im Fernsehen. Genau wie vorgetäuschte Selbstmorde.«

»Dachte ich mir auch.« Ich leerte meinen Whiskey. »Ich werde wirklich nicht schlau aus diesem Typen. Die verschwundene Tochter – eigentlich eine logische Alternativtheorie. Aber sein Anwalt durfte sie beim Prozess nicht einmal zur Sprache bringen, und selbst jetzt, fünfzehn Jahre später, weigert er sich, den Gedanken in Erwägung zu ziehen, dass sie es gewesen sein könnte. Ich weiß nicht, ob das Idealismus oder Wahnsinn ist.«

»Fünfzehn Jahre sind eine lange Zeit, um eine Fassade aufrechtzuerhalten«, sagte Tom. »Andererseits: Wurde nicht die Mordwaffe bei ihm gefunden?«

»Korrekt.«

»Wie heißt es so schön: Wer etwas bei sich trägt, ist mit ziemlicher Wahrscheinlichkeit auch der Besitzer.«

»Stimmt schon.«

»Klingt, als hättest du nicht gerade die leichteste Aufgabe vor dir.«

Der Barkeeper brachte mir mein Essen zum Mitnehmen, und ich rutschte vom Barhocker. »Tja«, sagte ich.

Tom und ich sahen uns für ein paar Sekunden in die Augen. Er war immer ein bisschen schüchtern in meiner Gegenwart, was ich irgendwie süß fand.

»Also wie sieht's aus: Kommst du noch mit zu mir?«

Der Tag, an dem mein Vater bestattet wurde, war der längste meines Lebens. Das Programm war straff: privater Gottesdienst im Bestattungsinstitut, Prozession zur Saint Joseph Cathedral in der Innenstadt für den öffentlichen Gottesdienst, Prozession zum Green Lawn Cemetery für das Begräbnis. Anschließend Kaffee und leichte Erfrischungen im Haus meiner Mutter. Es war nach zehn Uhr abends, als ich endlich aufbrach, trockenen Auges und fassungslos. Ich trug ein eigenartiges Outfit, das der Nachbarin meiner Mutter gehörte – meine eigene Auswahl, bestehend aus einem neuen schwarzen Hosenanzug und flachen Schuhen, war am Morgen für inakzeptabel erklärt worden –, und die geliehenen Pumps rieben an meinen Fersen, während ich den Gehweg entlang zu meinem Auto ging. Als ich näher kam, sah ich, dass Tom auf der Böschungsmauer eines Nachbarhauses saß und auf seine eigenen Schuhe hinabstarrte.

Ich setzte mich neben ihn. »Ich dachte, du wärst schon vor zwei Stunden gegangen.«

»Bin ich auch«, antwortete er, ohne aufzublicken. Wie die anderen Polizisten, die am Gottesdienst teilgenommen hatten, trug auch er seine Uniform, aber er hatte mehrere Knöpfe geöffnet und machte insgesamt einen derangierten Eindruck. Seine kurzen dunklen Haare standen zu Berge, als hätte er daran gezerrt. Obwohl er fast zehn Jahre mit meinem Vater zusammengearbeitet und in all den Jahren immer wieder Zeit mit meiner Familie verbracht hatte, kannte ich ihn nicht wirklich gut und war mir nicht sicher, ob wir je mehr als ein paar Sätze miteinander gewechselt hatten.

Ich stand wieder auf. »Sorry, du siehst aus, als wärst du lieber allein.«

»Nein, nein«, widersprach er und drehte den Kopf zu mir. Seine warmen braunen Augen waren voll ungläubigem Schmerz. »Wäre ich nicht. Wirklich nicht.«

Wir gingen zu dem Spirituosenladen am Ende der Straße und kauften den billigsten Whiskey, den sie im Angebot hatten. Ich hatte jede Menge Alkohol zu Hause, aber ich wollte nicht nach Hause, und ich wollte nicht den Alkohol von dort. Wir setzten uns in Toms Auto und ließen die Flasche lange schweigend zwischen uns hin und her gehen. Der Nachthimmel wirkte bleischwer, wie eine Röntgendecke.

»Deine Mom«, sagte er schließlich. »Sie hat doch Verwandte in der Stadt, oder?«

Ich nahm einen langen Zug aus der Flasche. Der Whiskey brannte sich bis ganz nach unten, allerdings nicht so heftig, wie ich es mir gewünscht hätte. »Zwei Schwestern. Sie sind jetzt gerade bei ihr.«

»Das ist gut.«

»Sie musste immer schon stark sein, sonst wäre sie nicht so lange mit ihm verheiratet gewesen. Sie ist hart im Nehmen. Und sie hat viele Freunde. Und meine Brüder.«

»Und dich.«

Ich malte eine geschlängelte Linie auf die beschlagene Fensterscheibe und wischte sie dann mit der Handfläche weg. »Als ob ich ihr etwas bringen würde«, erwiderte ich und bemühte mich vergeblich um einen unbekümmerten Tonfall.

»Du weißt, dass du sein Liebling warst«, sagte Tom.

Ich starrte ihn an. »Das hat er nie gesagt. Er mochte mich nicht mal.«

»Das stimmt nicht.«

»Ich mache ihm keinen Vorwurf«, versicherte ich. »Wie könnte ich auch? Ich habe nie auf irgendwas gehört, was er gesagt hat.«

»Hast du wohl«, erwiderte Tom. »Hat er dir nicht deinen ersten Job besorgt?«

Ich blickte auf meine Hände hinunter. Mir war nie in den Sinn gekommen, dass mein Vater mit Tom über mich gesprochen haben könnte. »Hat er dir das so erzählt?«

Er nickte.

»Ein alter Freund der Familie hatte früher eine private Sicherheitsfirma. Ich habe während meiner Collegezeit stundenweise dort gejobbt, im Büro, und nach meinem Abschluss bin ich erst mal dort hängen geblieben. Ich hatte vor, Psychologie zu studieren. Frank war der Ansicht, dass ich eine schreckliche Psychologin abgeben würde. Ich habe dann tatsächlich angefangen, bei Fällen zu helfen, während ich eigentlich für die Aufnahmeprüfung zum Psychologiestudium lernen sollte. Halb so schlimm, ehrlich, er hatte vollkommen recht.«

»Damit, dass du eine schreckliche Psychologin abgeben würdest?«

»Ich bin zu neugierig. Zu ungeduldig.« Ich zuckte mit den Schultern. »Du weißt ja, dass er immer recht hatte. Irgendwie. Manchmal mit der falschen Begründung, aber recht hatte er immer.«

Tom lächelte mich traurig an. »Stimmt«, gab er mir recht. »Neugierig und ungeduldig, das sind super Eigenschaften für eine Ermittlerin. Passt doch.«

»Ich glaube nicht, dass ich wirklich eine Wahl hatte. Es ist das Einzige, was ich kann.«

Tom seufzte tief. »Frank war stolz auf dich«, betonte er. »Weil du dein eigenes Ding durchziehst, deine eigene Persönlichkeit hast.«

»Hör auf«, bat ich. Ich hatte mir selbst versprochen, dass ich nicht weinen würde, und dieses Versprechen würde ich halten. Ich presste eine Hand gegen den Mund, bis sich die Anspannung in meinem Kiefer löste. »Kannst du bitte das Thema wechseln?«

Tom schwieg eine Weile und starrte übers Lenkrad hinweg auf die High Street. Dann schüttelte er den Kopf. »Ich kann an nichts anderes denken«, sagte er und drehte sich zu mir um. »Es ging alles so schnell.«

»Nicht.« Ich konnte mir nicht anhören, wie schnell es eingetreten war, das Ende von allem. Also nahm ich seine Hand. »Nicht weinen. Ich ertrage das nicht. Sonst fahre ich nach Hause.«

»Du kannst in diesem Zustand nicht fahren«, entgegnete Tom heftig blinzelnd.

»Dann laufe ich.«

»Mit diesen Schuhen?«

Mein Gesicht fühlte sich zu eigenartig an, um zu lächeln. Sonst hätte ich es getan. Ich hielt Toms Hand an meine Lippen. »Ich muss etwas anderes spüren«, flüsterte ich. Es war die einzige alternative Bewältigungsstrategie, die mir einfiel. Der Whiskey konnte meine Gefühle nicht einmal ansatzweise bewältigen. »Willst du mit zu mir nach Hause kommen?«

»Roxane.« Tom rutschte unbehaglich auf dem Fahrersitz herum. »Du bist aufgewühlt.«

»Ja«, gab ich zu. »Du auch.« Ich legte seine Hand auf mein nacktes Knie.

»Ich weiß, du bist in einer verrückten Stimmung, aber wir können nicht …«

»Natürlich können wir.«

Nachdem wir von Dirty Frank's zu mir nach Hause gefahren waren, schafften wir es gerade so durch die Haustür, da drückte mich Tom schon gegen die Wand und küsste mich leidenschaftlich im Dunkeln. Seine Hände erreichten meine Schultern, streiften mir die Lederjacke ab und ließen sie in einem Geklimper aus Reißverschlüssen und Kleingeld auf den Boden fallen. Ich hakte meine Daumen in seine Gürtelschlaufen und zog ihn so dicht an mich heran, dass kein Millimeter Abstand mehr zwischen uns blieb. Er roch gut, nach frischer Luft und Pinie, und sein Mund war weich und hungrig. »Ich will dich genau hier«, flüsterte er, und in seiner Stimme lag zu gleichen Teilen Dringlichkeit und mühsame Beherrschung. Unser Essen zum Mitnehmen war vergessen.

»Ich besitze ein Bett«, flüsterte ich ihm zwischen zwei Küssen zu. Der ganze anstrengende Tag begann aus meinem Kopf zu weichen wie das Meer bei Ebbe.

»Da will ich dich auch«, sagte er.

Er zog meine Hände von seiner Hüfte und drückte sie links und rechts von mir gegen die Wand, bevor er sie langsam nach oben über meinen Kopf schob, damit er beide Handgelenke mit einer Hand festhalten konnte. Ich hielt die Luft an. Das gefiel mir am besten an ihm: dass er nicht zimperlich mit mir war. Er konnte im richtigen Moment grob und im richtigen Moment zärtlich sein, war generell ganz anders, wenn man mit ihm allein war – selbstbewusst und beinahe ausgelassen, nicht so reserviert, wie er sich sonst gab. Jetzt schob er seine freie Hand unter mein Shirt, und seine Finger waren gleichzeitig heiß und kalt auf meiner nackten Haut, als er den Knopf meiner Jeans aufmachte und den Reißverschluss so langsam nach unten zog, dass ich es kaum aushielt. Dann spreizte er meine Beine mit seinem Knie auseinander. Ich wölbte mich ihm entgegen, mein ganzer Körper vibrierte.

Danach lagen wir auf meinem Bett und blickten zu den Leuchtsternen an meiner Zimmerdecke empor, die genau wie die Wandfarben von meiner Vormieterin übrig geblieben waren. Tom strich sanft mit dem Daumen über die Innenseite meines Handgelenks. Es war, als würden wir im Freien kampieren und zum echten Nachthimmel nach oben starren. Wir hatten uns nicht die Mühe gemacht, uns gegenseitig vollständig auszuziehen. »Ich habe dich gebraucht«, sagte er. »Die letzten paar Wochen waren echt hart.«

Ich wäre gern sauer auf ihn gewesen, weil er so etwas sagte, war es aber nicht. »Willst du mir davon erzählen?«, fragte ich stattdessen.

Er kippte den Kopf in meine Richtung. Aus dem Augenwinkel sah ich, dass er zu etwas ansetzen wollte, bevor sich seine Gesichtszüge wieder entspannten. »Nein«, antwortete er. »Nur der übliche bürokratische Mist. Im Moment ist er eine Million Meilen weit entfernt.«

»Gut.« So gefiel er mir, entspannt und offen. Der Sex am Abend nach der Beerdigung war ein Protestfick gewesen, eine Trotzreaktion. In den neun Monaten seither hatten wir uns jedoch noch etliche weitere Male getroffen. Es steckte nicht viel dahinter, nur Stressabbau, Schmerzlinderung, die bereits oben genannten Gründe. Aber ich brauchte das alles immer noch. Ich drehte mich zu ihm um und legte meinen Kopf an seine Schulter. Er schob seinen Arm unter mich und machte ein leises Geräusch tief in seiner Kehle, während ich mit den Knöpfen seines karierten Hemds spielte. »Ich mag dieses Hemd. Schön abgetragen.«

»Wundert mich nicht, es ist zwanzig Jahre alt«, sagte er. »In meinem Kleiderschrank sieht es düster aus. Alice-in-Chains-T-Shirts sind als Nächstes dran. Alles andere schlackert an mir herum wie ein Sack.«

»Und das macht dich *fuchsteufelswild*«, zog ich ihn auf.

»Kurz vor dem Tobsuchtsanfall«, bestätigte er. »Es macht mich wahnsinnig, was die Leute in letzter Zeit alles zu mir sagen. Hey, echt super, dass sie mir mitteilen wollen, wie viel besser ich aussehe, seit ich Depressionen habe!«

Ich stützte mein Kinn auf die Hand und sah ihm in die Augen. Es ging ihm besser als noch im Frühjahr und Sommer, aber ich wusste, was er meinte. »Nur dass du es weißt: Ich fand dich auch vorher schon sexy«, sagte ich.

Tom lachte auf eine Art, die ihn selbst zu überraschen schien. Dann umfasste er meinen Hinterkopf und zog mich zu einem Kuss heran, der alles sagte.

Vielleicht sagte er zu viel.

SECHS

Ich ging zu Fuß zu der Patisserie in der Oak Street, um zu frühstücken, trank dort eine Tasse Tee und bestellte ein afrikanisches Süßkartoffel-Törtchen, das eigentlich kein Frühstücksgericht war. Deshalb ließ ich es mir in einer kleinen Pappschachtel zum Mitnehmen geben, damit ich so tun konnte, als wäre es für später. Das Viertel befand sich mitten im Gentrifizierungsprozess, und obwohl ich die Einführung exotischen Gebäcks begrüßte, hoffte ich, dass die Olde Towne East nicht noch sehr viel schicker wurde. Während ich in der hellen, kalten Morgenluft zurück nach Hause ging, versuchte ich mir vorzustellen, dass ich auf andere wie eine reiche Dame wirkte, die ein Dessert-Törtchen für eine Dinner-Party am Dienstagabend kaufte und Punkte von ihrer To-do-Liste strich, und nicht wie eine leicht verkaterte Detektivin, die übermäßig stolz auf sich war, weil sie vor elf Uhr morgens auf den Beinen war und vorhatte, das halbe – nein, fast das ganze – Dessert-Törtchen auf der Fahrt zu essen. Aber als ich zurück in die Bryden Road kam, sah ich eine schlanke Gestalt in einem grünen Vintage-Wollmantel vor meinem Wohngebäude zwischen den beiden Backstein-Veranden stehen und etwas auf einen großen braunen

Briefumschlag schreiben. Es war Catherine. Ich war froh, dass ich nicht bereits im Gehen mit dem Törtchen begonnen hatte.

»Habe Zeichnung, bin in Eile?«, fragte ich, während ich mich ihr von hinten näherte.

»Hi«, sagte sie und drehte sich um. Ihre langen blonden Haare hatte sie in welligen Partien aus dem Gesicht gezwirbelt, und ihre Augen verbargen sich hinter einer übergroßen weißen Sonnenbrille. Wie immer sah sie aus, als wäre sie gerade einem Katalog für hippe Damenmode entstiegen.

»Das ging ja schnell«, stellte ich fest.

»Na ja«, erwiderte Catherine, »Danielle rief mich keine zehn Minuten nach unserem Telefonat an, daher dachte ich, dass es vermutlich eilt.«

»Willst du reinkommen?«

»Kann ich nicht«, antwortete sie.

Wir schauten uns an. Oder vielmehr schaute sie mich an, während ich mein eigenes Spiegelbild in den Gläsern ihrer Sonnenbrille betrachtete. »Lass mich deine Augen sehen«, bat ich.

Sie lächelte nicht, aber sie schob die Sonnenbrille in ihre Haare hinauf. Ihre Augen waren wunderschön, hellgrün und strahlend. »Hi«, sagte sie noch einmal.

»Hallo.«

Ich hoffte, dass sie nicht fragen würde, wie es mir ging und ob ich mich mit jemandem traf, oder sagen würde, dass ich toll aussah oder dass ich schrecklich aussah. Sie tat mir den Gefallen. Stattdessen gab sie mir den Umschlag, schob ihre Sonnenbrille wieder nach unten und wies mit dem Kinn auf die Pappschachtel voller Fettflecken, die ich in der Hand trug. »Was hast du denn da drin?«

»Das ist nicht mein Frühstück, ich schwöre«, sagte ich, und endlich lächelte sie. »Komm rein, damit ich dich bezahlen kann. Dann teilen wir uns den Inhalt.«

Catherine schob die Sonnenbrille wieder nach oben. »Ich muss wirklich los«, erklärte sie. »Nicht nötig, dass du mich bezahlst, es hat nur eine Stunde gedauert.«

»Dann lade ich dich eben ein, wenn wir das nächste Mal zusammen zu Abend essen«, sagte ich.

»Wir werden nicht zusammen zu Abend essen, Roxane. Du weißt, dass ich mich momentan nicht mit dir treffen kann.«

Das wusste ich allerdings, wenngleich dieses Wissen irgendwie von der Tatsache widerlegt wurde, dass sie hier vor mir stand. Sie hätte mir die Zeichnung auch über Danielle zukommen lassen können, aber das hatte sie nicht.

Ich stellte das Törtchen auf dem Backsteinsims meiner Veranda ab und bog die Enden der Metallklammer auseinander, die den Umschlag verschloss. Dann zog ich einen dicken Bogen Papier heraus und betrachtete Catherines Arbeit. Wie immer wirkte sie mühelos und doch auf unheimliche Weise realistisch, eine Kohlezeichnung von einer Frau mit traurigen Augen und Sommersprossen auf der Nase. Ihr Gesicht war voller als auf dem Jahrbuchfoto, ihre Mundwinkel tiefer. Trotzdem ähnelte sie Sarah Cook, zumindest ein bisschen.

»Das ist wirklich gut«, lobte ich. »Wie du sicher weißt. Danke.«

»Ich hoffe, es bringt was.«

»Ich auch.«

»Halt mich auf dem Laufenden«, sagte sie.

Wir sahen uns einen weiteren langen Moment an. Es gab so viel, was ich ihr gern gesagt hätte, aber ich konnte mich zu nichts davon überwinden.

Sie zog ihre Schlüssel hervor und schob den Riemen ihrer Handtasche zurecht. »Okay. Also. Bis irgendwann.«

»Das hoffe ich«, entgegnete ich.

Catherine küsste ihre Fingerspitzen und drückte sie für einen kurzen Moment gegen mein Brustbein. Dann drehte sie sich um und eilte ohne ein weiteres Wort den Gehweg entlang. Ich lauschte dem Geräusch ihrer klackernden Absätze und wartete darauf, dass sie stehen blieb und zurückkam, doch das tat sie nicht. Schließlich nahm ich das Törtchen vom Backsteinsims und stieg ins Auto.

Bevor ich zurück zur Tankstelle fuhr, um erneut mein Glück in Sachen Überwachungskameras zu versuchen, beschloss ich, kurz bei Sarahs Familie vorbeizufahren, damit sie einen Blick auf Catherines Zeichnung warf und mir vielleicht sagen konnte, ob ich auf der richtigen Spur war. Dadurch ersparte ich mir unter Umständen ein tagelanges Sichten der Bänder. Elizabeth Troyan wohnte im östlichen Teil von Belmont in einer Kolonialstil-Villa aus weiß gestrichenem Backstein mit schwarzen Fensterläden und einer kleinen Heckenskulptur im Garten, die von dekorativen Steinplatten und einem Wasserspiel umgeben war. Aber der Teich war voll mit altem Laub, Schlamm und mehreren aufgeweichten Lokalzeitungen. Daraus hätte ich geschlossen, dass hier seit Wochen niemand mehr wohnte, hätte sich der Vorhang nicht bewegt, als ich die Stufen zur Veranda hinaufstieg.

Die Frau, die mir die Tür öffnete, war blond und etwa Ende zwanzig. Ihr dünner Körper wirkte noch schmaler durch ihren Oversize-Pullover mit Wasserfallausschnitt. Ihre Augen waren üppig mit schwarzem Eyeliner umrandet, die Wimpern spinnenartig vor lauter Mascara. Sie sah mich stirnrunzelnd an. »Kann ich Ihnen helfen?«

»Ist Elizabeth zu Hause?«

»Jetzt ist kein guter Zeitpunkt«, sagte sie.

Von irgendwoher im Haus lallte eine weibliche Stimme: »Cass, wer ist es denn jetzt schon wieder, verdammt?«

Die junge Frau, die vor mir stand, zuckte leicht zusammen. »Niemand, Mom, schlaf weiter!«, rief sie.

Cass wandte sich wieder mir zu. »Entschuldigen Sie«, sagte sie. Es klang nicht, als würde es ihr leidtun. »Wenn es um das Auto geht, müssen Sie später noch einmal wiederkommen. Nächste Woche oder so. Und rufen Sie unbedingt vorher an. Mein Vater hat sie gerade verlassen, deshalb ist die allgemeine Situation äh … gerade nicht so toll.«

Ich fragte mich, was mit dem Auto passiert war, hakte

jedoch nicht weiter nach. »Es geht nicht um das Auto«, versicherte ich. »Ich hatte gehofft, mit ihr über Ihre Cousine sprechen zu können, über Sarah.«

Die Augen der jungen Frau wurden schmal. »Nein, ich denke nicht.«

Sie begann die Tür zu schließen. Ich riet ins Blaue hinein, dass der kürzliche Exodus ihres Vaters und auch die Sache mit dem Auto etwas mit der finanziellen Lage der Familie zu tun hatten, und adaptierte rasch einen alten Trick von mir. »Ich arbeite an einer Sendung über Vermisstenfälle im Mittleren Westen und denke, unser Budget würde es zulassen, ein Interview mit Sarahs Angehörigen zu filmen.« Sarahs Familie bekam bestimmt nicht zum ersten Mal Geld für ihre Geschichte geboten, aber es sah so aus, als hätte sie es inzwischen nötig.

»Eine Sendung?«, fragte Cass. Sie wirkte interessiert. »Fürs Fernsehen?«

»Ja«, antwortete ich und öffnete meinen Geldbeutel, um nach einer Visitenkarte zu kramen. Ich hoffte, dass ich noch irgendwo eine der Karten hatte, die mich als Roxane Smith, Produktionsleiterin einer PBS-Niederlassung in Chicago, auswiesen. Es war erstaunlich, was die Leute einem alles anvertrauten, wenn sie glaubten, dass es ihnen Ruhm oder Geld einbrachte. Ich fand eine Karte und reichte sie Cass, während ich in Gedanken fieberhaft mögliche Titel für die angesprochene Fernsehsendung durchspielte.

Cass betrachtete die Visitenkarte. »Und in der Sendung geht es um Sarah?«

Normalerweise erforderte der Kniff mit der Sendung nicht viele Details. Ich bekam allmählich ein schlechtes Gewissen wegen meiner Lüge. »Wir sind noch mitten in der Vorproduktion, aber interessiert sind wir auf jeden Fall. Ich bin autorisiert, pro Drehtag fünfhundert Dollar anzubieten, falls wir uns zur Zusammenarbeit entschließen«, erklärte ich.

Sie warf einen Blick über ihre Schulter, doch die lallende Stimme schwieg. Dann sah sie wieder zu mir. Ich beobachtete, wie sie die Vor- und Nachteile abwog und wie schließlich die Aussicht auf Geld die Oberhand gewann. »Warum kommen Sie nicht für einen kurzen Moment herein?«

Sie führte mich durch die Küche, in der der Herd fehlte – in der Lücke, die er hinterlassen hatte, schlängelte sich ein Stromkabel wie eine tote Schlange. Vieles im Haus sah aus, als wäre es vor Kurzem mit einem Schrumpfstrahler beschossen worden: ein kleiner Röhrenfernseher auf einem Hocker, wo eigentlich ein großes Sideboard mit Home-Entertainment-Geräten hätte stehen sollen; der verräterische Abdruck eines einstigen großen Ecksofas unter einer kleinen Zweiercouch. Durch die Tür sah ich, dass die darauf liegende Frau blond und kurvig war, auf eine reife, künstlich perfektionierte Weise attraktiv, die mich ihr Alter auf irgendwo zwischen sechzig und fünfundsiebzig schätzen ließ. Durch meine Recherchen wusste ich jedoch, dass Elizabeth sechsundfünfzig war. Die letzten fünfzehn Jahre waren offenbar hart gewesen.

»Ähm, lassen Sie uns ins Speisezimmer gehen«,

schlug Cass vor und führte mich rasch von ihrer offensichtlich schlafenden Mutter weg. Im Esszimmer fehlte eine Leuchte an der Decke, aber der Tisch war noch da. Elizabeths Tochter setzte sich und zog eine Schachtel Parliaments hervor. An ihrer linken Hand prangte ein Verlobungsring mit dem winzigsten Diamanten, den ich je gesehen hatte. »Also, wie läuft das Ganze?«

»Ich werde Ihnen erst einmal ein paar Fragen stellen, um herauszufinden, was Sie anzubieten haben«, erklärte ich.

»Okay.«

»Kannten Sie Sarahs Freund Brad?«, fragte ich.

Cass zündete sich eine Zigarette an. »Nein, bin ihm nie begegnet. Keiner von uns.«

»Standen Sie Ihrer Cousine nahe?«

Sie nickte. »Ziemlich. Allerdings war sie fünf Jahre älter als ich. Und wir haben sie und ihre Familie nicht so oft gesehen, weil meine Mom so eine Zicke war.« Sie blickte mich an, als erwartete sie, dass ich schockiert war. Ich war es nicht. »Meine Mom hat immer diesen einseitigen Konkurrenzkampf mit Elaine ausgefochten – wer die schöneren Sachen hatte und so. Mein Dad und sie haben sich deswegen oft gestritten. Es ging so weit, dass wir irgendwann kaum noch zu den Cooks zu Besuch gefahren sind. Aber ich war immer gern mit Sarah zusammen.«

»Die beiden standen sich also nicht besonders nahe«, sagte ich. »Ihre Mom und Ihre Tante.«

Cass zuckte mit den Schultern. »Sie haben manchmal telefoniert, das war's. Aber als dann diese ganze Geschichte passiert ist, hat meine Mom plötzlich so getan, als wären sie ihr ganzes Leben lang die dicksten Freundinnen gewesen. Ich weiß, dass sie wirklich mitgenommen war, das waren wir alle, aber sie hat einfach irgendwelche Sachen erfunden.«

Ich verschränkte die Arme. »Also hat sie gelogen?«

»Nicht wirklich *gelogen* … Kennen Sie das, wenn man noch ein Kind ist und die eigenen Eltern etwas Komisches machen und man sich denkt, ach, egal? Und später, wenn man älter wird, denkt man dann: Moment mal, das war eigentlich echt beschissen?«

»Oh ja, das kenne ich.«

»Genauso war es, glaube ich. Zum Beispiel das ganze Zeug, das sie beim Prozess über diesen Jungen gesagt hat, über Brad.« Sie zuckte wieder mit den Schultern. »Das fand ich damals schon total seltsam. Aber sie wollte wohl irgendwie helfen, was ja auch verständlich ist. Außerdem hatten sie ihn ja sowieso schon überführt. Er hatte ein« – sie senkte die Stimme – »Messer, wissen Sie. In seinem Auto.«

»Haben Sie eine Ahnung, ob irgendjemand in letzter Zeit von Sarah gehört hat?«, stellte ich die alles entscheidende Frage.

»Von ihr *gehört* hat?«, wiederholte Cass langsam. Ihr Ausdruck wurde argwöhnisch, als hielte sie mich für geistesgestört.

»Ja«, bestätigte ich. »Haben *Sie* von ihr gehört?«

»Nein.«

»Ihre Mutter?«

»Nein. Sarah … uns wurde gesagt, sie wäre tot. Ich

meine, sie muss tot sein. Sie war kein Mensch, der einfach verschwinden und niemandem Bescheid sagen würde. Warum fragen Sie, ob ich von ihr gehört habe? Ich verstehe nicht, was das soll.«

»Entschuldigen Sie, es gibt einfach einen gewissen Fragenkatalog, den ich abarbeiten muss«, wischte ich ihr Misstrauen beiseite. Ich würde ihr ganz sicher nicht auf die Nase binden, dass Brads Schwester versuchte, ihn freizubekommen. »Haben Sie Sarah je davon sprechen hören, dass sie von zu Hause weglaufen wollte?«

Ihr Blick schnellte zu meiner Visitenkarte hinunter, die vor ihr auf dem Tisch lag. »Nein.«

»Hat sie sich gut mit ihren Eltern verstanden?«

»Ja, ich denke schon«, antwortete Cass. »Onkel Garrett war ziemlich streng. Nicht böse streng, aber sie sollte am besten nur Einsen in der Schule haben und so. Und es gab eine Liste mit Ausdrücken, die Sarah nicht benutzen durfte, zum Beispiel *verdammt* oder *ätzend* oder *Mist*. Wenn sie trotzdem eins dieser Wörter sagte, wurde ihr Taschengeld um einen Vierteldollar gekürzt.«

»*Mist?*«, fragte ich ungläubig.

»Weil es ein anderes Wort für *Scheiße* ist, vermute ich mal.«

»Das ist doch bescheuert«, sagte ich, und wir mussten beide lachen.

»Ich erinnere mich noch, dass sie uns einmal eine Collage gezeigt hat, die sie gebastelt hatte – Sie wissen schon, aus Teenie-Zeitschriften ausgeschnittene Fotos von Jungs, die man sich als Mädchen damals an die Wand gehängt hat. Allerdings war Sarahs Collage auf eine Pinnwand geheftet, die sie hinter dem Kopfende ihres Betts aufbewahrte – sie meinte, sie müsste sie verstecken, weil sie keine Bilder von Jungs aufhängen durfte. Ich fand trotzdem immer, dass Sarah total Glück hatte. Ihre Eltern haben sich geliebt, und sie haben Sarah geliebt, die ganze Familie war glücklich.«

Cass verstummte und schien sich unwohl zu fühlen. Vielleicht wollte sie nicht, dass diese Ansicht in der Fernsehsendung zur Sprache kam. Ich versuchte sie mit einem Lächeln zu beruhigen. »Wie war sie so als Mensch?«

Cass' Blick verlor sich in der Ferne. »Sie war sehr lebhaft. Und ein bisschen rechthaberisch. Ständig hat sie irgendwelche Storys oder Songs geschrieben oder Theaterstücke, die wir mit ihr aufführen sollten. Aber sie war auch echt cool.« Cass drückte ihre Zigarette an der Glaseinfassung einer nach Kürbis riechenden Duftkerze aus. Dann starrte sie den Filter eine Weile an, als wüsste sie nicht genau, wo er hergekommen war. »Sie stellen mir all diese Fragen, als würden Sie glauben, dass sie noch irgendwo da draußen herumläuft. Das ist echt unheimlich.«

Ich griff in meine Jacke und zog Catherines Zeichnung hervor. »Ich zeige Ihnen jetzt ein Bild. Eine Skizze. Sagen Sie mir einfach, was Sie denken.«

Cass blickte auf die Phantomzeichnung hinab. »Was ist das?«, fragte sie.

»Sieht das aus wie Ihre Cousine?«

Sie nahm die Skizze in die Hand und betrachtete sie aufmerksam, aber ihr Gesicht verriet weder Gefühle noch ein Wiedererkennen. »Das sieht einfach nur aus wie eine Zeichnung«, sagte sie.

SIEBEN

Ich fuhr weiter zur Tankstelle, wo ich dieselben zwei Angestellten, mit denen ich gestern gesprochen hatte, dabei vorfand, wie sie in einen offen stehenden Getränkeautomaten starrten. »Hallo noch mal«, sprach ich die beiden an und hielt meine Zeichnung hoch. »Das hier ist die Frau, die ich auf den Aufnahmen eurer Überwachungskameras zu finden hoffe.«

Das Mädchen stemmte die Hände in die Hüften. »Wir haben bei unserem Personalmeeting über Sie gesprochen«, erklärte sie. Da sie zunächst nicht weiterredete, nickte ich, als würde ich mich geschmeichelt fühlen. »Dave hat gesagt, dass wir jedes Video nur sieben Tage aufbewahren. Danach wird es wieder überspielt. War das mit der Frau vor weniger als sieben Tagen?«

War es nicht. So viel dazu. »Dann vergessen Sie die Videos«, sagte ich. »Könnten Sie einfach einen Blick auf die Zeichnung werfen und mir sagen, ob Sie diese Frau gesehen haben?«

Das Mädchen schaute die Skizze nur flüchtig an. Der Junge betrachtete sie aufmerksamer, zuckte jedoch mit den Schultern. »Wir sehen hier so viele Leute«, sagte er. »Ich weiß es nicht.«

Wenn das so weiterging, spürte ich die Vielleicht-Sarah, wer auch immer sie war, ganz sicher nicht auf.

Ich bedankte mich bei den beiden, überquerte die Straße und stellte mich vor das griechische Restaurant, in dem sich Danielle und Kenny an jenem Abend getroffen hatten. Es war Nachmittag, und die Sonne stand noch hoch am Himmel, auch wenn sie von durchscheinenden Novemberwolken verschleiert war. Ich spähte zu den Gesichtern der Leute hinüber, die auf der anderen Straßenseite ihre Autos betankten, und konnte sie selbst am helllichten Tag kaum erkennen. Danielles Begegnung hatte lange nach Sonnenuntergang stattgefunden. Ich nahm mir vor herauszufinden, wie das Wetter an jenem Abend gewesen war. »Sieht nicht gut aus«, murmelte ich vor mich hin.

Neben dem Restaurant befand sich ein kleines Einkaufszentrum mit einem Sonnenstudio, einem Pfandleiher, einem Pizza-Bringdienst und einem Spirituosengeschäft. In jeden dieser Läden marschierte ich nun mit der Zeichnung von der Frau.

Beim Sonnenstudio und bei der Pizzeria hatte ich kein Glück. Beim Pfandleiher bekundete der Angestellte: »Sieht irgendwie aus wie … wie heißt sie noch? Die aus *Iron Man*?«

Ich blickte auf die Zeichnung und grübelte. »Gwyneth Paltrow?«, fragte ich.

»Ja!«

»Vielleicht ein bisschen«, sagte ich. Die Zeichnung sah überhaupt nicht nach Gwyneth Paltrow aus. »Aber haben Sie sie gesehen?«

»In meinen Träumen.«

Beim Spirituosenladen war meine Ausbeute schon besser: eine Flasche Crown Royal und ein Erfolgserlebnis in Sachen Zeichnung. Zumindest teilweise. Der ältere Mann, der dort arbeitete, betrachtete sie angestrengt. »Ja, die kommt mir irgendwie bekannt vor.« Dann fügte er hinzu: »Die Lady mit dem Hund?«

»Dem Hund?«, wiederholte ich und hob fragend eine Augenbraue. Das klang, als wäre besagte Lady regelmäßig in der Gegend unterwegs. Ich hatte gar nicht in Betracht gezogen, dass Sarah Belmont womöglich nie verlassen hatte. Unmöglich war es nicht, auch wenn sie eigentlich längst jemand hätte erkennen müssen, wenn dies der Fall gewesen wäre.

»Einer von diesen, wie heißen die noch, Doodles? Noch-was-Doodle? Lockig und braun?«

»Und was ist mit der Frau?«, hakte ich nach.

»Ach so, ja«, sagte er. »Ich glaube, ich habe sie beim Gassigehen mit ihrem Hund gesehen. Vielleicht. Labradoodle, das ist der Name, oder?«

»Wissen Sie, wie die Frau heißt? Oder wo sie wohnt?«

»Nein, tut mir leid«, antwortete der Alte.

»Können Sie sich dann vielleicht erinnern, wann Sie sie zuletzt gesehen haben?«

Er schüttelte den Kopf. »Was hat sie denn angestellt?«

»Ich muss nur mit ihr reden«, erklärte ich. Ich gab ihm meine Karte und bat ihn, mich anzurufen, wenn er sie sah.

Die nächste Stunde verbrachte ich damit, in dem

Wohngebiet, das an die Tankstelle angrenzte, an Türen zu klopfen. Lockige braune Hunde begegneten mir dabei keine. Ich fand niemanden mehr, der die Frau auf der Zeichnung kannte oder mich auf sonstige Weise ermutigte, abgesehen von einem Punk-Mädchen, das mir mitteilte, ihm gefiele meine Jacke. Ich stieg wieder ins Auto und betrachtete die Zeichnung. Je länger ich darauf starrte, desto mehr ähnelte die abgebildete Frau tatsächlich Gwyneth Paltrow. Einer Gwyneth Paltrow, die in Ohio lebte und noch nie glücklich gewesen war.

Ich ging noch einmal mit der Skizze in die Tankstelle. Das Duo von vorhin war einem Mann mittleren Alters gewichen, dessen Namensschild ihn als den berühmten Dave auswies. Er blickte mir misstrauisch entgegen. »Mich würde interessieren, ob Sie vielleicht diese Frau an der Tankstelle gesehen haben«, erklärte ich und legte meine Zeichnung auf den Verkaufstresen. »Sie wohnt möglicherweise hier in der Gegend und geht manchmal mit einem« – ich weigerte mich, das Wort *Labradoodle* in den Mund zu nehmen – »braunen lockigen Hund spazieren.«

Daves Miene hellte sich auf. »Sadie.«

»Sadie?«, fragte ich. »Heißt die Frau so?«

»Der Hund heißt so«, korrigierte mich Dave, und ich seufzte. Er zuckte mit den Schultern. »Ich habe selbst einen Goldendoodle.«

Ich fragte ihn, ob er den Namen der Frau kannte oder wusste, wo sie wohnte, aber er verneinte. »Die Zeichnung sieht ihr wirklich ziemlich ähnlich«, sagte er. »Die Frau, die ich meine, kommt ein paarmal pro

Woche hier vorbei. Ich würde allerdings kein Geld darauf setzen, dass es dieselbe Person ist. Schade, dass Sie keine Zeichnung von Sadie haben!«

»Sehr schade«, erwiderte ich. Mir fiel ein, was Kenny gesagt hatte: dass Belmont ein kleines Nest war, in dem einem viele Menschen bekannt vorkamen. Entweder die Frau war nicht Sarah, oder Sarah war vor fünfzehn Jahren nicht sehr weit gekommen. Wie auch immer, wenn ich sie finden wollte, blieb mir wohl nichts anderes übrig, als die Gegend um die Tankstelle im Auge zu behalten.

Es war schon nach fünf, und ich wurde um sieben bei meiner Mutter zum Abendessen erwartet. Als ich aus dem Tankstellengebäude trat, sah ich, dass ich vorerst nirgendwohin fahren würde: ein Streifenwagen der Belmont Police parkte schräg hinter meinem Auto. Die Tür ging auf, und ein uniformierter Polizist stieg aus, jung, mit aufgepumpten Muskeln und selbstgefälligem Gesicht.

»Wie geht es Ihnen, Ma'am?«, begrüßte er mich. Auf dem Namensschildchen an seinem Uniformhemd stand *C. Pasquale.*

»Ganz gut«, antwortete ich langsam.

»Wir haben nämlich ein paar Anrufe erhalten. Wegen Ihnen. Weil Sie hier schon den ganzen Nachmittag herumlungern. Was ist los?«

»Nur ein paar routinemäßige Nachforschungen«, sagte ich und fragte mich, welcher der wenig hilfreichen Bewohner Belmonts mir wohl die Polizei auf den Hals gehetzt hatte. Ich holte meine Lizenz hervor. Der muskulöse Beamte betrachtete sie stirnrunzelnd und neigte sie im Licht nach links und rechts, als wäre sie ein 3D-Bildchen aus einer Cornflakes-Schachtel.

»Was für Nachforschungen?«

Routinemäßige, hätte ich gern wiederholt, ließ es jedoch bleiben. »Ich suche nach einer Person, die in dieser Gegend gesehen wurde.« Ich streckte die Hand nach meiner Lizenz aus. Als er sie weiterhin festhielt, zeigte ich ihm die Phantomzeichnung. Vielleicht hatte er auch einen Irgendwas-Doodle.

»Wer ist die Frau?«, fragte Pasquale.

»Eine alte Freundin meiner Klientin«, antwortete ich.

»Und wer ist Ihre Klientin?«, wollte er als Nächstes wissen.

»Das ist vertraulich.« Das stimmte zwar nicht, aber dieser Kerl nervte mich. In manchen Kleinstädten bestand die Polizei aus engagierten Menschen, die das Herz am rechten Fleck hatten und an ihre Gemeinde glaubten. In anderen wiederum herrschten selbstherrliche Verkehrspolizisten vor, die nichts Besseres zu tun hatten, als Radarfallen am Stadtrand aufzustellen und sich an ihrem kleinen bisschen Macht zu ergötzen. Inzwischen hatte ich eine ziemlich genaue Vorstellung davon, zu welcher Sorte die Polizei von Belmont gehörte.

»Nun denn«, sagte er und ließ endlich meine Lizenz los. »Nächstes Mal geben Sie uns bitte vorher Bescheid, wenn Sie hier sind. Höflichkeit unter Kollegen.«

»Klar, natürlich«, erwiderte ich und bemühte mich, zerknirscht zu klingen.

»Noch einen schönen Abend, Ma'am.«

Ich stieg in mein Auto und er in seins, aber keiner von uns fuhr los. Nach drei Minuten stieg er wieder aus und klopfte an mein Fenster.

»Brauchen Sie eine Wegbeschreibung oder so was?«, fragte er, nachdem ich mein Fenster heruntergekurbelt hatte.

»Nein, ich komme zurecht«, sagte ich und kurbelte das Fenster wieder hoch.

Er tippte erneut dagegen, und ich kurbelte es zum zweiten Mal herunter.

»Das ist kein offenes Trinkbehältnis«, sagte er und wies mit dem Kinn auf die Whiskeyflasche auf meinem Beifahrersitz. »Oder?«

»Himmelherrgott«, murmelte ich, schloss das Fenster und legte den Rückwärtsgang ein.

Zum Abendessen gab es Steak mit gebratenen Zwiebeln und Kartoffeln und zum Nachtisch eine Kokostorte aus dem Gefrierfach. Obwohl wir zu viert am Tisch saßen, redete fast ausschließlich meine Mutter Genevieve. Ihr gingen nie die Gesprächsthemen aus. Sie erzählte, dass sie und ihre Nachbarin Rita dienstagabends einen Tai-Chi-Kurs im Franklin Conservatory machten, berichtete von der Aufregung der Woche in der Nachbarschaft – einem Verkehrsunfall und einem mürrischen Jungen, der für irgendeinen guten Zweck Geschenkpapier aus einem Katalog verkaufte. Nach außen hin war sie mehr oder weniger wieder ganz die Alte, mit ihrer fröhlichen Art und dem voluminösen aschblonden Lockenkopf, der ihre geringe Körpergröße kompensieren sollte. Ich machte mir trotzdem Sorgen um sie, weil sie unter ihrem Panzer aus undurchdringlicher Nettigkeit angespannt wirkte und manchmal wie aus dem Nichts aus der Fassung geriet. Ich fragte mich, wie ihre Nächte wohl waren, so ganz allein in diesem Haus. Hoffentlich waren sie nicht so schlimm wie meine.

»Ich glaube, ich muss einen Klempner anrufen, wegen der Spüle«, verkündete sie gerade, als ich mit einer weiteren Runde Bier für Andrew und mich zurückkam. Die Alkoholsituation in meinem Elternhaus wurde allmählich prekär. Andrew und ich hatten die einst üppig bestückte Hausbar leergetrunken, und es kam uns geschmacklos vor, diesen Umstand zu thematisieren – meine Mutter brauchte ganz sicher keine weitere Erinnerung daran, dass Frank tot war. Also hatten wir uns dem in der Garage gelagerten Bier zugewandt, doch selbst das ging allmählich zur Neige. »Sie ist schon wieder undicht und macht immer Mätzchen, wenn es draußen kalt wird.«

Matt legte seine Kuchengabel auf seinem Dessertteller ab, wobei sein Blick flüchtig zu den Bierdosen in meiner Hand schoss. Er war bärtig und unwirsch, so gedrungen wie Andrew drahtig war, und er hatte vor ungefähr fünf Jahren mit dem Trinken aufgehört. Davor war er ein Katastrophengebiet gewesen, doch jetzt war er nur noch ein selbstgerechter Prophet der Abstinenz, jedenfalls meistens. Für einen kurzen Moment befürchtete ich, er würde wegen des Biers den besorgten Bruder spielen, aber dann sagte er stattdessen: »Weißt du, Mom, eigentlich können wir dir auch eine neue Spüle kaufen, die jetzige ist so alt wie das Haus. Du solltest dir eine schöne neue gönnen.«

Andrew warf mir einen Blick zu, der besagte: *Schleimer.*

»Oh, nicht doch, Schatz«, wehrte meine Mutter ab, obwohl sie meinen Vater jahrelang gebeten hatte, die Spüle zu ersetzen. »Es geht auch so.« Etwas in ihrem Gesichtsausdruck hatte sich verändert.

»Es ist doch bescheuert, schon wieder einen Klempner für eine Spüle zu holen, die sowieso kaum noch funktioniert«, fuhr Matt unklugerweise fort.

»Matthew, ich habe dir doch gerade gesagt, dass es auch so geht. Ich will keine neue Spüle. Ich will, dass *diese* Spüle wieder richtig funktioniert.« Meine Mutter stand abrupt auf und fing an, die Teller abzuräumen. Sogar ohne meinen Vater – vielleicht gerade ohne ihn – endete jede Zusammenkunft in diesem Haus im Streit. Aber wenn es etwas gab, was meine Familie gut konnte, dann, nicht über das zu reden, was wirklich im Argen lag.

Auch Andrew stand auf. »Mom, lass dir mit den Tellern helfen.«

Sie hörte auf, mit dem Geschirr herumzuklappern, und lächelte ihn an. »Danke, Schatz«, sagte sie, und ihre Züge entspannten sich merklich. Matt starrte die beiden böse an. So war es schon immer gewesen bei meiner Mutter: Matt bemühte sich in einem unterschwelligen Konkurrenzkampf verbissen, ihr Liebling zu werden, und Andrew trug ohne jede Anstrengung den Sieg davon. Ich wiederum hielt mich tunlichst aus allem raus.

Doch Matt konnte die Sache nicht einfach auf sich beruhen lassen. Er spielte mit dem Verschluss seiner Coladose herum und fragte mich: »Würdest du bei der Spüle mitmachen?«

»Auf gar keinen Fall«, antwortete ich. »Um dieses Wespennest mache ich einen großen Bogen, und das solltest du auch.«

»Komm schon!«

»Nein.«

»Du schuldest mir was«, argumentierte Matt. »Wegen Danielle.«

»Ich wusste, dass du mich nur empfohlen hast, um mir hinterher blöd zu kommen«, sagte ich, und er verdrehte die Augen. »Trotzdem danke. Sie macht einen netten Eindruck. Woher kennst du sie?«

Er errötete ein wenig unter seinem Bart. »Sie wohnt im selben Gebäude wie ich. Wir unterhalten uns manchmal in der Waschküche.«

»Oooh«, säuselte ich, »ein kleines Techtelmechtel zwischen Bettlaken?«

»Nein, ein Gespräch unter Erwachsenen.«

»Worüber, deinen Schleudergang?«

Er ignorierte mich und kam sich dabei vermutlich sehr überlegen vor.

Aber er war ein leichtes Opfer. Immer schon gewesen. »Deinen Quirl?«

»Hör auf, du bist betrunken«, sagte Matt und versuchte vergeblich, ein Grinsen zu unterdrücken.

»Bin ich nicht«, widersprach ich. »Ich habe zwei Bier getrunken. Du weißt doch, dass ich dich gerne ein bisschen aufziehe. Was hältst du von ihr?«

Matt sah mich an. Er war es nicht gewohnt, dass ich mich nach seinem Urteil erkundigte. »Sie ist echt cool«, antwortete er. »Und intelligent – ich glaube, sie ist Buchhalterin oder so, irgendwas mit Finanzen. Meinst du, du kannst ihr helfen?«

»Ich werde es versuchen«, sagte ich. In diesem Moment kam meine Mutter zurück ins Esszimmer. Sie trug eine Kristallvase mit Lilien und Mini-Gerbera in der Hand.

»Hast du die gesehen, Roxane?«, fragte sie. »Tom hat sie am Wochenende vorbeigebracht. Zu meinem Geburtstag.«

Ich wusste, dass er hin und wieder nach ihr sah, was ich sehr lieb von ihm fand. Meinen Brüdern behagte seine Fürsorge weniger, wahrscheinlich, weil sie dadurch in umso schlechterem Licht dastanden. Keiner der beiden hatte ihr Geburtstagsblumen überreicht. Wenn sie gewusst hätten, dass ich mit ihm schlief, hätten sie Tom wohl noch viel weniger gemocht. »Hübsch«, sagte ich.

Meine Mutter stellte die Blumen auf der Mitte des Tisches ab und ging zurück in die Küche.

»Jetzt müssen wir das mit der Spüle erst recht machen«, murmelte Matt und starrte die Blumen böse an. »Du weißt genau, dass sie sich freuen wird, wenn die neue erst mal da ist.«

Andrew beugte sich zu uns herein, wischte sich

Spritzwasser vom Hemd und schoss mit zwei Fingern die Blumen ab. »Ich bin dabei«, sagte er. »Rox?«

»Ach, meinetwegen«, seufzte ich.

Die Straße war still und in Nebel gehüllt, als ich gegen halb elf aufbrach. Ich schob den Schlüssel in das Schloss meiner Autotür und merkte sofort, dass etwas nicht stimmte, denn ich spürte beim Umdrehen keinen Widerstand. Einen Moment lang starrte ich im Dunkeln verwirrt auf die Tür. Sie war unverschlossen, dabei wusste ich genau, dass ich sie abgeschlossen hatte, bevor ich ins Haus gegangen war. Ich wirbelte herum und blickte zur Straße, aber sie war leer und reglos. Dann öffnete ich die Tür und spähte in meinen Wagen.

»Na toll«, murmelte ich.

Wenigstens schien nichts beschädigt zu sein oder zu fehlen, wenngleich die Münzen, Haargummis und Stifte im Ablagefach der Mittelkonsole auf eine Seite geschoben waren und die Whiskeyflasche, die ich am Nachmittag gekauft hatte, quer über der Gangschaltung lag statt auf dem Beifahrersitz, wo ich sie zurückgelassen hatte. Ein Kapuzenpullover, der auf dem Boden vor dem Rücksitz gelegen hatte, war jetzt teilweise über die Armlehne drapiert. Ich kontrollierte die Verriegelung des Handschuhfachs – es war immer noch fest verschlossen. Das war gut so, denn darin befand sich mein Revolver.

Einen solchen Vorfall hätte man eher in meinem Wohnviertel erwartet, wo er jedoch für gewöhnlich von glitzernden Glasscherben auf dem Bordstein und, wenn man Glück hatte, einem kostenlosen Backstein auf dem Autositz begleitet wurde. Der Häuserblock, in dem meine Mutter wohnte, wurde normalerweise von Bagatelldelikten verschont. Hinzu kam, dass nichts gestohlen worden war.

Jemand, der dort nicht hingehörte, war in mein Eigentum eingedrungen, und das gefiel mir ganz und gar nicht.

Ich richtete mich auf und musterte noch einmal prüfend die Straße. Dann lief ich den Häuserblock ab und begutachtete die Autos, die hinter mir geparkt waren. Obwohl sie teurer und sicher auch neuer waren als mein Oldtimer, schienen sie nicht durchwühlt worden zu sein. Ich blieb neben einem Audi stehen, auf dessen Beifahrersitz völlig unverhohlen ein Gegenstand herumlag, der verdächtig nach einem iPad aussah. Ernsthaft? Selbst in dieser Gegend forderte man mit so viel Nachlässigkeit Ärger geradezu heraus. Ich beugte mich näher heran und stieß mit dem Ellbogen leicht gegen den Außenspiegel. Die plötzlich losgehende Alarmanlage erschreckte mich so, dass ich einen halben Meter in die Luft sprang. Ich taumelte einige Schritte rückwärts, eine Hand auf die Brust gelegt. Dann musste ich über meine eigene Schreckhaftigkeit lachen. Ich lief eilig zurück zu meinem Auto, bevor jemand aus dem Haus kam und fragte, was ich verdammt noch mal da machte, denn darauf hatte ich nun wirklich keine überzeugende Antwort.

ACHT

Bei Tageslicht sah ich, dass die Person, die gestern Abend in mein Auto eingebrochen war, dazu einen Slim-Jim oder Drahtbügel verwendet haben musste. Die Gummidichtung am unteren Ende des Fensters war eingerissen und die blaue Farbe an meiner Autotür leicht zerkratzt. Besser als ein Backstein durch die Scheibe, aber ich war trotzdem wütend.

Hinzu kam, dass ich nicht wusste, wie mein nächster Schritt in Sachen Brad Stockton aussehen sollte. Bisher hatte ich drei Stimmen für seine Unschuld vorzuweisen, zweimal ein Vielleicht, was die namenlose Hundebesitzerin anging, sowie eine seltsame Begegnung mit der Polizei von Belmont, jedoch nicht eine Bestätigung für Danielles Behauptung, die gesichtete Frau sei Sarah gewesen. Wie sollte es mir je gelingen, diese Frau auf Basis der wenigen Informationen, die mir über sie vorlagen, ausfindig zu machen? Schließlich hatte auch ich, abgesehen von meiner eingelesenen Kreditkarte und dem unwahrscheinlichen Fall, dass sich ein anderer Autofahrer an mich erinnerte, bei meinem letzten Tankstellenbesuch keinerlei Spuren hinterlassen. Aber die Tankstelle war alles, was ich hatte, und ich war noch nicht bereit, mich geschlagen zu geben.

Nachdem ich dort eine Tasse Tee und einen Muffin erstanden hatte, zeigte ich dem Mitarbeiter der Vormittagsschicht meine Zeichnung – ohne Erfolg. Dann bezog ich in meinem Auto auf dem Parkplatz Stellung. Ich hoffte vor allem darauf, die Sarah-Doppelgängerin zu erspähen, würde mich jedoch genauso mit einem braunen lockigen Hund, einer roten Limousine oder einem grünen Pick-up zufriedengeben – mit allem, was dazu beitrug, Danielles Geschichte zumindest teilweise zu erhärten. Aber alles, was ich zu sehen bekam, war Regen, ein eisiges Nieseln, bei dem jeder Tankstellenbesucher das Kinn einzog, den Kragen hochklappte und so schnell wie möglich ein- oder ausstieg. Normalerweise machte es mir nichts aus, Zeit im Auto zu verbringen, nicht einmal bei miesem Wetter, doch an diesem Tag ging mir die Tatsache nicht mehr aus dem Kopf, dass jemand vorige Nacht den gesamten Innenraum meines Wagens betatscht hatte – ein Gänsehaut auslösender Gedanke.

Um zwei Uhr mittags – ich beobachtete bereits seit mehreren Stunden die Umgebung, abzüglich eines aus Melitzanosalata und Pita bestehenden Mittagessens in der Taverna Athena – war ich zunehmend ruhelos und fror. Ich war so optimistisch gewesen, meine Nikon D750 mitzubringen, aber bisher hatte ich nichts entdeckt, was auch nur im Entferntesten ein Foto wert gewesen wäre. Nachdem ich die Kamera eingeschaltet hatte, klickte ich durch die Bilder auf der Speicherkarte. Ich hatte die Kamera zuletzt im vorigen Januar benutzt, um Fotos von einem Immobilienmakler zu schießen, der – korrekterweise – unter dem Verdacht gestanden hatte, seine Frau zu betrügen. Die gute alte Zeit, als meine Fälle noch unkompliziert gewesen waren.

Mit Novotny, Kenny, Brad und Cass hatte ich vier Personen, die es für wahrscheinlich hielten, dass Sarah tot war – eine überwältigende Mehrheit, nur leider war es keiner dieser vier, der mich bezahlte.

Letzten Endes bestand Danielles Ziel darin, Beweise zugunsten der Unschuld ihres Bruders zusammenzutragen; es ging nicht in erster Linie darum, die Frau ausfindig zu machen, die sie an der Tankstelle gesehen hatte. Allmählich fragte ich mich, ob es nicht noch einen anderen Weg zu diesem Ziel gab. Der Mord an Sarahs Eltern wirkte auf mich nicht wie ein Zufallsmord. Es war kein Raubüberfall gewesen, kein willkürlicher Hausfriedensbruch und auch kein Serienverbrechen – oder vielleicht doch? Während ich mit einem Auge die Umgebung im Blick behielt, legte ich die Kamera weg und klappte meinen Laptop auf. Tom hatte gesagt, die Polizei habe den Cook-Fall rasch abgeschlossen, was logisch war, hatte sie doch vermutlich unter großem Druck gestanden. Ungeachtet der Frage, wie sie auf die Idee gekommen war, einen Durchsuchungsbefehl für Brad Stocktons Auto zu erwirken, war sie bei eben jener Durchsuchung fündig geworden. Danach hatte die Mordkommission nicht mehr weiterermitteln müssen und daher vermutlich auch keine älteren Fälle konsultiert. Und falls in der Zwischenzeit bei einem Mord ein ähnlicher Modus Operandi aufgetreten war, bezweifelte ich, dass sich jemand freiwillig die Mühe gemacht hatte, die Ermittlungen noch einmal aufzurollen.

Während ich darüber nachgrübelte, tippte ich leicht mit den Fingern auf die Tastatur, ohne etwas zu schreiben. Dann richtete ich meine Aufmerksamkeit auf mein Recherche-Netzwerk aus verschiedenen Datenbanken und startete eine äußerst grobe Suche nach erstochenen Personen in Franklin County. In dem Bezirk ereigneten sich ungefähr hundert Morde pro Jahr. Bei zehn Prozent davon waren Messer oder andere Stichwerkzeuge die Mordwaffen. Ich ging bis 1990 zurück, was bedeutete, dass ich zweihundertfünfzig Todesfälle durch Erstechen zu überprüfen hatte.

Vielleicht war es doch einfacher, auf die Frau mit dem Hund zu warten.

Eine Weile beobachtete ich abwechselnd die Straße und las Polizeiberichte. Streit in einer Bar, häusliche Gewalt, häusliche Gewalt, Hausfriedensbruch in Zusammenhang mit Drogenbeschaffung, Jugendliche, die ihrem Freund mit einem selbst gebastelten spitzen Gegenstand in den Arm sticht, Mann, der in seinem Haus in North Linden erstochen wird, keine Verdächtigen. Nach vierzig Minuten entdeckte ich das Wort *Belmont* in einem Eintrag aus dem Jahr vor den Cook-Morden. Mein Herz klopfte schneller. Die beiden Verbrechen wirkten auf den ersten Blick sehr unterschiedlich, aber das Opfer, Mallory Evans, war achtzehn Jahre alt gewesen, ähnlich alt also wie Sarah. Und Brad Stockton. Ich fragte mich, ob sich die drei gekannt hatten, und öffnete ein neues Browser-Fenster, um die

Dispatch-Datenbank nach Mallorys Namen zu durchsuchen.

> Im Südosten von Columbus wurde die Leiche einer im letzten Mai vermisst gemeldeten jungen Frau aus Belmont gefunden. Ein Wanderer, der am 5. Dezember im Wald nahe der Interstate 270 und der State Route 33 unterwegs war, fand den Leichnam von Mallory Evans, 18, in einem oberflächlich ausgehobenen Grab.
>
> Nach Aussagen eines Sprechers der Polizei wies Evans mehrere Stichverletzungen auf.
>
> Evans wurde zuletzt am Freitag, den 25. Mai, um 22 Uhr im Haus ihrer Eltern in Belmont gesehen. Seit ihrem Verschwinden wurde sie nicht mehr gesichtet.
>
> Die Polizei bittet jeden, der Informationen zu dem Fall hat, die Mordkommission unter der Nummer 614-645-4730 anzurufen. Detective Frank Weary ist der leitende Ermittler.

Frank Weary.

Ich las den Namen noch einmal, während mir die Hitze ins Gesicht stieg. In dem Bericht stand noch der Name meines Vaters.

Rasch klickte ich mich durch die anderen Suchergebnisse, doch kein weiterer Beitrag enthielt zusätzliche Einzelheiten oder erwähnte meinen Vater. Der Fall schien bis heute ungelöst zu sein. Obwohl es mein Ziel gewesen war, ein Tatmuster aufzudecken, war ich erschüttert darüber, tatsächlich ein ähnliches Verbrechen gefunden zu haben, noch dazu eines, an dem mein Vater gearbeitet hatte. Was für ein eigenartiger Zufall. Ich starrte immer noch auf den Bildschirm, als ich plötzlich hörte, wie ein Fahrzeug hinter mir hielt. Ich drehte mich um und sah, dass ein Streifenwagen der Belmont Police direkt hinter meiner Stoßstange geparkt hatte.

»Was ist denn jetzt schon wieder?«, murmelte ich. Ich stellte meinen Laptop auf den Beifahrersitz und stieg aus dem Auto, zu angespannt, um ruhig sitzen zu bleiben und abzuwarten. Es hatte aufgehört zu regnen, aber die Luft war feuchtkalt. Der Polizist ließ sich Zeit damit, ebenfalls seinen Wagen zu verlassen. Er war älter als der Beamte vom letzten Mal, um die fünfzig und groß, mit kurzem silbergrauem Haar und einem ordentlich gestutzten Ziegenbart. Er sah gut aus, auf eine solide, verlässliche Art, als könnte er eine verdammt gute Holzhütte bauen. Durch die getönten Scheiben des Streifenwagens erkannte ich die Tressen eines Sergeants an seinem Ärmel. »Guten Tag«, sagte er, nachdem er ausgestiegen war.

»Hallo«, erwiderte ich. »Beschwerde wegen Herumlungerns, stimmt's?«

Er kam nickend auf mich zu. Auf seinem Namensschild stand *J. Derrow.* »Können Sie mir verraten, was Sie hier tun?«

»Ich warte auf jemanden. Na ja, eigentlich suche ich jemanden. Ich bin Detektivin. Privatdetektivin.«

»Ach ja?«, fragte er freundlich. »Können Sie sich irgendwie ausweisen?«

Ich beugte mich in mein Auto und holte meine Lizenz hervor. Er warf einen flüchtigen Blick darauf und gab sie mir zurück.

»Was führt Sie nach Belmont?«

Da er mir die gleiche Frage schon einmal gestellt hatte, gab ich ihm auch ungefähr die gleiche Antwort. »Ich untersuche eine gewisse Angelegenheit.«

Derrow lächelte. »Kommen Sie schon, tun Sie mir den Gefallen und klären Sie mich auf. Ich liebäugle schon lange damit, mich nach dreißig Dienstjahren als Privatermittler selbstständig zu machen.« Er blickte zum Himmel. »Noch vier Jahre.«

Er war also schon Polizist gewesen, als die Cooks ermordet worden waren. »Erinnern Sie sich an einen Fall vor etwa fünfzehn Jahren, einen Doppelmord hier in Belmont? Damals wurde ein Ehepaar erstochen, dessen Tochter spurlos verschwand.«

Derrows Miene verdüsterte sich. »Garrett Cook war ein Freund von mir«, sagte er.

Ich öffnete den Mund, um etwas zu erwidern, aber er war schneller und fuhr fort.

»Ist das die Angelegenheit, die Sie untersuchen? Wir haben den Kerl schon, dem Himmel sei Dank, und er sitzt in der Todeszelle, wo er hingehört.« Er fuhr sich mit der Hand übers Gesicht. »Es kommt hin und wieder vor, dass die Leute hier herumschnüffeln und Näheres über den Fall wissen wollen. Sich das Haus der Cooks anschauen, zum Beispiel. Bevor es abgerissen wurde, war es ständig von Geisterjägern bevölkert.«

»Das mit Ihrem Freund tut mir leid«, sagte ich

schnell, und er nickte. »Ich habe auch gar nicht vor, schlimme Erinnerungen zurückzubringen. Ich gehe nur einem Hinweis darauf nach, dass Sarah womöglich hier gesehen wurde.«

»Hier?«, fragte Derrow. Er beschrieb mit dem Zeigefinger einen Kreis in der Luft, um die nähere Umgebung zu bezeichnen. »Lassen Sie mich raten. Das hat Ihnen Stocktons Schwester erzählt?«

»Ja«, gab ich zu.

Er nickte, langsam und traurig. »Nettes Mädchen, wenn auch vielleicht ein wenig realitätsfern. Sie kommt manchmal auf die Wache, weil sie wieder irgendwo etwas aufgeschnappt oder im Gerichtsfernsehen gesehen hat – was ist mit einem DNA-Test, was ist hiermit, was ist damit ... Ich sage Ihnen jetzt das, was wir ihr auch immer antworten: Der Fall ist nicht ohne Grund abgeschlossen. Weil er nämlich aufgeklärt ist. Sie wissen, dass er das Tatmesser im Auto hatte, nicht wahr?«

»Ja.«

»Außerdem hatte er vorher schon so einiges auf dem Kerbholz.«

»Aber das war alles Kinderkram, oder?«

»Wenn Sie es *Kinderkram* nennen, dass jemand das Auto einer Lehrerin aufbricht und ihr die Sitze aufschlitzt ...«, sagte Derrow.

Ich spürte, wie meine Augenbrauen nach oben schossen. »Oh.«

»Die genaueren Umstände kenne ich nicht, es ging wohl um irgendeinen Streit«, fuhr er fort und schüttelte den Kopf. »Stockton bekam einen Verweis, und sie verließ die Schule. Ist nicht mal lange genug geblieben, um Anzeige gegen ihn zu erstatten. Ich wünschte, sie hätte es getan. Belmont ist ein nettes Städtchen, und wir hatten hier noch nie Ärger, bevor Brad Stockton kam.«

Was er da erzählte, gefiel mir gar nicht. Allerdings war es angesichts dessen, was ich gerade über den Mord an Mallory Evans gelesen hatte, wohl nicht ganz zutreffend, dass es in Belmont vor Brad noch nie Ärger gegeben hatte. »Wirklich? Ich habe nämlich gerade von einem weiteren Fall erfahren«, hakte ich ein. »Eine junge Frau namens Mallory Evans?«

Jetzt war es an ihm, die Augenbrauen zu heben. »Sie kennen sich aus mit der hiesigen Geschichte«, bemerkte er anerkennend. »Mallory Evans, das arme Mädchen. Wir waren damals nicht an den Ermittlungen beteiligt, was am Fundort ihrer Leiche innerhalb der Stadtgrenzen von Columbus lag. Aber es ging immer das Gerücht herum, dass es ein ehemaliger Klassenkamerad von ihr gewesen sein musste.«

»Ach ja?«

»Ja, allerdings leider nichts Konkretes. Es kam nie irgendein Name ans Licht, gegen den man hätte ermitteln können. Die Jungs von der Mordkommission in Columbus wollten nicht jeden einzelnen Schüler zum Verhör einbestellen, was ja auch irgendwie verständlich ist. Die Eltern wären durchgedreht«, erzählte Derrow schulterzuckend. »Wenn ich Sie wäre, würde ich nicht weiter meine Zeit vergeuden. Dieser Stockton ist es nicht wert, dass man sich so für ihn einsetzt.« Nach einer kurzen Pause fügte er hinzu: »Die Leute hier sind manchmal ein bisschen schreckhaft, deshalb werde ich kein großes Ding daraus machen, dass Sie hier herumhängen, aber es wäre vielleicht an der Zeit, dass Sie aufbrechen.«

»Ja«, sagte ich.

Allmählich hatte auch ich das Gefühl, dass es Zeit zum Rückzug war. Ich befand mich an einem Punkt meines Falls, an dem die anfängliche Faszination verflogen war und mich mit dem bitteren Geschmack von unzureichenden Informationen und offenen Fragen zurückgelassen hatte. Trotzdem fuhr ich, nachdem Derrow abgezogen war und ich den Parkplatz verlassen hatte, noch einmal auf die andere Straßenseite zur Taverna Athena hinüber. Dort war es einfacher, nicht aufzufallen, und ich schätzte, dass ich mir so eine weitere Stunde erkaufen konnte, bevor ich für heute aufgab. Obwohl ich fror, wusste ich, dass mich nur allzu bald die Überwachungsroutine einlullen und ich die Zielperson nicht einmal mehr wahrnehmen würde, wenn sie direkt vor meinen Augen vorbeilief.

Und fast genau so kam es dann auch.

NEUN

Um kurz nach vier Uhr nachmittags spazierte ein brauner lockiger Hund in mein Sichtfeld. Ich beobachtete ihn ein paar Sekunden lang träge, ohne dass mein Gehirn Alarm schlug. Dann bemerkte ich die Frau am anderen Ende der Hundeleine: Es war die Frau von der Zeichnung!

»Danke«, murmelte ich ans Universum gerichtet. Ich zog hastig den Schlüssel aus der Zündung und rannte quer über die Straße, wobei ich nur knapp dem Zusammenstoß mit nicht weniger als drei Autos entging. »Sadie!«, rief ich, weil mir nichts Besseres einfiel.

Die Frau blieb vor einem Flachbau zwei Häuser von der Tankstelle entfernt stehen und drehte sich mit einem erwartungsvollen Lächeln um. Sie war etwa einen Meter siebzig groß und schlank und trug eine hüftlange graue Cabanjacke aus Wolle. Ihre dunkelblonden, großzügig gestuften Haare fielen ihr vom Wind zerzaust und glänzend in das gerötete Gesicht. Als ich joggend zu ihr aufschloss, mischte sich Verwirrung in ihr Lächeln. »Hallo?«, sagte sie fragend.

»Hallo«, erwiderte ich und atmete erst einmal durch. »Das ist Sadie, stimmt's?«

Sie blickte auf ihren Hund hinab und zupfte leicht an der Leine. »Ja? Kennen wir uns?«

»Nein«, antwortete ich. »Das hört sich jetzt wahrscheinlich ziemlich durchgedreht an: Ich bin Privatdetektivin und versuche seit einer Weile, eine Frau ausfindig zu machen, deren Beschreibung auf Sie zutrifft.« Ich zeigte ihr meine Lizenz und gab ihr meine Visitenkarte.

»Wirklich?«, fragte sie. Jetzt wirkte sie amüsiert. »Mein Mann wird ausflippen, er ist ein großer Krimi-Fan. Was hat diese Frau, die so aussieht wie ich, denn angestellt? *Angeblich* angestellt?« Sie hatte ein boshaftes kleines Grinsen und war mir sofort sympathisch.

Ihr Name war Jillian Pizzuti. Sie wohnte drei Straßen weiter und kam regelmäßig an der Tankstelle vorbei, entweder zum Tanken oder wenn sie mit ihrem Hund spazieren ging. »In den Wohnstraßen gibt es keine Gehwege«, erklärte sie, »und die Leute hier fahren wie die Verrückten. Ich bin schon öfter fast überfahren worden, als ich zählen kann. Also bleibe ich so oft es geht auf der Clover Road.«

Ich fragte sie, ob sie sich an den Abend des zweiten November erinnern könne. »Das war ein Donnerstag«, fügte ich hinzu. »Der Himmel war klar, falls Ihnen das weiterhilft.«

»Der zweite war vor zwei Wochen«, sagte Jillian.

»Ja.«

»Kann schon sein, dass ich hier vorbeigekommen bin«, fuhr sie fort. Sadie winselte und zog an der Leine, als eine andere Frau mit Hund an uns vorbeiging.

»Aber genau weiß ich es nicht.« Sie holte ihr Handy hervor und öffnete ihren Kalender, doch für besagten Abend gab es keinen Eintrag. »Tut mir leid.«

»Fahren Sie eine rote Limousine?«, fragte ich sie mit Hinblick darauf, was Danielle mir über die gesichteten Autos erzählt hatte. »Oder einen grünen Pick-up?«

»Einen weißen Kombi«, antwortete sie.

Mir war von vornherein klar gewesen, dass die Sache ziemlich aussichtslos war, daher war ich nicht direkt enttäuscht, kam mir jedoch trotzdem vor, als wäre eine Tür vor meiner Nase zugegangen. Ich bedankte mich bei Jillian für ihre Zeit und streichelte Sadie den lockigen Kopf.

»Ich hoffe, Sie finden sie, wer auch immer sie ist«, sagte Jillian.

Ich ging zu meinem Auto zurück – dieses Mal auf dem Fußgängerüberweg – und ließ mich auf den Fahrersitz plumpsen. Ein endgültiger Beweis war meine Begegnung mit Jillian Pizzuti zwar nicht, aber es war doch zu vermuten, dass Danielle an jenem Abend sie gesehen hatte und nicht Sarah, was bedeutete, dass sich meine einzige handfeste Spur in diesem Fall bereits erledigt hatte.

Der Klempner-Transporter in der Einfahrt meiner Mutter hätte mir eine Warnung sein müssen, doch statt auf dem Absatz kehrtzumachen, ging ich hinein. Beim Betreten des Hauses hörte ich, wie sich meine Mutter und ihre Nachbarin Rita am Küchentisch unterhielten.

»Ach, Gen, ich weiß«, sagte Rita gerade. »Er hat es doch nur gut gemeint.«

»Ich habe ihm gesagt, dass ich keine neue Spüle will«, beteuerte meine Mutter mit belegter Stimme.

Ich erstarrte, die Hand noch auf dem Türknauf. Um ein Haar wäre ich wieder hinausgeschlichen, aber ich war hier, weil ich eine Mission hatte. »Hallo, Mom!«, rief ich. »Hallo, Rita.«

»Hallo, Schatz«, begrüßte mich meine Mutter kühl, während ich die Küche durchquerte. »Rita hat Pizzelle mitgebracht. Weißt du noch, wie verrückt du früher danach warst?«

»Die mit Mandeln sind ein bisschen zu weich«, sagte Rita, »aber die mit Anis sind perfekt geworden.«

Ich stopfte mir einen Keks in den Mund und betrachtete die Küchenspüle, die in ihre Einzelteile zerlegt auf der Arbeitsplatte und dem Boden ausgebreitet war. »Bauen die nur neue Leitungen ein?«, fragte ich.

»Alles neu«, antwortete meine Mutter. »Neue Leitungen, neuer Wasserhahn und irgendwas mit einem Siphon und Unterlegscheiben. Wusstest du, dass dein Bruder das alles anleiert?«

Ich sah sie an und hütete mich davor, diese Frage zu beantworten. »Wenn es erst einmal fertig ist, gefällt es dir bestimmt«, sagte ich.

Rita ergriff die Gelegenheit, sich zu verabschieden. »Ich lasse dir die Anis-Pizzelle da, Roxane«, erklärte sie und zog ihren Mantel an. »Genevieve, ich rufe dich später an, meine Süße.«

Nachdem sie gegangen war, stand meine Mutter auf

und räumte die Kaffeetassen weg. Da die Spüle momentan nur in der Theorie eine Spüle war, stellte sie die Tassen auf den Herd und verschränkte die Arme. »Heute Morgen war jemand für dich da«, sagte sie.

»Jemand?«

»Ich habe seinen Namen nicht verstanden. Vielleicht ein junger Mann, den du von früher kennst?«

Ich brach noch einen Keks in zwei Hälften und knabberte den verschnörkelten Rand ab. »Wie kommst du auf die Idee? Kam er dir bekannt vor?«

»Na ja, das nicht«, räumte meine Mutter ein. »Aber er hat gefragt, ob du zu Hause bist. Als ich geantwortet habe, dass du schon seit dem Ende der Highschool nicht mehr hier wohnst, war ihm seine Frage ein bisschen peinlich. Er meinte: Stimmt, ist ja eigentlich logisch. Dann ging er wieder.«

Ich dachte einen Moment darüber nach, während ich an meinem Keks kaute. »Wie sah er denn aus?«

»Ach, ich weiß auch nicht. Er hatte so ein Piercing in der Augenbraue.« Sie griff ebenfalls nach einem Keks. »Und in der Zunge auch. Damit hat er die ganze Zeit in seinem Mund herumgeklappert. Ist das nicht schlecht für die Zähne?«

»Ich denke schon«, antwortete ich ungeduldig. »Was sonst noch? Was hatte er an?«

»Eine Jacke, so eine Tarnjacke mit Blättern drauf, wie sie Jäger tragen. Und eine Wollmütze.«

Die Beschreibung klang nicht nach jemandem, den ich kannte. Meine Gedanken kreisten um die Tarnjacke. *Wie sie Jäger tragen.* Das Messer, mit dem Garrett und

Elaine Cook ermordet worden waren, war ein Jagdmesser gewesen. Vielleicht ein Zufall. Tarnjacken für Jäger waren hier in der Gegend so weit verbreitet wie Autoaufkleber mit der Aufschrift *Ohio State*, das stand fest. Mir gefiel der Gedanke trotzdem nicht, dass dieser Mann nach mir gefragt hatte, zumal nach dem Vorfall mit meinem durchsuchten Auto am Vorabend. »Er hat also einfach an die Tür geklopft und gefragt, ob ich zu Hause bin?«

»Geklopft hat er nicht wirklich«, widersprach meine Mutter. »Ich kam gerade am Windfang vorbei und hörte, wie jemand die äußere Tür öffnete. Da ich ein Päckchen erwartete, dachte ich, es wäre der Briefträger. Warum? Weißt du, wer es gewesen sein könnte?«

Ich aß den Rest meines zweiten Kekses und schüttelte den Kopf, weil ich sie nicht beunruhigen wollte. Sie hatte dieses Jahr schon genug Sorgen gehabt. Ohnehin war sie noch nie besonders glücklich über meine Berufswahl gewesen. »Wahrscheinlich irgendjemand, den ich aus der Schulzeit kenne, wie du schon sagtest. Wenn er noch mal wiederkommt, gibst du mir dann Bescheid?«

Meine Mutter nickte. Ihr kühler Gesichtsausdruck war ein wenig freundlicher geworden, und sie fragte: »Also, was führt dich schon so bald wieder her?«

Ich seufzte. Der Grund für mein Kommen würde ihr nicht gefallen. »Dads Akten, seine Notizbücher und das ganze Zeug«, antwortete ich trotzdem. »Was ist damit passiert?«

»Was?«

»Du weißt doch, dass er immer alles aufbewahrt hat.

Was hast du mit den Aufzeichnungen zu seinen alten Fällen gemacht?«

Ein angespannter Ausdruck trat in das Gesicht meiner Mutter. »Tja, ich vermute mal, das ist alles noch in seinem Arbeitszimmer.«

»Was heißt, du vermutest es?«, fragte ich.

Sie marschierte durch die Küche und begann, in ihrer Handtasche herumzuwühlen. »Ich habe keine Ahnung, was da alles drin ist. Die Tür ist abgeschlossen.«

Ich starrte sie an. »Du meinst, du warst nicht mehr in seinem Arbeitszimmer seit …« Ich hielt inne. »Seit Februar?«

»Richtig, Roxane, war ich nicht«, antwortete meine Mutter. »Ich gehe raus und rauche eine Zigarette.«

Sie rauchte schon, seit ich denken konnte, aber mein Vater hatte den Qualm gehasst und sie immer nach draußen verbannt. Inzwischen gab es niemanden mehr, der sie vom Rauchen im Haus hätte abhalten können, doch sie tat es trotzdem nicht. Sie verschwand ohne Jacke aus der Hintertür, und ich sah sie durchs Fenster draußen stehen und in der Kälte zittern, die Zigarette auf halbem Weg zum Mund.

Ich ging in den ersten Stock hinauf und rüttelte am Knauf der verschlossenen Bürotür meines Vaters, während ich die Maserung des billigen Holzimitats betrachtete. Das Haus war klein, und meine Brüder und ich hatten uns immer unsere Zimmer teilen müssen, in unterschiedlicher Zusammensetzung, wohingegen dieser Raum Franks Arbeitszimmer geblieben war. Vermutlich hatte er einen Ort für seine Plattensammlung, seine Notizbücher und seinen Alkohol gebraucht, auch wenn er in diesem Raum nichts anderes getan hatte, als zu trinken und spätabendliche Telefonate zu führen. Mit neun Jahren hatte ich einmal den Telefonhörer abgenommen, um eine Freundin anzurufen, und meinen Vater in der Leitung gehört, wie er mit einer seiner Frauen redete. Ihre Stimme war belegt gewesen, und sie hatte geweint. Die Stimme meines Vaters war einfach seine Stimme gewesen, kratzig und monoton.

Die Tür zu seinem Arbeitszimmer war auch früher schon stets abgeschlossen gewesen, und keiner von uns hatte es je gewagt, auch nur den Versuch zu unternehmen, es zu betreten. Was ich vorhatte, war also ein Tabubruch oder hätte sich zumindest so anfühlen müssen. Ich kam mir wie eine Diebin vor, weil ich den Rest der Familie um die Gelegenheit brachte, dem Öffnen des heiligen Schreins beizuwohnen. Wir hätten ihn monate-, jahre-, jahrzehntelang verschlossen lassen können, um ihn erst am fünfundzwanzigsten Jahrestag seines Todes zu öffnen, wenn wir alle seinen Tod verarbeitet hatten. Wir hätten feierlich auf meinen Vater anstoßen und die eine oder andere Anekdote über ihn austauschen können – *wisst ihr noch, als er …* Stattdessen knackte ich das Türschloss mit der Nagelfeile des Schweizer Messers an meinem Schlüsselbund, und damit hatte es sich.

Die Luft in dem kleinen Raum war staubig und kalt und roch genau, wie mein Vater gerochen hatte, nach Whiskey und Aqua Velva. Eine Wand wurde fast vollständig von einem Schreibtisch aus Pressspan eingenommen, dessen vordere rechte Ecke klebrig war, weil dort jahrelang ein Glas mit schmelzenden Eiswürfeln gestanden hatte. Ein großer Computermonitor aus den Neunzigerjahren füllte den Schreibtisch fast vollständig aus, und daneben lag ein Schmierblock, darauf ein einziges, unlesbares Wort in der hoffnungslosen Handschrift meines Vaters. An der anderen Wand reihten sich Bücherregale mit wahllos arrangierten Artefakten aus seinem Leben: ein Baseballhandschuh, ein gerahmtes Bild meiner Großeltern, reihenweise Taschenbuch-Western mit rissigen Buchrücken, Platten – hauptsächlich Jazz, einige mit Hülle, andere einfach aufeinandergestapelt –, Handbücher zu Autos und Geräten, die es längst nicht mehr gab, die Quaste eines Doktorhuts und, zu guter Letzt, ein Dutzend Whiskey-Flaschen, die wie kostbare Trophäen ganz oben standen. Ich betrachtete die Etiketten. Er hatte uns die ganze Zeit hingehalten und die Hausbar im Wohnzimmer mit billigem Fusel bestückt.

Ich griff aufs Geratewohl nach einer Flasche, nahm einen langen Schluck, setzte mich auf den schwarzen Ledersessel am Schreibtisch und fing an, Schubladen aufzuziehen. Ein Knäuel Gummibänder, eine Rolle Briefmarken, ein mattschwarzer Smith & Wesson Revolver 327. Ich nahm ihn in die Hand und erwartete, dass er sich irgendwie anders anfühlte als mein eigener 327er, aber das tat er nicht. Ich legte die Waffe beiseite, als mein Handy in meiner Tasche zu vibrieren begann.

Danielle.

Mein Magen verkrampfte sich. Ich konnte nicht ans

Telefon gehen, noch nicht. Danielle hinterließ eine Nachricht, in der sie mich bat, zurückzurufen und sie über meine Fortschritte aufzuklären, was ich ebenfalls nicht fertigbrachte. Zu meiner Verteidigung war zu sagen, dass ich erst vier Tage an dem Fall arbeitete. Allerdings waren vier Tage zugegebenermaßen eine verdammt lange Zeit, wenn der eigene Bruder nur noch zwei Monate zu leben hatte. Immerhin hatten mir diese vier Tage genügt, Danielles Version der Ereignisse zu widerlegen, aber sie waren nicht annähernd lang genug gewesen, um mit einer neuen Theorie aufzuwarten. Ich steckte mein Handy weg und stöberte weiter.

Schließlich fand ich, was ich suchte, in den Schubladen des Aktenschranks auf der anderen Seite des Schreibtischs: die Notizbücher, die er in meiner Erinnerung immer mit sich herumgetragen hatte, kleine schwarze Moleskine-Notizbücher, deren Seiten weich vor Abnutzung und dick vor Tinte waren. In der untersten Schublade waren Dutzende davon gestapelt. Ich holte einen Stoß heraus und blätterte einige von ihnen durch. Hier war seine Handschrift ein wenig lesbarer, wahrscheinlich – hoffentlich –, weil er beim Arbeiten nüchtern gewesen war. Aber seine Einträge schienen nicht datiert zu sein, und so bildeten die Notizbücher im Grunde endlose Fortsetzungen einer einzigen langen Liste. Ich verharrte kurz auf einer Seite, auf die eine unbeholfene Skizze von einem Tatort gekritzelt war, mit Strichmännchen wie bei einem Kinderbild, nur dass sie hier Leichen darstellten.

Mein Handy klingelte erneut. Dieses Mal stand *Un-*

bekannt auf dem Display. Ich ging dran und hoffte, dass es jemand war, der meinen Fall für mich lösen wollte, und kein Trick von Danielle, um mich dazu zu bringen, ans Telefon zu gehen. Aber alles, was an mein Ohr drang, waren Atemzüge.

»Hallo?«, wiederholte ich. »Wer ist denn da?«

Das Atmen ging weiter. Ein schleichendes Grauen kroch meine Wirbelsäule empor. Ich stützte mich auf meinen Ellbogen und versuchte, logisch an die Sache heranzugehen und aus dem, was ich hörte, Informationen zu gewinnen. Aber da war nichts – keine Hintergrundgeräusche, keine Hinweise. Nur die rhythmischen Atemzüge, die bedrohlicher wurden, je länger ich ihnen lauschte. Als ich es nicht mehr aushielt, legte ich auf. Doch schon wenige Sekunden später rief mich die unbekannte Nummer erneut an.

»Hallo?«, meldete ich mich.

Keine Antwort, nur das Atmen.

»Wer zur Hölle ist da?«

Einatmen. Ausatmen.

Ich beendete wieder das Telefonat und knallte mein Handy angewidert auf den Schreibtisch. Eigenartig, dass sich ein Anruf wie ein Eindringen anfühlen konnte, eine Bedrohung, auch wenn der Anrufer nirgendwo in der Nähe war.

Oder etwa doch?

Ich ging zum Fenster und hob die Jalousien an, um auf die Straße hinauszuspähen. Dort konnte ich nichts Ungewöhnliches entdecken, keine Tarnjacken und auch keine verdächtig aussehenden Ins-Telefon-Atmer.

Wütend starrte ich mein Handy an und wartete darauf, dass es erneut klingelte, aber es blieb stumm.

Ich blätterte noch ein paar Notizbücher durch und ging dann in die Küche zurück, um eine Tüte zu holen. In der geschätzten halben Stunde, die ich oben verbracht hatte, hatte der Klempner die Spüle wieder zusammengebaut und einen glänzenden neuen Wasserhahn anstelle des schiefen, rostigen alten installiert, der seit Jahren jeden ärgerte, der in diesem Haus das Geschirr abspülte. Ich betätigte den neuen Hahn; das Wasser kam sofort und floss stark und gleichmäßig. Meine Mutter saß im Wohnzimmer und sah sich an, wie Dr. Phil seinen Talkgästen mit Rat und Tat zur Seite stand. Sie blickte nicht zu mir auf.

»Übernehmen Sie das?«, fragte mich der Klempner und hielt eine rosa Rechnung hoch.

Ich nahm sie entgegen und fiel fast tot um, als ich den Endbetrag sah. Siebenhundert Dollar. »Warten Sie kurz«, bat ich.

Ich ging den Flur entlang, bis ich außer Hörweite war, und rief Matt an. »Ich bin zu Hause bei Mom«, sagte ich, nachdem er ans Telefon gegangen war. »Wer hat diesen verdammten Klempner engagiert? Er will siebenhundert Dollar.«

In der Leitung herrschte kurz verdutztes Schweigen. »Na ja …«, begann er.

»Matt. Ich bin hier, und der Typ will jetzt sein Geld.«

»Dann gib es ihm doch einfach«, forderte mich mein Bruder auf, als wäre das Ganze nicht seine Idee gewesen. »Alles Weitere klären wir dann später.«

»Es hieß doch, dass wir uns den Betrag teilen. So viel Geld habe ich nicht«, sagte ich mit noch leiserer Stimme.

»Du kannst nicht mal für ein paar Tage siebenhundert Mäuse auslegen?«, fragte Matt. »Hat dir Danielle nicht gerade einen fetten Scheck ausgestellt?«

Ich brauchte niemanden, der mich daran erinnerte. Und das Urteil meines Bruders brauchte ich auch nicht. Ich holte geräuschvoll Luft. Und beendete dann das Gespräch.

Ich stürmte ins Badezimmer und öffnete den Arzneischrank. Erkältungsmittel, Aspirin, eine verschreibungspflichtige Salbe. Ich knallte das Schränkchen wieder zu und starrte mein eigenes Spiegelbild an. Entweder, der Spiegel war schmutzig, oder ich sah inzwischen wirklich so verschwommen aus, wie ich mich fühlte.

Als Nächstes probierte ich es bei Andrew, aber der ging nicht ans Telefon. Also marschierte ich zurück in die Küche, drückte dem Klempner meine Visa-Karte in die Hand und bedachte ihn mit einem vernichtenden Blick, den er nicht bemerkte oder der ihm egal war. Dann stapfte ich wieder die Treppe hinauf und redete mir ein, dass ich nicht sämtliche Notizbücher meines Vaters durchblättern würde, bevor ich die Arbeit an meinem Fall wieder aufnahm, oder dass es nicht nur eine Verzögerungstaktik war, wenn ich es doch tat.

ZEHN

»Evans, Mallory Lynn«, las mir Tom am selben Abend von einem dünnen Stoß Computerausdrucken vor. Wir saßen auf dem Sofa im Wohnzimmer meiner Wohnung, vor uns auf dem Tisch eine kaum angerührte Pizza von Yellow Brick Pizza. Ich rollte die Kugel aus Gummibändern aus dem Büro meines Vaters zwischen meinen Handflächen. »Alter achtzehn. Todesursache starker Blutverlust aufgrund mehrerer, durch eine einschneidige Klinge verursachter Schnittwunden. Hinweise auf sexuelle Gewalt, eingerissene Fingernägel, als hätte sie sich gewehrt, jedoch keine DNA. Sie war in eine blaue Plane gewickelt, die mit Spanngurten um ihren Körper befestigt war, und etwa fünfundzwanzig Zentimeter tief vergraben und mit Gesteinsbrocken und Blättern bedeckt.«

Er fächerte die Seiten auf und fasste ihren Inhalt zusammen: »Laut ihrem Ehemann verließ sie ihr Zuhause nach einem Streit und kehrte nie wieder dorthin zurück.«

»Ehemann?«, fragte ich. »Obwohl sie erst achtzehn war?«

»Er war älter«, sagte Tom. »Dreiundzwanzig. Joshua Evans. Die beiden hatten eine sechs Monate alte Tochter. Mallory brach die Highschool ab, als sie schwanger wurde.«

»Oh, Mann.« Ich lehnte mich gegen die Sofakissen und zog die Knie an die Brust. Mallory Evans' Geschichte war trostlos, von vorne bis hinten.

»Tja.« Tom war direkt nach seiner Schicht zu mir nach Hause gekommen und trug noch das weiße Hemd und die Krawatte seiner Uniform, inklusive Dienstwaffe und Polizeimarke am Gürtel. »Das war natürlich vor meiner Zeit, aber Frank hat manchmal davon erzählt. Von diesem Fall. Die Plane war das, was ihm am meisten zu denken gab. Der Täter müsse eiskalt sein, meinte er.«

»Für eine langweilige kleine Vorstadt passiert dort unten ganz schön viel«, sagte ich.

»Ja, die haben ordentlich was abbekommen«, gab mir Tom recht. »Damals wurden an der städtischen Highschool ziemlich viele Drogen konsumiert, vielleicht ist das heute auch noch so. Und dann der Brad-Stockton-Fall.«

»Hättest du Mallory Evans neulich Abend nicht mal erwähnen können?«

»Na ja«, sagte er und tippte mit den Ausdrucken auf meine Schulter. »Die einzige Verbindung zwischen diesen Fällen bist *du*.«

»Ich weiß nicht«, erwiderte ich zweifelnd. »Eine einschneidige Klinge? Das war doch auch bei Garrett und Elaine Cook die Todesursache. Fühlt sich an, als hätte das etwas zu bedeuten.«

»Du klingst schon genau wie Frank.«

Dazu sagte ich lieber nichts. Es versetzte mir immer einen kleinen Stromstoß, wenn ich an Frank nicht als meinen Vater, sondern als Detective Weary dachte, als hätte ich mit der Zungenspitze die Pole einer Neun-Volt-Batterie berührt. Es gefiel mir nicht, aber es war schwer, damit aufzuhören. Das Gefühl der Beklemmung, das ich in der Magengrube spürte, seit ich am Nachmittag mit meiner Mutter geredet hatte, verstärkte sich noch.

»Was ist mit ihrem Fundort, gab es dort irgendwelche Hinweise?«

»Nein«, antwortete Tom nach kurzem Zögern. »Offensichtlich haben die Leute aus der Gegend dort gern gefeiert – es lagen Flaschen, Kondome, Ampullen herum, die ganze Bandbreite. Ein ziemlich aussichtsloser Fall also für die Spurensicherung. Das Gebiet an sich besteht aus circa fünf Hektar Wald am Stadtrand von Columbus. Keinerlei konkrete Verbindung zu Mallory.«

»Also was? Keine Zeugen, kein Spurenmaterial, keine Verbindung zu irgendjemandem, den sie kannte – ein hoffnungslos unlösbarer Fall, und damit hat es sich?«, fragte ich.

»Nein, ich bin mir sicher, dass dein Dad eine Menge Zeit in die Sache investiert hat«, widersprach Tom. »Allerdings wird es irgendwann schwierig, wenn sich nicht schnell etwas ergibt. Der Fall wird unter anderen Fällen begraben, die leichter aufzuklären sind – man muss selektieren, sonst bekommt man überhaupt nichts erledigt. Aber Frank hat die älteren Fälle gelegentlich wieder aufgegriffen, hat herumgefragt, die Angehörigen der Opfer angerufen, um herauszufinden, ob es etwas Neues gibt.«

»Was in diesem Fall aber nicht so war.«

»Genau.«

Ich seufzte. »Frustrierend«, sagte ich. »Dieses Nichtwissen.«

»Ja.«

»Warum tust du dir das an?«

»Warum tust *du* dir das an?«

Wir sahen uns an.

»Was ich mache, ist vollkommen anders«, stellte ich klar. »Tote, im Wald vergrabene Mädchen? Meine Güte.« Ich stand auf und griff nach der Pizzaschachtel. »Willst du noch was davon?«

Tom schüttelte den Kopf. »Wie bist du eigentlich bei diesem Fall gelandet? Ich dachte, du suchst nach der verschwundenen Tochter der Cooks.«

»Habe ich auch, aber das war eine Sackgasse«, rief ich ihm auf dem Weg in die Küche zu. »Also kam mir der Gedanke, dass die Cook-Morde vielleicht Teil einer Serie sind.« Ich öffnete den Kühlschrank und versuchte, Platz für die Pizzaschachtel freizuräumen. Auf dem Flur knarrten die Bodendielen, als Tom mir in die Küche folgte. »Und so bin ich auf diesen Fall gestoßen, der auf den ersten Blick nichts damit zu tun zu haben scheint, aber der Polizist aus Belmont, mit dem ich geredet habe, meinte, es hätte damals Gerüchte gegeben, ein Schüler der örtlichen Highschool hätte etwas mit Mallorys Tod zu tun. Weniger als ein Jahr später geschieht dann noch ein Mord, und wieder ist ein Schüler involviert? Das muss doch etwas zu bedeuten haben.«

»Was denn, zum Beispiel?«

Tom lehnte sich gegen den Türrahmen und beobachtete mich.

»Ich weiß es nicht«, antwortete ich. Die Pizzaschachtel war zu groß, daher ließ ich sie einfach auf dem Herd stehen. »Die Verbrechen sind sehr unterschiedlich, aber ins Grübeln gekommen bin ich trotzdem. Wenn es eine Verbindung zwischen ihnen gibt, eröffnen sich jedenfalls ganz neue Möglichkeiten.« Ich rieb meine Fußsohle am unteren Ende meiner Jeans. Der Linoleumboden war kalt wegen des halb geöffneten Fensters. Die überaktive Heizung schwieg ausnahmsweise. Ich streckte die Hand aus, um das Fenster zuzuschieben, und erhaschte durch den Vorhang einen flüchtigen Blick auf etwas, das mich erstarren ließ.

»Stimmt was nicht?«, fragte Tom.

»Pst«, machte ich.

Ich riss den Vorhang zur Seite und wich vor dem Anblick zurück, der sich mir bot: Hinter dem Gespenst meines eigenen Spiegelbilds stand ein Mann jenseits der Fensterscheibe und starrte mich an.

Wollmütze, gepiercte Augenbraue. Für einen kurzen Moment sahen wir uns in die Augen, während in meinem Kopf ein schrilles Geräusch immer lauter wurde.

Dann duckte sich der Mann und fing an zu rennen. Seine Schritte in der Gasse hinter dem Haus waren durch das offene Fenster deutlich zu hören.

Ich spurtete den Flur entlang und schnappte mir meine Waffe vom Schreibtisch in meinem Büro. Draußen hörte ich den Hund meines Nachbarn wütend kläffen. Ich rannte ohne Schuhe hinaus, doch als ich auf der Straße ankam, sah ich nur noch ein Paar Rücklichter um die Ecke auf die Ohio Avenue verschwinden.

»Verdammt«, murmelte ich an die leere Straße gewandt. Ich fragte mich, wie lange der Kerl schon draußen herumgelungert und ob er unser Gespräch durch das offene Fenster gehört hatte. Bei diesem Gedanken lief mir ein Schauder den Rücken hinunter. Ich nahm mir vor, zum zehntausendsten Mal meinen Vermieter anzurufen und mich über die Hitze zu beschweren.

»Roxane, was ist hier eigentlich los?«, fragte Tom hinter mir.

Ich drehte mich um und sah ihn an. Seine Hand lag am Schaft seiner im Holster steckenden Waffe, und sein Gesichtsausdruck war jetzt rein professionell. »Ich weiß es nicht«, antwortete ich. »Ich habe jemanden in der Gasse gesehen, direkt hinter dem Fenster.«

»Also dachtest du, du stürmst einfach mal in Socken auf die Straße hinaus, noch dazu mit gezückter Waffe?«

»Denkst du etwa, ich wüsste nicht, wie man sie bedient?«

Er sah mich ausdruckslos an. »Ich weiß, dass du sie bedienen kannst«, antwortete er. »Aber servier mich beim nächsten Mal, wenn du glaubst, sie benutzen zu müssen, nicht einfach mit einem *Pst* ab, okay?«

Ich seufzte. Er hatte ja recht. »Ich habe in letzter Zeit

seltsame Anrufe bekommen. Und es war jemand bei meiner Mutter zu Hause und hat sich nach mir erkundigt.«

»Wer?«

»Ich weiß es nicht. So ein Typ mit Tarnjacke und gepiercter Zunge.«

»Tarnjacke, sagst du?«

Ich sah ihn an.

»Als ich hier ankam, lungerte so ein Mann an der Ecke herum. Tarnjacke, zwielichtiges Aussehen. Auf der Suche nach Drogen, dachte ich.«

Eine naheliegende Vermutung. »Wollmütze?«, fragte ich.

»Ja.« Er verschränkte die Arme. »Vor deinem Haus hängt immer irgendjemand Zwielichtiges an der Straßenecke herum, deshalb habe ich mir nicht viel dabei gedacht. Soll ich mich in der Gegend mal ein bisschen umschauen?«

»Nein. Ich bin mir sicher, dass da nichts ist«, sagte ich, obwohl ich nicht wusste, wem ich das weiszumachen versuchte, da wir es offensichtlich beide nicht glaubten. »Es ist kalt hier draußen. Lass uns wieder reingehen.«

Im Haus blickte uns vom Treppenabsatz mein Nachbar Alejandro entgegen, der sein Hündchen auf dem Arm trug – einen winzigen, zappelnden Chihuahua mit Zopfmusterpullover. »Was ist denn los, Darling?« Über meine Schulter hinweg entdeckte er Tom und fügte hinzu: »Detective Darling.«

Ich ging die Treppe hoch und streckte die Hand aus,

damit sein Hund daran schnüffeln konnte. »Hast du zufällig gesehen, wen sie so angebellt hat?«, fragte ich.

Alejandro seufzte theatralisch. Er war Anfang zwanzig und völlig abgebrannt, kam damit jedoch besser zurecht als jeder andere, dem ich bisher begegnet war. »Ich will dich ja nicht beunruhigen oder enttäuschen«, sagte er, »aber das war wahrscheinlich Richard.«

»Richard«, wiederholte ich.

»Du erinnerst dich doch an ihn: den reichen, bemitleidenswerten Richard. Er ist ein bisschen durch den Wind, weißt du.« Alejandro zuckte mit den Schultern. »Wir gehen seit Sommer getrennter Wege, und er tut sich schwer damit, die Trennung zu akzeptieren. Ich meine, ich kann ihm das natürlich nicht wirklich vorwerfen, aber nervig ist es trotzdem.«

»Ach ja, Richard.« Mir fiel wieder ein, wer er war, denn ich hatte ihn vor ein paar Monaten heulend im Treppenhaus sitzen sehen und etwas von den Scherben seines zerbrochenen Herzens murmeln hören, woraufhin ich ein Uber-Taxi für ihn bestellt und Alejandro per SMS gewarnt hatte, vor herumlungernden Ex-Liebhabern auf der Hut zu sein. Gebrochenes Herz hin oder her, ein Mann wie Richard wäre lieber gestorben, als sich mit einer Tarnjacke blicken zu lassen, daher war das turbulente Liebesleben meines Nachbarn wohl kaum eine plausible Erklärung für den Mann, der um unser Wohngebäude herumgeschlichen war, so tröstlich dies auch gewesen wäre. »Na ja, lass es mich wissen, wenn du ihn siehst. Ihn oder jemand anders.« Ich schwenkte meinen Revolver. »Du weißt, ich bin notfalls bewaffnet.«

Wir gingen in unsere Wohnungen, und ich sicherte meinen Revolver wieder und legte ihn zurück auf meinen Schreibtisch. »Das war ja interessant«, sagte ich.

Tom betrachtete mich von der Tür aus. »So kann man es auch ausdrücken«, erwiderte er. »Du machst dir Sorgen.«

Ich zuckte mit den Schultern. »Ich bin nur aufmerksam. Um mir wirklich Sorgen zu machen, weiß ich noch nicht genug. Aber bei jemand Fremdem ins Fenster starren – das macht man nicht, wenn man nur ein bisschen spazieren gehen will, oder?«

Er schüttelte den Kopf »Nein. Also, wer ist dieser Kerl? Gesetzt den Fall, dass es nicht dieser Richard ist.«

»Der ist es sicher nicht«, sagte ich. »Ich habe keine Ahnung, wer es sein könnte. Irgendwie habe ich ein komisches Gefühl bei diesem Fall. Das klingt jetzt wahrscheinlich bescheuert, aber …«

»Gar nicht«, betonte er. »Es klingt sogar ganz nach Frank. Er war auch sehr intuitiv und hat immer gesagt: ›Wenn du etwas spürst, dann spürst du es.‹ Wir konnten den gesamten Mord auf Video haben, aber wenn Franks Gefühl nicht stimmte, gab es auch keine Verhaftung. Wenn du bei irgendetwas ein bestimmtes Gefühl hast, darfst du es nicht ignorieren.«

Mir wäre es fast lieber gewesen, er hätte gesagt, ja, das klinge bescheuert.

Ich hatte nichts dagegen, wenn Tom über meinen Vater redete; in den vergangenen neun Monaten hatten wir viele Abende auf diese Weise verbracht. Aber allmählich begann es mich zu stören, wenn er über meinen Vater und *mich* redete. Ich vergewisserte mich, dass alle drei Bolzenschlösser an der Haustür verriegelt waren, und ging dann zu ihm und hakte meine Finger in die Schnalle seines Gürtels, bereit, unser Gespräch hinter mir zu lassen. »Du siehst heute ziemlich respekteinflößend und abweisend aus«, murmelte ich. »Mit diesen ganzen Gerätschaften am Gürtel.«

Er griff nach meiner Hand und drückte sie sanft. »Du versuchst, das Thema zu wechseln.«

»Na und?« Ich wollte seinen Gürtel aufhaken, doch er verstärkte den Druck auf meine Hand.

»Das musst du nicht«, sagte er.

»Was? Das Thema wechseln? Oder dir sexuell zu Diensten sein?«

Tom runzelte die Stirn. »Was ist denn heute mit dir los?«

»Nur *heute*?«, fragte ich.

Der Sex war wie eine rasende Verfolgungsjagd, atemlos, mit Blaulicht und Sirene. Danach zogen wir uns auf entgegengesetzte Seiten des Betts zurück, schweigend und keuchend. Die Leuchtsterne an der Decke schienen zu pulsieren. Meine Haare waren feucht im Nacken.

»Tut mir leid«, sagte Tom irgendwann. »Wegen vorhin. Die Stimmung war irgendwie komisch.«

Ich wischte mir den Schweiß von der Oberlippe und nahm erleichtert zur Kenntnis, wie still es draußen war. »Macht nichts, ich denke, wir haben die Sache aus der Welt geschafft.«

»Es ist nur so, dass …«, begann er und brach ab.

»Manchmal weiß ich einfach nicht, wie ich mit dir reden soll«, fuhr er schließlich fort und drehte sich auf die Seite, um mich anzusehen. Ich erwiderte seinen Blick nicht. »Du bist so direkt, aber es gibt Themen, über die du partout nicht sprichst. Du willst nicht einmal zuhören, wenn andere darüber sprechen.«

Ich schwieg. Er hatte natürlich recht, und genau deshalb war dies wieder eins der besagten Themen. »Ehrlich, ich komme manchmal besser zurecht, wenn niemand redet.«

Er seufzte. »Wenn wir nicht miteinander schlafen würden, würdest du mich dann einfach rauswerfen, wenn ich etwas sagen würde, was du nicht hören willst?«

»Was für ein Blödsinn«, sagte ich. Es war kein Blödsinn. »Außerdem schlafen wir ja miteinander, also ist es doch egal.« Ich dachte eine Sekunde nach. »Oder nicht?«

»Es gibt da diese Frau«, sagte er unvermittelt.

Ich stützte mich auf den Ellbogen und weigerte mich, mir einzugestehen, wie wenig mir gefiel, was ich da hörte. »Du Luder«, witzelte ich. »Jede Nacht eine andere! Erzähl mir von ihr.«

Ich sah seine Zähne aufblitzen, weil er im Dunkeln grinste. »Wir sind ein paarmal miteinander ausgegangen. Ein Kollege hat mich ihr vorgestellt. Sie arbeitet beim Schulamt.«

»Und wie heißt sie?«, fragte ich.

Er sah mich an, als befürchtete er, ich würde später ihren Namen googeln, womit er vollkommen recht hatte. »Pamela. Pam.«

Tom und Pam. O Gott. »Wie ist sie so?«

Er dachte einen Moment über meine Frage nach. »Sie ist ein sehr positiver Mensch«, sagte er.

Daran war eigentlich nichts witzig, aber wir mussten beide ein bisschen lachen.

»Sie ist sehr nett«, fügte Tom hinzu. »Normal.«

»Das ist sicher eine Riesenerleichterung.«

»Ich wollte nicht unfair zu dir sein, Roxane, deshalb habe ich es dir gesagt.«

»Nein«, entgegnete ich. »Nein, bei uns gibt es kein fair oder unfair, keiner wirft dem anderen irgendetwas vor. Wir sind einfach nur zwei Menschen, die sich gegenseitig helfen.«

»Helfen«, wiederholte er.

»Willst du etwa andeuten, ich wäre nicht hilfreich?«

»Du bist sehr hilfreich.«

»Danke.« Ich beugte mich zu ihm und küsste ihn. Plötzlich brauchte ich einen Drink. Und ich wollte nicht mehr über diese Pam reden. Auf dem Nachttisch stand eine Whiskeyflasche, aber kein Glas. Vielleicht war die Flasche ohnehin leer.

Dann konnte ich doch nicht anders.

»Pam also«, sagte ich. »Ist sie ›die Richtige‹, wie es so schön heißt?«

»Ach, sei still«, erwiderte Tom abwehrend. »Ich habe sie erst vor ungefähr einem Monat kennengelernt.«

Jetzt brauchte ich wirklich dringend einen Drink. »Magst du sie?«, fragte ich.

»Ja, ich mag sie«, antwortete er nach kurzem Zögern.

»Wann triffst du dich wieder mit ihr?«

»Am Samstag. Sie hat Karten für irgend so eine Kammermusikveranstaltung.«

»Oh, dann ist sie wohl eine Dame von Welt«, lautete mein Kommentar.

»Sie ist, ich weiß nicht … erwachsen. Sie hat ihr Leben im Griff. Es ist ganz schön, ausnahmsweise mal mit so jemandem zusammen zu sein.« Er sah mich an. »Tut mir leid«, sagte er schnell. »Damit meine ich natürlich nicht dich, du hast dein Leben absolut im Griff.«

Hatte ich das? »Ich hole uns was zu trinken«, verkündete ich und krabbelte über ihn hinweg. »Außerdem sind wir zwei nicht zusammen!«, rief ich aus dem Flur.

»Stimmt ja«, erwiderte Tom im Schlafzimmer. »Wir sind nur – wie nanntest du es? Uns gegenseitig behilflich.«

In der Küche trank ich hastig ein Schnapsglas Whiskey und schloss endlich das offene Fenster, wobei ich hinaus in die Gasse spähte. Diesmal war dort niemand zu sehen. »Genau«, bestätigte ich laut genug, dass Tom mich hörte. »Und wenn es nicht mehr hilfreich ist, entweder wegen dieser Pam oder weil du dir einfach keine Sorgen mehr um dein Auto machen willst, während du hier bei mir bist, dann hören wir damit auf, und damit hat es sich. Das Letzte, was ich will, ist, mich irgendwie in dein Leben einzumischen.« Ich trank noch einen Whiskey und stellte das Glas in die Spüle, bevor ich zwei frische vom Abtropfgestell nahm.

»Du weißt, dass ich dich ebenfalls sehr mag«, sagte Tom, als ich zurück ins Schlafzimmer kam.

»Ich dich genauso«, gab ich zurück. Dieses Gespräch hatten wir schon einmal geführt. »Aber das ist etwas anderes.«

»Inwiefern?«

Ich kletterte wieder ins Bett und lehnte mich im Schneidersitz an die Wand. »Das mit uns ist einfach anders«, beharrte ich. Ich goss Whiskey in unsere Gläser und nahm einen Schluck von meinem, wobei ich mir vorzustellen versuchte, es sei heute mein erstes.

»Ja«, erwiderte Tom schließlich. Er sah mich im Dunkeln an, und ich blickte lange zurück.

»Na also, dann ist ja alles gut«, sagte ich. Ich trank meinen Whiskey aus und stellte das Glas am Kopfende auf dem Bettrahmen ab. »Wir haben nur Sex. Man muss schließlich nicht gleich etwas Ernstes daraus machen, nur weil man fünfundzwanzig Mal miteinander gevögelt hat.«

»Wer zählt denn da mit?«, fragte er und klopfte neben sich auf die Matratze. »Würdest du bitte mal herkommen?«

Ich legte mich neben ihn und ließ zu, dass er mich an seine Brust zog. Das würde ich vermissen. »Du warst einfach das einzig Gute in diesen letzten Monaten«, murmelte er.

»Kein Wort mehr«, warnte ich, rückte jedoch nicht von ihm ab.

Nachdem Tom gegangen war, lag ich im Bett und sagte mir, dass nicht jedes Knarren und Seufzen des hundert Jahre alten Gebäudes bedeutete, dass mein unheimlicher Besucher zurück war. Die Heizung zischte wieder vor sich hin, und mir war zu warm, aber ich hatte sämtliche Fenster geschlossen und nicht vor, auch nur eines davon zu öffnen, egal, wie heiß es wurde. Da ich ohnehin nicht schlafen konnte, stand ich irgendwann auf und schleppte sämtliche Notizbücher meines Vaters in mein Schlafzimmer.

Tom hatte mir verraten, wie sie zu entschlüsseln waren: Sie waren nummeriert, mit einer kleinen Zahl innerhalb eines Kreises auf der ersten Seite jedes Büchleins. Insgesamt gab es offenbar 243 davon. Ich blätterte sie flüchtig durch, überflog dutzendweise Namen.

Endlich fand ich in der Mitte von Notizbuch Nummer 71 den Namen, den ich suchte. *Evans, Mallory.* Ich stieß einen langen Atemzug aus.

*Seit 7 Monaten verm., kleine Tochter: Shelby. Zuletzt nach Streit m. Ehemann Josh bzgl. Hausarbeit beim Verl. d. Hauses gesehen. *UB enthält VM 5/29 der Belmont Police. J. Evans in betr. Nacht z. Hause m. Kind, best. v. 2 Nachbarn. Angestellt bei Meigert Auto, North Cbus.*

Franks Einträge waren abgehackt und stichwortartig. Über einige Abkürzungen musste ich erst nachgrübeln: Untersuchungsbericht, Vermisstenmeldung, bestätigt. Er malte eine Linie, wenn seine Notizen von einem Fall zum anderen wechselten, und ich musste mehrere weitere Ermittlungen überfliegen, bis ich die Stelle gefunden hatte, an der es mit Mallorys Fall weiterging. Mein Vater listete Läden für Campingbedarf in der Gegend auf, weil die Plane, in die ihre Leiche gewickelt war, nagelneu gewesen war. Es folgte eine sechsseitige Liste aktenkundiger Sexualstraftäter im Südosten des Bezirks. Die meisten Namen waren abgehakt, ein paar durchgestrichen. Er hatte zwei Lagepläne des Waldes skizziert, in der Mallorys Leiche gefunden worden war, einer davon war überkritzelt und neu gezeichnet, diesmal nach Norden ausgerichtet. Am Rand stand die Notiz: *FICK DICH, HARPER*. Ich erinnerte mich flüchtig an Wallace Harper; mein Vater und er hatten nur kurz zusammengearbeitet, direkt nach meinem Highschool-Abschluss, bevor Harper aufgrund eines Aneurysmas im Aufzug des Polizeipräsidiums in der Innenstadt tot umgefallen war. Ich musste das Notizbuch eine Sekunde weglegen und mich sammeln, bevor ich weitermachen konnte.

Zehn Seiten später wurde der Evans-Fall wieder aufgenommen. Ich arbeitete mich durch die chaotischen, mit Abkürzungen gespickten Aufzeichnungen, bemüht, das Wesentliche zu erfassen: Unter den vielen unbrauchbaren anonymen Hinweisen, die bei der Mordkommission eingegangen waren, hatte es eine Meldung gegeben, nach der einer von Mallorys ehemaligen Klassenkameraden etwas mit dem Mord zu tun hatte. Wenn sie nicht vorzeitig von der Schule abgegangen wäre, wäre sie im vierten Highschool-Jahr gewesen. Brad Stockton wäre zu der Zeit ebenfalls im vierten Jahr gewesen, dachte ich gerade, als ich die Seite umblätterte und seinen Namen sah, aufgeschrieben von meinem Vater.

Ich holte tief Luft.

Damit hatte ich nicht gerechnet.

Sein Name tauchte in einer Liste von insgesamt vier Namen auf, unter der Überschrift: *Weiterverfolgen?* Brads Eintrag lautete: *Schulverweis – Vergeltung? Keine Anklage.* Alle vier Namen waren durchgestrichen. Dafür wurde keine weitere Erklärung genannt, so wie das meiste nicht erklärt wurde, was Frank sich notierte. Ich dachte an das, was Sergeant Derrow mir erzählt hatte: dass Brad einer Lehrerin die Autositze aufgeschlitzt hatte.

Heute erfuhr ich nur Neuigkeiten, die mir nicht gefielen.

Ich blätterte durch den Rest des Notizbuchs und auch durch das nächste, aber Brad wurde nicht erneut erwähnt. Mallory tauchte ebenfalls nur noch selten auf. Ihr Fall wurde von neueren, leichter aufzuklärenden Mordfällen überlagert und geriet irgendwann in Vergessenheit, zumindest, was die aktive Ermittlungsarbeit anging.

Ich stand noch einmal aus dem Bett auf, diesmal, um eine Flasche Whiskey und ein Glas zu holen. Dabei zwang ich mich, erneut durch das Küchenfenster nach draußen zu spähen: Die Luft war immer noch rein. Meine Gemütslage besserte sich dadurch nicht. Allmählich bereute ich es, mich auf diese ganze Sache eingelassen zu haben. Frank hatte Brads Namen vermutlich aus gutem Grund durchgestrichen. Trotzdem, weniger als ein Jahr später waren zwei weitere Menschen tot, und die Mordwaffe wurde in Brads Auto gefunden. Daran war nichts zu rütteln.

»Scheiße«, sagte ich.

Danielle würde bestimmt nicht begeistert sein.

ELF

Ich träumte von meinem Vater: Ein Zaunkönig war durch das Panoramafenster auf der Vorderseite unseres Hauses hereingeflogen, und wir beerdigten ihn in einer Crown-Royal-Tüte. In diesem Moment wachte ich nach Luft ringend auf, weil mich irgendein Geräusch aus dem Schlaf gerissen hatte. Nach angestrengtem Lauschen ging mir auf, dass es nur mein Handy war, das irgendwo im Bett vibrierte. Spätmorgendliches Licht strömte ins Zimmer. Ich ließ mich zurück ins Kissen fallen und schirmte mir mit einer Hand die Augen ab. Ich hatte nicht gut geschlafen und war nicht scharf darauf, den Tag mit einem Anruf von dem atmenden Unbekannten zu beginnen. Trotzdem tastete ich unter der Decke nach dem Telefon, bis ich es endlich in der Nähe meiner Füße ausfindig machte.

Schon wieder Danielle Stockton.

Ich schickte einen Stoßseufzer in Richtung Zimmerdecke, denn ich sah noch immer Brads Namen in der Handschrift meines Vaters vor mir, und ich hatte noch immer keine Lust, mit meiner Klientin zu sprechen. Es war so gut wie bewiesen, dass die Frau an der Tankstelle nicht Sarah gewesen war, und nun kam noch hinzu, dass ich eine Verbindung zwischen Danielles Bruder und einem anderen Mordfall entdeckt hatte. Aber ich hatte nun mal ihr Geld angenommen, also konnte ich mich nicht ewig vor ihr verstecken. Ich machte mir daher eine Tasse Tee und aß eine Handvoll Goldfish-Cracker an meinem Schreibtisch, während ich sie zurückrief und ihr das Update lieferte, das sie wollte.

»Das bedeutet nicht, dass Ihr Bruder tatsächlich hinter Gitter gehört«, betonte ich und zuckte bei meinen eigenen Worten zusammen. »Aber es ist doch sehr wahrscheinlich, dass die Frau, die Sie gesehen haben, nicht Sarah Cook war. Zwei Personen haben sie unabhängig voneinander nach Betrachtung der Phantomzeichnung als diese andere Frau identifiziert, Jillian Pizzuti.«

Es dauerte einige Sekunden, bis Danielle antwortete: »Was wissen diese Leute denn schon? *Sie* haben nicht die letzten fünfzehn Jahre darauf gehofft, dass Sarah wieder auftaucht.«

Diese Aussage war ihrer Glaubwürdigkeit nicht unbedingt förderlich. »Ich habe selbst mit der Frau gesprochen«, erklärte ich und stand auf, um das Fenster in meinem Arbeitszimmer einen Spaltbreit zu öffnen. Dann fiel mir ein, was gestern Abend passiert war, und ich schloss es genauso schnell wieder. »Es besteht tatsächlich eine große Ähnlichkeit.«

Danielle seufzte. »Sie glauben mir also auch nicht. Na großartig.«

»Darum geht es doch gar nicht. Es geht darum, was wir beweisen können.«

»Das war es dann also.«

»Nein, nicht unbedingt«, erwiderte ich und setzte sie über den Mord an Mallory Evans in Kenntnis, wobei ich fürs Erste ausließ, dass der Name ihres Bruders im Notizbuch meines Vaters aufgetaucht war. Bevor ich ihr von diesem beunruhigenden Umstand erzählte, wollte ich wenigstens eine leise Ahnung haben, was er zu bedeuten hatte.

»Und Sie glauben, dass diese ganze Sache etwas mit meinem Bruder zu tun haben könnte?«, fragte sie ein wenig ungläubig.

»Na ja, nicht direkt.« Ich kaute und blickte zur Decke empor. »Ich weiß es nicht. Kannten Sie Mallory Evans?«

»Ich? Nein«, antwortete Danielle. »Ich meine, sie hatte nicht gerade den besten Ruf. In der Mittelschule wurden Drogen in ihrem Schließfach entdeckt, woraufhin sie an einem städtischen Umerziehungsprogramm für verkorkste Jugendliche teilnehmen musste, das war so ein Bootcamp. Und ich erinnere mich, dass sie es ziemlich wild getrieben hat. Was Jungs angeht, meine ich. Aber richtig gekannt habe ich sie nicht. Ich war zwei Jahre jünger als sie. Als sie die Schule abbrach, war ich im ersten Highschool-Jahr. Damals hieß es, sie sei schwanger.«

»Kannte Brad sie?«

»Wahrscheinlich schon, sie waren ja im selben Jahrgang.«

»Ich finde, Belmont ist ein verdammt kleines Nest dafür, dass dort innerhalb von weniger als einem Jahr zwei oder vielmehr drei Morde passiert sind.«

»Unter dem Aspekt habe ich noch nie darüber nachgedacht.«

»Wirklich nicht?«, fragte ich.

»Das mit Mallory ... ich weiß auch nicht. Das war etwas ganz anderes. Es wurde damals alles Mögliche über sie erzählt. Unter anderem, dass sie Sex gegen Drogen tauscht. Ich sage nicht, dass sie verdient hat, was ihr angetan wurde, aber man hat sich natürlich schon gewisse Fragen gestellt. Wie leichtsinnig sie war, beispielsweise. Ihr Tod war damals kein großes Gesprächsthema. Als Sarahs Eltern ermordet wurden, war dagegen die ganze Stadt vollkommen erschüttert. Hören Sie, ich muss zugeben, dass ich mir eigentlich mehr von Ihnen erwartet hatte«, sagte sie. »Ich dachte, Sie würden, ich weiß nicht, mit der Polizei über Brad reden, mit den Leuten.«

»Das habe ich getan«, erwiderte ich. »Und ich bin immer noch dabei.« Ich merkte selbst, wie defensiv ich klang. Damit nicht genug, ich klang auch noch erschöpft und ratlos. Ich hatte keine Ahnung, was ich Danielle sonst noch erzählen sollte. Nachdem ich meinen Laptop aufgeklappt hatte, googelte ich *Schulbehörde Columbus Pamela.* Es war lächerlich einfach, sie zu finden, wie alles Unwichtige. Pamela Gregorio. Toms neue Freundin. Auf der Website einer jährlich stattfindenden Benefizveranstaltung gab es ein Foto von ihr mit Weinglas, auf dem sie Arm in Arm mit drei anderen Frauen für die Kamera posierte. Pamela war eine hübsche Rothaarige mit kokettem Lächeln, die eine hippe Hornbrille und einen Pullover mit V-Ausschnitt trug. Sie machte tatsächlich einen netten Eindruck. Ich war enttäuscht. »So arbeite ich nun mal üblicherweise«, sagte ich zu Danielle.

»Wie denn?«

»Ich gehe allem nach, was auftaucht«, antwortete ich, während ich noch einmal mit Pamelas vollem Namen googelte: Sie wurde nächsten Monat achtunddreißig und besaß eine Wohnung in Grandview.

»Mein Bruder hat aber nicht so viel Zeit, dass Sie allem nachgehen könnten, was auftaucht«, erinnerte mich Danielle, und ich rieb mir beschämt das Gesicht. Sie hatte ja recht. Nach einer kurzen Pause fügte sie hinzu: »Aber er hat mir erzählt, dass er Sie mochte.«

Ich klappte den Laptop zu. »Wirklich?«

»Und es gibt in letzter Zeit nicht mehr viel, was er mag.«

»Danielle, ich verspreche Ihnen, dass ich mir die größte Mühe gebe.«

Sie seufzte. »Ich hatte mir das Ganze wohl mehr wie *Detektiv Rockford – Anruf genügt* vorgestellt.«

Fünfzehn Jahre Gefängnisbesuche bei ihrem Bruder hätten sie eigentlich von jeglichen idealisierten Vorstellungen heilen müssen, aber vielleicht war ihre Naivität eine Art Bewältigungsmechanismus. »Was, ein Faustkampf, und nach einer Dreiviertelstunde ist der Fall gelöst?«

»So ungefähr«, gab sie zu. Jetzt hörte ich ein Lächeln aus ihrer Stimme heraus. »Behalten Sie bitte einfach im Hinterkopf, dass ich Sie engagiert habe, um Brad zu helfen und sonst niemandem.«

»Ich halte Sie auf dem Laufenden«, versprach ich.

Sie entgegnete nicht, dass ich mir diese Mühe sparen könne, also ging ich davon aus, dass ich den Auftrag noch hatte.

Joshua Evans war die Trübseligkeit in Person. Er war dick, um die vierzig, wirkte müde und trug ein fleckiges Polohemd mit dem Logo des Autohauses, in dem er als Serviceberater arbeitete. Er sah aus, als hätte er sich schon länger nicht mehr rasiert und noch viel länger nicht mehr gelächelt. Es war offensichtlich, dass er es nicht leicht gehabt hatte, seit seine junge Frau ermordet worden war. Nach sechzehn Jahren war der Schmerz noch immer frisch in seinem Gesicht und offenbarte sich auch in seiner Körpersprache und dem Zustand seines kleinen Bungalows, in dem chaotische Unordnung herrschte. Der Teppichboden, der seinen Sessel umgab, war kaum noch sichtbar unter alter Post, Fastfood-Verpackungen, Hundespielzeug und Schuhen. Ich war hier, weil ich hoffte, dass er mir zu dem Mord an Mallory einen Anhaltspunkt liefern konnte, der Brad Stockton im Idealfall entlastete, aber dieses Thema wollte ich lieber behutsam zur Sprache bringen. Also erzählte ich etwas davon, dass der Tod meines Vaters mich dazu veranlasst hätte, einige seiner alten Fälle erneut unter die Lupe zu nehmen.

»Er war ein guter Mensch, Ihr Vater«, sagte Joshua Evans. »Hat mich jedes Jahr im Dezember angerufen, einfach um sich kurz zu melden und mir zu sagen, dass er den Fall nicht vergessen hatte. Nach Mallorys Tod habe ich mit vielen Cops geredet, und dabei ist mir klar geworden, dass Polizisten auch nur Menschen sind, die ihren Job machen, und dass einige nicht besonders gut darin sind. Aber Frank hat mir immer das Gefühl gegeben, dass ich seine ungeteilte Aufmerksamkeit hatte. Als ich das mit ihm in den Nachrichten gehört habe, konnte ich es nicht glauben. Es tut mir wirklich leid.«

Ich rang mir ein Lächeln ab. »Schön, dass er so nett zu Ihnen war«, sagte ich. »Das hört man gern.«

»Aber Sie wollen über Mallory sprechen.«

»Wenn das für Sie okay ist.«

Er nickte langsam. »Dafür werde ich ein Bier brauchen. Wollen Sie auch eins? Vielleicht ist es aber auch noch zu früh.«

Es war vier Uhr nachmittags und keineswegs zu früh. »Nein, ein Bier klingt super«, sagte ich.

Er stemmte sich aus seinem abgenutzten Fernsehsessel und schlurfte in Richtung Küche davon. »Mallory und ich haben uns bei einer Lagerfeuerparty kennengelernt«, erzählte er. Ich hörte die Kühlschranktür auf- und zugehen, und als Joshua zurückkam, reichte er mir eine Flasche Miller Lite. »Sie behauptete, sie wäre so alt wie ich. Ich war damals zweiundzwanzig. Sie sah genauso alt aus und benahm sich auch ganz sicher so. Ich wusste nicht, dass sie erst siebzehn war, bis sie und ihre Mutter mit einem Ultraschallfoto bei mir vor der Tür standen.«

»Ihr Alter war also nicht die einzige Überraschung.«

»Nein«, sagte Joshua. »Ich war natürlich alles andere als erfreut, wollte jedoch tun, was der Anstand verlangte. Mich um sie kümmern. Deshalb haben wir geheiratet.

Ihr war das nicht wichtig, aber ihren Eltern, und mir auch. Sie selbst hätte, Sie wissen schon … das Kind abtreiben lassen. Weil sie kein Kind wollte und meinte, sie wäre eine schreckliche Mutter. Ich dachte, dass sich das ändern würde, sobald sie Shelby das erste Mal in den Armen hielt, weil doch dann angeblich automatisch die Muttergefühle einsetzen.« Er nahm einen langen Schluck von seinem Bier. »Um es kurz zu machen: Dem war nicht so. Wir waren alles in allem ungefähr ein Jahr verheiratet, und es war kein einfaches Jahr. Aber ich habe mir große Mühe gegeben, Shelby zuliebe.« Jetzt lächelte er, und die Schwermut verschwand teilweise aus seinem Gesicht. »Mein Sonnenschein.«

Mir fiel ein, was Danielle über Mallory gesagt hatte: dass sie es wild getrieben hätte. »Und Mallory?«, fragte ich. »Hat sie sich auch Mühe gegeben?«

Joshua schüttelte den Kopf. »Sie kam nicht damit klar, wollte nicht zu Hause beim Baby bleiben, wollte nicht kochen, nicht putzen. Mich mochte sie auch nicht besonders, glaube ich.«

»Sie fühlte sich in die Enge getrieben«, sagte ich, und er nickte.

»Direkt nach Shels Geburt hat sie wieder mit den Drogen angefangen und damit, nächtelang wegzubleiben.« Er trank sein Bier leer und stellte die Flasche auf einem Beistelltischchen neben einem Pappbecher ab. »Ich wusste, dass sie mit anderen schlief, aber ich wusste nicht, mit wem. Ich war völlig überfordert, weil ich tagsüber arbeitete und jede Nacht mit Shelby allein war, deshalb haben wir nie wirklich die Gespräche geführt, die wir hätten führen müssen. Als ich sie das letzte Mal sah, hatten wir einen dummen Streit über das dreckige Geschirr, ausgerechnet. Sie hat nie abgespült, und damit meine ich wirklich nie. Ich habe sie deswegen angeschnauzt und zu ihr gesagt: Ich füttere dich hier durch, kannst du nicht verdammt noch mal wenigstens deine eigenen Teller abspülen?« Joshua schüttelte den Kopf. »Nicht gerade eine Glanzleistung von mir.«

Er tat mir aufrichtig leid, musste er doch damit leben, dass Mallory an jenem Abend wegen eines von ihm begonnenen Streits das Haus verlassen hatte. »Und was passierte dann?«, fragte ich.

»Na ja, sie sagte, ich könne sie mal, und verkündete, sie würde abhauen und niemals wiederkommen. Das war nicht wirklich etwas Neues, aber diesmal kam sie tatsächlich nicht zurück. Irgendwann fing ich an, ihre Freunde anzurufen, doch niemand hatte sie gesehen. Deshalb habe ich sie dann als vermisst gemeldet.« Er spannte einige Male die Kieferpartie an. »Scheiße, es regt mich immer noch so auf, wenn ich daran denke. Entschuldigen Sie.«

»Schon gut«, beschwichtigte ich. »Das ist absolut verständlich.«

»Ich dachte immer noch, dass sie zurückkommen würde, sie musste zurückkommen. Bestimmt reagierte sie sich nur irgendwo ab. Aber die Tage wurden zu Wochen und schließlich zu Monaten«, fuhr er fort, »und ich redete mir ein, dass sie uns einfach nur verlassen hatte, dass das alles war. Ich hatte so eine Riesenwut in mir, ich glaube, nur dadurch hatte ich die Kraft weiterzumachen. Als dann die Polizei … als dann Ihr Vater kam und mir mitteilte, dass man sie gefunden hatte, bin ich völlig zusammengebrochen. Sie hatte ein gutes Herz unter ihrem ganzen blöden Gehabe. Sie hatte ein gutes Herz, und sie war so wunderschön.« Er stand auf und presste sich die Handballen gegen die Augen. »Warten Sie, ich habe ein paar Fotos.«

Er durchquerte den kleinen unordentlichen Raum und zog ein Fotoalbum aus einem Regal, in dem sich Videokassetten und willkürlicher Nippes stapelten. Der Anflug eines Lächelns lag auf seinem Gesicht. »Das hier. Das war direkt nach Shelbys Geburt.«

Ich nahm das Album von ihm entgegen. Mallory, erschöpft, aber glücklich in ihrem Krankenhaushemd, wie sie einen rosigen, schlafenden Säugling an ihre Brust drückte. Sie lächelte schief, und ihre langen blonden Haare waren zu einem stumpfen Pony geschnitten.

Genau wie bei Sarah Cook.

Ich blätterte um und hielt die Luft an, als ich einen Schnappschuss von einem jüngeren, schlankeren Joshua Evans mit Camouflage-Baseballkappe sah, der mit einer Armbrust im Wald posierte. Ich zog meine Hand weg, als wäre die Seite heiß. »Gehen Sie oft auf die Jagd?«, fragte ich.

»Was? Ach so, nein«, antwortete Joshua. Er blickte auf das Album hinunter. »Ich war früher manchmal mit meinem Bruder jagen, aber eigentlich habe ich nur zugeschaut. Nicht mein Ding.«

Ich nickte erleichtert. Selbst wenn er meine Frage

bejaht hätte, wäre es absurd gewesen, Joshua für den Mann mit der Tarnjacke zu halten. Erstens hatte er keinerlei sichtbare Piercings, und zweitens wusste er erst seit einer halben Stunde, dass es mich überhaupt gab.

»Kann ich mir die restlichen Fotos auch ansehen?«, fragte ich.

»Oh, natürlich, ja«, sagte Joshua. »Ich gehe mich solange umziehen, bevor Shelby nach Hause kommt. Sie müsste bald hier sein.«

Er ließ mich allein, und ich blätterte den Rest des Albums durch. Mallory sah mit fortschreitender Zeit zunehmend unglücklich aus; sie wurde alarmierend mager, und unter ihren Augen lagen dunkle Schatten. Ich fragte mich, ob mein Vater dieses Album ebenfalls gesichtet hatte, und wenn ja, ob es ihm Geheimnisse verraten hatte, die es mir nicht preisgeben wollte. Ich legte es gerade auf dem Beistelltisch ab, als ich hinter mir in der Haustür einen Schlüssel hörte.

Die Tür ging auf, und zwei lachende Teenager betraten das Haus. »Unglaublich, dass ihr nicht mal Kekse und Punsch bekommen habt«, sagte das blonde Mädchen und stellte ein halbes Dutzend Plastiktüten mit Einkäufen auf dem Boden ab. »Ist das nicht der Grund, warum man so etwas macht?«

Ihre Freundin erwiderte: »Es gab noch nicht mal eine Feier. Wir mussten nur so einen blöden Fragebogen ausfüllen.« Ihre Haare waren leuchtend rotviolett gefärbt. »Auf einer Skala von eins bis zehn – wie oft hat er sämtliche Mädchen im Kurs angeglotzt?, wäre zum Beispiel eine sinnvolle Frage gewesen.«

Die angeregte Unterhaltung erstarb, als die beiden mich entdeckten. »Äh«, machte das blonde Mädchen. Ihre Haare waren zu einem unordentlichen Pferdeschwanz gebunden, und sie trug ein Batman-T-Shirt unter einer ausgeblichenen grünen Armeejacke. Ihre Freundin war groß und schlank und schaffte es, mit Kleidung aus dem Secondhandladen glamourös auszusehen: einem mahagonifarbenen Leder-Trenchcoat mit fleckigem Hermelinkragen und einem schwarzen Spitzenkleid über Jeans. Die beiden Mädchen tauschten Blicke aus.

Joshua kam zurück ins Zimmer. »Hallo, Shel.« Er drückte das blonde Mädchen an sich. »Äh, also das ist Roxane«, sagte er und klang ein bisschen nervös. »Sie ist Privatdetektivin. Ihr Vater, äh, ihr Vater war einer der Polizisten, die damals im Fall deiner Mutter ermittelt haben.«

Shelby blickte von ihrem Vater zu ihrer Freundin und dann zu mir. Ihr Gesichtsausdruck verriet, dass ihr diese Erklärung äußerst merkwürdig vorkam, was sie im Grunde ja auch war. Aber sie lächelte mutig und hob zur Begrüßung die Hand. »Hi«, sagte sie. Dann sah sie über ihre Schulter hinweg ihre Freundin an, die sich vor Lachen kringelte. »Das ist Veronica.«

»Cooler Name. Mit einem oder zwei ›n‹?«, fragte Veronica.

Ich lachte. »Mit einem«, antwortete ich.

Sie nickte beifällig. »Mir gefällt es mit einem.«

Shelby schloss die Haustür ab und griff nach den Einkäufen. »Auf geht's«, sagte sie. »Wir sollten langsam mal anfangen, wenn wir nicht erst um zwei Uhr morgens essen wollen.«

»Sie ist schon eine richtige kleine Köchin«, lobte Joshua. »Stimmt's?«

Shelby verkniff sich ein Augenrollen und begann, die Tüten durchs Wohnzimmer in die Küche zu tragen. Veronica zuckte mit den Schultern und folgte ihr.

»Sie hat gerade angefangen, im Olive Garden zu jobben, drüben neben der Shoppingmall«, erklärte Joshua. »Vier Abende die Woche. Im Moment ist sie noch Empfangsdame, aber ich sage Ihnen, sie wird im Handumdrehen zur Chefköchin, nicht wahr, Shel?«

»Vielleicht«, erwiderte Shelby. Ihr Lächeln verriet deutlich, dass sie nicht vorhatte, jemals Köchin in einer Schnellrestaurantkette zu werden. »Vee, kannst du anfangen, den Tofu auszupressen?«

»Veronica isst kein Fleisch«, erklärte Joshua. »Und Shel macht sich Sorgen um meinen Cholesterinspiegel, deshalb kocht sie viel Gemüse und dieses Tofu-Zeug. Eigentlich ist es ganz lecker. Haben Sie es schon mal gegessen?«

»Tofu? Ja«, antwortete ich, und die Mädchen in der Küche kicherten.

»Dad, jeder hat schon mal Tofu gegessen«, rief Shelby.

Joshua machte eine wegwerfende Handbewegung in Richtung seiner Tochter. »Hör auf, uns zu belauschen, du Göre«, ermahnte er sie scherzhaft. Dann wandte er sich wieder mir zu. »Ich habe wirklich Glück mit Shelby«, sagte er mit gesenkter Stimme. »Sie ist ein liebes Kind, war sie immer schon. Seit Mallory weg ist, bin ich ja auf mich allein gestellt, und ich gebe wirklich mein Bestes, obwohl mein eigener Vater kein gutes Vorbild war. Aber Shelby ist toll. Gute Noten, sehr verantwortungsbewusst.«

Ich fand es interessant, dass er immer noch *weg* sagte statt *tot*.

»Ich hatte solche Angst, dass … Sie wissen schon. Dass sie Mallorys rebellische Art geerbt hat oder so. Mein Gott, klingt das bescheuert.«

»Nein, ich verstehe schon«, beruhigte ich ihn. Ich musste an das letzte Gespräch denken, das ich mit *meinem* Vater geführt hatte, an seine Bemerkung, er sei froh, dass ich eher nach ihm komme. *Sei nett, aber verdammt noch mal nicht zu nett.* Plötzlich musste ich heftig blinzeln. »Gab es eigentlich jemals irgendeine heiße Spur?«, fragte ich, um das Thema zu wechseln. »Irgendwelche Verdächtigen?«

Joshua schüttelte den Kopf. »Jedenfalls hat Frank mir nie etwas dergleichen erzählt«, sagte er. Dann wollte er einen Schluck von seinem Bier nehmen, doch das war leer.

Da er sich inzwischen ganz wohl in meiner Gegenwart zu fühlen schien, beschloss ich, das Gespräch allmählich auf meinen eigentlichen Fall zu lenken. »Wissen Sie, ob Mallory mit einem Jungen namens Brad befreundet war? Brad Stockton?«

Er neigte den Kopf zur Seite. »Der Name kommt mir bekannt vor, aber ich bin mir nicht sicher … Warten Sie: Das ist doch der Junge, der seine Freundin und deren Eltern umgebracht hat, oder?« Er beugte sich vor. »Warum? Glauben Sie, die beiden waren befreundet?«

»Ich weiß es nicht«, gestand ich. »Sie müssten jedenfalls zusammen zur Schule gegangen sein.«

»Verdammt«, sagte Joshua leise. »Sie hat nie von ihm gesprochen, aber so gut kannte ich ihre Freunde auch nicht.« Joshua rieb sich erneut die Augen. Da er offenbar nicht mehr über die Verbindung zwischen Mallory und Brad erfahren wollte, bedrängte ich ihn nicht weiter. Schließlich war ich mir meiner Theorie selbst noch nicht so ganz sicher. »Shelby, Schatz, das riecht großartig!« Er sah mich an. »Bleiben Sie doch zum Abendessen.«

»Oh, ich möchte wirklich nicht stören«, antwortete ich. Mein Handy fing in meiner Tasche an zu brummen: der unbekannte Anrufer. Ich wies den Anruf ab und steckte das Telefon wieder weg.

»Sie stören absolut nicht«, beteuerte er. »Ich meine, eine gut aussehende Frau wie Sie hat am Freitagabend sicher andere Pläne. Aber falls nicht …« Er schlug leicht erschrocken die Hand vor den Mund, und sein Blick war traurig und angespannt und schien sich nach etwas zu sehnen, Gesellschaft oder Aufmerksamkeit oder einfach nur irgendeiner Art von Trost. »Oje, das war echt peinlich. Entschuldigung.«

Mein Handy begann erneut zu klingeln. Diesmal ignorierte ich es. Da ich nicht besonders scharf darauf war, schon wieder einen Abend allein in meiner Wohnung zu verbringen, beugte ich mich vor und berührte ihn am Arm. »Nicht doch«, sagte ich. »Das ist wirklich lieb von Ihnen. Ich bleibe sehr gern.«

Erleichterung machte sich auf seinem Gesicht breit. »Zu essen gibt es reichlich, stimmt's, Shelby?«

»Klar«, erwiderte seine Tochter.

Also aßen wir in der kleinen Sitzecke der Küche zu Abend. Im Gegensatz zum Wohnzimmer war die Küche makellos sauber, und ich fragte mich, ob das Shelbys Werk war. Sie hatte gebratenen Tofu mit scharf gewürzten grünen Bohnen gemacht. Ich teilte ihr mit, dass es die beste Mahlzeit sei, die ich seit einer ganzen Weile gegessen hatte. Das war nicht übertrieben. »Ich bringe es kaum fertig, mir ein Abendessen aus dem Tiefkühlfach in die Mikrowelle zu schieben«, erzählte ich. »Von daher ist das hier wirklich klasse.«

»Kochen Sie nie?«

»Nicht, wenn ich es irgendwie vermeiden kann.«

»Dabei ist Kochen total bereichernd.« Shelby rümpfte die Nase. »*Bereichernd*, was für ein mega-uncooles Wort.«

»Shelby backt einen genialen Schokoladenkuchen«, schwärmte Joshua. »Man könnte schwören, dass mindestens ein Dutzend Eier drin sind, weil er so gehaltvoll ist, dabei ist er vegetarisch.«

»Vegan«, korrigierte seine Tochter. »Vegan zu backen ist total cool. Orangensaft und Essig reagieren miteinander und sorgen dafür, dass der Kuchen aufgeht.«

»Ein Chemiekuchen«, witzelte Veronica. Die Mädchen sahen sich an, und ihre Gesichter röteten sich vor unterdrücktem Gelächter. Shelby war auf den ersten

Blick eher unscheinbar, aber ihre grünen Augen besaßen ein reizvolles Funkeln. Veronica mit ihren exzentrischen Haaren, ihrer extravaganten Kleidung und dem klirrenden Schmuck war auf eine etwas bemühte Art glamourös, aber beide schienen nette Mädchen zu sein, mit dem Charme von Außenseiterinnen, die beherzt gegen den Strom schwammen.

»Wart ihr mal beim Angry Baker?«, fragte ich. »Das ist eine Bäckerei in Downtown Columbus, die jede Menge veganes Gebäck im Angebot hat. Ich bin ständig dort, weil es direkt bei mir um die Ecke ist.«

»Warum heißt es so, *angry*?«, fragte Shelby. »Sind die da drinnen irgendwie wütend?«

»Nein, die Leute da sind sehr nett«, antwortete ich.

»Da sollten wir irgendwann mal vorbeischauen«, schlug Shelby ihrem Vater vor, und er nickte.

»Wie cool, dass Sie in Downtown leben!«, sagte Veronica. »Ich wollte auch schon immer mitten in der Stadt wohnen. Nach der Highschool bewerbe ich mich für das Fashion Institute of Technology, das ist in New York, in Manhattan. Mehr Downtown geht ja quasi nicht. Shelby könnte auch irgendwann dort hinziehen und ein veganes Restaurant aufmachen, das wäre echt *mega*.«

Shelby nickte, aber in ihrem Gesicht lag Wehmut, als ihre Freundin erzählte, dass sie fürs Studium so weit wegziehen wollte. In diesem Moment fiel mir auf, wie Shelby Veronica ansah, mit einem Blick, der immer ein wenig zu lang verweilte, einem Funkeln puren Glücks in ihren Augen, wenn Veronica den Blick erwiderte.

Ich fühlte mich daran erinnert, wie ich Catherine angesehen hatte, als wir uns vor all den Jahren kennengelernt hatten. Eine hoffnungsvolle, hoffnungslose Schwärmerei. Veronica schien nichts davon zu bemerken und redete weiter über ihre Pläne, Modedesignerin zu werden. Shelby ertappte mich dabei, wie ich sie beobachtete, und errötete leicht. Ich lächelte, und ein Moment stummen Einvernehmens spielte sich zwischen uns ab.

ZWÖLF

Auch ich kannte Catherine schon seit der Highschool. Sie war anmutig und ungewöhnlich, der Liebling aller Kunstlehrer und lose mit mehreren Cliquen befreundet. Ich war eine wortkarge Schülerin mit halbwegs guten Noten und dem nicht ganz selbstverdienten Ruf, eine Unruhestifterin zu sein, was ich Andrew zu verdanken hatte. Catherine und ich wechselten bis zum Ende des ersten Highschool-Jahres kaum ein Wort miteinander, auch wenn die alphabetische Sitzordnung dafür sorgte, dass sie in mehreren Fächern direkt vor mir saß. Walsh, Weary. Ich verbrachte viel Zeit damit, auf ihre blonden Locken oder die feine Linie ihres Halses zu starren und darüber nachzugrübeln, ob es Neid oder etwas vollkommen anderes war, was ich empfand, wenn ich gewisse hübsche, völlig unerreichbare Mädchen betrachtete. Aber dann drehte sie sich eines Tages um, erwiderte meinen Blick und sagte: »Ich habe von dir geträumt. Na ja, eigentlich von deinem Bruder. Aber du kamst auch darin vor.«

Ich fragte sie nicht, woher sie meinen Bruder kannte. Er hatte schon vor zwei Jahren seinen Abschluss gemacht. Andererseits kannte jeder Andrew. »Worum ging es in dem Traum?«, erkundigte ich mich.

»Wir waren in der Bibliothek«, antwortete sie, »und er wollte, dass ich ihm dabei helfe, einen Schwarm Schmetterlinge zu verstecken. Aber sie sind ständig überall herumgeflattert.«

»Wie Schmetterlinge das nun mal gerne tun«, bemerkte ich.

Ein Winkel ihres Mundes wanderte nach oben. »Wie Schmetterlinge das nun mal gerne tun. Und du hast zugeschaut, jedoch nichts gesagt.«

»Seltsam«, murmelte ich.

»Absolut«, bestätigte Catherine und begann sich wegzudrehen.

Bei unseren wenigen bisherigen Wortwechseln war es immer um Nebensächliches gegangen – *hast du mal einen Stift, auf welcher Seite sind wir?* Dieses Gespräch war anders, es hatte sich fast sofort eine gewisse Spannung aufgebaut. Ich wollte nicht, dass es schon vorbei war.

»Angeblich betrifft alles, was in einem Traum vorkommt, einen selbst«, schob ich schnell hinterher. »So lautet jedenfalls eine Theorie. Eine Traumdeutungstheorie.«

Sie lehnte sich auf ihrem Stuhl zurück, und ihr Arm berührte den oberen Teil meines Hefts. Ich blickte ungewollt darauf hinunter, und sie sah es, nahm jedoch ihren Arm nicht weg, sondern fragte nur: »Wie meinst du das?«

»Sämtliche Elemente des Traums bist du selbst«, antwortete ich. »Der Schmetterling und die Bibliothek und Andrew und ich.«

Sie nickte, als würde ihr dieser Gedanke gefallen.

»Und wie lässt sich mein Traum dieser Theorie zufolge interpretieren?«

»Das liegt an dir. Was auch immer es dir bedeutet, ein Schmetterling zu sein.«

»Oder du zu sein.«

»Oder ich zu sein.«

Als die Unterrichtsstunde begann, drehte sie sich nach vorn, und der Moment war vorbei. Von nun an unterhielten wir uns manchmal kurz vor dem Unterricht, und sie erzählte mir jeden Morgen, was sie geträumt hatte; sie erzählte mir auch von ihrer Familie, dass die Geliebte ihres Vaters bei ihnen im Souterrain wohne, obwohl ihre Eltern noch verheiratet seien, ein Arrangement, das mir damals modern und praktisch vorkam, verglichen mit der Heimlichtuerei meines eigenen Vaters. Catherine fehlte häufig in der Schule, und ich atmete jeden Tag unwillkürlich auf, wenn sie das Klassenzimmer betrat. Am letzten Tag des Schuljahrs drehte sie sich kurz vor dem Aufstehen zu mir um und erklärte: »Ich habe ihn endlich enträtselt. Den Traum mit den Schmetterlingen.« Dann warf sie einen zusammengefalteten Zettel auf meinen Tisch. »Du zu sein«, fügte sie hinzu und lächelte durchtrieben, »würde bedeuten, dass ich mir unterschätzt vorkommen würde.«

Auf dem Zettel stand ihre Telefonnummer. Wahrscheinlich war das der Moment, in dem ich mich endgültig in sie verliebte.

Wir kamen uns rasch näher, und es entstand eine unerklärlich intensive Freundschaft zwischen uns, aus der sich bald auch Körperkontakt entwickelte – ihre Hand, die meine streifte, während ihre Augen provozierend blitzten. Sie erzählte mir, dass sie bei einem Kunst-Workshop in Maine einmal ein Mädchen geküsst habe, um zu sehen, wie das so sei. *Und, wie war es so?*, fragte ich natürlich, und dann zeigte sie es mir, und danach gab es kein Zurück mehr.

Mit Catherine zusammen zu sein war damals alles andere als ein Zuckerschlecken, und das änderte sich auch nicht im Laufe der Jahre. Schon mit siebzehn begann der Handlungsbogen, der von da an ihr Leben definierte: Sie hatte einen Freund, aber nur aus praktischen Gründen, ansonsten hatte er keinerlei Einfluss auf ihr Verhalten; sie machte keine Pläne und lud nie jemanden ein; sie ließ einen regelmäßig stundenlang warten oder erschien gar nicht, doch genauso oft war sie unerwartet liebenswürdig; niemand hatte je mit ihr Schluss gemacht; sie blieb immer mit ihren Verflossenen befreundet und scharte sie in einer Art Harem um sich herum, dessen Mitglieder begierig darauf warteten, zu ihr beordert zu werden, wenn sie einsam war oder sich langweilte.

Das alles galt bis heute. Ich musste es wissen. Sie hatte sich mein halbes Leben lang spiralförmig zu mir hin- und dann wieder von mir wegbewegt, eine On-Off-Beziehung, war immer wieder verschwunden, um nach Chicago oder New Orleans oder Los Angeles zu ziehen. Nach dem Studium verkündete sie, sie werde ein paar Monate durch Europa reisen und mir von dort schreiben. Ich hörte drei Jahre lang nichts mehr von ihr, und als sie zurück in die Stadt kam, war sie mit einem Komponisten aus Montreal verheiratet. Die beiden kauften sich ein Haus in Bexley, und sie war *so glücklich*, aber auch das dauerte nur eine gewisse Zeit. Alles dauerte nur eine gewisse Zeit bei ihr. Ich hätte mich also vorsehen müssen. Doch jedes Mal, wenn Catherine mich anblickte, fühlte ich mich, als sei ich der einzige Mensch für sie. Man vergaß nur allzu leicht, dass man bestenfalls eine Figur in einem ihrer Träume war, ihrer Träume, in denen es immer nur um sie selbst ging.

Ich verließ das Haus der Evans' und fuhr die Providence Street entlang. Noch bevor ich die Clover Road erreicht hatte, sah ich etwas in meinem Rückspiegel aufblitzen: die Scheinwerfer eines Autos, das langsam vom Bordstein losfuhr. Mein Puls beschleunigte sich, als der Wagen hinter mir genau wie ich nach links Richtung Freeway abbog, auch wenn er dabei einen angemessenen Abstand einhielt. Ich schaffte es nur ein paar Blocks ostwärts, bevor rot-blaue Lichtblitze über meinen Rückspiegel zuckten. »Oh nein, nicht schon wieder«, murmelte ich. Drei Begegnungen mit der Belmont Police in ebenso vielen Tagen. Allmählich wurde es langweilig. Ein Teil von mir war dennoch erleichtert darüber, dass es nur ein Cop war und kein Unbekannter mit einem Jagdmesser. Die aufdringliche hiesige Polizei, die mysteriösen Anrufe und dann auch noch Mr Tarnjacke, der um meine Wohnung herumschlich – allmählich konnte ich mich des Gefühls nicht mehr erwehren, dass das Universum mir eine verdammt dringende Botschaft zu übermitteln versuchte.

Wenn ich doch nur gewusst hätte, worin diese bestand.

Ich hielt am Straßenrand, schob den Automatikhebel auf Parken und wartete. Die Mühe, nach meinem Fahrzeugschein zu suchen, machte ich mir gar nicht erst, da es sich eindeutig nicht um eine routinemäßige Verkehrskontrolle handelte. Schließlich stieg eine groß gewachsene Gestalt aus dem Streifenwagen und näherte sich mir.

Ich kurbelte mein Fenster herunter und spähte in die feuchtkalte Nacht hinaus. Der Mann, der mir entgegenblickte, war etwa fünfundfünfzig, hatte eine breite Brust, graublonde kurz geschorene Haare und halb unter Schlupflidern versteckte Augen. Er trug keine Uniform, sondern eine Windjacke über einer Kakihose. »Guten Abend, Miss Weary«, sagte er. »Ich bin Jake Lassiter, der Polizeichef von Belmont.«

Ich hob die Augenbrauen. »Lassen Sie mich raten«, erwiderte ich. »Bei mir ist eine Bremsleuchte ausgefallen.«

Er machte tatsächlich einen Schritt nach hinten, um nachzusehen. Dann nahm sein Gesicht einen verärgerten Ausdruck an. »Ich glaube, Sie haben bereits mit ein paar meiner Leute gesprochen.«

»Habe ich.«

»Wenn ich mich nicht irre, ging es darum, dass Sie uns die professionelle Höflichkeit gewähren sollten, vorher Bescheid zu sagen, wenn Sie herkommen und Fragen stellen.« Er legte einen Arm auf mein Autodach und beugte sich zu mir herein. »Und dennoch sind Sie wieder hier, unangekündigt.«

Ich ertappte mich dabei, wie ich leicht von der Autotür wegrückte. Die Luft war eisig, und Lassiter kam mir für meinen Geschmack ein wenig zu nahe. »Tut mir leid«, sagte ich. »Mir war nicht klar, dass diese professionelle Höflichkeit jedes Mal erforderlich ist, wenn ich einen Fuß nach Belmont setze. Kann ich nicht einfach pauschal ankündigen, dass ich in nächster Zeit immer mal wieder hier sein werde?«

»In nächster Zeit«, wiederholte er. Er blickte über die Schulter, als wollte er mit einem imaginären Kollegen über mich lachen. »Der Cook-Fall ist aufgeklärt. Dass Sie hier Ihre Fragen stellen«, sagte er und wandte sich mit unnachgiebigem Gesicht wieder mir zu, »das hört jetzt auf.« Er klopfte bei jedem Wort mit der Hand auf mein Auto, und ich zuckte bei den dumpfen Schlägen ein wenig zusammen.

Ich hätte ihn gern darauf hingewiesen, dass er nicht die Befugnis besaß, mir das zu befehlen, Polizeichef hin oder her. Aber das war wohl nicht sehr sinnvoll, zumindest nicht, wenn ich in absehbarer Zeit nach Hause wollte. »Verstanden«, behauptete ich.

»Gut«, entgegnete Lassiter.

Wir starrten einander an, während die kalte Luft durch mein offenes Fenster hereinpfiff. Die blau-roten Lichter von Lassiters Streifenwagen verliehen seiner steinernen Miene ein gespenstisches Schimmern. Sein Gesichtsausdruck verriet, dass er kein Problem damit hatte, noch stundenlang hier stehen zu bleiben.

»Kann ich jetzt weiterfahren?«, fragte ich.

Er musterte mich noch einige Sekunden, bevor er seinen Arm von meinem Auto nahm. »Einen schönen Abend noch«, sagte er.

Dann trat er den Rückzug an und stieg wieder in seinen Wagen, fuhr jedoch nicht los, sondern blieb einfach an Ort und Stelle, während sein Blaulicht in meinem Rückspiegel rotierte. Ich stellte den Hebel auf Drive und fädelte mich hastig in den Verkehr ein, begierig davonzukommen, bevor er seine Meinung änderte.

Als ich nach Hause kam, war es in meiner Wohnung ungefähr dreißig Grad heiß. Ich zog mich aus, legte mich mit einer Whiskeyflasche ins Bett und blickte zu den Leuchtsternen hinauf. Weder kam ich mit meinen Ermittlungen voran, noch machte ich mir Freunde in Belmont, und auch wenn ich noch nicht müde war, wollte ich diesen Tag endlich hinter mir lassen. Ich lauschte, ob jemand ums Haus herumschlich, hörte jedoch nichts.

Noch nicht.

Am besten dachte ich schnell an etwas anderes.

Nachdem ich einen tiefen Schluck aus der Flasche genommen hatte, ging ich die Anrufliste meines Handys durch und scrollte rasch an der unbekannten Nummer vorbei. Darüber wollte ich auch nicht nachdenken. Schließlich verharrte ich bei der Telefonnummer von Catherines Atelier, das sie bei sich zu Hause eingerichtet hatte. Sie verabscheute technische Geräte, auch Handys. Früher hatte ich sie deswegen oft für verrückt erklärt, aber inzwischen dachte ich manchmal, dass sie gar nicht so unrecht hatte.

Kurz entschlossen wählte ich die Nummer, und ihr Mann ging ans Telefon.

Ich legte auf.

DREIZEHN

Am Samstag rief ich Kenny Brayfield an und teilte ihm mit, dass ich noch ein paar weitere Fragen an ihn hatte. Ich war auf der Suche nach etwas, was die unwahrscheinliche, aber mögliche Verstrickung von Brad Stockton in Mallory Evans' Ermordung ausschloss, damit ich die Sache abhaken und in andere Richtungen weiterermitteln konnte. Das behielt ich am Telefon allerdings für mich. Brayfield lud mich in sein Haus in Belmont ein, und als ich dort ankam, stellte ich fest, dass *Haus* ein wenig untertrieben war. Es handelte sich um die mit Abstand größte Behausung einer einzelnen Familie, die ich je gesehen hatte. Der riesige steinerne Protzpalast verfügte über eine lange, in einem Rondell endende Zufahrt sowie eine Garage für drei Fahrzeuge und war von einem verschnörkelten schmiedeeisernen Zaun umgeben. Ich hielt vor dem Tor, kurbelte mein Fenster herunter und teilte per Sprechanlage mein Anliegen mit, während mir durch den Kopf ging, dass das Geschäft mit Blattgold-Wodka offenbar verdammt gut lief. Als ich vor dem Haus vorfuhr, entdeckte ich jedoch eine ältere, besser gekleidete Version von Kenny, die in der Garage Gepäckstücke in den Kofferraum eines nagelneuen Lexus lud. Plötzlich ergab alles einen Sinn: Kenny wohnte noch bei seinen Eltern.

Kenny selbst wartete auf der Veranda auf mich. Er trug eine Jogginghose aus Velours und ein weißes Unterhemd, war barfuß und trank eine grüne Flüssigkeit aus einem hohen Plastikbecher. »Hey, Sie haben das Haus gefunden.«

»Schwer zu verfehlen«, erwiderte ich.

»Kommen Sie rein, es gibt gerade Frühstück. Quiche Lorraine, oder Sie probieren den hier, das ist ein medizinischer Superfood-Kräuter-Smoothie.« Er wackelte mit seinem Becher, und das Getränk machte ein sumpfartiges, schwappendes Geräusch. »Da ist dieses Ginkgo-Zeug drin, das gibt Energie und ist gut für die Konzentration.«

Ich hob abwehrend die Hand. »Noch ein Kunde von Ihnen?«, fragte ich.

Er wirkte ein wenig ernüchtert. »Ja«, gestand er. »Wollen Sie nicht doch mal probieren? Es wird in vielen verschiedenen Geschmacksrichtungen angeboten.«

Ich antwortete, dass ich einfach nur eine Tasse Tee wollte, und folgte ihm nach drinnen. Im Inneren des Hauses bestimmten die hohe gewölbte Decke und ein vornehmer cremeweißer Teppichboden das Bild, und eine doppelt geschwungene Treppe führte von der Eingangshalle zu einer Galerie im ersten Stock hinauf. Die Küche war so groß wie eine ganze Etage in einem normalen Haus, und die glänzenden Arbeitsflächen sahen aus, als hätte dort noch nie jemand Essen zubereitet. Aber auf einem Silikonuntersetzer stand eine große gläserne Auflaufform mit der erwähnten, bislang unangerührten Quiche.

»Wie finden Sie das Haus?«, fragte Kenny, während er heißes Wasser aus einer kleinen Kaffeemaschine in eine Tasse laufen ließ. Er brachte sie mir auf einer Untertasse, zusammen mit einer winzigen Holztruhe voller Teebeutel.

»Wie viele Personen wohnen hier?«, fragte ich und setzte mich an die Frühstückstheke.

»Im Moment nur ich und meine Eltern«, antwortete Kenny. »Und in ein paar Wochen zieht meine Schwester wieder ein – sie lässt sich scheiden. Plus die Haushälterin.«

»Beengte Verhältnisse«, sagte ich.

Er grinste mich an. »Sie sind echt witzig.«

Kennys Vater kam von der Garage herein und nahm mich kaum zur Kenntnis, während er sagte: »Okay, wir brechen dann auf. Wir sind am Dienstagmorgen wieder da, also diesmal bitte keine Zusammenkünfte in diesem Haus. In Ordnung, Kenny?«

»Ja, Sir«, antwortete Kenny und straffte den Rücken.

Sein Vater lächelte ein wenig verärgert und verschwand dann wieder. Kenny kam mir ein bisschen zu alt vor für eine derartige Ermahnung, aber vielleicht musste man schlicht nie erwachsen werden, wenn man aus derart reichem Hause stammte.

Kaum hatte sein Vater die Küche verlassen, verkündete Kenny: »Am Montagabend sind ein paar Leute bei mir, um sich das Spiel anzuschauen, Browns gegen Steelers. So um sieben. Kommen Sie doch auch.«

Ich musste lachen. »Ja, mal sehen«, sagte ich.

»Wir haben einen Indoor-Pool, der auf angenehme dreißig Grad beheizt ist. Wenn es draußen kalt ist, gibt es echt nichts Besseres. Wird bestimmt cool, nur ein paar alte Freunde. Kommen Sie einfach vorbei, wenn Sie in der Nähe sind.«

»Indoor-Pool«, wiederholte ich. »Da fanden zu Ihrer Schulzeit bestimmt ein paar wilde Partys statt.«

Er nippte an seinem Sumpfwasser-Smoothie. »Klar, Mann, und was für welche. Dieses Haus war der angesagteste Ort *überhaupt*. Meine Eltern waren immer total cool, haben mit uns gefeiert und getrunken, kein Problem. Meine Mom weiß, wie man Partys schmeißt, das steht fest. Sie ist diejenige, die mich zur Eventpromotion gebracht hat – Partys zu veranstalten ist sozusagen unsere Berufung.«

Ich war mir nicht sicher, ob man diese Tätigkeit wirklich als Berufung bezeichnen konnte, sparte mir jedoch einen Kommentar und beschloss stattdessen, auf Brad zu sprechen zu kommen. »Kam Brad damals auch zu Ihren Partys?«

»Ja, schon«, antwortete Kenny. »Brad ist so ein, Sie wissen schon, so ein introvertierter Typ. Manchmal sieht man ihm an, dass er gerade wieder in dieses kleine Zimmerchen in seinem Kopf abhaut, wo er in Ruhe Gedichte schreiben kann. Aber er war trotzdem für jeden Spaß zu haben.«

»Wer war sonst noch in Ihrer Clique?«

»Danielle«, antwortete er. »Sie war zwar zwei Jahrgänge unter uns, aber man konnte gut mit ihr abhängen. Und Brian Zollinger, mit dem waren wir auch gut befreundet. Allerdings ist er im ersten Highschool-Jahr weggezogen. Wir haben eigentlich mit allen coolen Leuten gefeiert.«

Ich spitzte die Ohren. Brian Zollinger war einer der anderen durchgestrichenen Namen auf der Liste meines Vaters. Nach allem, was ich über Mallory wusste, hatte sie ebenfalls gerne gefeiert. Der Zeitpunkt erschien mir günstig, ihren Namen zur Sprache zu bringen. »Was ist mit einem Mädchen namens Mallory Evans?«

Kennys Gesichtsausdruck verschloss sich sofort. Mein Instinkt, das Gespräch nicht gleich mit Mallory zu eröffnen, war also richtig gewesen. »Mallory. Wow. An die habe ich seit Jahren nicht mehr gedacht.«

»Kannten Sie sie?«

»Klar, vom Sehen schon.«

»Kannte Brad sie?«

Er schien sich plötzlich unwohl zu fühlen. Ich wusste nicht, was genau die Ursache für sein Unwohlsein war, machte mir jedoch eine geistige Notiz. »Ich denke schon. Keine Ahnung.«

»Waren Mallory und Sarah sich irgendwie ähnlich?«, fragte ich. »Vom Aussehen her?«

»Ich weiß nicht. Kann schon sein.«

»Sie wissen, was mit Mallory passiert ist, oder?«

»Ja, das war total verrückt.« Er stellte seinen Becher ab und verbrachte eine halbe Ewigkeit damit, ihn bündig zur Kante der Küchentheke auszurichten, wie jemand, der Zeit schinden will. »Warum fragen Sie nach ihr?«

»Weil es doch irgendwie merkwürdig ist, dass in einem Nest wie Belmont innerhalb von ein paar Monaten gleich zwei Gewaltverbrechen passieren«, antwortete ich.

Kenny nickte schweigend, obwohl er gerade noch die Gesprächigkeit in Person gewesen war. Ich hatte bei ihm offenbar einen empfindlichen Nerv getroffen.

»Also, Mallory und Brad«, sagte ich. »Hatten die beiden Unterrichtsfächer zusammen oder so was?«

»Ich bin mir nicht sicher. Das müssten Sie wirklich ihn fragen«, antwortete Kenny.

Ich spürte, dass ich zu dem Thema nicht mehr aus ihm herausbekommen würde, und probierte daher einen anderen Ansatz. »Haben Sie je irgendwelche Spekulationen darüber mitgekriegt, was damals passiert sein könnte?«

»Tut mir echt leid, aber ich muss jetzt los – dringende Besorgungen.«

Ich starrte ihn an. Es war ein schrecklich abruptes Ende unseres Gesprächs, nachdem er so viel Aufwand betrieben und mir eine ganze Schatztruhe mit verschiedenen Tees angeboten hatte. »Werfen Sie mich raus?«

»Nein, nein«, behauptete er, obwohl das eindeutig der Fall war. Er lächelte halbherzig. »Mir ist nur gerade eingefallen, dass ich noch was erledigen muss. Kein großes Ding, okay?«

»Okay, verstehe schon«, sagte ich.

Aber ich verstand gar nichts. Ich hatte gehofft, dass Kenny mich von dem Gedanken abbringen konnte, Brad habe womöglich auch bei Mallory Evans' Tod seine Finger im Spiel gehabt, und stattdessen ließ er diese Möglichkeit nun eher wahrscheinlicher wirken. Viel verraten hatte er mir nicht, aber sein plötzlicher Sinneswandel war aussagekräftig genug.

Ich musste unbedingt mit Brad sprechen, doch als ich Kennys Haus verließ, war es zu spät am Nachmittag, um noch die lange Autofahrt zur Haftanstalt anzutreten. Deshalb fuhr ich zu einem Starbucks Drive-Through, bestellte mir einen Tee und nutzte das kostenlose WLAN auf dem Parkplatz, um die Namen zu überprüfen, die neben dem von Brad Stockton in den Notizen meines Vaters aufgetaucht waren.

Zuerst recherchierte ich Brian Zollinger, den Jungen, der laut Kenny im ersten Highschool-Jahr von Belmont weggezogen war. Im Notizbuch stand neben seinem Namen: *Mobbing, Plagiatsvorwürfe.* Das schien für meinen Fall kaum von Belang zu sein, aber ich besorgte mir trotzdem ein paar Hintergrundinformationen über ihn. Er wohnte in Chicago und twitterte eifrig zum Thema Craft-Bier. Ich fand eine Telefonnummer unter seinem Namen und hinterließ eine Nachricht mit der Bitte um Rückruf.

Der nächste Name auf der Liste war Dylan Lapka. Sein Eintrag lautete *E&D*, was ich als *Einbruch & Diebstahl* interpretierte. Wenig später stand fest, dass er tot war – Autounfall vor zehn Jahren.

Zwei Namen, zwei Nieten bislang.

Beim dritten Namen hatte ich mehr Glück: *Michael Timton, versiegelte Jugendakte?* Er hatte eine aktuelle

Adresse in Columbus, und er besaß ein Erwachsenen-Strafregister, das seine unter Verschluss gehaltenen Jugendstrafen belanglos machte. Dem Internet zufolge war er gerade aus der Haft entlassen worden, nachdem er vor sechs Jahren wegen sexueller Gewalt verurteilt worden war.

Mallory Evans war vergewaltigt worden.

Es konnte nicht schaden, sich mit dieser Übereinstimmung eingehender zu befassen. Michael Timtons Name war in Franks Notizen durchgestrichen – aus welchen Gründen auch immer –, aber da er in der Gegend lebte, beschloss ich, mich mit ihm persönlich zu unterhalten.

Zuerst versuchte ich es bei seiner Privatadresse, einem heruntergekommenen Bungalow in der James Road. Im Garten lag ein umgekippter Kinderpicknicktisch, und als ich klopfte, riss eine dünne blonde Frau die Tür auf. Die Begeisterung in ihrem Blick verriet mir, dass sie jemanden erwartete und dass dieser Jemand nicht ich war. »Oh«, sagte sie und kratzte sich die Armbeuge.

»Ich suche Michael«, teilte ich ihr mit. »Ist er da?«

»Nein, der ist in der Arbeit.«

»Und wo arbeitet er?«

»Sind Sie ein Cop?«

»Ich will ihm keinen Ärger machen«, antwortete ich ausweichend, eine Strategie, die manchmal funktionierte. »Ich muss nur mit ihm reden.«

Die Frau lehnte sich an den Türrahmen. Sie trug eine schäbige grüne Strickjacke über ihrem Pyjama, und ich hätte jederzeit gewettet, dass ihre Arme unter den Ärmeln mit Nadeleinstichen übersät waren und die Person, die sie erwartete, etwas damit zu tun hatte. Sie warf einen Blick auf die Straße hinter mir und erklärte dann hastig: »Er arbeitet in der Annahmestelle für Elektrogeräte, drüben beim Walmart. Können Sie jetzt vielleicht gehen? Ich warte auf einen Freund.«

»Klar doch«, antwortete ich. »Vielen Dank.«

Sie schloss die Tür, ohne noch etwas zu sagen.

Ein paar weitere Minuten Recherche förderten die Information zutage, die ich brauchte: Powered Up, ein Recycling-Center für Elektrogeräte, das von einer Selbsthilfegruppe zur Resozialisierung kürzlich entlassener Häftlinge betrieben wurde und diesen einen Arbeitsplatz und eine Ausbildung bot. Dort wurden kaputte Fernseher, Faxgeräte und Mikrowellen entgegengenommen, repariert und anschließend im dazugehörigen Laden verkauft, der samstags um vier Uhr nachmittags zumachte. Ich fuhr daher eilig zur angegebenen Adresse und entdeckte Powered Up in einem größtenteils leer stehenden Einkaufszentrum gegenüber dem Walmart. Hoffentlich war Michael Timton wirklich dort.

Er war es. Ich hatte mir sein Polizeifoto im Sexualstraftäter-Register angesehen und entdeckte ihn draußen auf der Straße, wo er ein Ungetüm, das anscheinend eine Miniaturorgel war, aus dem Kofferraum eines uralten Bonneville wuchtete und zur offenen Ladentür hineintrug. Eine gut gekleidete ältere Dame nickte anerkennend hinter ihm her, bevor sie ins Auto stieg und davonfuhr. Jetzt war der Parkplatz vollkommen leer. Ich parkte meinen Wagen, und ein paar Sekunden später trat Michael Timton wieder heraus. Er war kräftig gebaut, hatte ein mürrisches Gesicht und trug einen Stemmgurt, wie ihn professionelle Möbelpacker verwenden. Seine Unterarme waren mit Tätowierungen übersät, von denen einige grob und improvisiert wirkten. Eine Tarnjacke hätte durchaus zu ihm gepasst, aber er hatte keinerlei Piercings im Gesicht.

»Kann ich Ihnen helfen?«, fragte er so unfreundlich, dass klar war, wie wenig Lust er dazu hatte.

Ich stieg aus dem Auto. »Hallo, Michael«, sagte ich.

Er sah mich nur an.

»Ich heiße Roxane Weary und bin Privatdetektivin. Ich hatte gehofft, Ihnen ein paar Fragen stellen zu können.« An dieser Stelle trat blanker Hass in seine Züge. »Es geht um jemanden, mit dem Sie die Highschool besucht haben.« Sein Gesicht entspannte sich ein wenig. »In Belmont.«

»Was?«, fragte er verwirrt.

»Hätten Sie ein paar Minuten Zeit?«

»Nein. Highschool? Ernsthaft?«

»Ernsthaft«, bestätigte ich.

Er verschränkte die Arme vor der Brust. »Um wen?«

»Eine Klassenkameradin von Ihnen, Mallory Evans. Sie wurde ermordet, als Sie im letzten Highschool-Jahr waren.«

»Ernsthaft?«, fragte er noch einmal. »Warum?«

»Kannten Sie sie?«

»Nein. Ich muss jetzt zurück zur Arbeit.«

»Sie kannten sie überhaupt nicht?«

Michael Timton starrte mich finster an. Ich öffnete meinen Geldbeutel und bog die Ecke eines Zwanzigdollarscheins nach oben. Er legte abwartend den Kopf schräg. Ich zog vierzig Dollar heraus und hielt sie locker in der Hand.

»Ich kannte sie nicht wirklich, nein«, sagte er. Seine finstere Miene wich jetzt einem verwirrten Gesichtsausdruck. »Klar, ich wusste, wer sie war, aber wir waren nicht in derselben Clique. Ich war eher sportlich, und sie war, na ja, ein Junkie.«

Ich sagte nichts über die Frau, die mir verraten hatte, wo er zu finden war. Es schien, als hätte Michael Timton genug eigenen Ärger am Hals. »Die Polizei hat Sie befragt, nachdem Mallory ermordet wurde, nicht wahr?«

»Ja.«

»Warum? Wenn Sie sie doch gar nicht kannten?«

»Das müssen Sie die Polizei fragen.«

»Ich frage aber Sie.«

Der finstere Blick kehrte zurück. Timton schien nur zwei Gemütszustände zu kennen: verärgert und verwirrt. »Da war so ein Mädchen«, knurrte er. »Angeblich hatte ich sie auf einer Party gezwungen, mir den Schwanz zu lutschen. Sie hat Anzeige gegen mich erstattet und diese ganze Scheiße. Dadurch stand ich auf irgendeiner Liste. Einer Liste mit Typen, die die Cops jedes Mal belästigt haben, wenn sich irgendwo eine Tussi darüber beschwert hat, jemand hätte sie schräg angeguckt.«

Inzwischen war ich regelrecht entzückt von ihm und

musste mich zwingen zu fragen: »Und was wollte die Polizei von Ihnen wissen?«

»Wo ich war. In der Nacht, als sie das letzte Mal gesehen wurde.«

»Und, wo waren Sie?«

»Ich war nicht mal in Belmont. Mein Großvater war gestorben, und ich war mit meiner Familie in Virginia zur Beerdigung.«

Ich stieß einen Seufzer aus. Es gab also tatsächlich einen guten Grund dafür, dass mein Vater seinen Namen durchgestrichen hatte. »Und damit hatte es sich dann?«

»Ja.« Er hielt die Hand auf. »Geben Sie mir mein Geld.«

Ich hatte nicht das Gefühl, dass seine bisherigen Informationen vierzig Mäuse wert waren. »Und Brad Stockton?«, fragte ich. »Kannten Sie den auch?«

»Brad?« Er lächelte beinahe. »Ja. Der sitzt im Todestrakt.«

»So ist es.«

»Warum fragen Sie mich nach ihm?«

»Weil er nach Mallory Evans' Tod ebenfalls verhört wurde«, sagte ich. »War es bei ihm so wie bei Ihnen? Dass er ständig von den Cops belästigt wurde?«

»Ich kannte ihn nicht besonders gut, aber ja, er hatte auch ständig Ärger. Ich weiß, dass er einen Schulverweis bekommen hat, wegen irgendeinem Gedicht.«

»Einem Gedicht?«

»Er hat immer irgendwelche bescheuerten Gedichte in sein Heft geschrieben. Eins hat von einer Vertretungslehrerin gehandelt, die wir damals hatten, es ging darum, dass er sie ficken wollte. Das hat sich herumgesprochen, und er hat einen Riesenärger deswegen gekriegt, und dann hat er ihr die Autositze aufgeschlitzt oder so was.« Timton blickte so selbstgefällig drein, als wäre das etwas, zu dem er selbst sich nie herablassen würde. »Danach ist sie nie wieder zurück an die Schule gekommen.«

Was ich da hörte, gefiel mir ganz und gar nicht. Mutwillige Sachbeschädigung war schlimm genug, aber ich hatte geglaubt, es wäre um eine schlechte Note gegangen oder etwas Ähnliches, nicht um ein sexuell anstößiges Gedicht.

»Hören Sie, ich kann hier draußen nicht einfach so herumstehen«, sagte er. »Kann ich jetzt mein Geld haben?«

Ich hielt ihm deprimiert die Scheine hin.

VIERZEHN

Der Craft-Bier-Fan Brian Zollinger rief mich zurück, als ich gerade nach Hause fuhr, und erzählte mir, er sei im April seines ersten Highschool-Jahres nach Wisconsin gezogen und habe nie wieder jemanden aus Belmont getroffen. Nachdem Mallory Evans gefunden worden sei, habe er einen Anruf von meinem Vater erhalten, was, wie er erklärte, auf seinen damaligen Ruf als Unruhestifter zurückzuführen sei. Er habe jedoch keinerlei Informationen beisteuern können, da er Mallory nicht gut gekannt und zu jenem Zeitpunkt außerdem seit fast zwei Jahren nicht mehr gesehen habe.

Frank schien durchaus gute Gründe dafür gehabt zu haben, Brian Zollinger, Michael Timton und Brad Stockton zu verhören, war ihnen doch allen ihr schlechter Ruf vorausgeeilt. Und es war genauso nachvollziehbar, dass er die ersten beiden wieder von der Liste gestrichen hatte. Jetzt blieb mir nur noch die Hoffnung, dass auch Brad mir verraten konnte, warum sein Name durchgestrichen war. Wenn er mir eine sinnvolle Erklärung für diesen Umstand liefern konnte, war das Auftauchen seines Namens in den Notizen meines Vaters zu Mallorys Fall vielleicht doch nur reiner Zufall und nicht etwa eine heiße Spur.

Ich wünschte mir inständig, dass es keine heiße Spur war.

Sobald ich meine Wohnung betreten hatte, schenkte ich mir einen Drink ein, blieb damit im Esszimmer stehen und blickte auf die Gasse hinter dem Haus hinaus. Es war erst sechs Uhr abends und trotzdem schon tiefschwarze Nacht. Der Wind blies klappernd eine leere Dose den Zaun entlang, ansonsten war es still. In der Fensterscheibe spiegelte sich der Zustand meines Esszimmers, das wahrlich keinen schönen Anblick bot. Ich war mir nicht sicher, ob ich je eine Mahlzeit in diesem Raum eingenommen hatte. Ich nutzte es hauptsächlich als Durchgang in die dahinterliegende Küche. Auf dem Tisch stapelten sich schmutzige Kleidung und ungeöffnete Post. Ich wandte mich vom Fenster ab und ging zurück in den Flur, wobei ich bewusst nicht direkt auf das Chaos blickte.

Ich nahm meinen Drink mit ins Arbeitszimmer und zog meinen Laptop aus der Tasche. Seine metallisch glänzende Oberfläche fühlte sich kalt an, weil er den ganzen Tag in meinem Auto gelegen hatte. Ich klappte ihn auf und sofort wieder zu, als mir Pam Gregorio aus dem geöffneten Browserfenster entgegenlächelte.

»Was willst du eigentlich?«, murmelte ich in meine leere Wohnung hinein.

Die Antwort war einfach: Ich wollte herausfinden, ob Mallory Evans' Tod irgendwie mit den Cook-Morden in Verbindung stand, oder ob ich mich nur daran klammerte, weil mir der Geist meines Vaters auf dem Papier erschienen war. Die beiden Verbrechen waren natürlich allein schon durch den Tatort Belmont miteinander verbunden, ebenso wie durch die Tatwaffe. Kennys plötzliche Verhaltensänderung legte außerdem nahe, dass Brad auch in Mallory Evans' Leben irgendeine ominöse Rolle gespielt hatte. Davon einmal abgesehen wiesen die Taten keinerlei Ähnlichkeit miteinander auf. Hier eine junge Frau mit schwieriger Vergangenheit, die im Wald vergewaltigt, erstochen und anschließend vergraben wurde, dort ein Paar mittleren Alters, das bei sich zu Hause den Tod fand. Und dann war da noch die verschollene Sarah. Das alles musste irgendetwas zu bedeuten haben, auch wenn ich noch nicht wusste, was.

Ich wollte trotzdem nicht die ganze Nacht zu Hause sitzen, darüber nachgrübeln, worin diese Bedeutung bestand, und darauf warten, dass Tarnjacke erneut auftauchte oder die unheimlichen Anrufe wieder losgingen. Nachdem ich mich so weit wie möglich in meinem Schreibtischstuhl zurückgelehnt hatte, ließ ich den Kopf nach hinten hängen und betrachtete die zischende Heizung und das Quadrat des darüberliegenden Fensters, darauf wartend, dass irgendetwas passierte. Und es passierte tatsächlich etwas: Das Telefon klingelte, und ich kippte beinahe hintenüber. Bis ich sah, dass es Catherine war.

Ich ging dran, auch wenn ich es hätte besser wissen müssen.

»*Hey!*«, sagte sie, als würde sie seit Wochen versuchen, mich zu erreichen.

»Selber hey.«

»Ich wollte mal fragen, ob sie schon was gebracht hat«, erklärte sie. »Die Zeichnung.«

Ich blickte zur Decke hoch. Ohne ihre Phantomzeichnung, die mich zu Jillian Pizzuti geführt hatte, hätte ich jetzt immer noch nichts ahnend in den Straßen Belmonts nach Sarah gesucht, statt mich in den Fallstricken eines anderen Verbrechens zu verheddern. »Ich glaube schon«, antwortete ich. »Vielleicht hat sie aber auch alles nur noch schlimmer gemacht.« Ein bisschen wie Catherine selbst, dachte ich.

»Tja.«

»Ja«, sagte ich.

»Und«, fügte sie hinzu – bei Catherine gab es immer ein Und – »ich wollte dir erzählen, dass eine Freundin von mir am Mittwoch eine Party schmeißt, zu der du unbedingt auch kommen solltest.«

Catherine hatte einen riesigen Freundeskreis, und irgendjemand feierte immer irgendwo eine Party, zu der man mitbringen konnte, wen man wollte. »Und warum?«, hakte ich nach.

»Weil du Partys magst, soviel ich weiß«, antwortete Catherine. »Und weil ich an dich gedacht habe.«

Ich ertappte mich bei einem Lächeln, und der Frust meines erfolglosen Tages fiel teilweise von mir ab.

»Also, hast du Zeit?«

»Ich hätte jetzt Zeit«, sagte ich.

Diesmal war es Catherine, die schwieg.

Mir kam eine schlechte Idee, und mein Herz begann sofort schneller zu schlagen. »Du solltest unbedingt mit mir zu Abend essen«, fuhr ich fort.

»*Und warum?*«, imitierte sie mich mit sanftem Spott. Bei jeder anderen hätte ich einfach aufgelegt.

»Weil es Samstagabend ist und du schon bei W in deinem Telefonbuch angekommen bist«, antwortete ich. »Außerdem stehst du doch drauf, dich einladen zu lassen, wenn ich mich recht entsinne.«

Sie lachte. Ihr typisches dreckiges Lachen war viel zu groß für ihre leise, nüchterne Stimme. »Und wo gehen wir hin?«, fragte sie.

Als ich ins Pearl kam, saß Catherine bereits an einem Tisch am Fenster, vor sich ein Glas Rotwein und ein Brettchen mit Charcuterie, und knabberte an einem Stück Brot mit Foie gras. Sie war ganz in Schwarz gekleidet und trug ein weites Hemdkleid über Leggings, dazu schwarze Motorradstiefel mit Silberkettchen auf Knöchelhöhe. Ihre blonden Haare hingen ihr zerzaust um die Schultern. Sie sah nicht aus, als würde sie auf irgendjemanden warten. Ich setzte mich, und sie legte unter dem Tisch wortlos ihre Hand auf meinen Oberschenkel.

»Sagst du irgendwann auch mal was?«, fragte ich nach einer Minute.

»Ich will einfach nur einen schönen Abend haben«, erwiderte Catherine. »Und ich bin mir nicht sicher, ob Reden zwangsweise dazugehört.«

Wir sahen uns über den Tisch hinweg an, und ihr Blick war irgendwie herausfordernd. In der Stunde seit unserem Telefonat schien sich eine gewisse Anspannung zwischen uns aufgebaut zu haben. Catherines Augen wirkten ein wenig müde, und ihre Stimmung war kratzbürstig. Ich war überzeugt, dass sie nicht mehr bei ihrem ersten Glas Wein war. Erschwerend kam hinzu, dass ich immer noch frustriert und verunsichert war von meinem heutigen Tag. Jedes Mal, wenn jemand an der Fensterfront des Lokals vorbeiging, blickte ich unwillkürlich auf und erwartete, dass mir wie neulich Nacht Tarnjacke entgegenstarrte. Eigentlich versprach nichts von alldem einen schönen Abend, aber ich fühlte mich allein durch Catherines Nähe schon ein bisschen besser. Wir bestellten Austern und Drinks, und ich erzählte ihr alles über Brad Stockton. Sie hatte sich schon immer gern von meinen Fällen berichten lassen, von den kleinen Fehltritten der Menschen, von den Geheimnissen, die meine Auftraggeber gelüftet haben wollten. Im Gegenzug erzählte sie mir, dass ihrem Mann eine Stelle in London angeboten worden war, wo er dieses Wochenende ein Vorstellungsgespräch hatte. Ich hatte ihn nie kennengelernt, jedoch im Internet nach ihm gesucht und zahlreiche Fotos von einem Mann mit neutralem Gesichtsausdruck zutage gefördert. Dass er stets einen Schal um den Hals trug, war der einzige äußere Ausdruck von Persönlichkeit gewesen.

»Darüber scheinst du nicht besonders glücklich zu sein«, sagte ich.

»Ich bin gar nichts besonders«, gab Catherine zurück. Ihre Hand lag wieder auf meinem Oberschenkel. »Es ist seine Sache, ob er nach London, Prag oder Tallahassee will. Ich gehe jedenfalls dieses Mal nicht mit.«

»Und warum nicht?«, wollte ich wissen. Diese Frage hätte ich mir natürlich sparen können. Ich wünschte mir eine konkrete Antwort von ihr, die ich ohnehin nicht bekommen würde. »Ärger im Paradies?«

»Weil ich oft genug mit meinem ganzen Kram umgezogen bin. Es gibt weder *Ärger*, noch gibt es ein *Paradies*, es gibt nur das Leben, für das ich mich nun mal entschieden habe. An manchen Tagen liebe ich es, und an manchen hasse ich es. Aber ich habe es mir so ausgesucht, und damit basta.«

Ich starrte auf das schmelzende Eis in meinem Glas.

»Aber, aber«, stichelte sie. »Du kannst mir nicht erzählen, dass du die ganze letzte Zeit zu Hause gesessen bist und heulend mein Jahrbuchfoto aus der Highschool angeschaut hast.«

Ich lachte auf. Dass sie einfach so tat, als ob seither nichts mehr zwischen uns gewesen wäre, war absurd, und das wusste sie auch.

»Also, mit wem bist du aktuell zusammen?«, fragte sie.

Meine Gedanken schossen zu Tom und anschließend zu dem Foto der lächelnden Pamela Gregorio, das mich im Cyberspace erwartete. »Mit niemandem«, antwortete ich.

»Gelogen.«

»Nein«, sagte ich, »die Wahrheit.«

Sie hob eine Augenbraue.

»Eine Zeit lang hatte ich, äh, gewissen Umgang mit dem Partner meines Vaters«, erzählte ich. »Keine Ahnung, ob du ihn mal kennengelernt hast.«

»Doch, klar«, sagte Catherine. »Tom, nicht wahr?«

Ich nickte.

»Ein bisschen verklemmt, oder?«

»Nein«, widersprach ich. »Wenn man ihn näher kennenlernt, ist er ganz anders. Aber das mit ihm ist sowieso vorbei. Er hat jetzt eine feste Freundin.«

»Und wie ist sie so?«

»Ich kenne sie nicht.«

Wieder die hochgezogene Augenbraue. »Und du bist auch kein bisschen neugierig«, sagte sie und tat so, als würde sie auf einer Computertastatur herumtippen.

»Du denkst, du weißt alles über mich, was es zu wissen gibt, stimmt's?«

Sie beugte sich vor. »Weiß ich das etwa nicht?«

Ich schüttelte den Kopf, ohne selbst so recht zu wissen, worauf sich mein Kopfschütteln bezog. »Sie sieht sehr nett aus.«

»Gelogen«, sagte Catherine erneut.

»Was geht dich das überhaupt an?«

»Ich weiß einfach gern, dass es dich da draußen gibt und dass es dir gut geht.«

»Geht es mir nicht.«

Catherine sah mich an, als wollte sie mich einerseits küssen und andererseits aufstehen und gehen.

»Also, was willst du dagegen unternehmen?«, fragte ich.

Im Auto schoben wir uns ineinander, sie mit dem Knie über der Armlehne, ich mit einer Hand am Türrahmen, während ich mit der anderen Schicht für Schicht ihre Kleider wegzog, wie Blütenblätter. *Sie liebt mich, sie liebt mich nicht.* Hemdkleid, Bustier, Leggings, der schwarze Hauch von Spitze ihres String-Tangas. Die Fenster beschlugen, und es fühlte sich intim und abgeschieden an im Auto, obwohl wir neben einer Parkuhr standen und immer wieder vorbeigehende Schritte hörten. Catherine schmeckte, wie sie immer schmeckte, wie der Anfang von allem. Ihre Hände packten meine Schultern und zogen an meinen Haaren, als ich mit der Zunge die Innenseite ihres Oberschenkels entlangfuhr und dann wieder hinauf in ihre süße Wärme zurückkehrte. Ihr Orgasmus war heftig, eine bebende Erlösung, und danach stützte sie sich auf die Ellbogen, warf den Kopf zurück und lachte.

»Du hättest dir sechzig Mäuse sparen und mich einfach auf eine Autofahrt einladen können«, sagte sie.

»Sechzig Mäuse?«, erwiderte ich. »Ich bitte dich, du Schlampe.«

Sie lachte noch einmal. Die Müdigkeit war teilweise aus ihrem Gesicht verschwunden. »Ich sollte dich einfach so hier sitzen lassen«, zog sie mich auf und stupste mich mit der Stiefelspitze an. »Gierig und geil.«

»Wehe«, warnte ich sie. Sie atmete immer noch schwer unter mir, und ihre Wangen waren rosig, trotz der kalten Luft im Auto.

Sie zog den Reißverschluss meiner Lederjacke auf und packte mich vorne am T-Shirt. »Weißt du was?«, fragte sie.

»Was?«

Catherine reckte den Hals, um mir ins Ohr flüstern zu können: »Ich fühle mich nie so sehr wie ich selbst, wie wenn ich mit dir zusammen bin.«

Ich küsste sie leidenschaftlich. »Wem sagst du das?«, antwortete ich. Zum ersten Mal seit einer ganzen Weile fühlte ich mich wieder gut.

Dieses Gefühl war allerdings nicht von Dauer. Nachdem ich in angenehm benebeltem Zustand den Gehweg entlang zu meiner Wohnung spaziert war und die Tür des Wohngebäudes aufgeschlossen hatte, erstarrte ich. Meine Haustür stand halb offen, und die Glasscheibe neben dem Türknauf war fein säuberlich herausgeschlagen.

Für eine Sekunde starrte ich ungläubig auf die Tür.

»Was?«, hörte ich eine Stimme irgendwo in meiner Wohnung fragen. »Ich kann dich nicht hören, warum flüsterst du? Sie ist wieder da? *Was?!*«

Dann lehnte sich der Besitzer der Stimme aus der Tür meines Arbeitszimmers und sah mir direkt in die Augen.

Es war Tarnjacke. Sein von dem Handy in seiner Hand beleuchtetes Gesicht wurde panisch.

»Oh, Scheiße«, murmelte er.

»Bleiben Sie genau dort stehen«, hörte ich mich sagen, aber er rannte bereits zurück ins Arbeitszimmer und von dort zur Verandatür, während aus seinem Handy immer noch die Stimme brüllte. Ich nahm die Verfolgung auf, stürzte mich auf ihn und packte ihn beim Ärmel seiner Jacke, während er für einen Sekundenbruchteil am Türschloss herumnestelte. Dann schüttelte er das Kleidungsstück ab und polterte auf die Veranda hinaus, wobei er meine Fliegengittertür aus den Angeln riss. Anschließend sprang er über die Backsteinbrüstung und landete zwei Meter tiefer mit einem Schmerzensschrei auf dem Gehweg.

Ich blickte schwer atmend von der Veranda auf ihn hinunter. Er umklammerte sein Knie und rollte sich auf dem Boden herum, das Gesicht qualvoll verzogen. »Wer zur Hölle sind Sie?«, fragte ich schroff.

»Helfen Sie mir!«, flehte er stöhnend.

»Sagen Sie mir erst, wer Sie sind«, verlangte ich. »Danach helfe ich Ihnen vielleicht.«

In diesem Moment wurde eine Autotür zugeschlagen, und ich hörte eine Stimme, die mir vage bekannt vorkam, kreischen: »Was haben Sie mit ihm gemacht?«

Ich drehte mich zu der Stimme um und fiel nun meinerseits fast von der Veranda.

Cass Troyan.

Sie war ganz in Schwarz gekleidet, als hätte sie als Vorbereitung auf diese merkwürdige Aktion einen *Mission-Impossible*-Film geschaut. Besorgt rannte sie zu Tarnjacke und kniete sich neben ihn. »Damon, Baby, ist alles okay bei dir?« Dann blickte sie grimmig zu mir nach oben. »Sie haben ihm wehgetan! Schauen Sie doch, er ist schwer verletzt! Oh, Baby …«

»Was ist hier eigentlich los?«, fragte ich laut genug, um beide zum Schweigen zu bringen. »Cass, was soll das alles?«

Sie starrte mich trotzig an, während Damon sich

kleinlaut in eine sitzende Position aufrappelte. »Sie sind *nicht* die Produzentin einer Fernsehsendung«, verkündete sie vorwurfsvoll.

Mist.

»Sondern eine Schwindlerin. Sie haben mir direkt ins Gesicht gelogen. So etwas tut man nicht. In Wirklichkeit sind Sie Privatdetektivin, nicht wahr? In wessen Auftrag ermitteln Sie?«

Ich schämte mich plötzlich und rieb mir mit der Hand übers Gesicht, während ich mir vornahm, nie wieder auf diesen alten Trick zurückzugreifen. Wahrscheinlich war eine Situation wie diese vorprogrammiert gewesen. Mein Herz klopfte immer noch wie verrückt. »Cass, Sie können nicht einfach …«

»Für *wen* arbeiten Sie?«

Ich zögerte. »Für Brad Stocktons Familie«, antwortete ich schließlich.

Cass wirkte wütend, aber nicht so wütend, wie ich erwartet hatte. Sie und Tarnjacke sahen fast ein wenig enttäuscht aus. »Ich dachte, dass Sie vielleicht für meinen Dad arbeiten.«

»Was?«

»Meine Eltern lassen sich scheiden. Das wird eine ziemliche Schlammschlacht.«

Ich schüttelte den Kopf. Nichts von alldem ergab irgendeinen Sinn. »Kann mir bitte jemand verraten, was hier los ist?«, sagte ich.

Nach kurzem Schweigen ergriff Cass das Wort: »Meine Mom meinte, dass es dumm von mir wäre zu glauben, wir kämen in eine Fernsehsendung. Ihrer

Meinung nach steckte irgendeine Intrige von meinem Dad dahinter, also habe ich bei dem Fernsehsender auf Ihrer Visitenkarte angerufen. Dort hatten sie noch nie von einer Roxane Smith gehört. Später waren wir dann in der Taverna Athena, um unseren Jahrestag zu feiern, und dort habe ich Ihr Auto gesehen. Wir sind Ihnen gefolgt, zu einem Haus im Norden der Stadt. Das Ganze war Damons Idee.«

Er nickte stolz. Ich dachte an den winzigen Diamanten an Cass' Verlobungsring. Ganz offensichtlich hatte sie in Tarnjacke den Mann ihrer Träume gefunden: Geld *und* Köpfchen.

»Er ist in Ihr Auto eingebrochen, während Sie in dem Haus waren, um Ihren echten Namen herauszufinden. Weil er nichts entdecken konnte, wo Ihr Name draufstand, ist er am nächsten Tag noch mal hingefahren, und eine ältere Frau hat ihm die Tür aufgemacht. Von ihr hat er erfahren, dass Sie mittlerweile in Olde Towne wohnen.«

Diesen Teil hatte meine Mutter unterschlagen. Ich knirschte mit den Zähnen.

»Wir sind dann hier herumgefahren, bis wir Ihr Auto gefunden haben, und dann hat er Ihren echten Namen von Ihrer Post abgelesen. Ich habe Sie gegoogelt, und so bin ich darauf gekommen, dass Sie Privatdetektivin sind. Ich wollte einfach nur wissen, für wen Sie arbeiten.«

Für zwei Amateurdetektive war das gar nicht mal schlecht, wie ich ehrlich zugeben musste. Ich war stinksauer – auf die beiden und auf mich selbst. Schließlich war es meine eigene Lüge gewesen, die zu alldem geführt hatte. »Und, sind Sie jetzt zufrieden?«

»Was wissen Sie über meine Cousine?«

»Nichts«, antwortete ich. »Ich konnte nicht wirklich etwas in Erfahrung bringen. Für die Lüge entschuldige ich mich – Sie waren drauf und dran, mir die Tür vor der Nase zuzuschlagen, und ich wollte unbedingt mit Ihnen reden. Wenn Sie mehr über meine Ermittlung wissen wollten, warum haben Sie mich dann nicht einfach gefragt? Sie haben ja ganz offensichtlich meine Nummer, schließlich bombardieren Sie mich seit Tagen mit Anrufen, nicht wahr?«

Cass blinzelte mich verwirrt an.

»Sie haben mich also nicht angerufen und einfach nur in die Leitung geatmet, ohne etwas zu sagen?«, hakte ich nach.

»Nein«, antwortete Cass ein wenig entrüstet.

Wieder rieb ich mir mit der Hand übers Gesicht. Ich glaubte ihr nicht, kein einziges Wort.

»Sie schulden uns fünfhundert Dollar«, mischte sich Damon ein. »Für die medizinische Behandlung, die ich wegen Ihnen brauche. Von Ihren Sachen habe ich nichts angerührt, ich habe mich nur umgesehen. Nach Hinweisen und so.«

Allmählich hatte ich die Nase voll von den beiden. Ich stemmte die Hände in die Hüften. »Sie haben mir verdammt noch mal die Tür eingeschlagen, ich denke also, wir sind quitt. Wir können aber auch gern die Polizei rufen, um die Sache zu klären.«

Das war offenbar das Zauberwort, denn Damon

schaffte es plötzlich doch, vom Boden aufzustehen. »Nein, das geht schon in Ordnung.«

»Kommen Sie ja nicht noch mal wieder«, sagte ich so bestimmt wie ich konnte.

Es war halb zwei, als die beiden endlich weg waren. Ich ging in meine Wohnung zurück und verriegelte die Haustür, was angesichts der fehlenden Glasscheibe eigentlich sinnlos war. Der Adrenalinpegel in meinem Körper sank, und ich fühlte mich zittrig und erschöpft. Gleichzeitig war ich ein wenig erleichtert darüber, dass hinter dem Rätsel um Tarnjacke nichts Unheilvolleres steckte als zwei unbedarfte Idioten, die sich über meine kleine Lüge mit der Fernsehsendung ereifert hatten. Ich hatte keine Ahnung, was ich wegen der kaputten Tür unternehmen sollte. Es war mitten in der Nacht und daher unmöglich, jemanden zu finden, der mir die Fensterscheibe reparierte. Genauso unmöglich war es allerdings, mit einer eingeschlagenen Tür zu schlafen. Ich ging in die Küche, schaltete das Licht ein und kniff in der plötzlichen Helligkeit die Augen zu. Also schaltete ich das Licht wieder aus und nahm die Pizzaschachtel vom Herd, wo ich sie neulich abgelegt hatte, als Tom bei mir gewesen war. Ich warf die alte Pizza in den Müll, schnitt ein Viereck aus dem Karton, schnappte mir einen Besen, ein Kehrblech und eine Rolle Klebeband und improvisierte. Was meinem Werk an Stabilität fehlte, machte es durch Originalität wieder wett, redete ich mir ein.

Nachdem ich meine überaus fachmännische Reparatur beendet hatte, setzte ich mich mit meinem Handy an den Schreibtisch und überlegte, ob Catherine mit ihrem Uber-Taxi wohl auf direktem Weg nach Hause gefahren war und ob sie mich mitgenommen hätte, wenn ich darum gebeten hätte. Meine Brust schnürte sich zusammen, als ich zwei weitere Anrufe von der unbekannten Nummer in meiner Anrufliste sah. Einer der Anrufe war eingegangen, als ich mit Catherine zusammen gewesen war, und der andere stammte von ein Uhr zwanzig.

Zu dem Zeitpunkt hatte meine Konfrontation mit Cass und Damon stattgefunden.

Ich schloss die Augen. Das Gefühl der Erleichterung, das ich noch vor wenigen Minuten empfunden hatte, war verschwunden. Ich hatte Cass nicht geglaubt, als sie behauptet hatte, sie sei nicht die Anruferin, doch selbst ich musste zugeben, dass es schwierig bis unmöglich für sie gewesen wäre, einen solchen Anruf zu tätigen, während sie direkt vor mir stand.

Vielleicht war es ja doch früher gewesen, als ich die Wohnung nach meiner Begegnung mit ihr und Tarnjacke wieder betreten hatte.

Hoffentlich hatte ich mich nur in der Zeit geirrt.

Falls nicht, wusste ich noch weniger über meinen Fall, als ich geglaubt hatte.

FÜNFZEHN

Am Sonntagmorgen traf ich mich mit Andrew im Fox in the Snow zum Frühstück. Verabredet waren wir um zehn, was sowohl für meinen Kater als auch für Andrew ein wenig zu früh war, aber ich konnte das Angebot eines Gratis-Blaubeerküchleins nicht ausschlagen, und ich musste mich ranhalten, wenn ich vor dem großen Sonntagsansturm in der Haftanstalt in Chillicothe sein wollte.

»Du siehst aus, als hättest du gestern Spaß gehabt«, sagte mein Bruder und rührte Zucker in seinen Kaffee. Andrew hatte seltsamerweise nie einen Kater, was ich sehr unfair fand. »Erzähl.«

Ich winkte ab. Catherine Walsh stand auf der Verbotsliste, was unsere gemeinsamen Gesprächsthemen anging, und der nächtliche Besuch von Cass und Damon hätte nur dafür gesorgt, dass Andrew sich Sorgen um mich machte. Außerdem fiel der wohl kaum unter Spaß. Es geht mir gut, alles ist super, redete ich mir ein. »Hatte mit der Arbeit zu tun«, behauptete ich. »Du weißt doch, dass ich heutzutage keinen Spaß mehr habe.«

»Wie läuft es denn so mit deinem Auftrag für Matts Freundin?«, fragte er. Dann weiteten sich seine Augen, weil ihm plötzlich etwas eingefallen war. »Ach ja, das wollte ich dir längst erzählen: Wusstest du, dass er in einer Band spielt?«

Ich hob eine Augenbraue. »Nein«, antwortete ich.

»Sie nennen sich die Test Pavements«, sagte Andrew.

Ich musste lachen. »Was soll das überhaupt sein?«, fragte ich.

Er schüttelte den Kopf. »Ein Bauarbeiterwitz, nehme ich an. Klingt für mich wie ein Haufen Typen vom Straßenverkehrsamt, die REM-Coverversionen spielen. Er hat uns am Mittwochabend davon erzählt, nachdem du gegangen warst. Nächsten Freitag hat er ein Konzert in irgend so einem dämlichen Coffee Shop in Hilliard, und Mom hat angekündigt, dass wir alle kommen.«

Ich presste die Flüssigkeit aus meinem Teebeutel. »Hört sich nicht sehr verlockend an«, sagte ich. »In einem Coffee Shop? Gibt es da wenigstens Alkohol?«

»Nein. Und glaub mir, ich habe gefragt. Er meinte aber, es gäbe dort eine *Auswahl gesunder Säfte.*«

Ich verdrehte die Augen. »Ich finde, ich sollte von meiner Anwesenheitspflicht befreit werden. Schließlich war ich nicht da, als er das Thema angesprochen hat. Er hat bestimmt nicht ohne Grund damit gewartet, bis ich weg war.«

»Netter Versuch. Du kommst mit.«

»Ein ganzer Freitagabend mit Matt und unserer Mutter? Ich weiß nicht, ob ich diese ständigen Familienzusammenkünfte ertrage.«

»Ich weiß«, sagte Andrew. »Man vermisst fast die wohltuende Vernachlässigung, die uns in unserer Kindheit zuteilwurde.«

Wir sahen uns einen kurzen Moment an. Dann verkündete ich: »Du schuldest mir übrigens siebenhundert Mäuse. Beziehungsweise die Hälfte davon. Die Spüle?«

»*Was?*«, fragte Andrew. »Wann ist denn das passiert? Und wie kann eine ausgetauschte Spüle so viel Geld kosten?«

»Keine Ahnung«, erwiderte ich. »Aber so viel hat es nun mal gekostet. Ich war gerade dort, als der Klempner mit dem Austausch fertig war, und irgendjemand musste ihn bezahlen.«

»Scheiße, Roxane«, sagte Andrew. »Sorry. Warte mal, wieso die Hälfte? Und was ist mit Matt?«

»Mit dem habe ich schon gesprochen«, erklärte ich. »Keine Chance. Hey, wusstest du, dass Mom nicht mehr in Dads Arbeitszimmer war, seit ... seit es passiert ist?«

»Wie seid ihr denn auf *das* Thema gekommen?«, fragte mein Bruder, ohne auf meinen abrupten Themenwechsel einzugehen.

»Ich wollte von Mom wissen, was sie mit seinen alten Notizbüchern gemacht hat«, erzählte ich. »Sie meinte, die wären wahrscheinlich noch in seinem Arbeitszimmer, aber sie wüsste nicht, was dort drin sei, das Zimmer sei abgeschlossen. Jetzt ist es nicht mehr abgeschlossen.«

Andrew seufzte. »Und, was war drin?«

»Hauptsächlich Staub«, sagte ich. »Aber auch die guten Tröpfchen.«

Jetzt war seine Aufmerksamkeit geweckt. »Wie gut ist gut?«

»Midleton«, antwortete ich. »Wild Geese.«

»Nicht schlecht.«

»Und der Computer da drinnen … Ich schwöre, das ist noch derselbe, den Mom und Dad schon zu meiner Highschool-Zeit hatten«, berichtete ich. Mir kam plötzlich ein ganz anderer Gedanke. »Wenn Mom Dads Arbeitszimmer nicht betritt, wie schreibt sie uns dann so oft E-Mails?«

»Ich glaube, sie geht in die Bücherei.«

»Ernsthaft?«

»Ehrlich gesagt glaube ich, dass sie das schon immer so gemacht hat«, erklärte er.

Wir verstummten beide für eine Weile.

Schließlich ergriff Andrew wieder das Wort: »Ich kratze diese Woche ein bisschen Kohle für dich zusammen, versprochen. Ist eigentlich alles okay bei dir? Geldmäßig?«

»Geldmäßig ja«, antwortete ich.

»Und sonst?«

»Ich will nicht darüber reden.«

»Warum?«

»Weil mein Fall total verkorkst ist. Ich weiß wirklich nicht, wie ich meiner Klientin helfen soll. Und ob ihr überhaupt jemand helfen kann. Außerdem habe ich eine seltsame Verbindung zu Frank entdeckt und kann nicht aufhören, darüber nachzudenken. Daher die Notizbücher.«

Mein Bruder hob die Augenbrauen. »Was für eine Verbindung?«

»Ein Fall, in dem er vor einer Ewigkeit mal ermittelt

hat. Vielleicht hat dieser Fall auch gar nichts mit dem Bruder von Matts Freundin zu tun, und ich sehe nur Gespenster, weil, na ja, weil ich eben ich bin und zu so was neige.«

»Nein«, widersprach Andrew. »Du siehst nur Gespenster, wenn irgendwo wirklich welche sind.« Er lächelte. »Du wirst der Sache schon auf den Grund gehen.«

Würde ich das?

Ich stopfte mir das halbe Blaubeerküchlein in den Mund und kaute so übertrieben wie möglich, damit er mir keine weiteren Fragen stellen konnte.

Die bürokratischen Mühlen der Chillicothe Correctional Institution mahlten ein wenig schneller, weil ich bereits einmal da gewesen war. Mein Name wurde nach vierzig Minuten aufgerufen, und dieses Mal wirkte Brad Stockton fast schon schockiert, als er zu der Plexiglaskabine schlurfte, in der ich saß. »Sie sind ja wiedergekommen«, sagte er ins Telefon.

»Bin ich. Ich habe noch ein paar Fragen an Sie.« Am liebsten hätte ich ihn angefleht: *Bitte, bitte, bitte sagen Sie mir, dass Sie Mallory Evans nicht kannten.* Aber das wäre wohl keine gute Methode gewesen, an die Wahrheit zu gelangen, wie auch immer diese aussah.

Brad zuckte mit den Schultern. »Okay, schießen Sie los.«

Ich lächelte unbefangen und fühlte mich wie eine Lügnerin. Andererseits konnte es gut sein, dass auch er ein Lügner war. »Ich möchte Sie nach noch jemandem fragen, mit dem Sie zur Schule gegangen sind«, verkündete ich und musterte ihn prüfend. »Mallory Evans.«

Für einen Moment schien es, als könnte er den Namen nicht zuordnen. Dann runzelte er die Stirn. »Aha«, sagte er. »Warum interessiert Sie das?«

»Ich nehme gerade weitere Verbrechen in der Gegend um Belmont unter die Lupe, und dabei ist dieser Name aufgetaucht.«

Darüber dachte er einen Moment nach. Sein Gesicht war undurchdringlich. »Okay. Mallory. Ja.«

»Sie kannten sie?«

»Klar, ich kannte sie aus der Schule, aber wir waren nicht befreundet oder so.«

»Haben Sie mitbekommen, was passierte, nachdem sie verschwunden war?«

Brad kratzte sich am Unterkiefer. »Na ja, sie hat im ersten Highschool-Jahr die Schule abgebrochen«, sagte er. »Ich wusste damals gar nicht, dass sie als ›vermisst‹ galt.« Er setzte das Wort mit seinen Fingern in Anführungszeichen. »Erst später, als sie, na ja, gefunden wurde, haben die Leute angefangen, alle möglichen verrückten Sachen zu erzählen und darüber zu spekulieren, mit wem sie wohl dort war.«

»Mit wem sie wo war?«

»Am Clover Point.«

Ich wartete ab, unsicher, wovon er sprach.

»Dort ist man damals hingefahren, um miteinander rumzumachen.«

»Und wo ist das?«

Er hob die Augenbrauen, als hätte er nicht vorgehabt,

mir etwas zu verraten, was ich nicht schon wusste. »Sie wurde doch im Wald gefunden, in dieser Schlucht. Na ja, und oberhalb der Schlucht ist eine Art Aussichtspunkt, wo man parken kann. Dort ist man damals hin, wenn man mit einem Mädchen im Auto kuscheln wollte, weil man seine Ruhe hatte. Niemand ist je da oben hingefahren, außer für Sex, Sie wissen schon.«

»Verstehe.«

»Aber nach der Sache mit Mallory hat die Stadt Schilder aufgestellt, dass der Parkplatz nur tagsüber geöffnet ist. Und damit war das Ganze dann mehr oder weniger beendet.«

»Waren Sie auch mal dort oben?«

»Nein«, antwortete er und wich meinem Blick aus.

»Nicht mal mit Sarah?«, fragte ich. »Sind Sie sicher?«

»Okay, vielleicht ein paarmal, aber meistens sind wir einfach zu mir nach Hause gegangen. Warum fragen Sie mich darüber aus? Was hat das Ganze mit mir zu tun?«

Ich holte tief Luft und ignorierte seine Frage. »Nachdem Mallory tot aufgefunden wurde, haben Ihre Klassenkameraden also darüber spekuliert, mit wem sie zum Aussichtspunkt gefahren sein könnte«, sagte ich. Diese Tattheorie erschien mir allzu einfach, die Annahme, dass sie am Fundort auch ermordet worden war – die Plane und die Spanngurte wiesen auf etwas anderes hin. Doch ich wollte hören, was Brad dazu zu sagen hatte. »Was war denn die vorherrschende Meinung?«

Er schüttelte den Kopf. »Das war nur Gerede«,

winkte er ab. »Niemand wusste etwas. Wie schon gesagt: Sie hat die Schule abgebrochen, und danach habe ich sie nie wiedergesehen.«

»Aber die Polizei hat Sie trotzdem zu dem Fall vernommen, nicht wahr?«, fragte ich.

Seine Kiefermuskeln spannten sich an. »Ja. Der Typ war ein echtes Arschloch. Noch mehr als andere Cops, meine ich. Ich hatte ein paar Monate davor Ärger mit der Polizei gehabt, deshalb stand ich wahrscheinlich auf ihrer Beobachtungsliste oder so. Damals gab es nur ungefähr vier schwarze Familien in Belmont, und ich wurde ständig für irgendwas ins Kreuzverhör genommen.«

Ich beschloss, nicht zu erwähnen, dass das »echte Arschloch« mein Vater gewesen war. »Und was für ein Ärger war das, der Sie so in die Schusslinie gebracht hat?«, erkundigte ich mich.

Seine Miene versteinerte sich. »Ach, das war nur ein dummer Streich.«

»Ein Streich.«

»Ich bekam ein paar Tage Schulverweis«, erzählte er. »Keine große Sache.«

»Und warum der Schulverweis?«, hakte ich nach, als wüsste ich es nicht bereits.

»Wegen so einer dummen Geschichte. Ich hatte etwas über eine Lehrerin geschrieben, ein Gedicht. Dieses Gedicht machte in der Schule die Runde, und sie war nicht begeistert. Ende der Geschichte.« Er sah mich trotzig an. Mehr würde er dazu nicht sagen.

»Ich habe aber etwas von aufgeschlitzten Autositzen

gehört«, warf ich ein. Ich ging davon aus, dass diese Information stimmte, da ich sie von zwei verschiedenen Seiten erzählt bekommen hatte. »Gehörte das Auto derselben Lehrerin?«

Brad rutschte ruckartig auf seinem Stuhl nach vorn und stieß mit seinem Finger wütend in meine Richtung. Ohne es zu wollen, schob ich meinen Stuhl ein paar Zentimeter zurück. »Warum fragen Sie mich nach diesem ganzen Zeug?«

Seine undurchdringliche Miene war inzwischen gar nicht mehr so neutral. Er sah aus, als hätte er nichts dagegen, *mich* aufzuschlitzen. »Das mit den Autositzen«, beharrte ich dennoch. »Waren Sie das?«

»Ja, aber da war nichts weiter dabei. Wie gesagt, ein Streich.«

Für mich klang die Sache nicht nach einem harmlosen Streich. »Die Polizei hat Sie nach Mallory Evans' Tod verhört«, wiederholte ich noch einmal. »Das haben die doch nicht wegen eines dummen Jungenstreichs getan.«

»Die haben alle befragt.«

Ich dachte an Derrows Worte: *Die Eltern wären durchgedreht, wenn die Polizei jeden einzelnen Schüler zum Verhör einbestellt hätte.* »Nein, haben sie nicht, Brad.«

»Warum fragen Sie mich wirklich nach diesem Zeug? Was soll das, verdammt noch mal?«

»Ich versuche, die ganze Geschichte zu erfassen. Weil ich herausfinden will, ob das, was Mallory zugestoßen ist, irgendwie mit Sarahs Geschichte zusammenhängt.

Und deshalb muss ich die Wahrheit erfahren, Brad. Vor ein paar Tagen haben Sie mir noch erzählt, Sie hätten noch nie ein Messer besessen.«

»Sie kennen die ganze Geschichte bereits«, sagte er. Er schüttelte den Kopf, stand dann ohne jede Vorwarnung auf und knallte den Hörer auf die Gabel.

»Brad!«, rief ich, doch er ging bereits davon.

SECHZEHN

Auf der Rückfahrt nach Columbus fing es wieder an zu regnen, was gut zu meiner Stimmung passte. Ich hatte nicht vorgehabt, Brad Stockton derart zu verärgern, dass er nicht mehr mit mir reden wollte, doch genau das hatte ich geschafft. Noch so eine Glanzleistung. Ich wurde immer weniger schlau aus ihm. Neulich hatte es noch den Anschein gehabt, als hätte er sich aufgegeben, als hätte er keine Lust mehr zu kämpfen. Was hatte es zu bedeuten, dass er bezüglich Sarah die Waffen gestreckt hatte, beim Thema aufgeschlitzte Autositze jedoch nicht bereit war, auch nur einen Zentimeter nachzugeben? Ich musste nicht unbedingt schlau aus ihm werden, aber ich hatte zumindest auf einen Anhaltspunkt gehofft, auf einen Grund, seine Verwicklung in Mallorys Tod verwerfen zu können. Stattdessen hatte er sich völlig verschlossen, genau wie Kenny bei unserem letzten Gespräch.

Mich überkam das dumpfe Gefühl, dass ich diesen Auftrag nicht mehr lange behalten würde, wenn Brad erst einmal mit seiner Schwester gesprochen hatte.

Ohne einen konkreten Plan nahm ich die Ausfahrt nach Belmont, in der Hoffnung, dass mir vor Ort eine neue Idee kommen würde. Während ich an der Ampel wartete, starrte ich in die graue Landschaft hinaus. *Wildblumen-Hauptstadt Ohios,* erinnerte mich das Ortsschild. Mir fiel ein weiteres Schild am selben Pfosten auf, ein braunes mit einem Pfeil, das mich auf den drei Kilometer entfernten Aussichtspunkt Clover Point hinwies. Der Ort, an dem Mallorys Leiche gefunden worden war. Eine makabre Neugier ergriff von mir Besitz. Ich wollte diesen Ort mit eigenen Augen sehen.

Also fuhr ich auf der Clover Road nach Osten, vorbei an der Taverna Athena, an der Stelle, an der früher Sarah Cooks Haus gestanden hatte, und an der Straße, in der Kenny Brayfield wohnte. Schließlich entdeckte ich ein weiteres Schild, das nach links wies. Nachdem ich abgebogen war, wurde die Straße rasch schmaler und glitschig vor orangebraunen Herbstblättern, auch fehlte die Fahrbahnmarkierung. Das Sträßchen führte eine leichte Steigung hinauf, flankiert von einer rostigen Leitplanke. Ich wurde langsamer, während der Wagen den Hügel erklomm, und entdeckte schließlich Clover Point, nicht mehr als ein Kiesrechteck, auf dem ein halbes Dutzend Autos Platz fand. Seitlich davon war eine hölzerne Aussichtsplattform, die einen Blick auf den Wald bot. Außer mir war niemand zu sehen.

Ich schnappte mir meine Regenjacke von der Rückbank und steckte meine Schlüssel und mein Handy ein – das heute gnädigerweise schwieg. Nachdem ich in die trübe Dunkelheit unterhalb des Aussichtspunkts hinuntergespäht hatte, holte ich außerdem meinen Revolver aus dem Handschuhfach. Dann zog ich mir die Kapuze der Regenjacke über den Kopf und betrat die hölzerne Panoramaplattform. Kurzzeitig schwindelte mir von der Höhe, und ich umklammerte das Geländer. Der zum Grund der Schlucht hin schräg abfallende Hang war bewaldet und laubbedeckt. Jetzt sah ich, dass von der Plattform eine Treppe hinunterführte. Etwa hundert Meter entfernt trennte ein Maschendrahtzaun den Wald von einer Zufahrtsstraße, ähnlich dem Sträßchen, das ich hierher genommen hatte, und dahinter lagerten ein Haufen orangefarbener Fässer und Baustellenequipment.

Vorsichtig begann ich die Treppe hinunterzugehen. Die Stufen waren rutschig von Regen, Schlamm und Laub. Auch wenn die Gegend nicht mehr häufig besucht wurde, waren auf dem Boden noch Hinweise auf diverse menschliche Laster zu finden: Essensverpackungen, zerdrückte Bierdosen, ein Kondom, das sich unterhalb einer kleinen Holzbrücke, die über ein ausgetrocknetes Bachbett führte, in den Zweigen verfangen hatte. Warum hatte Brad behauptet, er sei nie mit Sarah hierhergekommen, nur um sich gleich darauf zu korrigieren? Warum hatte er mir erst von diesem Ort erzählt und dann den Eindruck erweckt, als würde er es bereuen? Peter Novotny hatte gesagt, unschuldige Klienten seien oft die am wenigsten Entgegenkommenden, aber Brads Verhalten hatte inzwischen die Grenze von wenig hilfsbereit zu verdächtig überschritten.

Am Fuß der Treppe war ein ausgefranstes Nylonseil zwischen den Handläufen des Geländers gespannt, und daran hing ein kleines Schild mit der Aufschrift *Zutritt verboten*. Ich stieg darüber hinweg, schob die Hände in die Taschen und stapfte durch das Dickicht aus Gestrüpp und Bäumen zu dem Maschendrahtzaun, durch den ich den Grund für das Bauequipment sehen konnte – auf der anderen Seite wurde ein Apartmentkomplex hochgezogen, einer jener großen, unpersönlichen mit Namen wie The District. Zwei Gebäude standen bereits und schienen bewohnt zu sein, zwei weitere befanden sich in unterschiedlichen Stadien der Vollendung.

Ich ging ein Stück den Zaun entlang, obwohl ich mich hier unten alles andere als wohlfühlte. Aber ich wurde das Gefühl nicht los, dass dies nicht nur der Fundort von Mallory Evans' Leiche war, sondern dass es hier noch mehr zu entdecken gab. Je weiter ich mich vom Aussichtspunkt entfernte, desto dichter wurde der Wald. Inzwischen war der schlammige Boden frei von Fußabdrücken und Abfall, niemand schien ein Interesse daran zu haben, derart weit in das abgesperrte Gelände vorzustoßen. Nach etwa fünf Minuten konnte ich nicht einmal mehr die Stelle erkennen, an der mein Auto geparkt war. Der Regen bildete einen gleichmäßigen Klangteppich aus monotonem Rauschen.

Vielleicht hörte ich die Schritte im Schlamm deshalb erst, als sie direkt hinter mir waren.

Ich wirbelte herum, und das Herz schlug mir bis zum Hals. Wenige Meter hangaufwärts blickte ein Cop der Belmont Police unter der Krempe seines Uniformhuts hervor und zu mir herunter. Es war ein schmächtiger Schwarzer mit regengesprenkelter Brille. Er trug einen sich bauschenden durchsichtigen Plastikumhang und sah aus, als hätte er sich in einen Duschvorhang gehüllt.

»Meine Güte, haben Sie mich erschreckt«, stieß ich hervor, eine Hand auf die Brust gelegt.

»Darf ich fragen, was Sie hier unten wollen?«, entgegnete er.

»Darf *ich* fragen, warum Sie sich derart an mich heranschleichen?« Ich spähte im Dämmerlicht auf sein Namensschild: *R. Meeks.*

»Tut mir leid.«

»Ja, das merke ich«, sagte ich.

Aber er sah tatsächlich aus, als würde es ihm ein wenig leidtun. Er schien etwa in meinem Alter zu sein und gab mit seinem Regenumhang ein klägliches Bild ab. »Kommen Sie, gehen wir«, forderte er mich auf.

»Ich dachte, das hier unten wäre Gemeindegebiet von Columbus.«

»Nicht mehr. Es wurde schon vor einer Weile Belmont zugesprochen, und inzwischen ist es in Privatbesitz. Daher das Verbotsschild. Sie müssen es übersehen haben, denn Sie sind sicher nicht mit Absicht unerlaubt hier eingedrungen.«

Ich lächelte gezwungen. Mein Puls ging wieder normal, und ich schob meine Hände zurück in die Taschen. »Der Aussichtspunkt ist Privatgelände?«

»Kürzlich verkauft«, bestätigte Meeks. »In neun Monaten werden hier überall Wohngebäude stehen. Lassen Sie uns jetzt bitte zurück nach oben gehen.«

Ich fragte mich, was wohl von mir erwartet wurde, sobald wir den Parkplatz erreicht hatten.

Und ich fragte mich, ob die Bauunternehmer des Apartmentkomplexes wussten, dass sie ihre Wohnungen auf dem Grab einer jungen Mutter errichteten.

Vermutlich hätte es für sie ohnehin keine Rolle gespielt.

Mein Blick wanderte zurück zu Meeks. Ich war viermal in Belmont gewesen, und genauso oft hatte mich die hiesige Polizei abgefangen, dabei war dieses Mal nicht einmal jemand in der Nähe gewesen, der mich hätte verpfeifen können. »Woher wussten Sie, dass ich hier bin?«

Meeks wies mit dem Kinn in Richtung Treppe, aber ich rührte mich nicht. Schließlich antwortete er: »Wegen Ihres Wagens. Ihr Auto ist zur Fahndung ausgeschrieben.«

Ich lachte auf, obwohl das keineswegs lustig war. »Na wunderbar«, sagte ich. »Und was jetzt?«

»Jetzt würde sich Chief Lassiter gerne mit Ihnen unterhalten.«

»Über mein Auto?«

»Ich weiß es nicht, Ma'am.« Meeks wurde allmählich ungeduldig. »Es klang jedenfalls dringend.«

Ich zuckte mit den Schultern und folgte ihm zurück in Richtung Aussichtspunkt. »Wie haben Sie mein Auto diesmal entdeckt?«, fragte ich.

»Diesmal?« Er spähte zu mir nach hinten und verlor kurzzeitig den Halt auf einem felsigen Abschnitt.

»Jedes Mal, wenn ich nach Belmont komme, schafft es einer von euch im Handumdrehen, mich aufzuspüren. Schon irgendwie interessant.«

»Nun«, sagte Meeks, »ich bin gerade hier oben vorbeigefahren und habe Ihr Auto auf dem Parkplatz stehen sehen. Seit Mittwoch werden wir bei jeder Dienstbesprechung aufgefordert, nach Ihnen Ausschau zu halten.«

Ich blieb einen Moment stehen, um diese Information zu verarbeiten. Die Polizei von Belmont war wahrlich ein widersprüchlicher Haufen: Meine Anwesenheit wurde überaufmerksam registriert, obwohl ich nichts weiter getan hatte, als ein paar Fragen zu stellen und in meinem Auto herumzusitzen, wohingegen die Erfolgsquote bei der Prävention und Aufklärung echter Verbrechen katastrophal zu sein schien. »Und worin besteht mein angebliches Vergehen?«

»Ach, Vergehen würde ich es gar nicht nennen«, sagte er, als müsste es mich trösten, dass mir bisher noch nichts Konkretes angelastet wurde. »Aber Belmont ist nun mal ein kleines, verschworenes Nest, hier fallen Auswärtige sofort auf.«

»Ihnen ist hoffentlich klar, wie schwachsinnig das klingt«, entgegnete ich, und er blickte über die Schulter und bedachte mich mit einem knappen Lächeln.

»Sie wären schockiert, wenn Sie wüssten, wegen was für Lappalien die Leute bei uns anrufen. Die Einwohner sind einfach wachsam, das ist alles. Hier passiert sonst nicht viel, deshalb fällt eine Fremde in einem Oldtimer natürlich auf wie ein bunter Hund.«

Hier passiert sonst nicht viel. Dieser Kerl war offenbar nicht in Belmont aufgewachsen.

Die Luft war so feucht, dass man das Gefühl hatte,

sich unter einer nassen Stoffbahn zu befinden. Der Anstieg war deutlich anstrengender als der Abstieg, und ich begann schon auf halbem Weg zum Aussichtspunkt schwer zu atmen. Zumindest glaubte ich, dass wir uns immer noch auf ihn zubewegten, denn ich war zunehmend desorientiert. Der Regen und der weiche, abschüssige Untergrund verliehen mir das Gefühl, in einer Schneekugel dahinzustapfen. Beklommen sah ich mich um. Überall Blätter, heruntergefallene Äste, Gesteinsbrocken. Im schwächer werdenden Licht des Nachmittags schien das Dickicht vor mir orangebraun zu leuchten. Ich versuchte, mir die skizzierte Landkarte aus dem Notizbuch meines Vaters vor Augen zu führen, und überlegte, wo genau in dieser Schlucht wohl Mallory Evans gefunden worden war. Ich erinnerte mich an eine geschwungene Linie, die entweder die Zufahrtsstraße oder den Zaun darstellen sollte. Vermutlich Ersteres, denn der Zaun sah neuer aus als sechzehn Jahre. Jedenfalls war der Leichnam diesseits der skizzierten Linie entdeckt worden, knapp dreißig Zentimeter tief im Boden vergraben, bedeckt mit Felsbrocken und Laub. Ich bemühte mich, meine Umgebung mit den Augen meines Vaters wahrzunehmen, und wusste, dass mir nur wenige Minuten blieben, bis wir die Treppe zum Aussichtspunkt erreicht hatten.

Laub gab es hier überall.

Felsbrocken genauso.

Ich suchte nach einem Phantom.

Alles kam mir gleichzeitig verdächtig und unverdächtig vor.

Etwa zwanzig Meter von der Treppe zum Aussichtspunkt entfernt erregte dennoch etwas meine Aufmerksamkeit: eine weitere kleine Holzbrücke, die über den ausgetrockneten Bach führte. Unter dieser Brücke stapelten sich seltsamerweise große, flache Felsbrocken, als habe sie jemand abstützen wollen. Ich spähte angestrengt durch den Nebel und entdeckte einen Gegenstand zwischen den Felsen, der nicht natürlichen Ursprungs war. Etwas Zusammengefaltetes, Glänzendes.

»Was ist das?«, fragte ich und zeigte auf den Gegenstand.

Meeks runzelte die Stirn. »Was meinen Sie?«

Statt ihm zu antworten, marschierte ich schnurstracks auf die Brücke zu und redete mir ein, einfach nur nachsehen und meine Neugier befriedigen zu wollen. In Wirklichkeit hatte ich längst die Plane im Kopf, in die der Täter Mallory Evans gewickelt hatte, um sie anschließend zu vergraben. Die Plane, die auch meinem Vater keine Ruhe gelassen hatte. *Der Täter musste eiskalt sein*, hatte Tom gesagt.

Hinter mir kamen Schritte die laubbedeckte Treppe herunter. »Russ, alles in Ordnung da unten?«, fragte eine vertraute Stimme.

Ich ging unbeirrt weiter, blickte jedoch über die Schulter und entdeckte Sergeant Derrow, der ebenfalls in einen Plastikumhang gehüllt war. Er bedachte mich mit einem abgebrühten Lächeln. »Was ist denn hier los?«

»Ich habe ihr gerade mitgeteilt, dass der Chief sich mit ihr unterhalten möchte«, berichtete Meeks.

»So ist es. Und zwar sofort«, bestätigte Derrow. »Also kommen Sie, beeilen Sie sich.«

»Keine Ahnung, was sie da drüben will«, hörte ich Meeks erwidern.

»Miss Weary, ich muss Sie bitten, mit uns zu kommen. Jetzt gleich!«, befahl Derrow.

Doch ich hatte inzwischen die Brücke erreicht und sprang neben den Gesteinsbrocken in das trockene Bachbett. Von Nahem entpuppte sich der nach oben ragende Gegenstand als ein Dreieck aus Plastik, zerknittert und schlammbedeckt, aber eindeutig blau. Die Steine waren flach und moosbewachsen, und einer von ihnen lag etwa einen halben Meter von den anderen entfernt, als wäre er kürzlich verrutscht und hätte so die Plane entblößt. Ich räumte noch ein paar weitere Felsbrocken beiseite und starrte auf eine Holzplatte, die sich in das Bachbett schmiegte. Darunter ragten einige Zentimeter der blauen Plane hervor.

Meeks und Derrow hatten sich mittlerweile zu mir gesellt. »Gehen wir«, forderte mich Derrow auf. »Na los.«

Aber Meeks starrte genau wie ich in das ausgetrocknete Bachbett hinab. »Waren Sie deshalb hier unterwegs?«, fragte er mich.

»Nein«, antwortete ich, und dann: »Ich weiß es nicht.«

»Was ist das?«

»Ich weiß es nicht«, wiederholte ich.

Ohne noch etwas zu sagen, stieg Meeks auf der anderen Seite der Brücke in den Bach und spähte von dort auf die Felsbrocken, berührte das blaue Dreieck mit der Schuhspitze. »Jack, sieh dir das an.«

Derrow kletterte zu ihm hinunter und runzelte die Stirn.

»Sieht aus, als würde es nicht hierhergehören, oder?«, sagte ich. Meine Nerven waren bis aufs Äußerste gespannt.

Meeks begann, sich ebenfalls ans Wegräumen der Steine zu machen, und schließlich beteiligte sich auch Derrow. Die Felsbrocken waren nicht allzu schwer, aber es waren viele. Wir legten sie auf die Brücke, wo sie sich bald wie Zähne aneinanderreihten.

»Vielleicht sollten wir das Grünflächenamt anrufen«, schlug Derrow vor. »Sieht aus, als hätte jemand seine Arbeit nicht richtig zu Ende gebracht. So was bleibt hier unten leicht unbemerkt, es kommt ja niemand mehr her.«

»Ich weiß nicht«, sagte Meeks zögernd.

»Bei was für einer Arbeit vergräbt das Grünflächenamt denn blaue Planen im Wald?«, fragte ich, woraufhin mich beide Polizisten ansahen, als dürfte ich mir kein Urteil zu diesem Thema erlauben. Vielleicht hatten sie damit sogar recht. Zumindest halfen sie mir, statt mich an der Kapuze wegzuzerren.

Es dauerte etwa zehn Minuten, bis die Steine weggeräumt waren, dann starrten wir schweigend auf die Spanplatte hinab. Sie war nass und glitschig, kaum dicker als zwei oder drei Zentimeter. Obwohl sie banal und harmlos aussah, hatte ich das ungute Gefühl, dass sich darunter etwas Schreckliches verbarg.

»Unter dem Ding ist wahrscheinlich nur eine Grube voller Würmer und Scheiße«, murmelte Meeks, doch sein Gesichtsausdruck verriet, dass er es besser wusste.

»Ja«, antwortete ich, obwohl auch ich es besser wusste.

Ich hielt die Luft an, als wir die Spanplatte hochhoben.

Darunter kam eine weitere Schicht aus Steinen und Schlamm zum Vorschein, die nicht ganz ein langes blaues Bündel verbarg.

»Nichts anfassen«, warnte uns Derrow, aber ich griff bereits nach dem Rand der Plane.

»Sarah«, hörte ich mich sagen.

SIEBZEHN

Chief Jake Lassiter war alles andere als erfreut über mich. Ich bezweifelte, dass es Umstände gegeben hätte, unter denen er es gewesen wäre, doch nun, da ich menschliche Überreste innerhalb des Zuständigkeitsbereichs seiner Polizeibehörde zutage gefördert hatte, war er besonders verärgert. Nach meiner Entdeckung waren rasch weitere Polizisten eingetroffen, hatten ein Schloss am Maschendrahtzaun aufgebrochen, um von der Zufahrtsstraße her Zugang zur Schlucht zu ermöglichen, und hatten ein Gebiet abgesteckt, das vom Zaun zum Fuß des Hangs und jeweils ein paar Hundert Meter nach Norden und Süden reichte. Ich war auf die Aussichtsplattform verbannt worden, wo ich nun mit Chief Lassiter im Regen stand. Er erinnerte mich an Jack Nicholson in *Eine Frage der Ehre*, als er mir mit hochrotem Kopf einen langen Vortrag darüber hielt, wie wichtig es sei, dem STRAFJUSTIZSYSTEM zu vertrauen, ein Wort, das er durch seine Betonung in Großbuchstaben setzte.

»Dieses *System*«, zeterte er, »*funktioniert* nicht, wenn *jeder* glaubt, einfach *Detektiv* spielen zu können.«

Ich machte mir nicht die Mühe, ihn daran zu erinnern, dass ich tatsächlich Detektivin und daher ebenfalls Teil des genannten Systems war, auch wenn meine Lizenz vielleicht nicht ganz der Zulassung eines staatlichen Gesetzeshüters gleichkam. Stattdessen stand ich einfach nur da, die Arme vor der Brust verschränkt, um mich vor der Kälte zu schützen – der äußeren Kälte ebenso wie der in meinem Inneren. Ich war zutiefst erschüttert vom Anblick der braunen, zerbrechlichen, in die Falten jener blauen Plane geschmiegten Knochen und der schütteren blonden Haarsträhnen. Meine Fälle beschränkten sich normalerweise auf die Probleme der Lebenden, auf den Kummer, den sich die Leute gegenseitig bereiteten. Dem Tod hatte ich dabei noch nie ins Auge blicken müssen, schon gar nicht in derart fortgeschrittenem Stadium, und ich konnte nicht aufhören, daran zu denken.

»Sie haben keine Ahnung, wie beunruhigend es für die Bürger Belmonts ist, wenn Sie Ihre Nase in Angelegenheiten stecken, die Sie nichts angehen«, fügte Lassiter hinzu. »Das ist hier ein nettes, friedliches Städtchen.«

An diesem Punkt hatte ich genug. »Sarah Cook liegt seit fünfzehn Jahren in diesem Wald vergraben, und Sie wollen mir weismachen, dies wäre ein friedlicher Ort?«

Er stieß ein Lachen hervor und schüttelte den Kopf. »Sarah Cook.« Er spie den Namen regelrecht aus, wie jedes Mal, wenn er ihn im Laufe unseres Gesprächs in den Mund nahm. »Wir wissen doch noch nicht mal, ob die Überreste überhaupt menschlichen Ursprungs sind!«

Jetzt war ich mit dem Lachen an der Reihe. »Wollen Sie mich auf den Arm nehmen?«

Wir blickten beide den Abhang hinunter, wo die Plane samt Inhalt ausgebreitet auf dem schlammigen Boden lag, während die Männer und Frauen von der Spurensicherung in weißen Anzügen Beweismaterial sammelten und in Plastiktüten verstauten. Um die Plane herum waren ringförmig Scheinwerfer aufgestellt worden, die ihr klinisch kaltes Licht durch die neblige Abenddämmerung warfen. Ich musste den Blick abwenden, weil sich mein Magen zusammenkrampfte.

»*Falls* die Gebeine menschlichen Ursprungs sind«, setzte Lassiter seinen Vortrag fort, »werden wir unermüdlich daran arbeiten, sie zu identifizieren.«

Ich hätte ihm gern gesagt, dass er sich das für seine Pressekonferenz sparen konnte, erwiderte jedoch stattdessen nur: »Natürlich.«

»Und wenn Sie glauben, dass Sie das erste Ermittler-Ass sind, das auf die Idee kommt, sich den Cook-Fall vorzuknöpfen, haben Sie sich gründlich getäuscht«, echauffierte sich der Chief weiter. »Wir haben hier alle paar Jahre irgendeinen blindwütigen Reporter oder sonstige Geisteskranke, die von der ganzen Sache wie besessen sind. Früher gab es bei uns ein Bürgerbeteiligungsprogramm, bei dem die Einwohner in Einsatzfahrzeugen mitfahren und in die Arbeit von Feuerwehrleuten oder Polizisten hineinschnuppern durften. Das mussten wir einstellen, weil zu viele Leute einzig und allein über diesen Fall reden wollten, weil sie sehen wollten, wo es passiert ist, wo Brad Stockton wohnt und so weiter – einfach widerlich.«

»Ich bin aber nicht …«

»Fakt ist, dass Sie überhaupt nicht hätten hier sein dürfen«, schloss er. »Ich hatte Sie gewarnt. Also glauben Sie ja nicht, Sie hätten sich für diese Entdeckung irgendeine Medaille verdient, verstanden?«

Ich glaubte ganz und gar nicht, dass ich mir eine Medaille verdient hatte, ich wollte nur, dass er mir endlich zuhörte, statt seine Wut an mir auszulassen. »*Ich* habe sie nicht umgebracht«, erinnerte ich ihn. »Keine Ahnung, warum Sie sauer auf *mich* sind.«

Aus seinem Gesicht sprach jetzt blinder Zorn, als hätte er ebenfalls keine Ahnung und als würde ihn dieser Umstand noch wütender machen. »Nein«, stieß er hervor. »Das war Brad Stockton, und der sitzt bereits im Gefängnis.«

Vielleicht war das der Grund für seinen Hass auf mich. Er hatte die Scherereien eines Tötungsdelikts am Hals, ohne Aussicht auf den Ruhm, der mit dessen Aufklärung einhergegangen wäre. Mir wurde schlecht, wenn ich an Brad dachte – oder vielmehr an seine Schwester, die fest an eine Illusion glaubte.

»Ich möchte, dass Sie jetzt in Ihr Auto steigen und zurück in die Stadt fahren«, knurrte Lassiter. »Wir kommen hier allein zurecht.«

Es fühlte sich nicht richtig an, einfach abzuhauen, aber mein Fall schien hiermit beendet zu sein. Brad hatte mich im Grunde selbst zu Sarahs Leiche geführt, auch wenn ich immer noch nicht wusste, warum. Vielleicht war er das ganze Theater leid gewesen. Womöglich verspürte er seit fünfzehn Jahren jeden Tag den Wunsch, sich jemandem zu offenbaren. Wie auch immer, ich würde den Grund vermutlich nie erfahren. Es war nicht an mir, ihn herauszufinden. War es nie gewesen.

Als ich die Zufahrtsstraße vom Clover Point hinunterfuhr, kamen mir mehrere Fernsehübertragungswagen entgegen, und mir wurde bewusst, dass die Story schon bald auf Sendung sein würde, wenn sie es nicht längst war. Ich rief Danielle an, weil ich nicht wollte, dass sie die Neuigkeit aus den Nachrichten erfuhr, so wie damals beim Tod der Cooks. Sie ging nicht ans Telefon.

Wieder ein Auftrag, den ich mit Bravour erledigt hatte.

Ich marschierte schnurstracks in meine Küche, schenkte mir ein Schnapsglas voll Whiskey ein, trank es in einem Zug leer und goss gleich den nächsten hinterher. Ich hatte keine Lampen eingeschaltet, und die Wohnung wurde von den Straßenlaternen in ein unheimliches Licht getaucht. An die Küchenzeile gelehnt, leerte ich mein zweites Glas und schloss die Augen. Ich bekam den Anblick der Knochen einfach nicht mehr aus dem Kopf und fragte mich, wie mein Vater es fast vierzig Jahre lang ertragen hatte, derart grauenerregende Dinge zu erleben. Vielleicht hatte er es gar nicht ertragen müssen, ging mir auf, weil er von alldem so geworden war, wie ich ihn gekannt hatte: hart und distanziert und jeden Abend betrunken, noch bevor er auch nur eine halbe Stunde zu Hause gewesen war. Ich ließ mein Schnapsglas in die Spüle gleiten. Dem Geklapper nach zu urteilen stapelten sich dort schon ein Dutzend weitere Gläser.

Ich betätigte nun doch den Lichtschalter. Es sah nicht gut aus in meiner Küche: Der Pizzakarton lag immer noch auf dem Herd, jetzt allerdings mit einem quadratischen Loch im Boden. Er erinnerte mich daran, dass wieder ein ganzer Tag vergangen war, ohne dass ich es geschafft hatte, die Tür reparieren zu lassen. Die Spüle war voll. Eines Tages würde ich mein Leben als normaler Mensch wieder aufnehmen, redete ich mir ein, und dieser Tag würde bald sein. Ich hatte immer mehr das Gefühl, dass mein Leben in zwei Teile zerbrochen war – einen Teil vor dem Tod meines Vaters und einen danach. Das Danach kam mir vor, als würde es bis in alle Ewigkeit andauern. Vielleicht war es auch so. Vielleicht wachten jeden Morgen Menschen wie Joshua Evans und Cass Troyan auf und fragten sich, ob dies endlich der Tag war, an dem das Danach endete und der dritte Teil ihres Lebens begann. Irgendwie hatte ich die dunkle Ahnung, dass dieser Übergang nicht so einfach und abrupt vonstattengehen würde, weder für sie noch für mich.

Ich ließ heißes Wasser in die Spüle laufen. Dann fiel mir auf, dass ich keine Spülschwämme mehr hatte. Na gut, wenigstens hatte ich es versucht. Ich schaltete das Licht wieder aus, schälte mich aus meinen feuchten Kleidern und warf sie im Wäschezimmer auf den Boden. Dann stellte ich mich eine halbe Stunde unter den gleichmäßigen Strahl meiner Dusche und wäre womöglich die ganze Nacht dort geblieben, wenn nicht irgendwann das heiße Wasser ausgegangen wäre. Ich rubbelte meine Haare mit einem Handtuch trocken, kroch nackt ins Bett und wartete darauf, dass irgendetwas passierte. Es fiel mir schwer einzuordnen, was ich empfand. Niemand war seit heute Nachmittag schlechter dran als vorher, nicht einmal Sarah, aber tief in meinem Inneren hatte ich das Gefühl, dass wir alle schlechter dran waren und dass das meine Schuld war.

Ich dachte an Sarahs Eltern. Was war damals nur passiert? Wobei hatten die beiden den Täter gestört? Ich hoffte, dass sie gestorben waren, ohne zu wissen, was mit ihrer Tochter geschehen war. Im Grunde spielte es keine Rolle. Es gab bei diesem Fall keinen Silberstreif am Horizont, keine kleinen tröstlichen Details, für niemanden. Ich schloss die Augen, aber alles, was ich sah, war die blaue Plane, der Schwung eines Schlüsselbeins, die blonden Haare.

Ich machte die Augen wieder auf. Plötzlich hatte ich das Gefühl, dass meine Wohnung von bösen Geistern heimgesucht wurde. Ich brauchte etwas, wusste jedoch nicht, was es war. Meine Gedanken wanderten zu der Frage, wie lang Catherines Mann wohl in London weilte und ob sie heute Abend allein zu Hause war. Ich griff nach meinem Handy, doch bevor ich ihre Nummer wählen konnte, rief der unbekannte Anrufer wieder an.

Ich hielt mich nicht damit auf, Hallo zu sagen. »Wer ist da, verdammt noch mal?«

Einatmen, ausatmen.

»Cass?«

Einatmen, ausatmen.

Es musste Cass sein, die dahintersteckte. Brad war im Gefängnis. »Hören Sie auf, mich anzurufen!«, schnauzte ich und beendete den Anruf.

Dreißig Sekunden später begann das Telefon erneut zu vibrieren. Ich war kurz davor, es an die Wand zu werfen, als ich sah, dass das Universum endlich ein Einsehen mit mir hatte: Es war Tom.

Erleichtert ließ ich mich zurück ins Kissen sinken.

»Ich habe gerade eine völlig verrückte Geschichte über dich gehört«, sagte er, nachdem ich mich gemeldet hatte. »Belmont?«

Ich vergrub mein Gesicht in beiden Händen. »Meinst du die Geschichte, bei der mir am Ende feierlich der Schlüssel zur Stadt überreicht wird?«, fragte ich, und er lachte. »Und von wem hast du das gehört? Es ist doch gerade erst passiert.«

»Unter uns Cops verbreiten sich Neuigkeiten schnell«, erklärte er. Dann fügte er hinzu: »Ein befreundeter Gerichtsmediziner war vor Ort und hat deinen Namen aufgeschnappt. Ob es dir gefällt oder nicht, die meisten Polizisten in Ohio wissen, wer du bist.«

Ich seufzte. Es verunsicherte mich, wenn Leute, denen ich nie begegnet war und wahrscheinlich auch nie begegnen würde, wussten, dass ich Frank Wearys Tochter war. Zu seinen Lebzeiten war er ständig irgendwelchen Bekannten über den Weg gelaufen, in Columbus und außerhalb, einmal sogar während eines Familienurlaubs in Niagara Falls. Ich zog die Decke über mich. »Es war furchtbar«, sagte ich und hatte sofort wieder die blaue Plane vor Augen. »Ich dachte eigentlich, ich hätte schon so einige schreckliche Dinge in meinem Leben gesehen, aber so was? Keine Ahnung, wie ihr das aushaltet. Wirklich nicht.«

»Hör zu, willst du vielleicht was trinken gehen?«, fragte Tom. »Nicht als Alibi für … du weißt schon was, sondern einfach so.«

Ich rollte mich auf den Bauch und vergrub mein Gesicht im Kissen, ein wenig enttäuscht darüber, dass er nicht wegen *du weißt schon was* anrief, ein Gefühl, mit dem ich mich lieber nicht eingehender befasste. »Stimmt«, erwiderte ich, »du bist ja jetzt so gut wie verlobt.«

»Du machst es einem grundsätzlich nicht leicht, oder?«

Ich grinste in den Kissenbezug hinein. »Nein«, bestätigte ich. Der Gedanke, nicht allein trinken zu müssen, war äußerst verlockend. »Dein Angebot nehme ich trotzdem gerne an. Ich sehe hier nämlich schon Gespenster.«

Er schwieg einen Moment. »Ja«, sagte er, als wüsste er nur zu gut, was ich meinte. »Das soll vorkommen.«

Wir trafen uns in der Olde Towne Tavern an der Oak Street, und ich bestellte einen Crown Royal nach dem anderen, während Tom an einem einzigen Bier nippte. Er zuckte mit den Schultern, als ich ihn darauf ansprach. »Mit dir kann ich sowieso nicht mithalten, also versuche ich es erst gar nicht. Außerdem muss ich noch nach Hause fahren.«

Ich hingegen war zu Fuß gekommen. Tom hatte die Bar vermutlich strategisch ausgesucht, denn er selbst wohnte am anderen Ende der Stadt. Es war eine gute, altmodische Bar, freiliegendes Mauerwerk, rustikale Zinndecke. Und sie war gut besucht. Normalerweise wäre es mir zu voll gewesen, aber an diesem Abend kam mir das Gedränge gerade recht.

»Frank und ich waren früher immer in Bob's Bar. Kennst du den Laden?«, fragte mich Tom.

»›Das kulturelle Zentrum des Mittleren Westens‹«, zitierte ich den Slogan von Bob's Bar, einer seltsamen kleinen Spelunke in der Nähe meines Elternhauses. Ich fragte mich, ob die Lage der Grund dafür gewesen war, dass Frank dort getrunken hatte. Weil er falls nötig zu Fuß nach Hause kam. »Bist du mit ihm auch beim Bier geblieben?«

»Das hing davon ab, warum wir tranken«, antwortete er, »und was wir am jeweiligen Tag alles erlebt hatten.«

Ich vergrub auf der Theke den Kopf in den Armen. »Wird es jemals leichter?«

»Kurze Antwort?«

Ich nickte.

»Nein.«

»Wie lautet die lange Antwort?«, fragte ich und richtete mich wieder auf. Der Barkeeper hatte mir nachgeschenkt, und ich leerte meinen Whiskey in einem Zug, obwohl mir bewusst war, dass ich das Tempo besser ein wenig hätte drosseln sollen. Es war kein gutes Zeichen, wenn Tom nicht mehr mit mir mithalten konnte. Immerhin hatte er viele Jahre mit meinem Vater getrunken.

Er dachte eine Sekunde darüber nach. »Lange Antwort: Scheiße, nein.«

Ich lachte, nicht weil es lustig war, sondern einfach so.

»Nach einer gewissen Zeit wird man besser darin, das Erlebte ganz nach hinten in eine Kiste zu verbannen, damit es einen nicht kaputtmacht. Trotzdem wird es nie wirklich leichter, mit anzusehen, was Menschen sich gegenseitig antun.« Er nahm einen tiefen Schluck aus seinem Glas. Dann sah er mich an. »Meistens versuche ich, den Tatort als eine Art Puzzle zu betrachten, als eine Reihe von Gegenständen, die bearbeitet werden müssen. Aber manchmal geht das einfach nicht. Jeder Polizist hat ein oder zwei Fälle, die sich eingebrannt haben und nicht mehr abschütteln lassen, egal, was man tut. Und dann fängt man eben an zu trinken.«

Ich fragte mich, wie mein Vater wohl geworden wäre, wenn er kein Polizist gewesen wäre, sondern Elektriker oder Mechaniker, wenn er einen normalen Beruf gehabt hätte, bei dem man keine Dinge sehen musste, die man nur durch Saufen vergessen konnte. »Welchen Fall kannst *du* nicht vergessen? Entschuldige … du musst nicht darauf antworten«, fügte ich schnell hinzu, weil ich plötzlich Angst hatte, der Tod meines Vaters sei der Fall, der sich Tom für immer eingebrannt hatte. Das war das Letzte, woran ich heute denken wollte.

»Schon okay«, sagte er. Er stützte sich ebenfalls auf

die Theke, sodass sich unsere Ellbogen berührten, und nahm sich eine Minute Zeit, bevor er anfing zu erzählen. »Jada Pierce. Sie war zwei Jahre alt. Ihr Scheißkerl von einem Vater nahm sie mit ins Meth-Labor eines Kumpels. Dort bekam sie irgendwie einen Becher Schwefelsäure in die Finger. Der stand einfach so herum, während die zwei ihr Meth kochten. Sie hat das Zeug getrunken. Die Säure fraß sich durch ihren Hals, durch ihren Magen. Vielleicht hätte sie überlebt, wenn die Männer den Notarzt gerufen hätten, doch das haben sie nicht. Stattdessen gerieten sie in Panik, stopften ihren kleinen Körper in eine Kühlbox und warfen sie in den Olentangy.«

Ich war sprachlos.

»Ungefähr ein Dutzend Zeugen haben die beiden dabei gesehen, es war also nicht schwierig, sie hinter Gitter zu bringen. Aber ich konnte nicht aufhören, dieses Kind vor mir zu sehen, in die Kühlbox gezwängt, mit Säureverätzungen um den Mund herum und einem Loch im Hals – das hat mich wochenlang fertiggemacht. Und ich meine so richtig fertiggemacht. Ich konnte nicht mehr schlafen, war ein totales Wrack. Mir war schleierhaft, warum nicht jeder, der bei der Bergung der Kühlbox dabei war, mit den Nerven völlig am Ende war. Ich dachte, ich könnte nie die Art Mensch werden, die so etwas sieht und nichts dabei empfindet. Frank sagte damals, und das werde ich nie vergessen: ›Niemand empfindet nichts. Dein Job als Polizist besteht nicht darin, nichts zu empfinden, sondern darin, das Gesehene zu neutralisieren, damit es sonst niemand sehen und sonst niemand empfinden muss.‹« Tom hielt inne und blinzelte zur Decke hinauf. »Keine Ahnung, ob das für dich einleuchtend klingt«, fügte er nach einer Weile hinzu. »Mir hat es jedenfalls geholfen. Sehr sogar.«

Ich war keine Polizistin, und was ich gesehen hatte, war lange nicht so schlimm wie das, was Tom gesehen hatte – vermutlich viele, viele Male. Es klang trotzdem einleuchtend. »Es ist also okay, sich scheiße zu fühlen, weil es nun mal eine gewisse Menge Scheiße auf dieser Welt gibt, die empfunden werden muss, und weil manche Leute sich durch ihre Berufswahl freiwillig dazu gemeldet haben, mehr als andere davon abzubekommen«, sagte ich.

»Genau.«

Ich seufzte und schob mein Whiskeyglas weg. »Ich bin die schlechteste Detektivin der ganzen Welt. Mein Ziel war es zu beweisen, dass diese Frau noch lebt, und stattdessen gehe ich hin und finde ihre Leiche. Eigentlich sollte ich dem Bruder meiner Klientin dabei helfen, aus dem Gefängnis freizukommen. Stattdessen habe ich seinem Konto heute noch ein weiteres Verbrechen hinzugefügt, glaube ich. Ich möchte mich zu gerne irren, aber ich weiß es nicht …«

»Nein, möchtest du nicht«, widersprach Tom. »Du wünschst dir, dass die Welt eine andere wäre. Das ist ein Unterschied. Und die schlechteste Detektivin der Welt hätte überhaupt nichts herausgefunden, weder im Positiven noch im Negativen. Diesen Titel kannst du also nicht für dich beanspruchen, fürchte ich.«

Ich starrte zu unserem Spiegelbild hinter den Zapfhähnen empor. Am liebsten hätte ich Tom gefragt, wie sein Konzertbesuch mit Pam gewesen war. Andererseits wollte ich es lieber gar nicht wissen. Angesichts der Tatsache, dass wir in dieser Bar waren und nicht in meinem Bett, hatte ich meine Antwort wahrscheinlich schon erhalten. Nachdem ich monatelang betont hatte, das mit uns sei nur Sex, war ich aus irgendeinem Grund enttäuscht, dass er mich nun beim Wort nahm. Ich verstand mich ja nicht einmal selbst, kein Wunder also, dass ich auch beruflich nicht mehr durchblickte. Es war trotzdem schön, Tom weiterhin als Freund an meiner Seite zu haben. »Schau uns an«, sagte ich und beließ es dabei.

ACHTZEHN

Wieder riss mich das Telefon aus einem Traum, aber diesmal war das Zimmer noch dunkel, und ich hatte noch nicht lange genug geschlafen, um einen Kater zu haben. Die roten Leuchtziffern meiner Uhr verrieten mir, dass es zwanzig vor acht war. Ich setzte mich auf und tastete nach meinem Handy. Mir rutschte das Herz in die Hose: Es war Danielle Stockton. Nachdem ich kurz erwogen hatte, den Anruf abzuweisen, ging ich doch dran. So viel zumindest war ich ihr schuldig.

Sie ließ mich nicht einmal Hallo sagen. »Es wurde noch eine Leiche gefunden«, stieß sie atemlos hervor.

Ich biss mir auf die Lippe. Sie klang viel zu begeistert angesichts dieser Neuigkeit. »Ich weiß«, sagte ich. »Ich habe gestern versucht, Sie anzurufen ...«

»Was, wenn Sie doch recht haben, Roxane? Mit Mallory, meine ich. Dass ihr Mörder auch Sarahs Eltern umgebracht hat und vielleicht jetzt auch noch dieses andere Mädchen? Dass es ein Tatmuster gibt?«

Ich schaltete das Licht ein, weil die Dunkelheit irgendwie zu verhindern schien, dass mein Gehirn richtig arbeitete. »Danielle, das ist nicht ...«

»Es heißt, sie sei eine Ausreißerin gewesen und die Polizei hätte nicht mal nach ihr gesucht.«

Ich nahm das Handy vom Ohr und starrte es eine Sekunde lang an, bevor ich fragte: »Wovon reden Sie?«

»Die Tote wurde identifiziert«, erwiderte sie ungeduldig. »Sie heißt Colleen irgendwas und galt seit acht Jahren als vermisst.«

Ich sprang aufgeregt aus dem Bett. »*Was?*«, sagte ich. Vor acht Jahren war Brad Stockton bereits im Gefängnis gewesen. Mein Herz hämmerte. Ich ging eilig in mein Arbeitszimmer und fuhr meinen Computer hoch. »Woher haben Sie das?«

»Kenny hat mich gerade angerufen und es mir erzählt«, antwortete Danielle.

Ich ging im Arbeitszimmer auf und ab. Es war immer noch ein Rest Whiskey in meinem System, aber meine Verwirrung hatte nichts damit zu tun. Was wusste Kenny Brayfield über die Sache?

»Entschuldigen Sie, ich weiß, dass es noch früh ist«, fuhr meine Klientin fort. »Ich wollte einfach ... Hören Sie, ich war neulich ziemlich schroff zu Ihnen, als ich angedeutet habe, Sie wüssten nicht, was Sie tun. Ich dachte, Sie wären verrückt. Jetzt allerdings ... ich weiß nicht. Sie könnten da auf der richtigen Spur sein.«

Ich ließ mich in meinen Schreibtischstuhl sinken und stützte den Kopf in die Hand, während ich auf das WLAN-Signal wartete. »Ja, das dachte ich auch«, murmelte ich.

Ich versprach, mich später noch einmal bei ihr zu melden, und legte auf. Jetzt war ich wirklich die schlechteste Detektivin der Welt. Gute – oder zumindest passable – Detektive liefen nicht herum und schoben ihren eigenen Klienten irrtümlich zusätzliche Verbrechen unter. Die Leiche war nicht Sarah. Diese Erkenntnis traf mich wie ein Schlag. Der Fundort. Die blonden Haare. Ich war mir so sicher gewesen. Wer auch immer das tote Mädchen war, Brad konnte sie nicht umgebracht haben. Gestern hatte ich mir noch gewünscht, dass ich mich irrte, jetzt fühlte ich mich nur noch schuldig. Ich rief die *Dispatch*-Website auf und scrollte an gefühlten Dutzenden Artikeln über die Football-Mannschaft der Ohio State University vorbei. Dann fand ich, was ich gesucht hatte:

> Menschliche Überreste von Polizei auf Neubaugelände in Belmont gefunden.

»Von Polizei, na klar«, murmelte ich.

Ich überflog den Artikel. Ja, ja, der zukünftige Standort von achthundert Luxusapartments, wie auch immer.

> Polizeichef Jacob Lassiter zufolge könnte der Fund mit einem vermissten Mädchen aus Belmont in Verbindung stehen, was sich zum jetzigen Zeitpunkt jedoch noch nicht genau sagen lasse. Dem Hinweis einer anderen Strafverfolgungsinstanz folgend, spürten die Ermittler die menschlichen Überreste am späten Sonntagnachmittag in einem Waldgebiet auf. Lassiter kündigte an, man werde zahnärztliche Unterlagen von den Eltern der vermissten Achtzehnjährigen anfordern, um zweifelsfrei zu bestätigen, dass es sich bei der Leiche um

ebenjenes Mädchen handelt. Die Ergebnisse werden erst in einigen Wochen erwartet.

»Einer anderen Strafverfolgungsinstanz«. Das war dann wohl ich. Ich war mir sicher, dass Lassiter liebend gern noch ganz andere Worte für mich gefunden hätte. In dem kurzen Artikel standen keine weiteren Informationen, eine Colleen wurde nicht erwähnt. Es hätte um jedes beliebige Mädchen gehen können. Aber es ging ganz sicher nicht um Sarah Cook.

Die Polizeidienststelle von Belmont sah aus wie ein Motel, dem man das Aussehen einer Burg verpasst hatte. Es handelte sich um ein L-förmiges Backsteingebäude mit hohen verdunkelten Fenstern unter dramatisch gezackten Giebeln. Ich ging hinein und bat darum, mit Chief Lassiter sprechen zu dürfen, der, wie ich richtig vermutet hatte, nach den Entwicklungen des Vortages immer noch im Dienst war. Ich redete mir ein, dass ich Lassiter nur einen Gefallen tat, indem ich hereinschneite und ihm mitteilte, dass ich mich in Belmont aufhielt. In Wirklichkeit wollte ich natürlich Informationen von ihm, beispielsweise den Nachnamen des gefundenen Mädchens. Er schien zu ahnen, dass ich nicht aus professioneller Höflichkeit da war, denn er ließ mich fast eine Stunde warten. Gelangweilt schlenderte ich von einem Ende des kleinen Eingangsbereichs zum anderen und betrachtete halbherzig die gerahmten Bilder an den Wänden, auf denen verschiedene uniformierte Polizeibeamte bei ihren guten Taten für die Gemeinde zu sehen waren, unter anderem, wie sie Selbstverteidigungskurse gaben, mit den Teilnehmern von Jugendworkshops posierten oder Graffiti an der Hausverkleidung einer evangelischen Kirche übermalten. Alles sehr rührend. Endlich holte mich der Chief ab und eskortierte mich ohne ein Wort in sein Büro.

Sobald er die Tür hinter uns zugemacht hatte, ging er auf mich los: »Was wollen Sie hier? Habe ich Ihnen nicht gesagt, dass Sie sich von meiner Stadt fernhalten sollen?«

»Sie können mir nicht wirklich verbieten, Belmont zu betreten, das wissen Sie, oder?«

Sein Schweigen war Bestätigung genug.

»Ob Sie es nun glauben oder nicht, ich bin nicht daran interessiert, Ihnen Ärger zu machen«, fuhr ich fort. »Ich arbeite im Auftrag von Danielle Stockton. Sie hält ihren Bruder für unschuldig, und da seine Hinrichtung in weniger als zwei Monaten angesetzt ist, will sie einen letzten Versuch starten, seinen Namen reinzuwaschen. Ich gebe zu, dass ich gestern zunächst davon ausgegangen bin, dass es nicht besonders gut für ihn aussieht. Der Grund, warum ich zum Clover Point gefahren bin, war nämlich etwas, was Brad mir erzählt hatte: dass die jungen Leute dort früher zum Feiern und Knutschen hingegangen sind.«

»Das ist richtig«, bestätigte Lassiter.

Ich versuchte, so harmlos und offenherzig wie möglich zu klingen und alles vor ihm auszubreiten, in der Hoffnung, dass er sich entspannte und mir einfach erzählte, was ich wissen wollte. »Laut Brad gab es damals das Gerücht, dass Mallory Evans dort nicht nur vergraben, sondern auch umgebracht worden sei. Nachdem sie mit jemandem hinauf zum Aussichtspunkt gefahren sei. Und als wir gestern die Knochen fast genau am selben Ort entdeckt haben wie Mallory, dachte ich, das muss dieselbe Person gewesen sein. Ich bin davon ausgegangen, dass die Leiche Sarah war und dass der Täter beide Frauen umgebracht hat.«

»Es ist nicht Sarah.«

»Das weiß ich inzwischen auch. Wie ist sie denn so schnell identifiziert worden? *Vorläufig* identifiziert worden«, fügte ich hinzu, damit ich keine semantische Debatte mit ihm führen musste.

Er lehnte sich auf seinem Stuhl zurück und seufzte, wobei eine Hand auf seinem Bauch ruhte, als hätte er dort Schmerzen. Meine Darbietung schien glaubhaft zu wirken, denn er begann aus dem Nähkästchen zu plaudern, statt mir erneut zu sagen, ich solle aus seiner Stadt verschwinden. »Einem meiner Männer fiel am Fundort auf, dass sie – die Leiche – Metallstifte im Sprunggelenk hatte. Schrauben. Chirurgische Schrauben. Rechtes Bein. Er erinnerte sich an eine alte Vermisstenanzeige, die er damals aufgenommen hatte, von einer jungen Frau, einer Ausreißerin, die ebenfalls noch Schrauben von einem komplizierten Bruch im rechten Sprunggelenk hatte. Der Gerichtsmediziner hat uns eine grobe Schätzung darüber geliefert, wie lange die Leiche dort vergraben gewesen ist und wie groß das Opfer ungefähr war, was beides mit Col … mit der jungen Frau übereinstimmte, an die sich mein Kollege erinnerte. Danach sprach sich die Sache herum.«

»Und wie hieß die junge Frau?«, fragte ich, auch wenn mir die Silbe, die ihm herausgerutscht war, bereits Danielles Information bestätigt hatte.

Er schüttelte den Kopf.

»Wenn es eine Vermisstenanzeige von ihr gibt, werde ich es ohnehin herausfinden, das wissen Sie.«

Er begann wieder den Kopf zu schütteln. Diesmal war es eher ein trauriger Kommentar als eine Weigerung. »Colleen Grantham«, sagte er schließlich. »Die Anzeige ist acht Jahre alt und wurde von ihrer Mutter aufgegeben. Allerdings hat sie damals selbst eingeräumt, dass ihre Tochter vermutlich aus freien Stücken abgehauen war. Sie war auf die schiefe Bahn geraten, nahm Drogen. Wenn man achtzehn ist, darf man natürlich jederzeit von zu Hause ausziehen.«

»Es haben auch alle gedacht, dass Mallory Evans aus freien Stücken von zu Hause weggegangen ist«, merkte ich an.

»Ja.«

»Ist sie aber nicht. Und sie war im selben Waldstück vergraben.«

»Ja.«

»Da besteht doch eine Verbindung.«

»Schon möglich. Aber was hat das alles mit Brad Stockton zu tun?« Er sah mich blinzelnd an, ohne preiszugeben, was er dachte. Es fiel mir schwer zu glauben, dass er immer noch keine Verbindung zwischen den Verbrechen erkannte. Er schien der Typ Mensch zu sein, der sich aus Prinzip niemals entgegenkommend zeigte.

»Mallory, Sarah und jetzt Colleen«, sagte ich. »Drei junge Frauen aus Belmont, alle drei verschwunden oder tot.«

Er wartete einige Sekunden, bevor er antwortete. »Stockton gehört ins Gefängnis, dass wir uns nicht falsch verstehen. Trotzdem, sosehr mir dieser Kerl auch zuwider ist, mit Colleen Grantham hatte er eindeutig nichts zu tun. Zum Zeitpunkt ihres Todes war er bereits sieben Jahre hinter Gittern.«

Ich war mir ziemlich sicher, dass Lassiter mich absichtlich falsch verstanden hatte. »Richtig«, sagte ich. »Aber könnte man angesichts des offenkundigen Zusammenhangs zwischen den drei Fällen nicht auf die Idee kommen, dass jemand ganz anderes alle drei Verbrechen begangen hat? Was, wenn Brad Stockton unschuldig ist?«

»Ist er nicht.«

»So sicher sind Sie sich da?«

»Gestern waren *Sie* sich noch sicher, Sarah Cooks Leiche gefunden zu haben, also weiß ich wirklich nicht, warum Sie hier so selbstgefällig daherreden«, ätzte Lassiter.

Die Kritik war berechtigt. Ich fuhr mir mit einer Hand durchs Haar. »Jetzt mal im Ernst: Wollen Sie mir wirklich weismachen, dass Sie den Zusammenhang nicht erkennen?«

»Ich erkenne, dass es möglicherweise einen Zusammenhang zwischen Mallory Evans und Colleen Grantham gibt, ja«, räumte er ein. »Aber ich verstehe nicht, was das mit Stockton zu tun haben soll. Garrett und Elaine waren nicht in diesem Wald vergraben. Und Sarah ist auch nicht in diesem Wald vergraben.«

»Soweit Sie wissen.«

Er warf mir einen finsteren Blick zu. »Die Gegend ist Privatbesitz. Sie werden dort nicht noch einmal unerlaubt eindringen, verstanden? Und die Familie Grantham werden Sie auch nicht belästigen.«

Das Telefon auf seinem Schreibtisch summte, und aus dem Lautsprecher erklang knisternd eine Stimme: »Sir, vergessen Sie nicht, dass der Bürgermeister in ein paar Minuten da ist.«

»Ach, verdammt«, sagte Lassiter und blickte leicht erschrocken auf die Uhr. Dann drückte er einen Knopf am Telefon. »Danke, Dee.«

Er stand auf, ging in aller Ruhe zur Tür seines Büros und öffnete sie. »Also«, sagte er zu mir, »dieses Gespräch ist hiermit beendet.«

Das abrupte Ende unserer Unterhaltung gefiel mir gar nicht, aber mir blieb wohl nichts anderes übrig, als zu gehen. Er zeigte in den Flur hinaus, als würde er einen Hund aus dem Esszimmer beordern.

»Herzlichen Dank, dass Sie sich Zeit genommen haben«, erklärte ich so unaufrichtig wie möglich.

Er schloss laut die Tür hinter mir, und der Knall hallte durch den kurzen Flur, der leer war bis auf ein Paar mittleren Alters, das auf einer Bank saß. Die Frau erschrak sichtlich.

»Entschuldigung«, sagte ich zu ihr, bevor ich mich

auf den Weg zurück zu der Fotogalerie im Eingangsbereich machte.

»Warten Sie!«, rief sie mir hinterher.

Ich hielt inne und blickte über die Schulter zu ihr nach hinten.

»Sind Sie Roxane Weary?«, fragte sie.

Ich drehte mich zu ihr um. Sie war eine kleine Frau mit kurzem silbergrauem Haar. Auch sonst herrschte bei ihr die Farbe Grau vor: fahle Haut, grauer Pullover, graue Augen. Der Mann neben ihr sah mich irgendwie schräg von der Seite an, als würde er hinter sich selbst hervorspähen.

»Ja. Warum?«, fragte ich neugierig.

Die Frau stand auf. »Mein Name ist Erin Grantham«, stellte sie sich vor. »Und das ist mein Mann Curtis. Russ Meeks hat mir von Ihnen erzählt. Dass Sie … dass Sie auch dort waren.«

Ich ging zu den beiden hin und streckte die Hand aus, allerdings ohne ihnen mein Beileid auszusprechen, unsicher, ob das angemessen gewesen wäre. Trauerten die Granthams bereits um ihre Tochter, waren sie erleichtert, dass sie endlich Klarheit hatten, oder klammerten sie sich noch an eine letzte Hoffnung, weil die Identifizierung nicht endgültig war? Ich selbst hoffte inständig, dass diese Frau mich nicht bitten würde zu beschreiben, was ich im Wald gesehen hatte.

»Meinen Sie …«, begann Erin. »Als Sie sie gefunden haben …« Sie brach ab, das Gesicht vor Kummer verzerrt.

Ich warf einen schnellen Blick über die Schulter, um

mich zu vergewissern, dass Lassiters Tür geschlossen war. Dann entschied ich, dass es kein Verstoß gegen seine Warnung war, wenn die Granthams von sich aus das Gespräch mit mir suchten.

»Gibt es einen Ort, an dem wir uns unterhalten können?«, fragte ich. »Wohnen Sie vielleicht in der Nähe?«

»Sie hat auf Fotos nie gelächelt«, berichtete mir Erin Grantham eine halbe Stunde später im Wohnzimmer ihres Hauses. »Nicht mal, als sie noch ganz klein war. Meine Schwägerin hat immer gesagt, dass Colleen eigentlich für Kindermode modeln müsste. Sie war so ein hübsches Ding. Nur lächeln wollte sie partout nicht. Dabei war sie durchaus glücklich, verstehen Sie mich nicht falsch. Jedenfalls meistens. Aber sie lächelte nicht.«

Colleens Eltern wohnten immer noch im selben Haus wie zu dem Zeitpunkt, als ihre Tochter verschwunden war, einem kleinen Cape-Cod-Häuschen im Westen Belmonts. Wir saßen im Wohnzimmer, Erin und Curtis an entgegengesetzten Enden eines rötlich geblümten Sofas und ich auf einem Sessel. Erin gab mir ein Foto, das offenbar aus dem letzten Highschool-Jahr stammte: Colleen im blauen Kapuzenpullover auf einer Parkbank, die langen blonden Haare gestuft, mit stumpf geschnittenem Pony in der Stirn und kaum merklichem Lächeln auf den Lippen. Sie war bildhübsch, und sie wusste es offensichtlich, gab jedoch nichts darauf. Vielleicht hasste sie ihr Aussehen sogar. Ihrem Gesichtsausdruck nach zu urteilen hätte sie es vorgezogen, wenn niemand sie angeschaut hätte.

Erin hatte mich gefragt, was ich im Wald gesehen und was mich dort hingeführt hatte. Ich hatte ihr eine abgemilderte Version der Geschichte geliefert und hoffte nun, ihr einen weiteren Hinweis auf Gemeinsamkeiten zwischen den Mordfällen entlocken zu können. »Jedenfalls meistens?«, hakte ich nach.

»Sie hat sich mit den falschen Leuten eingelassen, als sie auf die Highschool kam«, erklärte Erin. »Bis dahin hatten wir alle ihre Freunde gekannt und deren Eltern auch, aber dann war das plötzlich nicht mehr so. Sie geriet immer wieder in Schwierigkeiten – Ladendiebstahl, Schule schwänzen.«

»Kinderkram, haben wir gedacht«, fügte Curtis hinzu. Es war das erste Mal, dass er das Wort ergriff, seit wir uns gesetzt hatten. Er sah aus, als wollte er unbedingt glauben, dass Kinderkram eine hinreichende Erklärung für das Schicksal seiner Tochter war. »Ich meine, sauer waren wir natürlich schon auf sie.«

»Enttäuscht trifft es vielleicht eher«, sagte Erin. »Man geht natürlich nicht automatisch davon aus, dass jemand, der ein paarmal die Schule schwänzt, gleich drogenabhängig wird.«

Die Granthams sahen sich an. Erin presste die Lippen zu einer schmalen Linie zusammen.

»War Colleen drogenabhängig?«, fragte ich.

»Nein«, antwortete Curtis.

»Ja«, sagte Erin zur selben Zeit.

»Ich glaube, ich hole mir ein Glas Wasser«, verkündete Curtis und stand ohne ein weiteres Wort auf.

»Es fällt uns immer noch schwer, darüber zu reden«,

erklärte Erin, nachdem er weg war. »Man sollte meinen, dass es irgendwann leichter wird. Wird es auch, aber nur bis zu einem gewissen Punkt. Danach nicht mehr. Ja, Colleen hatte ein Drogenproblem. Haben Sie schon von DXM gehört?«

»Dextromethorphan?«, fragte ich. »Das Hustenmittel?«

Sie nickte. »Damit fing es an. Da war sie ungefähr vierzehn. Zu der Zeit gab es noch keine Beschränkungen beim Kauf von Erkältungsmitteln, heute muss man ja seinen Ausweis vorzeigen. Damals konnten die Jugendlichen es einfach kaufen wie Bonbons. Ich bin in ihr Zimmer gegangen, um irgendetwas zu suchen, und fand ein Dutzend leere Flaschen Wick Formel 44.« Sie hielt inne und schüttelte den Kopf, als wäre etwas beinahe lustig und dann doch nicht. »Mein Gott, ich werde diesen Moment nie vergessen. Die Erkenntnis war einfach schrecklich. Sie war seit Monaten immer launischer geworden, hatte vierzehn, fünfzehn Stunden am Stück geschlafen. Aber wie mein Mann schon sagte: Wir dachten, es wäre nur eine pubertäre Schmollphase.«

»Was haben Sie getan?«

»Wir sind sofort auf Konfrontationskurs gegangen – das war wahrscheinlich der erste Fehler. Sie musste zur Therapie und bekam Hausarrest aufgebrummt. Das mit dem Hausarrest war natürlich ziemlicher Unsinn. Sie ging ja trotzdem zur Schule und traf dort dieselben Freunde. Also brachte es überhaupt nichts. Als sie sechzehn war, brach sie sich das Sprunggelenk – sie hatte Alkohol getrunken und war im Sportstadion von der

Tribüne gesprungen. Sie musste operiert werden, und der Bruch wurde mit Metallschrauben gerichtet, weil er so kompliziert war. Die Ärzte haben ihr Schmerzmittel mit betäubender Wirkung verschrieben, und da wurde uns endgültig klar, dass sie ein Problem hatte, ein echtes Problem. Aber man denkt immer, man hat noch genügend Zeit, alles wieder in Ordnung zu bringen.«

Ich rutschte unbehaglich auf meinem Sessel herum. »Ich weiß«, murmelte ich. Sie fragte mich nicht, woher ich das wusste, nickte jedoch, bevor sie fortfuhr.

»Wir haben getan, was wir konnten. Wir schickten sie zu einem dieser von der Stadt organisierten Bootcamps, bei denen den Kindern Angst eingejagt wird, damit sie wieder zur Besinnung kommen. Und wir organisierten ihr einen Platz in einer stationären Therapieeinrichtung, die unsere Versicherung bezahlte, wo sie dann allerdings rausflog. Weil sie, nun ja …« Erin senkte ein wenig die Stimme. »Weil sie Sex mit anderen Patienten hatte. Sie war völlig außer Kontrolle. Als sie von dieser Einrichtung zurück nach Hause kam, hat sie kaum noch mit uns gesprochen. Haben Sie Kinder?«

Ich schüttelte den Kopf.

»Die Leute haben immer zu mir gesagt: ›Wie könnt ihr das zulassen? Wenn Colleen meine Tochter wäre, würde ich sie keine Sekunde aus den Augen lassen.‹ Wie kann jemand so etwas behaupten?«, fragte sie. »Selbst nachdem sie verschwunden war, musste ich mir das noch anhören. Als wären die Leute dadurch zufriedener mit sich selbst.«

»Wissen Sie was?«, sagte ich. »Solche Leute können Sie getrost vergessen.«

»Ich meine, was wollten die eigentlich? Was sollten wir ihrer Meinung nach tun? Colleen in ihrem Zimmer anketten?« Sie nahm das Foto vom Tisch und starrte lange darauf, als würde sie das abgebildete Mädchen nicht wiedererkennen. Vielleicht war es tatsächlich so. »Mit achtzehn hörte sie komplett auf, in die Schule zu gehen. Sie kam und ging, wie es ihr passte. Curtis versuchte, gewisse Regeln aufzustellen, zum Beispiel, dass sie sich einen Job suchen und anfangen müsse, Miete zu zahlen, wenn sie schon nicht mehr in die Schule gehe. Er hat nie begriffen, womit wir es bei ihr zu tun hatten, er hat es wirklich nicht verstanden. Colleen sagte nur, okay, kein Problem, ich gehe und lasse euch in Ruhe.«

Es war offensichtlich, dass Erin jemanden brauchte, mit dem sie über ihre Tochter reden konnte. »Einfach so?«, fragte ich.

Erin nickte. »Einfach so. Ein paar Wochen nach ihrem achtzehnten Geburtstag war sie weg.«

»Sie waren nicht überrascht?«

»Ich weiß nicht, wie oft ich ihr gesagt habe, dass ich sie liebe. Und sie hat mich nur ausdruckslos angeschaut«, erzählte Erin. »Es war, als würde sie gar nicht geliebt werden wollen. Mir war wichtig, ihr klarzumachen, dass sie bei uns immer willkommen ist. Aber das reichte offensichtlich nicht. Und nein, ich war nicht überrascht. Wehgetan hat es trotzdem. Ich kann gar nicht beschreiben, wie sehr es mich geschmerzt hat, dass sie einfach so abgehauen ist.«

Ich hoffte, dass ich diesen Schmerz nie am eigenen Leib erfahren musste. »Wie war das genau, als sie von zu Hause ausriss?«

»Das war an einem Sonntagmorgen. Curtis, unsere anderen Töchter und ich gingen in die Kirche, und als wir zurückkamen, war Colleen nicht zu Hause. Ihr Geldbeutel war auch weg. Das war nicht weiter ungewöhnlich. Wir dachten, sie wäre nur wieder irgendwo unterwegs, aber sie ist nie wieder nach Hause zurückgekehrt.«

Ich schwieg und überlegte, was ich selbst in einer derartigen Situation getan hätte. Woher hätten Erin und ihr Mann denn wissen sollen, dass es dieses Mal anders war und dass ihre Tochter nicht wiederkommen würde? »Wie lang hat es gedauert, bis Sie anfingen, sich Sorgen zu machen?«

»Ich habe mir von Anfang an Sorgen gemacht«, antwortete Erin, »das war bei mir ein Dauerzustand. Allerdings hatten wir erst am nächsten Tag das Gefühl, dass wirklich etwas nicht stimmte. Normalerweise kam sie irgendwann im Laufe der Nacht zurück, meist um vier oder fünf Uhr morgens. Diesmal nicht. Wir gaben eine Vermisstenanzeige auf, aber sie war achtzehn, und die Polizei meinte, sie könne kommen und gehen, wie sie wolle. Angesichts ihrer Vorgeschichte war es ja nicht unbedingt ein Geheimnis, dass sie sich zu Hause nicht mehr besonders wohlfühlte.«

Das klang verdammt nach Mallory Evans' Geschichte, bei der die Polizei ebenfalls mit Desinteresse reagiert und überhaupt nicht in Erwägung gezogen hatte, dass tatsächlich etwas nicht stimmen könnte und daher sofortiger Handlungsbedarf bestand. »Was haben Sie außer der Vermisstenanzeige noch unternommen?«, fragte ich.

»Wir haben Aushänge gemacht, haben die Vermisstenanzeige online gepostet. Auch ihre Freunde haben wir ausgequetscht, zumindest alle Freunde, von denen wir wussten. Curtis ist die Telefonrechnung durchgegangen, und wir haben jede einzelne Nummer angerufen, um zu fragen, ob jemand sie gesehen oder von ihr gehört hatte oder uns sagen konnte, ob sie irgendwelche Pläne gehabt hatte«, berichtete Erin. »Niemand wusste etwas. Die Ungewissheit war schrecklich. Man hat immer gehofft, dass sie irgendwann aufhört und man endlich Klarheit erhält, doch vergeblich. Das klingt jetzt vielleicht unmenschlich, aber ich habe noch zwei Kinder, beide jünger, für die ich ebenfalls da sein musste. Also kam Aufgeben nicht infrage, das Leben ging weiter. Mir blieb gar nichts anderes übrig, als zu glauben, dass Colleen einfach nicht gefunden werden wollte, und die Sache irgendwann abzuhaken.«

Ich fragte mich, was meine Eltern getan hätten, wenn ich mit achtzehn einfach auf diese Weise verschwunden wäre. Auch wenn mein Vater Polizist war und sämtliche Gefahren zur Genüge kannte, vermutete ich, dass sie eher verärgert reagiert hätten als besorgt, zumindest am Anfang. »Hatten Sie damals irgendeine Theorie, wohin sie abgehauen sein könnte?«

»Sie hat immer davon gesprochen, irgendwann an die Westküste zu ziehen«, sagte Erin und sah mich an.

Ihre Augen waren weit aufgerissen und glänzten vor Tränen. »Das klingt jetzt bestimmt, als wäre es mir egal gewesen und als hätten wir gar nicht nach ihr gesucht, aber natürlich haben wir nach ihr gesucht. Wir haben alles getan, was uns irgendwie eingefallen ist.«

Ich wusste, dass es ihr absolut nicht egal gewesen war. Wäre es ihr egal gewesen, hätte sie nicht dieses Gespräch mit mir geführt. »Ich verstehe Sie voll und ganz«, versicherte ich ihr.

»Wenn ich jetzt darüber nachdenke, dass sie damals vielleicht doch nicht einfach abgehauen ist … dann ist das … Ich will nicht, dass sie das gefundene Mädchen ist. Und gleichzeitig wäre es auch irgendwie eine Erleichterung, nach all den Jahren endlich Bescheid zu wissen. Falls es nicht Colleen ist, dann ist … dann ist es natürlich trotzdem ein Mensch, der von einer anderen Familie vermisst wird. Es gibt also kein Happy End, so oder so.«

Curtis kam zurück ins Zimmer und stand einfach nur da, ohne etwas zu sagen. Seine Augen waren rot.

»Sie sollten jetzt vielleicht besser gehen«, sagte Erin mit brüchiger Stimme. »Warten Sie, ich notiere mir noch Ihre Telefonnummer.« Sie tastete auf dem Beistelltisch herum und suchte einen Stift, fand jedoch keinen. »Curt, Liebling, kannst du Roxane eine Visitenkarte von dir geben?«

Wir kramten beide in unseren Taschen nach unseren jeweiligen Visitenkarten.

»Passen Sie auf sich auf«, sagte Erin. »Und viel Glück.«

Draußen saß ich einige Minuten im Auto und wusste nicht, was ich denken sollte. Erin Grantham tat mir unendlich leid, sie befand sich in einer unerträglichen Lage. Ich musste ihr recht geben – bei dieser Geschichte würde es kein Happy End geben, zumindest nicht für sie. Entweder, ihre Tochter war ermordet und im Wald vergraben worden, oder sie blieb weiterhin verschwunden. Ihr Mann schien ihr keine große Stütze zu sein, was meiner Erfahrung nach in einer solchen Situation niemand war. Ich hätte ihr zu gern irgendwie geholfen, wusste jedoch nicht, wie. Mallory und Colleen – falls es wirklich Colleen war – waren nun also durch den Fundort ihrer Leichen miteinander verbunden. Und Mallory und Sarah waren, wenn auch lose, durch Brad verbunden. Aber ich fand keine Verbindung zwischen Sarah und Colleen, und ich hatte immer noch keine Ahnung, wie Sarahs Eltern bei alldem zu berücksichtigen waren. Zum jetzigen Zeitpunkt konnte ich also nicht einmal eine Theorie vorweisen. Ich brauchte dringend etwas zu essen, Koffein und einen Geistesblitz, nicht unbedingt in dieser Reihenfolge. Als ich in die Tasche griff, um mein Handy hervorzuholen, zog ich versehentlich Curtis Granthams Visitenkarte mit heraus. Mein Blick fiel auf die Aufschrift:

Er arbeitete bei Next Level Promotions.

NEUNZEHN

Ich ging wieder in das griechische Restaurant – der Melitzanosalata war wirklich verdammt gut –, setzte mich mit meinem Laptop in eine Nische und recherchierte einige Hintergrundinformationen über Kenny Brayfield. Es fiel schwer, sich den mit Blattgold-Wodka und Ginkgo-Smoothies hausierenden Jogginghosenträger als Serienmörder vorzustellen, aber es ließ sich nun einmal nicht ignorieren, dass er womöglich mit allen drei Frauen auf die eine oder andere Weise in Zusammenhang stand. Er war meinem Blick ausgewichen, als ich ihn nach Mallory Evans gefragt hatte, und ich hatte geglaubt, sein Verhalten habe mit Mallory und *Brad* zu tun, nicht mit ihm selbst. Ich saß eine Minute grübelnd da und versuchte zu entscheiden, ob meine neue Theorie funktionierte. Das Messer in Brads Auto sprach dagegen. Warum hätte Kenny ausgerechnet seinem Freund die Morde unterschieben sollen? Vielleicht war es gar keine Absicht gewesen, sondern ein Versehen; vielleicht war es Kenny, den Brad während all der Jahre geschützt hatte. Das hätte geheißen, dass Brad von Kennys Schuld wusste. Möglicherweise hatte er mir deshalb von Clover Point erzählt. Ich hatte geglaubt, er wäre auf den Aussichtspunkt zu sprechen gekommen, weil er die Lügen nach all den Jahren satthatte. Das konnte natürlich immer noch so sein – er hatte es satt, Kenny durch seine Lügen zu schützen. Für einen Freund zu lügen war eine Sache, aber für ihn zu sterben? Für Sarah wäre Brad jederzeit in den Tod gegangen, zumindest hatte er diesen Eindruck vermittelt, doch bei Kenny lag der Fall bestimmt ganz anders.

Ich bestellte Pistazien-Baklava als Dessert und rekapitulierte, was ich bisher über Kenny Brayfield herausgefunden hatte: ein jämmerlich unreifer Vierunddreißigjähriger, der schon sein Leben lang in Belmont wohnte, zweimal wegen Drogenbesitzes verhaftet worden war – einmal als Achtzehnjähriger, einmal als Neunzehnjähriger – und dafür zwei Bewährungsstrafen kassiert hatte. Seither keine weiteren Vergehen.

Das Geld der Brayfields war mehrere Generationen alt und schien von einem Warenhaus zu stammen, das die Familie einst in der Gegend gegründet und das Kennys Großvater in den späten Siebzigern an die Kaufhauskette Macy's verkauft hatte. Kennys Vater war Risikokapitalgeber und saß im Vorstand zweier örtlicher Wohltätigkeitsvereine. Kenny mit seinen Chucks und seinen albernen Geschäftsideen war sicher eine gewisse Enttäuschung für ihn. Noch bis vor einer Stunde war er mir wie ein verwöhntes, jedoch gutherziges Söhnchen vorgekommen, aber das hatte nicht viel zu sagen. Jeder konnte einen harmlosen Eindruck erwecken, wenn er es darauf anlegte, zumindest für eine Weile. Außerdem gab es inzwischen zu viele Zufälle, die Kenny mit den drei – blonden – Frauen verbanden.

Im Grunde gab es bei jedem meiner Fälle eine alles entscheidende Frage: Wie kann ich meine Theorie beweisen? Bei diesem würde es nicht anders sein.

Als ich vor einigen Tagen mit Joshua Evans gesprochen hatte, hatte ich ihn ausdrücklich danach gefragt, ob seine Frau Brad gekannt hatte. Nach Kenny hatte ich ihn nicht gefragt. Zum damaligen Zeitpunkt hatte ich noch keine Veranlassung dazu gehabt. Jetzt hingegen erschien mir diese Frage als sinnvoller nächster Schritt.

Joshua Evans war deutlich erfreuter, mich zu sehen, als es Lassiter gewesen war. »Diese neueste Entwicklung bringt mich völlig aus der Fassung«, gestand er und bat mich in sein kleines Haus.

»Ziemlich surreal, oder?«, stimmte ich ihm zu und folgte ihm in die Küche, wo ich einwilligte, als er mir ein Bier anbot. Irgendwo im Haus dröhnte lauter Punk-Pop. »Geht es Ihnen einigermaßen gut?«

»Ja, ja. Aber es ist schon irgendwie verrückt. Ich meine, zuerst kommen Sie nach all der Zeit und stellen mir Fragen über Mallory, und dann finden Sie auch noch eine zweite Frau in diesem Wald. Schwer vorstellbar, dass da keine Verbindung besteht«, sagte Joshua. Er setzte sich mir gegenüber an den Küchentisch und machte sich ein Bier auf, von dem ich ahnte, dass es nicht sein erstes war.

Ich wollte ihm weder Hoffnungen machen noch

etwas Unpassendes sagen, aber meine Anwesenheit war wohl ohnehin verräterisch genug. »Ich glaube tatsächlich, dass es diese Verbindung gibt«, erklärte ich. »Ich glaube, dass die Person, die Ihre Frau umgebracht hat, noch andere Frauen auf dem Gewissen hat, und ich werde herausfinden, wer es ist.«

Er nickte, und seine Nasenlöcher weiteten sich kaum merklich. »Ein Serienmörder, meinen Sie?«

»Ich weiß es nicht. Vielleicht«, erwiderte ich. »War die Polizei hier, um mit Ihnen zu reden?«

»Nein.« Er nahm einen großen Schluck Bier. »Ich weiß auch gar nicht, was ich an dieser Stelle noch beitragen könnte. Leider. Ich habe Ihrem Vater vor sechzehn Jahren alles gesagt, was ich wusste, und das war nicht viel.«

»Ich weiß, Joshua.« Mir fiel ein, was Erin Grantham gesagt hatte. »Mir ist klar, dass man solche schrecklichen Erlebnisse irgendwann ein wenig beiseiteschieben muss, um weiterleben und halbwegs funktionieren zu können. Aber mir hilft wirklich alles, woran Sie sich noch erinnern, auch wenn es Ihnen nichtssagend vorkommt.«

Er nickte erneut.

»Neulich haben Sie mir erzählt, dass Sie Mallorys Freunde kontaktiert haben, nachdem sie nicht mehr nach Hause kam«, begann ich, mit dem Hintergedanken, dass sich womöglich auch Kenny darunter befunden hatte. »Wissen Sie noch, wen Sie alles angerufen haben?«

Er blickte einen Moment lang zur Decke empor. Ich

folgte seinem Blick und entdeckte ein Spinnennetz aus Rissen im uralten Putz, woraufhin ich wieder nach unten sah. Schließlich antwortete er: »Carrie. Ich habe Carrie angerufen. Sie war Mallorys beste Freundin, würde ich sagen. Damals hat sie ein Stück die Straße hinunter gewohnt, bis die Familie irgendwann weggezogen ist.«

»Carrie. Und der Nachname?«

Joshua schüttelte den Kopf. »Tut mir leid.«

»Okay. Wer gehörte noch zu ihren Freunden?«

Er spielte mit dem Verschluss seiner Bierdose. »Eine Marisa«, antwortete er. »Ihren Nachnamen weiß ich auch nicht, aber ich sehe sie noch manchmal in der Stadt. Keine Ahnung, wie eng Mallory mit ihr befreundet war. Sie hat sie jedenfalls oft angerufen. Das waren die beiden Freundinnen, bei denen ich nachgefragt habe, leider umsonst. Sie hatten sie nicht gesehen. Sie dürfen auch nicht vergessen, dass Mallory sauer auf mich war. Also habe ich es dabei belassen.«

»Erinnern Sie sich noch an andere Leute aus ihrem Bekanntenkreis? Exfreunde vielleicht? Neulich haben Sie erwähnt, Sie hätten das Gefühl gehabt, dass sie sich mit einem anderen traf.«

»Ja, aber ich weiß nicht, mit wem. Ich habe sie nur manchmal telefonieren hören, und es klang nicht, als würde sie mit einer Freundin sprechen. Außerdem ist sie abends oft aufgestylt losgezogen, und dann haben Marisa oder Carrie angerufen und nach ihr gefragt. Sie war also nicht mit den beiden unterwegs.« Joshua zuckte mit den Schultern. »Ich habe sie mehrmals mit meinem Verdacht konfrontiert, und das ist nie besonders gut gelaufen. Ich wusste nicht, wie ich mit ihr darüber sprechen sollte. Ich wusste nur, dass es da jemanden gab.«

Die laute Musik vom anderen Ende des Flurs verstummte, und eine Tür ging auf. »Dad!«, rief Shelby. »Wir gehen zum Supermarkt, ist das okay?«

»Ich sorge dafür, dass wir bis zum Abendessen wieder da sind, aus vollkommen egoistischen Gründen«, fügte ihre Freundin Veronica hinzu. »Ich will nämlich wieder hier essen.«

Die beiden warfen über die Frühstückstheke hinweg einen Blick zu uns in die Küche. »Hey, da ist ja wieder Roxane mit einem *n*«, sagte Veronica. »Also, dürfen wir, Mr E.?«

»Klar, geht nur«, antwortete Joshua. »LOL.«

Veronica brach vor Lachen fast zusammen. Shelby verdrehte die Augen. »Du bist so peinlich«, sagte sie und erklärte dann an mich gewandt: »Früher hat er mir das ständig als Textnachricht geschrieben, völlig sinnlos, ohne jeden Zusammenhang. Einfach eine Textnachricht mit dem Inhalt LOL. Nicht als Antwort auf irgendwas, sondern nur so. Irgendwann habe ich ihn gefragt, was er denkt, was das heißt.«

»*Lots of love*!«, rief Joshua. »Das ist doch viel besser als *Laughing out loud*.«

»Jetzt benutzt er es immer absichtlich, um mich zu ärgern«, fügte Shelby hinzu.

»Wenn das so einfach ist, wie kann ich da widerstehen?«

Sie lachte. »Okay, wir sind bald wieder da.« Sie schnappte sich einen Schlüsselbund von der Küchenablage und ging mit Veronica davon.

Joshua wartete, bis sie die Haustür geöffnet hatte, und rief dann: »LOL!«

Seine Tochter zog stöhnend die Tür hinter sich zu.

In sich hineinlachend, stand Joshua auf und ging zum Kühlschrank. »Veronica wohnt übrigens direkt nebenan. Wir machen immer Witze darüber, dass sie sich ihre Post inzwischen hierherschicken lassen könnte, weil sie so oft da ist. Sie versteht sich nicht gut mit ihrem Stiefvater, was ich ihr wirklich nicht verübeln kann. Einmal hat er mich gebeten, den Rasen öfter zu mähen, weil ihm der Anblick meines Gartens nicht passte.«

»Manche Leute …«, sagte ich.

»Ja. Noch ein Bier?«, fragte er.

»Klar, gerne.«

Er gab mir das Bier. »Cheers«, prostete ich ihm zu.

»Auf was trinken wir?«, wollte er wissen.

»Darauf, dass Sie nicht so engstirnig sind wie Ihr Nachbar.«

Das hörte Joshua gern. Er stieß mit seiner Bierdose gegen meine, und wir tranken. »Also, wo waren wir stehen geblieben?«

Es sah nicht so aus, als würde Joshua von sich aus auf Kenny zu sprechen kommen, daher beschloss ich, selbst aktiv zu werden. »Hat Mallory auch manchmal Zeit mit diesem Typen verbracht, diesem Kenny Brayfield?«

Seine Augenbrauen wanderten nach oben. »Brayfield? Wie die Familie, die den Park gestiftet hat?«

»Welchen Park?«

»Brayfield Park«, antwortete Joshua. »Drüben bei der Highschool.«

»Ich wusste gar nichts von einem Park«, sagte ich. »Aber ja, genau die Familie meine ich. Kenny war mit Mallory in einem Jahrgang.«

Er machte ein skeptisches Gesicht. »Die East Side und die West Side von Belmont haben nicht wirklich viel Umgang miteinander«, erklärte er. Dann weiteten sich seine Augen ein wenig. »Einmal habe ich im Bad einen Ring neben dem Waschbecken gefunden, einen Diamantring mit so einem großen Klunker. Ich hatte ihr den nicht gekauft. Wir besaßen noch nicht mal Eheringe. Der Ring sah richtig teuer aus. Ich habe sie darauf angesprochen und wollte wissen, wer sie so mit Geld überschüttet, und da wurde sie ganz komisch.«

»Inwiefern?«

»Na ja, sie wollte partout nicht darüber reden. Ehrlich gesagt verliefen alle unsere Gespräche so. Wenn ich sie zum Beispiel fragte, was sie auf ihre Hälfte der Pizza wollte, tat sie so, als würde ich ihr keine Luft zum Atmen lassen.«

»Haben Sie den Ring noch?«, fragte ich, weil es womöglich eine Gravur gab. Es waren schon seltsamere Dinge passiert.

Aber Joshua schüttelte den Kopf. »Keine Ahnung, was mit ihm passiert ist. Ich habe ihn nur das eine Mal gesehen. Dieser Brayfield … Sie glauben doch nicht, dass er etwas mit der Sache zu tun hat, oder? Das wäre ja ein starkes Stück.«

»Ich behalte nur ein paar Gedanken im Auge, die mir gekommen sind«, antwortete ich. »Noch weiß ich gar nichts.« Die Sache mit dem Ring war natürlich noch kein Beweis. Ich neigte dennoch dazu, Joshua in dem zu widersprechen, was er über East und West Side von Belmont gesagt hatte: Kenny hatte einen guten Draht zu Brad gehabt, der Kenny wiederum als Möchtegern-Gangster beschrieb, nicht als das Golf spielende reiche Söhnchen, das er dem Image nach hätte sein müssen.

»Ich wünschte, ich könnte Ihnen besser dabei helfen.«

»Sie helfen mir sehr«, versicherte ich.

Er schüttelte den Kopf, und seine Augen füllten sich mit Tränen. »Ich kann es immer noch nicht glauben. Ich kann nicht glauben, dass ich sieben ganze Monate dachte, sie wäre eine egoistische Schlampe, während sie in Wirklichkeit längst tot war. Und jetzt auch noch zu wissen, dass es mehr als ein Opfer gab … das macht mich echt krank.«

Ich berührte seine Schulter. »Sie haben bestimmt schon öfter von den Leuten gehört, dass Sie sich keine Vorwürfe machen dürfen«, sagte ich unbeholfen. »Ich weiß, das ist leichter gesagt als getan. Aber Joshua: Geben Sie sich bitte keine Schuld. Sie müssen stark sein für Shelby.«

Er griff nach meiner Hand. »Ich weiß«, sagte er mit belegter Stimme.

Nachdem ich mein Bier leer getrunken hatte, verabschiedete ich mich und ging hinaus zu meinem Auto. Einen Moment lang saß ich einfach da und dachte nach, wie so oft in letzter Zeit. Ich roch immer noch Catherines Parfüm auf dem Sitzpolster, was mich derzeit allerdings weniger beschäftigte, als es unter normalen Umständen der Fall gewesen wäre. Ich hatte immer noch nicht viel vorzuweisen: einen teuren Ring, der vielleicht von Kenny stammte, jedoch auch von buchstäblich jedem anderen hätte sein können, sowie die Vornamen zweier Freundinnen von Mallory. Vermutlich würde mir nichts anderes übrig bleiben, als ein altes Jahrbuch der Belmont Highschool aufzuspüren und die Schwarz-Weiß-Fotos durchzublättern, bis ich auf den Namen Marisa stieß. Ich schrieb ihn mit einem Fragezeichen in mein Notizbuch. Dann fiel mir ein, dass Kenny mir von einer Football-Party in Abwesenheit seiner Eltern erzählt hatte, die am heutigen Montagabend stattfand. *Nur ein paar alte Freunde*, hatte er gesagt. Ich fragte mich, ob unter den Anwesenden auch Highschool-Freunde sein würden und ob ich immer noch eingeladen war. Kurz entschlossen schob ich den Schalthebel auf Drive und fuhr los. Genau in diesem Moment bog ein Streifenwagen der Belmont Police in die Straße ein und hielt neben mir. Ich seufzte. Die Sache war an Absurdität inzwischen nicht mehr zu überbieten.

Sergeant Derrow ließ sein Fenster herunter, und ich tat das Gleiche. »Alles in Ordnung hier?«

»Ja«, antwortete ich.

Er legte seine Hand ins Fenster und klopfte auf den

Türrahmen. »Also gut, wie ich sehe, sind Sie bereits auf dem Rückzug. Fahren Sie weiter.«

Ich nickte, froh darüber, dass er diesmal nicht viel Aufhebens machte. »Richten Sie Lassiter schöne Grüße von mir aus«, sagte ich.

ZWANZIG

Das Tor zum Anwesen der Brayfields stand offen, daher konnte ich direkt hineinfahren, ohne mich anzukündigen. Auf beiden Seiten des Rondells parkten etwa ein Dutzend Autos. Da ich vielleicht rasch die Flucht würde antreten müssen, wendete ich und zwängte mein Auto so nah wie möglich am Tor in eine Lücke. Dann ging ich zum Haus, dessen Eingangstür ebenfalls unverschlossen war.

Kenny war offenbar gänzlich unbeeindruckt von der neuesten Verbrechensentwicklung in Belmont. Vielleicht, weil er ein bisschen zu viel darüber wusste.

Im zweigeschossigen Eingangsbereich blieb ich unsicher stehen und hielt nach Lebenszeichen Ausschau. Vom hinteren Bereich des Hauses her hörte ich die gedämpften Töne eines Fernsehers und, irgendwo anders im Gebäude, jemanden, der auf einer ungestimmten Akustikgitarre einen Everclear-Song vor sich hin klimperte. Ich machte den Reißverschluss meiner Jacke auf und nahm Kurs auf die Küche, den einzigen Ort, den ich in diesem riesigen Haus sicher lokalisieren konnte.

Wieder war die Küche auffallend sauber, auch wenn eine große Schüssel Käse-Erdnusslocken und ein Tablett mit Gemüsesticks bereitstanden. Ich nahm mir ein

Stück rote Paprika und ging weiter durch ein Speisezimmer mit einem langen glänzenden Holztisch, an den mindestens zwölf Personen passten, bis ich schließlich auf ein Fernsehzimmer stieß, in dem es sich mehrere gut aussehende Frauen auf einer ledernen Sofalandschaft bequem gemacht hatten. Sie lachten gerade über die Missgeschicke einer gewissen Bridget. Ich hatte halb erwartet, Danielle hier anzutreffen, aber sie war nicht da. Obwohl es erst kurz nach sieben war, drängten sich auf dem Couchtisch bereits die Bierflaschen und Gläser mit Blattgold-Wodka. Niemand blickte zu mir auf.

»Hi«, sagte ich irgendwann.

Sechs aufgestylte Köpfe drehten sich in meine Richtung. Ich versuchte zu entscheiden, ob eine der Frauen nach einer Carrie oder Marisa aussah. Nachdem ich festgestellt hatte, dass das unmöglich war, fragte ich: »Ist Kenny da?«

»Der musste noch mal für ein paar Minuten weg«, antwortete eine der Frauen. Sie trug ihre rötlich braunen Haare zu einem langen Pferdeschwanz gebunden und hatte hellgrüne Augen.

Das Football-Spiel würde bald anfangen, daher wirkte es ein bisschen seltsam, dass Kenny seine Gäste allein gelassen hatte. Andererseits war er vielleicht ein Mörder, was bedeutete, dass alles an ihm ein bisschen seltsam war.

»Ich bin Roxane«, stellte ich mich vor, aber es schien sich niemand sonderlich für mich zu interessieren. Nachdem ich mich in einen Sessel in der Ecke gesetzt hatte, nahmen die Frauen ihr Gespräch über Bridget wieder auf. Nur die grünäugige Frau sah immer noch zu mir herüber.

»Du hast ja noch gar nichts zu trinken«, stellte sie fest. »Komm, das ändern wir.«

Das klang gut. Sie stand auf und stieg über einen jungen Mann hinweg, der ausgestreckt auf dem Teppichboden lag und ganz in sein Handy vertieft war, auf dem er Tinder aufgerufen hatte und eifrig nach rechts wischte.

»Ich bin Marisa«, sagte die Grünäugige und ging mir in die Küche voraus.

Das klang sogar noch besser. Ich bemühte mich, mir nichts anmerken zu lassen. »Hi«, erwiderte ich nur.

»Was willst du trinken?«, fragte Marisa und blieb vor einer Hausbar stehen, die die meines Vaters bei Weitem in den Schatten stellte. Ein wenig verlegen erklärte sie: »Ich arbeite seit ein paar Monaten auf Kennys Präsentationsfeiern als Barkeeperin, weil ich gerade meinen Job verloren habe. Offenbar kann ich auch privat nicht aufhören, den Leuten Drinks anzubieten.«

»Crown Royal, falls das nicht zu profan ist für diesen Laden«, sagte ich.

Sie grinste mich an. »Krieg ich hin«, versprach sie und durchsuchte die Flaschen, bis sie meinen Lieblingswhiskey gefunden hatte. Marisa trug Jeans und ein schwarzes Sweatshirt mit Spitzeneinsatz am Rücken, das ihre Schulterblätter sowie die Tatsache betonte, dass sie keinen BH trug. Sie reichte mir mein Glas und schenkte sich selbst von dem Blattgold-Wodka nach.

»Danke«, sagte ich. Mir war klar, dass ich das Thema,

ob ihr Freund – und Vorgesetzter – Kenny ein Mörder war, behutsam anschneiden musste, und fragte daher kumpelhaft: »Wie ist es so, für Kenny zu arbeiten?«

Marisa zuckte mit den Schultern. »Kenny ist halt einfach Kenny. Ich bin, beziehungsweise war, eigentlich Reisekauffrau, aber ich brauchte dringend einen Job, weil ich zwei Kinder habe. Also hat er mir den Gefallen getan, mich einzustellen. Ich habe nicht die geringste Ahnung von Gastronomie.«

»Ich hätte dir die Barkeeperin sofort abgenommen«, sagte ich, und sie lächelte. »Dann ist der Job also eine große Hilfe für dich, oder? Kennst du Kenny schon lange?«

»Oje, schon seit der Vorschule, glaube ich. Hinter seinem ganzen Zuhälter-Gehabe ist er ein echter Schatz.« Sie nippte an ihrem Drink. »Hast du das Zeug schon mal probiert?«

»Was ist das für ein Wodka?«, fragte ich. »Ich meine, wonach schmeckt er?«

»Zimt«, antwortete sie. »Total lecker. Bitte, probier mal.«

»Bin ich hier in eine Art Marketing-Veranstaltung hineingestolpert?«, fragte ich, während sie für mich ein wenig Wodka in ein Glas goss.

Sie lachte. Es war ein gutes Lachen. »Nicht dass ich wüsste«, antwortete sie. »Aber der Hersteller alimentiert quasi Kennys gesamtes Unternehmen und daher auch mich, deshalb hoffe ich mal, es lohnt sich, dir das Zeug schmackhaft zu machen.«

Ich nippte an dem Wodka. Er schmeckte wie der

Zimt-Lipgloss, den ich in der Mittelschule benutzt hatte, klebrig und ein wenig bitter hinter der vordergründigen Süße. Trotzdem ging er runter wie Öl. »Oh-oh«, sagte ich.

»Im Büro trinken sie das Zeug anscheinend den ganzen Tag«, erzählte Marisa. »Keine Ahnung, wie sie noch irgendetwas erledigt bekommen.«

»Ich glaube, ich kenne noch jemanden, der bei Kenny arbeitet«, sagte ich, um endlich den Einstieg in mein Thema zu schaffen. »Curtis Grantham?«

Ihre Augen verengten sich für eine Sekunde, als würde ihr etwas Unangenehmes durch den Kopf gehen. »Ja, Curt. Finanzen.«

»Hast du das mit seiner Tochter gehört?«

»Ja. Mein Gott«, sagte sie. »Schrecklich. Absolut schrecklich. Ich wusste noch nicht mal, dass er eine verschwundene Tochter hat, und dann wird sie auch noch auf diese Weise gefunden.« Sie erschauderte und starrte an mir vorbei ins Leere.

»Was?«, fragte ich.

»Nichts. Das ist wirklich kein geeigneter Party-Gesprächsstoff.«

»Sorry, ich wollte dir nicht die Stimmung vermiesen«, entschuldigte ich mich, obwohl der Themenwechsel durchaus beabsichtigt gewesen war.

»Nein, es ist nicht deine Schuld. Ich kannte nur vor Jahren mal jemanden, der am selben Ort gefunden wurde, in dem Waldstück dort drüben.«

»Wirklich?«

»Ja«, bestätigte sie.

»Jemand, mit dem du befreundet warst?«

Sie hob die Hand und drehte sie hin und her: *mehr oder weniger.* »Als Kind ja«, antwortete sie. »Aber in der Highschool hat sie dann die Schule abgebrochen, und es wurde alles ein bisschen komisch zwischen uns.« Sie neigte den Kopf zur Seite. »Was machst du eigentlich wirklich hier?«, fragte sie. »Dass du nicht wegen des Wodkas oder des Spiels hier bist, ist offensichtlich.«

Ich mochte sie und wollte sie nicht weiter anlügen. »Erwischt«, sagte ich. »Du hast recht, ich war gerade nicht vollkommen ehrlich. Ich bin hier, weil ich Informationen über Mallory Evans suche. Ich bin Privatdetektivin und nehme gewisse Ereignisse hier in Belmont unter die Lupe.«

Marisa hob die Augenbrauen. »Warum hast du das nicht gleich gesagt? Dann hätte ich dir einfach erzählt, was du wissen willst.«

»Entschuldige«, sagte ich. »Macht der Gewohnheit. Als Privatdetektivin bin ich es gewohnt, dass die Leute nur selten mit mir reden wollen.«

»Das kann ich mir nicht vorstellen«, erklärte sie, und es klang, als hätte sie nichts dagegen, noch eine Weile dazustehen und sich mit mir zu unterhalten, obwohl ich unehrlich gewesen war und ihr die Stimmung verdorben hatte. »Also, was willst du über Mallory wissen?«

Ich begann mit einer leichten Frage. »Wie kam es, dass eure Freundschaft irgendwann nicht mehr so eng war?«

»Ach, dafür gab es viele Gründe«, antwortete Marisa. »Als Mallory schwanger wurde, brach sie die Schule ab und heiratete. Der Typ, ihr Mann, war so ein dicker, minderbemittelter Loser – oje, das klingt jetzt gemein. Eigentlich war er die paar Male, die ich ihm begegnet bin, ganz nett, aber er war einfach nicht der Typ Mann, an den man sich binden will, wenn man siebzehn ist. Sie war todunglücklich, und es machte irgendwann keinen Spaß mehr, Zeit mit ihr zu verbringen.«

»Weißt du, ob sie sich damals mit einem Mann getroffen hat? Einem anderen als ihrem Ehemann, meine ich?«

Jetzt zuckte Marisas Mundwinkel. »Ja, hat sie«, antwortete sie.

Ich wartete.

»Oh«, sagte sie. »Er hat es dir also nicht erzählt?«

»Kenny und Mallory«, murmelte ich. Obwohl ich schon so etwas vermutet hatte, löste die Bestätigung leichte Schwindelgefühle in mir aus. Mein Glas war bereits leer, ich fühlte mich warm und locker, und das Gespräch fing an, interessant zu werden. Ich war ausgesprochen froh, dass ich hergekommen war.

»Ja.« Ihre Wangen röteten sich ein wenig. »Na ja, wie auch immer, heute spielt das alles längst keine Rolle mehr. Aber damals waren Kenny und Mallory ein Paar. Er war der Typ, den man angerufen hat, wenn man was kaufen wollte, du weißt schon, Gras oder Pillen oder was auch immer. Er kannte immer jemanden, der jemanden kannte. Mallory ist total auf Drogen abgefahren, deshalb waren die beiden irgendwie auf einer Wellenlänge.«

»Auch noch, nachdem sie geheiratet hat?«

Marisa nickte. »Das hat sie nicht weiter gestört.«

»Erinnerst du dich noch, wie das damals mit ihrem Verschwinden war?«

»Na ja, ich hatte schon seit ein paar Wochen nichts mehr von ihr gehört«, erzählte Marisa. »So richtig bewusst war mir das nicht, schließlich hatten wir ohnehin kaum noch Kontakt miteinander. Aber dann rief mich Joshua an – das ist dieser Kerl, ihr Mann – und fragte, ob ich sie gesehen hätte, und ich antwortete nur, nein, tut mir leid. Ich dachte, das wäre bloß wieder sein Kontrollzwang, zumindest hat Mallory immer behauptet, dass er sie total kontrolliert. Also habe ich mir nicht viel dabei gedacht, bis Kenny erzählte, dass er sie auch schon länger nicht mehr gesehen hatte.«

»Hat er sich Sorgen gemacht?«

»Ich glaube schon. Aber die beiden haben sich nur heimlich getroffen, deshalb musste er es mehr oder weniger akzeptieren, wenn sie für eine Weile den Ball flachhalten wollte. Es war ja nicht die Liebesgeschichte des Jahrhunderts, sie haben sich nur zusammen zugedröhnt.«

Ich fand den Ausdruck interessant, Kenny habe es akzeptieren müssen, wenn Mallory *den Ball flachhalten* wollte. Das klang nicht danach, als hätte er sich besonders große Sorgen um sie gemacht. Weil er wusste, dass Mallory jenseits aller Sorgen war? Ich ließ mir von Marisa Wodka nachschenken. »Hast du je irgendwelche Gerüchte gehört?«, fragte ich. »Darüber, was mit ihr passiert war, meine ich.«

»Ich habe schon studiert, als sie gefunden wurde, an

der Kent State University. Daher habe ich die Gerüchte hier vor Ort nicht mitbekommen, aber Kenny und ich haben manchmal darüber gesprochen. Er war total außer sich und dachte, dass sie mit der falschen Begleitung hoch zum Clover Point gefahren war. Das hat ihn fast wahnsinnig gemacht.«

»Hat er der Polizei von dieser Theorie erzählt?«

»Bestimmt«, sagte Marisa, doch ich hatte da so meine Zweifel. »Du solltest ihn besser selbst nach Mallory fragen, er kann dir so viel mehr erzählen als ich. Übrigens macht er das immer: Leute einladen und dann verschwinden.«

»Klar, ich frage ihn auf jeden Fall«, erwiderte ich. »Noch irgendjemand, der sie kannte? Carrie vielleicht?«

»Carrie«, wiederholte Marisa langsam. »Die war schon lange nicht mehr hier. Nein, ich bin Kennys einzige Freundin aus der guten alten Zeit. Warum?«, fragte sie und verengte scherzhaft die Augen zu Schlitzen. »Schon die Nase voll davon, mit mir zu reden?«

»Noch lange nicht«, sagte ich und nahm einen Schluck von dem Blattgold-Wodka. Inzwischen schmeckte er nicht mehr nach Alkohol oder Zimt, nur noch nach flüssiger Wärme. Ich nahm mir fest vor, einen Gang herunterzuschalten. Die Tatsache, dass Kenny ein Verhältnis mit Mallory Evans gehabt hatte, jedoch behauptete, sie nur *vom Sehen* gekannt zu haben, erschien mir ziemlich verdächtig.

Ich musste dringend noch einmal mit ihm reden, und es war wichtig, dass ich mich hinterher daran erinnern konnte.

Als Kenny endlich zurückkam, saßen Marisa und ich dicht an dicht auf dem Ledersofa, zusammen mit dem Tinder-Typen – Todd – und der Wichtigtuerin mit den hochhackigen Schuhen aus dem Next-Level-Büro – Beckett. »Oh, ihr seht aus wie die allerbesten Freunde«, sagte Kenny.

Wir waren nicht die besten Freunde, aber wir hatten eine neue Flasche Blattgold-Wodka begonnen und bereits halb ausgetrunken, daher machte das nichts. Es war schon nach zehn Uhr. Kenny hatte sich Zeit damit gelassen, zu seiner Party zurückzukehren.

»Hat jemand Lust, mit runter zum Pool zu kommen?«, fragte er.

»O mein Gott, *ja*!«, kreischte Beckett. »Ich warte schon die ganze Zeit darauf, dass wir endlich schwimmen gehen!« Sie stand auf und zog ihre Jeans aus, unter der ein String-Bikinihöschen zum Vorschein kam. Sie war genauso unerträglich, wie sie mir neulich im Büro vorgekommen war, aber sie hatte sich auf den Abend vorbereitet, das musste man ihr lassen.

»Ich muss nach Hause, Alter«, sagte Todd. Er schien kurz vor dem Einschlafen oder einer Ohnmacht zu sein.

Ich sah Marisa an, die mit den Schultern zuckte und erklärte: »Ich habe meinen Badeanzug in der Handtasche.«

»Bin ich also die Einzige, die nicht mitkann?«, fragte ich.

»Glaub mir«, versicherte Kenny, »es ist kein Problem, wenn du ohne Badezeug schwimmen gehen willst.«

Von der Schwimmhalle überblickte man ein dunkles Dickicht aus Gestrüpp und Bäumen hinter dem Haus. Eine Wand bestand aus einem gläsernen hochfahrbaren Tor im Stil einer Garage, das auf eine mehrstöckige Holzterrasse hinausführte. Dort ließen sich in den Sommermonaten hervorragend Gäste bewirten, wie mir Kenny erzählte. In der Novemberdunkelheit wurde der Pool lediglich vom mattgrauen Quadrat eines Oberlichts erhellt.

Beckett und Marisa sprangen sofort ins Wasser, während Kenny den Fremdenführer für mich spielte. »Das Wasser ist auf dreißig Grad beheizt, und der Boden besteht aus echten italienischen Marmorfliesen.«

Ich bedauerte, dass er nicht schon zwei oder drei Drinks früher zurückgekehrt war, hatte ich doch längst das Gefühl, dass mir der Abend entglitt. Ich schielte auf die Wodkaflasche, aus der er trank, und fragte mich, wie lange es wohl dauern würde, bis er betrunken genug war, um mir alles zu erzählen. »Du hättest Immobilienmakler werden sollen«, schmeichelte ich.

»Das wäre cool«, stimmte er zu. »Aber weißt du, mit Eventmarketing und Promotion lebt es sich auch nicht schlecht.«

Ich presste die Hände gegen die beschlagene Fensterscheibe. Sie war kalt und nass. Dann spähte ich durch die freigewischten Abdrücke. »Was ist in der kleinen Hütte dort auf der Terrasse?«

»Sauna.«

Ich lachte. »Ernsthaft? Ihr habt eine Sauna zu Hause?«

»Sag nichts, die ist der Hammer. Ich würde sie dir zeigen, aber wir benutzen sie nicht im Winter.«

»Toller Gastgeber.«

»Sorry.«

»Man sieht gar nichts jenseits der Terrasse«, stellte ich fest. »Fühlt sich an wie das Ende der Welt.«

»Irgendwie schon. Da sind nur Bäume«, sagte Kenny. »Und Rehe. Und dort drüben kommen Apartmenthäuser hin.«

Ich straffte den Rücken. Mir war nicht klar gewesen, dass das Brayfield-Anwesen direkt an den Wald unterhalb von Clover Point grenzte. »Wurde da nicht gestern die Leiche gefunden?«, gab ich mich unwissend.

»Ja. Voll krank.«

Er ließ nicht erkennen, dass er mehr darüber wusste, unter anderem, wer das Opfer war. Allerdings schien das inzwischen ohnehin allgemein bekannt zu sein, da es selbst Marisa wusste. Ich beobachtete ihn. Seine Augen waren so grau und undurchdringlich wie die Steine, die ich gestern Nachmittag von der Grube gewuchtet hatte. Er war eigenartig reglos, einer jener Menschen, die weder zuckten noch mit den Händen spielten.

Zwei Leichen quasi direkt hinter Kennys Haus. Es fiel mir schwer, an einen Zufall zu glauben. »Deine damalige Freundin haben sie auch dort hinten gefunden, oder?«, fragte ich.

Kenny schwieg einige Sekunden, doch der Alkohol hatte ihm tatsächlich die Zunge gelockert, und er schien vergessen zu haben, dass er Geheimnisse vor mir zu bewahren versuchte. »Ja, vor ungefähr einer Million Jahren.«

»Oh, Mann, direkt hinter deinem Haus. *Das* nenne ich mal krank.«

Kenny schüttelte so langsam den Kopf, dass er sich dessen womöglich nicht einmal bewusst war. »Als hätte sie sich über mich lustig machen wollen«, lallte er.

Das Problem bestand darin, dass der Alkohol auch meine Zunge zu sehr gelockert hatte. Ich war es nicht gewohnt, aromatisierten Wodka zu trinken, und der Rausch hatte sich hinterrücks an mich herangeschlichen. »Was weißt du über die toten Frauen?«, platzte ich unbeholfen heraus.

Er stand auf. »Also, was meinst du: Lust zu schwimmen?«

»Was weißt du darüber?«

»Ich weiß, dass ich anfange, mir Gedanken zu machen, warum du hier bist, wenn du jetzt nicht schnell ins Wasser springst.«

Er gab vor, mich zum Schwimmen motivieren zu wollen, was nicht sehr glaubwürdig wirkte. »Ich habe dir doch gesagt, dass ich keinen Badeanzug dabeihabe.«

»Und ich habe dir gesagt, dass das egal ist.« Er zog seinen Kapuzenpullover aus und warf ihn auf den gefliesten Boden, wobei ein Ärmel ins Wasser rutschte. Als Nächstes ließ er seine Hose herunter und stand in engen Boxershorts da. Sein herausfordernder Blick schwebte zwischen uns in der Luft wie ein unaufgelöster Akkord.

Ich schüttelte den Kopf. Dies war immer noch ein

Arbeitseinsatz, das durfte ich nicht vergessen. Der Abend war schon genug ausgeufert. »Ich haue ab«, verkündete ich. Ich brauchte eine Tasse Tee und einen Moment Ruhe, um über meinen nächsten Schritt nachzudenken. Haltsuchend stützte ich mich ans Fenster. Ich musste einen Moment für mich sein, das war alles. Aus dem Augenwinkel sah ich Marisa aus dem Pool steigen.

Dann war sie plötzlich neben mir, wieder angezogen, und hielt meinen Arm fest, während Wasser von ihren langen Haaren auf meine Jacke tropfte. Die Zeit war mir entglitten.

Kenny nahm einen tiefen Schluck aus der Flasche, und seine kalten Augen ruhten auf mir. »Du weißt nicht, was du verpasst«, sagte er.

»Oh doch, das weiß ich«, erwiderte ich oder dachte, ich würde es erwidern. Oder dachte, ich würde es wissen.

EINUNDZWANZIG

Ich wachte so ruckartig auf, als wäre ich aus großer Höhe gestürzt und unsanft gelandet. Der Raum war klein, hell und unbekannt, und mein Gehirn war im Rahmen eines experimentellen Prüfverfahrens, für das ich mich bestimmt nicht freiwillig gemeldet hatte, durch Rasierklingen ersetzt worden. Ich stützte mich auf einen Ellbogen und schluckte, während ich darauf wartete, dass sich mein Sehvermögen einpendelte.

Ich befand mich in einem Wohnzimmer, wie ich jetzt sah, auf einem Futonbett mit grauer Veloursauflage. Bekleidet. Meine Lederjacke hing noch an einem Arm und bildete ein Knäuel unter meinem Oberkörper. Draußen regnete es. Ich räusperte mich. Dann hörte ich irgendwo eine Tür aufgehen, woraufhin leise Schritte ins Zimmer tappten.

»Hallo«, sagte Marisa. Sie trug ein Next-Level-Promotions-T-Shirt und eine karierte Flanellhose.

»Ähm«, machte ich, rollte mich zurück auf den Rücken und hielt mir eine Hand vor die Augen. »Wie viel Uhr ist es?«, fragte ich heiser.

»Sieben. Willst du Kaffee?«

Bei dem Gedanken an Kaffee tat mir der Magen weh. »Könnte ich auch ein Glas Wasser haben?«

»Klar«, antwortete Marisa und ging zu einer angrenzenden Küchenzeile, um an der Spüle ein Glas zu füllen. Einige Sekunden später reichte sie mir das Wasser und setzte sich zu mir auf den Rand des Futons.

Ich trank ein paar Schlucke und stellte das Glas auf dem Boden ab. Was war gestern Nacht genau passiert? In meiner Erinnerung klaffte ein großes schwarzes Loch. Ich wusste noch, dass ich beschlossen hatte, nicht zu viel zu trinken, da ich mich auf einem Arbeitseinsatz befand, was ganz offensichtlich nicht geklappt hatte. Und ich erinnerte mich an den Wodka und das Schwimmbad. Danach: nichts mehr. Ich fühlte mich wie eine Idiotin.

»Das hier ist der unbequemste Futon der ganzen Welt«, sagte sie. »Ich muss es wissen – normalerweise schlafe ich hier und überlasse meinen Kids das Schlafzimmer.«

»Deinen Kids«, wiederholte ich leise. »Scheiße, tut mir leid. Ich kann mich schnell davonmachen …«

»Nein, schon okay, sie sind diese Woche bei ihrem Vater. Das habe ich dir doch heute Nacht schon alles erzählt.«

Ich sah sie an.

Verlegenheit schlich sich in ihre Züge. »Wovon du offenbar nichts mehr weißt.« Sie lachte halbherzig. »Wahrscheinlich denkst du gerade: Oh Mann, was mache ich hier eigentlich?«

»Nein, nein«, widersprach ich schnell und legte ihr die Hand auf den Arm. Dann wusste ich nicht mehr, was ich noch sagen sollte.

Nach einer Minute erbarmte sie sich. »Ich hatte dich gefragt, ob du mich nach Hause fahren kannst«, erklärte sie, »weil ich doch im Moment kein Auto habe. Aber als ich gehen wollte, war ziemlich offensichtlich, dass du nicht … du weißt schon, dass du auf keinen Fall mehr fahren kannst, egal, wohin. Also habe ich mich ans Steuer gesetzt. Und dich hier übernachten lassen. Auf dem Futon. Allein.«

Ich trank den Rest des Wassers. »Tut mir leid«, sagte ich. »Tut mir echt total leid.«

Sie zuckte mit den Schultern. »Mein Fehler, ich bin so was von schlecht darin, Flirtsignale zu deuten. Die ganze Materie ist noch neu für mich, zumindest in der Praxis. Bei Männern weiß man immer genau, woran man ist, aber …«

Ich hob überrascht den Blick. »Du hast die Signale schon richtig gedeutet«, sagte ich. »Vielleicht können wir irgendwann noch mal einen Versuch starten?«

Sie betrachtete mich einen Moment und zog dann die Knie an die Brust. »Du haust ab?«

»Ja, ich muss dringend ein paar Sachen erledigen«, antwortete ich. Auch ich setzte mich nun auf und holte tief Luft. Mir tat alles weh, doch ich hatte schon zu viel Zeit verloren. Ich zog den Rest meiner Jacke unter mir hervor, schlüpfte in den zweiten Ärmel und hinterließ Marisa eine Karte mit meiner Telefonnummer.

Draußen schienen die schweren grauen Wolken zu pochen wie eine offene Wunde. Ich ließ mich auf den Fahrersitz meines Autos sinken und schob mir eine Sonnenbrille ins Gesicht. »O mein Gott«, murmelte ich und musste wieder an meinen Vater denken. Hatte er je versehentlich auf der Pool-Party eines Serienmörders zu viel Zimt-Wodka getrunken? Er mochte seine Schwächen gehabt haben, aber das wäre ihm sicher nicht passiert. Mir fiel auf, dass die Whiskeyflasche, die ich letzte Woche im Spirituosenladen gekauft hatte, immer noch zwischen Beifahrersitz und Schalthebel klemmte. Ich stieß sie auf den Boden. Nie wieder wollte ich auch nur an Alkohol denken. Eine Weile saß ich mit den Händen vor dem Gesicht da, unfähig, etwas anderes zu tun.

Dann beschloss ich, nach Hause zu fahren und mich kurz auszuruhen, in der Hoffnung, dass mein Kopf irgendwann klar genug war, um einen vernünftigen nächsten Schritt auszuspucken. Nachdem ich Marisas Wohnanlage verlassen hatte, bog ich auf die Clover Road ab und suchte einen Drive-Through auf, um mir ein fettiges Sandwich und einen Becher Tee zu holen. Beides löste keine Begeisterung in mir aus, würde jedoch hoffentlich helfen, mich halbwegs wiederherzustellen. Ich war kurz davor, mich in den Rushhour-Verkehr einzufädeln, der sich auf dem Freeway Richtung Innenstadt schob, als mein Handy klingelte. Fast hätte ich es nicht aus der Tasche gezogen. Die ständigen Anrufe der unbekannten Nummer hatten bewirkt, dass ich meinem eigenen Telefon misstraute. Aber dann musste ich an einer roten Ampel halten, und die Neugier siegte. Ein Blick aufs Display verriet mir, dass es sich um eine bekannte Nummer handelte, wenn auch keine, die ich eingespeichert hatte.

»Roxane hier«, meldete ich mich und schob ein Räuspern hinterher.

Eine Sekunde herrschte Stille, dann erklang eine kleinlaute, besorgte Stimme: »Hi. Äh ... hier ist Shelby. Evans.«

Etwas an ihrem Tonfall bohrte sich einen Weg durch den Dunst in meinem Schädel. Ich stellte meinen Tee in den Becherhalter und versuchte, normal zu klingen. »Shelby, hey! Was gibt's denn?«

»Es geht um Veronica«, sagte sie, und dann fing sie an zu weinen. »Ich weiß nicht, wo sie ist, und ich weiß nicht, was ich tun soll.«

»Sie geht immer ans Telefon, wenn ich anrufe«, beteuerte Shelby. »Immer. Wir haben nämlich ein Abkommen. Sie würde niemals nicht ans Handy gehen! Irgendetwas stimmt da nicht.« Sie lief unruhig in dem kleinen Wohnzimmer ihres Hauses auf und ab, ohne ihren grünen Armeemantel auszuziehen oder ihre schwer aussehende Kuriertasche abzulegen. »Irgendetwas stimmt da ganz und gar nicht.«

»Okay. Shelby. Shelby? Ist dein Dad auch da?«, fragte ich.

Sie schüttelte den Kopf. »Er ist in der Arbeit, und dort darf er das Handy nicht anhaben, deshalb habe ich bei seiner Firma angerufen, am Empfang, doch da läuft noch die Ansage vom Band, die nachts eingeschaltet ist. Und dann habe ich Ihre Visitenkarte am Kühlschrank gesehen, und ich ... ach, ich weiß auch nicht. Tut mir leid. Ich komme Ihnen bestimmt total dumm vor, aber da ist wirklich etwas absolut nicht in Ordnung, und …«

»Shelby.«

Sie blieb stehen und sah mich an. Ihr kindliches Gesicht bebte vor Aufregung.

»Du bist nicht dumm. Ganz im Gegenteil«, sagte ich und versuchte, ruhig und erwachsen zu klingen, obwohl Übelkeit in mir aufstieg. Und das lag keineswegs nur daran, dass ich letzte Nacht so viel Wodka getrunken hatte. Belmont hatte keine gute Bilanz vorzuweisen, was die Rückkehr von vermissten jungen Mädchen anging. »Trotzdem: Jetzt holst du erst einmal tief Luft und erzählst mir dann, was passiert ist, ja?«

Shelby nickte und ließ sich in den Fernsehsessel sinken, auf dem Joshua bei meinem ersten Besuch gesessen hatte. »Sie fährt immer mit mir zur Schule«, erklärte sie. »Normalerweise kommt sie rüber, wenn sie abfahrbereit ist, nur manchmal verspätet sie sich. Dann klingle ich bei ihr, sie wohnt ja direkt nebenan. Heute ist sie nicht gekommen, und als ich rübergegangen bin, machte ihr Stiefvater die Tür auf. Als ich fragte, ob sie schon fertig wäre für die Schule, sah er mich ganz komisch an und meinte: ›Ich dachte, sie hat bei dir übernachtet.‹ Hat sie aber nicht. Und dann sagte er, ich solle zur Schule fahren, er würde sich darum kümmern.«

»Hattet ihr denn ausgemacht, dass sie bei dir übernachtet?«

Shelby schüttelte den Kopf.

»Warum hat sie das dann behauptet?«

»Wahrscheinlich wollte sie ins Insomnia«, antwortete Shelby. Die Verwirrung war mir offenbar anzusehen, denn sie fügte erklärend hinzu: »Das ist ein Coffee Shop in der Nähe. Gestern hat sie mir noch erzählt, dass dieser Typ, Aaron, mit seiner Band dort spielt, sie steht total auf ihn. Ihre Eltern haben ihr verboten hinzugehen.« Shelby starrte auf den Teppichboden zwischen ihren Doc Martens. »Das Konzert war um zehn, und ich muss unter der Woche um halb elf zu Hause sein, deshalb konnte ich nicht hin. Aber bei mir übernachten darf sie immer.«

»Wann hast du das letzte Mal mit ihr gesprochen?«, fragte ich.

»Als sie von hier weggegangen ist. Das war so um halb acht. Ich meinte noch zu ihr, grüß Aaron von mir. Das war eigentlich ein Witz, weil sie ja nicht hindurfte. Ich dachte, sie würde einfach nur nach Hause gehen.« Shelby sprang auf und begann wieder, ihre Runden zu drehen.

Was ich da hörte, gefiel mir gar nicht. Ich musste daran denken, dass Kenny Brayfield gestern Abend den Großteil seiner eigenen Party versäumt hatte. »Verstehe. Shelby, ist das typisch für sie? Ihre Eltern anzulügen, meine ich.«

Sie kämpfte mit dem Riemen ihrer Kuriertasche, streifte sie schließlich von der Schulter und warf sie auf den Fernsehsessel. »Keine Ahnung. Nein. Ihre Mutter kriegt irgendwie sowieso nichts mit, die lässt sich nur ständig die Haare machen und geht ins Fitnessstudio. Und ihr Stiefvater ist total ätzend, er tut so, als wäre

Vee der schlimmste Teenager der ganzen Welt, nur weil sie regelmäßig zu einer Therapeutin muss. Ich glaube, sie wollte einfach unbedingt das Konzert von Aaron sehen.«

»Insomnia«, wiederholte ich. »Ist das fußläufig zu erreichen?«

Sie nickte. »Wenn man die Abkürzung direkt durchs Viertel nimmt, braucht man ungefähr zehn Minuten. Man geht einfach zwischen den Häusern durch und kommt auf dem großen Parkplatz vor dem Kroger-Supermarkt raus. Das Insomnia ist im gleichen Einkaufszentrum.«

Ich rieb mir die Stirn. Die Kopfschmerzen waren immer noch da, auch wenn ich sie kaum noch wahrnahm. »Komm, wir gehen und reden noch mal mit ihren Eltern«, schlug ich vor.

Veronicas Stiefvater war ein kleiner Mann mit dunkelblauem Anzug und Krawatte, auf dessen Nase eine rahmenlose Brille saß. Er riss die Tür auf, als könnte er es nicht erwarten, jemanden anzubrüllen – vermutlich Veronica. Als er uns sah, machte er ein verwirrtes Gesicht. »Shelby«, sagte er. »Und …?«

»Das ist Roxane«, stellte mich Shelby vor. »Sie ist eine Freundin von meinem Dad, und sie ist Privatdetektivin …«

Er lachte, aber es klang nicht fröhlich. »Lasst uns bitte nicht vorschnell handeln«, sagte er ärgerlich. »Veronica wird nicht vermisst. Wir wissen beide, dass sie nur wieder ihr übliches unüberlegtes Verhalten an den Tag legt. Sie denkt einfach nicht darüber nach, was sie anderen damit antut. Wahrscheinlich sitzt sie bereits im Unterricht.«

»Nein, sitzt sie *nicht*«, widersprach Shelby mit tränenerstickter Stimme.

Ich machte einen Schritt nach vorn und schirmte sie mit dem Arm ab. »Sir, ist Ihre Frau zu Hause?«

»Sie hat gestern Abend eine Schlaftablette genommen. Ich habe sie noch nicht geweckt«, erwiderte er kühl. Dann wurde sein Tonfall herablassend. »Shelby, weiß dein Vater, dass du nicht in der Schule bist?«

Jetzt war mir klar, warum Shelby ihn ätzend fand und warum sich auch Joshua über ihn beklagt hatte. »Ja«, behauptete ich schnell, auch wenn das gar nicht stimmte. »Und ich denke, Sie sollten sich im Moment eher um Veronica sorgen als um Shelby.«

»Wer sind Sie noch mal?«, blaffte er mich an.

»Wer ist denn da?«, fragte eine Stimme hinter ihm. Dann erschien Veronicas Mutter in der Tür. Sie war groß und so dünn, dass sie zerbrechlich wirkte. Ihre platinblonden Haare waren eigenartigerweise bereits perfekt frisiert, obwohl sie noch im Bademantel steckte. Als sie Shelby und mich sah, wurde ihr Gesichtsausdruck argwöhnisch.

»Mrs Wexford«, sagte Shelby hastig, »wir wissen nicht, wo Veronica ist.«

Veronicas Mutter riss die Augen auf und sah ihren Mann verwirrt an. »Was?«, fragte sie. »Joseph, warum hast du mich nicht geweckt?«

»Ich wollte nicht, dass du dir Sorgen machst, du

weißt doch, wie du dann wirst«, verteidigte sich Mr Wexford.

Ich hätte ihn am liebsten geohrfeigt, streckte jedoch stattdessen die Hand aus. »Ma'am«, sagte ich, »mein Name ist Roxane Weary, ich bin eine Freundin von Joshua und Shelby. Und ich bin Privatdetektivin. Meiner Meinung nach sollten Sie die Polizei …«

»O mein *Gott*«, murmelte Mrs Wexford.

»Beruhige dich, bitte …«, begann ihr Mann.

Ich unterbrach ihn: »Hören Sie, ich will Sie nicht beunruhigen, aber Shelby hat seit ungefähr zwölf Stunden nichts mehr von Ihrer Tochter gehört.« Als ich *zwölf Stunden* sagte, schlug Mrs Wexford die Hand vor den Mund, doch ich fuhr unbeirrt fort: »Wir haben Grund zu der Annahme, dass sie gestern Abend ins Insomnia gegangen ist, um sich ein Konzert anzusehen, wissen jedoch nicht, warum sie danach nicht nach Hause gekommen ist. Shelby sagt, es sähe ihr nicht ähnlich, nicht ans Handy zu gehen, daher sollten wir wohl schnell handeln und sie so bald wie möglich ausfindig machen.«

»Wir?«, fuhr mich Veronicas Stiefvater an. »*Kennen* Sie Veronica überhaupt?«

»Können wir bitte reinkommen?«, fragte ich.

Er machte den Mund auf, als wollte er ablehnen, aber seine Frau legte eine Hand auf seine Schulter, und er trat widerwillig beiseite und gab die Tür frei.

ZWEIUNDZWANZIG

Officer Meeks war der Erste, der bei den Wexfords eintraf. Er setzte sich aufs Sofa und unterhielt sich mit Veronicas Mutter Amy, während ihr Mann Joseph in der Küche herumpolterte, wo er vorgeblich Kaffee für seine Frau kochte. Ich stand mit Shelby an der Haustür. Sie blickte immer wieder hinaus und hielt Ausschau nach ihrer Freundin oder ihrem Vater, der inzwischen auf dem Weg von der Arbeit nach Hause war. Er hatte mich gebeten, bei ihr zu bleiben, bis er eingetroffen war. Ich konnte es ihm nicht verübeln angesichts dessen, was gerade passierte und was bereits passiert war. Joshua wusste vermutlich besser als jeder andere, was geschehen konnte, wenn man glaubte, eine vermisste Person sei nur zu unbedacht, sich bei den Daheimgebliebenen zu melden.

»Sie wird stinksauer auf mich sein«, murmelte Shelby in Richtung Windfangtür. Sie wechselte rasant zwischen der Gewissheit, dass etwas ganz und gar nicht stimmte, und der Befürchtung, dass ihre Freundin sie für immer hassen würde, weil sie ihre Tarnung hatte auffliegen lassen. Letzteres war vermutlich eine Illusion und reiner Selbsterhaltungstrieb, aber es schadete nicht, wenn sie die Hoffnung aufrechterhielt.

Sie wandte sich gerade wieder der Straße zu, als dort ein silbergrauer Toyota mit quietschenden Reifen angefahren kam, in die Einfahrt ihres Hauses einbog und dabei mit knirschenden Stoßdämpfern an der Bordsteinkante entlangschrammte. Joshua sprang aus dem Wagen, die Augen weit aufgerissen vor Sorge. Auch in Shelby kam Bewegung, sie rannte zur Tür hinaus und quer durch den Vorgarten zu ihrem Vater. Joshua packte sie und umarmte sie so fest, dass es aussah, als müsste es wehtun. Das Vater-Tochter-Verhältnis zwischen den beiden war herzerwärmend, auch wenn es mir selbst vollkommen fremd war. Mein Vater war der Letzte gewesen, an den ich mich trostsuchend gewendet hätte. Ich musste mich wegdrehen und ging zurück ins Wohnzimmer.

»Nein«, sagte Amy Wexford gerade zu Meeks. »Ihr Nachname ist Cruz. C-R-U-Z. Joseph ist mein zweiter Mann.«

»Okay, Cruz. Ist notiert. Ist Veronicas Vater schon informiert?«

»Die beiden stehen sich nicht sehr nahe. Er lebt in Dayton.«

»Hat sie vorher schon einmal so etwas gemacht?«

Amy nickte. »Es gab schon öfter Probleme. Meine Tochter leidet unter einer Form von bipolarer Störung. Allerdings lief es im letzten Jahr eigentlich ganz gut. Sie ist stabil, wenn sie ihre Medikamente nimmt.«

Ich schloss die Augen und lehnte mich gegen die Wand. Es wurde immer schlimmer. Schon bei einem regulären Vermisstenfall würden Veronicas Alter und ihre psychische Erkrankung als zusätzliche Risikofaktoren gelten, und man würde von Lebensgefahr ausgehen – durch Selbstmord, Realitätsverlust, erhöhte Waghalsigkeit während einer manischen Phase. Und diese Sorge war berechtigt. Ich war mir dennoch sicher, dass in diesem Fall etwas anderes dahintersteckte, so sicher, wie ich es mir bei den Felsbrocken unter der Brücke am Clover Point gewesen war.

»Nimmt sie diese Medikamente aktuell?«, fragte Meeks.

»Ja«, antwortete Amy. »Sie weiß, dass es ihr dadurch besser geht.«

Ich hörte zu, als die beiden auf Veronicas Äußeres zu sprechen kamen: siebzehn Jahre alt, ein Meter sechsundsiebzig groß, fünfzig Kilo, rötlich violett gefärbte Haare, braune Augen, drei Piercings in jedem Ohr, keine Tätowierungen oder Muttermale, Vintage-Mantel mit Pelzkragen. Als Amy aufstand, um nach einem Foto zu suchen, winkte ich Meeks zu mir.

»Ich muss Ihnen etwas mitteilen«, sagte ich leise. »Etwas, das vielleicht ein bisschen verrückt klingt.«

»Schießen Sie los.«

Ich holte tief Luft. »Ich glaube, dass hier etwas absolut nicht stimmt.«

Er bedachte mich mit einem beruhigenden Polizistenlächeln. »Hören Sie, so etwas kommt bei uns ständig vor, wir …«

»Nein«, widersprach ich. »In Belmont gehen seltsame Dinge vor. Die Leiche, die wir neulich gefunden haben – das war kein Einzelfall. Es gibt noch weitere vermisste Mädchen, die umgebracht wurden. Die Mutter von Veronicas Freundin Shelby hieß Mallory Evans und wurde vor sechzehn Jahren ermordet, ihre Leiche tauchte im selben Waldstück wieder auf wie die von Colleen Grantham. In beiden Fällen ging man zunächst davon aus, dass die Mädchen ihr Zuhause freiwillig verlassen hatten.«

Er legte die Stirn in Falten.

Ich fuhr unbeirrt fort: »Und dann ist da noch die junge Frau, die seit 1999 vermisst wird, Sarah Cook. Ich bin daher der Ansicht, dass die Polizei keine Zeit vergeuden darf, indem sie lediglich von einem verantwortungslos handelnden Teenager ausgeht.«

Er seufzte, und ich bereute sofort, dass ich *Zeit vergeuden* gesagt hatte. Oder vielleicht hätte ich ihn auch nicht gleich mit dem ganzen Schlamassel auf einmal überfallen sollen. »Wollen Sie damit sagen, dass Sie einen besseren Vorschlag haben, als zunächst mit ihrer Mutter zu sprechen?«, fragte er.

Ich wusste, dass ich es dabei hätte belassen sollen, konnte mich jedoch nicht bremsen. »Kennen Sie die Brayfields?«

»Ja, natürlich. Warum?«

»Okay, jetzt kommt der verrückte Teil«, kündigte ich an.

Er hob eine Hand. »Will ich das wirklich hören?«

»Sie müssen es hören.« Seinem Gesichtsausdruck nach zu urteilen, hatte ich ungefähr eine Minute, bis er mich abservierte, so wie es Lassiter gestern getan hatte. »Kenny Brayfield lässt sich mit allen drei Mädchen, die ich gerade erwähnt habe, in Verbindung bringen. Er hatte eine Affäre mit Mallory Evans, hat diese Information aber nach ihrer Ermordung unterschlagen. Er war eng mit Sarah Cooks Freund befreundet. Und er ist der Arbeitgeber von Colleen Granthams Vater. Diese Mädchen, übrigens alle blond, verschwanden …«

»Ich verstehe nicht ganz«, unterbrach mich Meeks. »*Kenny* Brayfield? Was reden Sie denn da? Und Sarah Cook war doch die Tochter von diesem Ehepaar, das vor zehn, fünfzehn Jahren ermordet wurde. Der Kerl, der das getan hat, sitzt längst hinter Gittern.«

»Nein …«

»Und was hat das alles überhaupt mit Veronica Cruz zu tun? Was ist die angebliche Verbindung zu ihr? Sie ist nicht einmal blond.«

Er hörte mir nicht zu. Ich musste es mit einer anderen Taktik versuchen. »Sie waren doch mit mir in dem Wald, oder?«

»Ja.«

»Habe ich mich dort geirrt?«

Er seufzte wieder. »Nein.«

»Ich glaube, dass Kenny Brayfield seit sechzehn Jahren Menschen in Belmont umbringt«, sagte ich. »Junge Frauen. Siebzehn, achtzehn Jahre alt. Wie Veronica. Bitte, die Übereinstimmung muss Ihnen doch auch auffallen. Zwei Tage, nachdem wir die Gebeine finden, verschwindet das nächste Mädchen.«

Jetzt schüttelte er vehement den Kopf und beugte sich näher an mich heran. »Reden Sie in Anwesenheit dieser Leute bitte nicht über dieses Thema.«

»Haben Sie überhaupt gehört, was ich Ihnen gerade gesagt habe?«

In diesem Moment betrat Amy Wexford wieder das Zimmer, in der Hand ein gerahmtes Bild. »Das hier wurde am Fototag in der Schule aufgenommen«, sagte sie. »Meinen Sie, es kommt infrage?«

Meeks und ich betrachteten das Foto.

Ich traute meinen Augen nicht: Veronicas Haare waren zu Beginn des Schuljahrs noch honigblond gewesen, und sie hatte einen Pony getragen. Ich versuchte, Meeks' Aufmerksamkeit auf mich zu lenken, doch er wich meinem Blick aus.

»Lassen Sie uns eine Liste der Freunde Ihrer Tochter aufstellen, wie wäre es damit?«, schlug er vor und wandte sich endgültig von mir ab.

Ich biss so fest die Zähne zusammen, dass mir die Schläfen wehtaten. Dann stürmte ich aus dem Haus, unfähig, länger stillzustehen. Ich durchquerte den Vorgarten der Evans', wobei taufeuchte Grashalme an meinen Stiefeln hängen blieben, und wollte gerade an die Tür klopfen, als Joshua sie von innen aufriss und mich beim Arm packte. Trotz der Kälte schwitzte er, und seine Hand an meinem Ellbogen zitterte leicht. Offenbar teilte er meine Angst, nur dass seine durch persönliche Erfahrung gespeist wurde und nicht wie bei mir durch professionellen Instinkt. Allerdings fühlte ich mich gerade nicht besonders professionell. Ich fühlte mich wie eine Vollkatastrophe, als ich Joshua ins Haus folgte.

»Geht es Ihnen gut?«, fragte ich.

Er ließ sich schwer in den Fernsehsessel sinken.

»Roxane, ich weiß nicht, wie ich das hinkriegen soll«, gestand er. »Ich weiß nicht, wie ich meinem Kind sagen soll, bleib ruhig, es wird alles wieder gut, weil ich das alles doch selbst schon einmal erlebt habe, und …«

»Hey.« Ich hockte mich vor ihn auf den Teppichboden und nahm seine Hand. »Ich weiß. Ich weiß, dass Ihre Gedanken gerade Achterbahn fahren, und ich werde Ihnen bestimmt nicht mit der ›Kopf hoch, alles wird gut‹-Nummer kommen. Aber ich möchte, dass Sie Shelby zuliebe Ruhe bewahren, okay? Überlassen Sie die Sorgen bitte mir.«

»Ich kenne Sie doch kaum«, flüsterte er. »Das kann ich Ihnen nicht zumuten.«

»Klar können Sie das«, widersprach ich. »Außerdem kannten Sie meinen Vater, das reicht. Ich muss mir schon mein ganzes Leben lang anhören, ich sei genau wie er. Wir beide kennen uns also bereits eine Ewigkeit, Joshua.«

Er nickte und drückte meine Hand. »Okay.«

»Ich möchte, dass Sie in der Nähe Ihrer Tochter bleiben, bis wir Veronica gefunden haben.«

»Ist gut.«

»Ich muss jetzt kurz mit Shelby sprechen, und dann werde ich erst einmal aufbrechen, weil ich ein paar Sachen überprüfen muss«, kündigte ich an. »Wenn irgendetwas ist, egal was, rufen Sie mich an. Ich komme auf jeden Fall später noch einmal wieder.«

»Okay. Danke. Danke für …« Er brach ab. »Vielen Dank.«

Ich hatte keine Ahnung, wofür er mir dankte. Meiner Einschätzung nach hatte ich bisher nicht mehr bewirkt, als in Belmont für Unruhe zu sorgen. Ich nickte dennoch und stand auf. In meinem Kopf pochte es.

»Shelby ist in ihrem Zimmer«, sagte er und zeigte den Flur entlang.

Ich fand sie auf einem Bett mit knallorangefarbener Tagesdecke sitzend, neben einem alten, grau werdenden schwarzen Labrador. Der Hund hob den Kopf und betrachtete mich desinteressiert. Shelbys Gesicht wurde vom Bildschirm eines Laptops beleuchtet, der auf ihrem Schoß lag. »Ich habe ihre Facebook-, Twitter- und Instagram-Accounts gecheckt, um zu sehen, ob sie irgendwas gepostet hat«, berichtete sie, während ich zunächst in der Tür stehen blieb. »Hat sie aber nicht.«

»Darf ich reinkommen?«

Shelby nickte. Sie stellte den Laptop neben sich und streichelte dem Hund über den Kopf.

»Ich möchte dir ein paar Fragen stellen«, sagte ich. »Und sei bitte ehrlich – mach dir keine Sorgen, dass du Veronica Ärger einbrocken könntest.«

»Okay.«

Mit dem Gedanken im Hinterkopf, dass Colleen Grantham und Mallory Evans neben ihrer Verbindung zu Kenny noch eine weitere Gemeinsamkeit gehabt hatten, fragte ich: »Nimmt Veronica irgendwelche Drogen?«

Shelbys Augen weiteten sich für einen Moment. »Nicht direkt«, antwortete sie leise. »Sie hat früher mal Gras geraucht, aber jetzt muss sie Lithium nehmen, deshalb verträgt sie so gut wie gar nichts mehr. Also raucht sie das Zeug auch nicht länger.«

»Hat sie einen Freund?«

»Nein.«

»Ist sie in jemanden verknallt? Vielleicht in einen älteren Mann?«

»Nur in Aaron.«

»Weißt du seinen Nachnamen?«

»Nein. Er arbeitet wie gesagt im Insomnia. So ein Typ mit langen Haaren und Piercing in der Lippe. Ich habe keine Ahnung, was sie an dem findet.«

»Denkst du, dass sie mit irgendwelchen anderen Leuten zu dem Konzert gegangen ist?«

»Nein. Hier in Belmont sind sowieso alle Scheiße. Sie hatte … sie war mal ziemlich beliebt, also auf jeden Fall beliebter als ich, bis ihre Stimmungsschwankungen am Ende der Zehnten richtig schlimm geworden sind. An einem Tag war sie total happy und hat im Klassenzimmer gesungen und getanzt, und am nächsten … Sie hatte so eine … eine kleine Rasierklinge in der Tasche, und damit hat sie … Sie wissen schon, damit hat sie sich manchmal verletzt, sich den Oberschenkel geritzt. Und ich wusste nicht, was ich tun sollte, weil sie nicht darüber reden wollte.« Shelby senkte den Blick auf die Tagesdecke ihres Betts. »Einmal waren wir zusammen mit ein paar anderen Leuten in der Shoppingmall, und sie hatte eine total üble Panikattacke und wurde mit dem Krankenwagen abtransportiert und so. Danach musste sie für den Rest des Schuljahrs in eine Klinik. Als sie wieder zurückkam, haben die anderen sie behandelt, als wäre sie irgendwie kaputt. Sie ist nicht *kaputt*, und verrückt ist sie auch nicht, das sind nur chemische Reaktionen in ihrem Hirn. Seitdem hängt sie eigentlich nur noch mit mir ab. Und sie … sie weiß, dass ich mir Sorgen um sie mache. Deshalb hat sie auch versprochen, dass sie immer an ihr Handy geht.« Shelby holte tief Luft und platzte dann heraus: »Ich liebe sie. Nicht nur wie eine gute Freundin.« Ihre Stimme war zittrig, verletzlich.

Ich schloss kurz die Augen. Das arme Mädchen. Man merkte ihr an, dass sie sich noch nie jemandem anvertraut hatte, nicht einmal Veronica. Ich dachte daran zurück, wie ich mich als Siebzehnjährige gefühlt hatte – jeder Fehltag von Catherine war mir vorgekommen wie das Ende der Welt. Für Shelby war die Situation ungleich schlimmer. Veronicas Verschwinden musste ihr vorkommen, als hätte jemand ihr ganzes Universum auf den Kopf gestellt. Ich wollte etwas Tröstliches zu ihr sagen und versuchte es mit: »Shelby, das ist vollkommen okay.«

Sie verbarg ihr Gesicht hinter den Händen und glaubte mir offensichtlich nicht. »Was ist okay?«

Ich holte tief Luft. Unglücklicherweise war ich noch nie jemand gewesen, der in einer solchen Situation die richtigen Worte fand, und im Moment war ich noch weniger dafür geeignet als je zuvor. »Ich will nicht wie die Sorgentante aus dem Schulfernsehen klingen, mit diesem ganzen Irgendwann-wird-es-besser-Mist«, begann ich. »Deshalb sage ich dir jetzt ehrlich, dass es immer der Horror ist, wenn man sich verliebt. Aber was die Sache mit der Vorliebe für Mädchen angeht, kann ich dir aus eigener Erfahrung versichern, dass es irgendwann tatsächlich besser wird.«

»Ich weiß nicht, was ich tun soll«, gestand sie. »Mein Dad – ich kann ihm das mit … mit Veronica nicht erzählen. Ich weiß, dass er im Moment nur an meine Mutter denken kann. Das ist so krank, was damals mit ihr passiert ist. Aber ich erinnere mich nicht mehr an sie, und ich will auch nicht solche Gedanken haben. Ich will rausgehen und nach Veronica suchen, und er lässt mich nicht. Er versteht gar nichts, und ich werde hier noch irgendwann verrückt, das schwöre ich.«

»Jetzt hör mir mal zu«, sagte ich. »Du wirst diese Sache durchstehen. Bleib einfach so ruhig, wie du kannst. Das ist viel verlangt, ich weiß, aber es hilft Veronica nicht, wenn du ganz krank wirst vor Sorge. Um alles andere kannst du dich kümmern, sobald wir sie gefunden haben.« Ich legte einen Optimismus in meine Stimme, den ich nicht empfand.

Sie antwortete nicht, nahm jedoch immerhin die Hände vom Gesicht.

»Und wenn du mir sagst, wo du nach ihr suchen willst, gehe ich an jeden einzelnen dieser Orte, Shelby.«

»Ich weiß ehrlich gesagt gar nicht, wo ich suchen soll«, flüsterte sie.

»Hast du ein aktuelles Foto von ihr?«

Shelby starrte einen Moment an die Wand und nickte dann. Sie griff nach ihrem Handy und drückte darauf herum. »Das hier habe ich neulich erst gemacht«, sagte sie und hielt mir das Display hin.

Das Foto war gut: Veronica im Supermarkt, wo sie im Gang mit der Thanksgiving-Dekoration stand und mit einem breiten Grinsen einen skurrilen silbernen

Keramik-Truthahn an ihre Brust drückte. Ihre rötlich lila gefärbten Haare waren zu Zöpfen geflochten, und sie trug wieder den Mantel mit dem Hermelinkragen.

»Schickst du mir das?«

Sie nickte und folgte meiner Bitte sofort.

»Ich muss jetzt ein paar Sachen erledigen«, erklärte ich, während mein Handy in meiner Tasche vibrierte, weil das von ihr abgeschickte Foto eingetroffen war. »Wenn du etwas Neues hörst, sag mir Bescheid. Ich komme später noch einmal bei euch vorbei.«

Genau das Gleiche hatte ich ihrem Vater versprochen. Endlich sah mich Shelby an. Ihre blaugrünen rotgeweinten Augen waren weit aufgerissen vor Sorge. »Danke, dass Sie mir helfen.«

Ich hätte gern widersprochen und ihr gesagt, dass sie mir lieber nicht zu früh danken sollte, aber ich ließ es bleiben. »Halte noch ein bisschen durch«, bat ich stattdessen.

Zurück im Auto wühlte ich im Handschuhfach nach einem Päckchen Aspirin, konnte es jedoch nicht finden. »Verdammt«, fluchte ich laut. Ich blickte zum Haus der Wexfords hinüber. Dort regte sich nichts, obwohl Meeks' Streifenwagen immer noch vor der Tür parkte. Ich nahm den Deckel von meinem längst erkalteten Tee und schnappte mir die Crown-Royal-Flasche vom Boden vor dem Sitz. Dann überlegte ich es mir anders und schob sie unter den Beifahrersitz zurück. Ich zog es vor, so zu tun, als hätte ich nicht gerade um neun Uhr morgens mit einem Drink geliebäugelt.

DREIUNDZWANZIG

Die Haushälterin der Brayfields machte mir das Tor auf und führte mich, nachdem ich das Haus betreten hatte, zum Fernsehzimmer, in dem wir den Großteil der letzten Nacht verbracht hatten. Kenny faulenzte in einem blauen Bademantel auf dem Sofa, in der Hand wieder einen seiner Teichwasser-Smoothies. »Hey, du bist es«, begrüßte er mich mit leicht heiserer Stimme. Er setzte sich auf und unterbrach seinen Zeichentrickfilm mit der Pause-Taste, wirkte dabei allerdings nicht besonders erfreut. »Was geht ab, hast du gestern Abend was vergessen?«

Ich hatte mir auf der Fahrt sorgsam zurechtgelegt, was ich alles zu ihm sagen wollte, aber als ich ihn mit seinem albernen Bademantel und seinen Cartoons sah, flippte ich aus und legte sofort los: »Was abgeht, ist, dass letzte Nacht ein weiteres Mädchen nicht nach Hause gekommen ist, Kenny.«

»Wovon redest du?« Er stellte seinen Smoothie ab und befühlte die Bartstoppeln an seinem Kinn.

»Mallory«, begann ich. »Sarah. Colleen. Und jetzt Veronica.«

»Wer ist Veronica?«

»Wohin bist du gestern Abend verschwunden?«

»Was?«

»Hör auf damit. Sag mir, wohin du gestern Abend gegangen bist.«

»Kenny, ist da drinnen alles in Ordnung?«

Sein Vater erschien mit misstrauisch zusammengekniffenen Augen in der Tür. Wieder würdigte er mich keines Blickes.

»Alles okay, Dad«, antwortete Kenny. »Wir unterhalten uns nur.«

Mr Brayfield verschwand wieder, aber ich hatte das ungute Gefühl, dass ich ihn heute nicht zum letzten Mal gesehen hatte.

»Gestern Abend hast du die Hälfte deiner eigenen Party verpasst«, sagte ich. »Wo warst du, verdammt noch mal?«

»Ich … was geht dich das eigentlich an? Ich musste noch was für die Arbeit erledigen. Ich bin Unternehmer, ich habe nie Feierabend.«

Ich machte ein paar weitere Schritte ins Zimmer hinein. »Wohin bist du verschwunden?«

Kenny setzte sich noch aufrechter hin und hielt sich vorne den Bademantel zu. »Meine Güte, was ist dein Problem? Ich habe dir doch schon gesagt, dass ich Arbeit erledigen musste. Ich habe eine Produktplatzierung überprüft. Bei mir gibt's immer was zu tun.«

»Immer was zu tun«, wiederholte ich. Am liebsten hätte ich ihn erwürgt. »Warum bist du dann jetzt nicht bei der Arbeit? Was tust du hier zu Hause?«

»Weil ich mich echt beschissen fühle«, schnauzte er zurück. »Die Gründe dafür kannst du sicher nachvollziehen. Außerdem verstehe ich wirklich nicht, was dich das zu interessieren hat.«

»Kenny, ich war in deinem *Haus*«, sagte ich und bereute, nicht erst ein paar Minuten durchgeatmet zu haben, bevor ich hergekommen war. Ich war auf hundertachtzig. »Hast du sie hier irgendwo versteckt?«

Jetzt sprang er auf die Füße. »Wovon zur Hölle redest du da?«

Ich widerstand dem Impuls, vor ihm zurückzuweichen, und änderte meine Taktik. »Warum hast du letzten Samstag gelogen, als ich dich nach Mallory Evans gefragt habe?«

»Was? Habe ich doch gar nicht!«

»Doch, Kenny. Du hast ganz zufällig unterschlagen, dass du früher mal mit ihr zusammen warst.«

»Danach hast du mich nicht gefragt!«

»Soll das ein Witz sein?«

»Nein, ich finde das alles hier absolut nicht witzig«, erwiderte Kenny.

»Ich auch nicht. Als ich dich am Samstag nach ihr gefragt habe, hast du so getan, als hättest du sie kaum gekannt. Das war eine Lüge.«

»Also gut. Ja, ich kannte sie.«

»Warum hast du das nicht gleich zugegeben?«

»Weil ich nicht gern über sie rede, okay?« Er marschierte im Zimmer auf und ab, die Hände hinter dem Kopf verschränkt.

»Nein, das ist nicht okay. Gib mir eine vernünftige Antwort.«

Er blieb stehen und drehte sich zu mir um. Seine

Augen waren ausdruckslos und kalt. Ohne das übliche fröhliche und etwas trottelige Lächeln war sein Gesicht kantig und streng. »Ich gebe dir gar nichts.«

»Wo ist Veronica?«, versuchte ich es noch einmal.

»Ich kenne keine Veronica.«

»Ist sie hier?« Ich ließ den Blick durch den Raum schweifen und erspähte durchs Fenster einen Teil der zweistöckigen Terrasse. »Vielleicht draußen?« Mir fiel die kleine Hütte ein, die ich am Vorabend gesehen hatte, die Sauna.

»Ich denke, du solltest jetzt besser gehen«, sagte er.

»Ich gehe nirgendwohin«, entgegnete ich, kurz bevor sich von der Küche her schwere Schritte näherten.

»Sie gehen sehr wohl, und zwar sofort«, befahl Jake Lassiter hinter mir.

Ich fuhr herum und sah den Polizeichef neben Mr Brayfield im Flur stehen. Die beiden schienen bereit zu sein, mich notfalls mit Gewalt aus dem Haus zu befördern. Ich war erst ein paar Minuten hier – dies war also ein neuer Negativrekord, was meine Aufenthaltsdauer in Belmont anging, bevor die hiesige Polizei eingriff.

»Ken, es war gut, dass Sie mich angerufen haben«, sagte Lassiter. »Miss Weary sorgt seit ungefähr einer Woche für Ärger in der Stadt, trotz etlicher Ermahnungen durch meine Männer. Ich entschuldige mich für die Unannehmlichkeiten. Sie wird sich jetzt auf den Weg machen.«

Ich öffnete den Mund, um zu protestieren, schloss ihn jedoch wieder, als ich Lassiters Gesichtsausdruck sah.

»Gehen wir, Miss Weary.«

Ich machte einen Schritt in Richtung Tür, und Lassiter nickte mir zu, als wollte er mich dafür loben. Aber ich drehte mich blitzschnell noch einmal mit meinem Handy zu Kenny um und schoss ein Foto von ihm.

»Was soll das?«, fragte er entrüstet.

»Okay, das reicht«, knurrte Lassiter. Er packte meinen Oberarm und zog mich in die Küche. Zu Kennys Vater sagte er: »Sie werden keine Probleme mehr mit ihr haben. Es tut mir sehr leid, Sir.«

Mr Brayfield sah seinen Sohn mit einer Mischung aus Verachtung und Sorge an. »Wovon hat sie da vorhin geredet, Kenny?«, fragte er.

»Von *nichts*. Mein Gott, Dad!« Was er danach noch sagte, bekam ich nicht mehr mit, weil mich Lassiter am Arm durch die Eingangshalle und anschließend durch die Haustür zerrte.

»Lassen Sie mich los!«, zischte ich und befreite meinen Arm.

Er trat dicht an mich heran und stieß mir seinen Zeigefinger ins Gesicht. »Was zum Teufel stimmt mit Ihnen nicht?«

Ich drängte mich an ihm vorbei und nahm Kurs auf mein Auto, doch er versperrte mir den Weg und packte wieder meinen Oberarm.

»Nehmen Sie Ihre Finger von mir. Sie haben gesagt, dass ich gehen soll, und ich gehe.«

»Was hatten Sie hier zu suchen?«

»Also was denn jetzt?«, fragte ich entnervt und hinterließ eine Atemwolke in der kalten Luft. »Wollen Sie, dass ich gehe oder dass ich mit Ihnen rede?«

»Sie können nicht einfach so mit Ihren Fragen in ein Haus platzen …«

»Niemand ist irgendwo reingeplatzt.«

»Hören Sie auf, mir zu widersprechen!«, befahl Lassiter. Er hatte immer noch nicht meinen Arm losgelassen. Der Polizeichef war einen Kopf größer und vierzig Kilo schwerer als ich, von seiner amtlichen Befugnis, mich für den Rest des Tages in eine Zelle zu sperren, ganz zu schweigen. Ich musste mich ihm geschlagen geben, zumindest für den Moment. Also hob ich kapitulierend die Hände, und er gab meinen Arm frei. »Gut. Warum sind Sie hier?«, wiederholte er seine Frage.

Ich rieb meinen Arm und spürte, dass sich dort bereits ein blauer Fleck zu bilden begann. »Veronica Cruz ist letzte Nacht nicht nach Hause gekommen.«

»Das ist mir bekannt.«

»Ich mache mir Sorgen, dass die Person, die Mallory Evans und Colleen Grantham im Wald vergraben hat, auch etwas mit ihrem Verschwinden zu tun hat«, erklärte ich. »Und ich glaube, dass diese Person Kenny Brayfield ist.«

Er lachte mich aus, als hätte ich gerade den schlechtesten Witz aller Zeiten zum Besten gegeben.

Es war mir egal, ob ihm gefiel, was ich zu sagen hatte. Ungerührt zählte ich ihm die Gründe für meinen Verdacht auf: »Der Fundort der Leichen grenzt an das Grundstück der Brayfields. Kenny hatte damals eine Beziehung mit Mallory. Er war mit Sarahs Freund befreundet. Und er ist der Arbeitgeber von Colleens Vater …«

»Belmont ist eine Kleinstadt«, winkte Lassiter verächtlich ab. »Hier ist jeder mit jedem verbunden.«

»Außerdem hat Kenny gelogen, als ich ihn neulich nach Mallory gefragt habe. Gestern Abend war er zu dem Zeitpunkt, als Veronica verschwunden ist, allein unterwegs. Und sein Vater hat ein bisschen sehr schnell bei Ihnen angerufen, als ich vorhin angefangen habe, ihm diesbezüglich Fragen zu stellen …«

Lassiter machte drohend einen Schritt auf mich zu. »Die Familie Brayfield hat einen Anspruch auf Polizeischutz vor herumschnüffelnden Fremden, genau wie jeder andere in dieser Stadt.«

Ich schüttelte frustriert den Kopf. Dieser Mann hatte die einzigartige Angewohnheit, immer genau auf das Falsche anzuspringen. »Nicht einfach nur auf Polizeischutz«, argumentierte ich, »sondern auf Sie persönlich. Hat Mr Brayfield vielleicht direkt bei Ihnen angerufen, damit Sie schnellstmöglich herbeieilen konnten?«

»Jetzt hören Sie mir mal zu«, sagte er und fuchtelte mit seiner Hand herum, als wollte er mich damit zum Schweigen bringen. Inzwischen hatte ich ihn offenbar wieder so weit, dass er sich einfach nur wünschte, ich möge verschwinden. »Sie glauben vermutlich, dass Ihre Aktionen irgendwie hilfreich sind, aber wir wollen hier weder Ihre Hilfe noch brauchen wir sie. Wir werden selbst herausfinden, wo Veronica steckt, werden sämtliche Ressourcen ausschöpfen, um den Mord an Colleen aufzuklären, und wir werden uns noch dazu um die vielen anderen kleinen Polizeiaufgaben kümmern, die jede Woche in Belmont anfallen. Und das alles ganz ohne Ihre Beteiligung. Diese angebliche Verbindung, an die Sie sich da klammern, existiert nicht.«

»Sie haben mir überhaupt nicht richtig zugehört«, sagte ich.

»Fahren Sie zurück nach Columbus«, schloss Lassiter seine Strafpredigt. »Hier gehören Sie definitiv nicht hin.«

Ich hätte ihm zu gern verständlich gemacht, dass es nicht darum ging, wohin ich gehörte. Andererseits ging es vielleicht doch darum, und in dem Fall war ich froh, nicht nach Belmont zu gehören. Nachdem ich Lassiter umrundet hatte, stieg ich ins Auto. Wenn ich mit meiner Theorie recht hatte, würde sie sich auch irgendwie beweisen lassen. Es mochte so gut wie unmöglich sein, nach derart langer Zeit die Wahrheit über das Schicksal von Sarah Cook, ihren Eltern und den anderen jungen Frauen herauszufinden, aber Veronica hatte ich erst gestern noch gesehen. Auch wenn ich keine zahlende Klientin mehr hatte, die Antworten von mir erwartete – nach allem, was ich hier in Belmont bereits zutage gefördert hatte, war ich es mir selbst schuldig, diese Antworten zu finden.

Das Insomnia war ein gemütliches kleines Café mit dunkelblauen Wänden, gelben Teppichen auf abgenutztem Parkettboden und originellem, aus vielen verschiedenen Stühlen und Tischen bestehendem Mobiliar. Es war offensichtlich, warum sich Veronica mit ihren experimentellen Outfits hier wohlfühlte. »Poster of a

Girl« von Metric dröhnte in einer Lautstärke aus den Boxen, die für die Vorstadtlage und die frühe Stunde – inzwischen war es elf Uhr vormittags – ein wenig übertrieben wirkte, aber die vereinzelt herumsitzenden Gäste schien es nicht zu stören. Während ich an der Verkaufstheke stand und darauf wartete, dass jemand Notiz von mir nahm, betrachtete ich das Gebäck in der Auslage: jede Menge Muffins und Cupcakes, einige mit einem kleinen Kärtchen als vegan gekennzeichnet. Ich musste dem Drang widerstehen, mich auf die Glasvitrine zu stützen und den Kopf auf die Arme zu legen. Sie hätte genau die richtige Höhe gehabt.

»Wenn Sie sich nicht entscheiden können, sollten Sie auf jeden Fall den Chocolate Chip Muffin nehmen.« Eine Café-Mitarbeiterin erschien aus dem Hinterzimmer und wischte sich die Hände an ihrer Schürze ab. Sie hatte grünlich blau gefärbte Haare und ein verschnörkeltes Tattoo auf der Brust, das unter der Schürze hervorlugte. »Die backen wir hier jeden Tag frisch. Na ja, das gilt eigentlich für alles, aber der Chocolate Chip Muffin ist der beste.«

»Heute nicht«, sagte ich. Obwohl ich mein fettiges Sandwich nach Shelbys frühmorgendlichem Anruf beiseitegelegt hatte, glaubte ich nicht, schon wieder etwas essen zu können. »Könnte ich einfach einen Pfefferminztee bekommen?«

»Klar.«

Sie wandte sich ab und goss heißes Wasser in einen angeschlagenen Becher.

»Arbeitet eigentlich Aaron heute?«, fragte ich.

»Ja, aber der hat gerade ein Bewerbungsgespräch. Er ist der Geschäftsführer.«

»Haben Sie gestern Abend gearbeitet?«

Die junge Frau drehte sich zu mir um und sah mich neugierig an. »Ja, warum?«

Ich zog mein Handy aus der Tasche und rief das Foto von Veronica auf. »Wissen Sie noch, ob Sie dieses Mädchen gesehen haben?«

Sie blickte auf den Bildschirm. »Die ist ständig hier«, sagte sie. »Keine Ahnung, ob sie gestern Abend auch da war. Der Laden war brechend voll, überall Mädchen in ihrem Alter. Aarons Band ist ziemlich beliebt.«

»Hab ich mir schon gedacht.« Ich hoffte, dass die junge Frau nur ein schlechtes Gedächtnis hatte, hoffte, dass Veronica tatsächlich hier gewesen war, hoffte, dass sie die ganze Nacht irgendwo mit Aaron in seinem Auto gesessen und geredet hatte. Dass es immer noch Aussicht auf eine harmlose Erklärung gab. »Sie ist letzte Nacht nicht nach Hause gekommen, und ich versuche, sie zu finden«, erklärte ich.

Die Café-Mitarbeiterin hängte einen Teebeutel in den Becher und schob ihn mir hin. »Scheiße«, sagte sie und dann: »Warten Sie, sind Sie ihre Mutter?«

»Nein«, antwortete ich schnell. »Definitiv nicht.« Dass ich irrtümlich für einen Cop gehalten wurde, war ich gewohnt, aber nicht, dass man mich für eine Mutter hielt. »Nur eine Freundin der Familie. Was ist mit dem hier, haben Sie den gesehen?« Ich zeigte ihr den Schnappschuss, den ich von Kenny gemacht hatte.

Die junge Frau lachte. »Hat der Typ etwa einen Bademantel an?«

Ich brauchte unbedingt ein besseres Foto von Kenny. »Gestern Abend hätte er den natürlich nicht angehabt.«

»Nein, den Kerl habe ich noch nie gesehen.«

Hinter mir hatte sich eine kurze Schlange gebildet, deshalb trat ich beiseite. »Wenn Aarons Bewerbungsgespräch vorbei ist, könnten Sie ihm dann sagen, dass ich gerne kurz mit ihm sprechen würde?«

Die Café-Angestellte nickte. Ich nahm meinen Teebecher und setzte mich in einen abgewetzten Ledersessel, der aus einer Zeit stammte, als Sitzmöbel noch nicht mit möglichst billigem Synthetikmaterial gepolstert worden waren. Mit meinem Handy suchte ich online nach Kenny Brayfield, in der Hoffnung, ein Foto von ihm aufzutreiben, auf dem er etwas anderes trug als einen Bademantel. Auf der Website von Next Level Promotions fand ich ein Foto von ihm, auf dem er einen Blazer anhatte und wie ein vollkommen anderer Mensch aussah. Sein Facebook-Profilbild zeigte nur seine Augen, und seine restlichen Fotos waren lediglich für Freunde sichtbar. Aber im Instagram-Account von Next Level Promotions entdeckte ich ein annehmbares Foto von Kenny, wie er grinsend vor einem Turm aus Wodkaflaschen stand. Ich machte einen Screenshot davon. Er sah aus wie ein verhaltensauffälliger Minderjähriger, ein harmloser Unruhestifter. Vielleicht war genau das seine Masche. Vielleicht gingen die Mädchen freiwillig mit ihm mit, mit diesem charmanten reichen Söhnchen, das sie schon eine Ewigkeit kannten und das sie in seinem Auto mitnahm oder ihnen einen Drink anbot oder was auch immer.

Die Verbindung zu Mallory und Sarah war eindeutig – er hatte beide gut gekannt. Bei Colleen Grantham war ich mir nicht so sicher, da ich nicht wusste, ob Curtis seinem Boss je seine Tochter vorgestellt hatte oder ob er zu der Zeit überhaupt schon bei Next Level gearbeitet hatte. Colleen war ungefähr zehn Jahre jünger gewesen als Kenny, doch es war nicht unwahrscheinlich, dass die beiden dennoch einen Berührungspunkt gehabt hatten, nämlich Belmonts Drogenszene. Veronica bildete das größte Fragezeichen – woher kannte Kenny sie? Mir kam der finstere Gedanke, dass Kenny Mallorys Tochter womöglich all die Jahre im Auge behalten und Shelby und Veronica zusammen gesehen hatte. Eine verrückte Theorie, selbst nach meinem Dafürhalten. Aber es gab nun einmal zu viele Übereinstimmungen, als dass es sich noch um Zufälle hätte handeln können. Hinzu kam Mr Brayfields direkter Draht zu Jake Lassiter. Brad hatte mir erzählt, dass Kenny als Teenager oft ungeschoren davongekommen war, weil sein Vater stinkreich war. Daran schien sich bis heute nichts geändert zu haben.

Nichts außer der Art seiner Vergehen.

Ich trank einen Schluck von meinem Tee und schnappte erschrocken nach Luft, als die kochend heiße Flüssigkeit meine Kehle berührte. In diesem Moment kam ein junger Mann mit Uniformschürze herüber und setzte sich mir gegenüber. Er sah aus wie neunzehn, wirkte verschlafen und hatte schwarz gefärbte Haare, die aussahen, als hätte er sie mit einer Socke zusammengebunden.

»Hi«, sagte er. »Ich bin Aaron. Maura meinte, dass Sie mit mir sprechen wollen.«

Ich räusperte mich und setzte mich aufrecht hin. »Ich bin Privatdetektivin«, erklärte ich und hielt ihm mein Handy hin. »Und ich suche dieses Mädchen, sie war gestern auf Ihrem Konzert. Haben Sie sie gesehen?«

Aaron blickte auf das Foto hinab. »Veronica, oder?«, fragte er.

»Ja«, antwortete ich und wurde sofort ein wenig munterer. Ich wertete es als gutes Zeichen, dass sie es offenbar zum Konzert geschafft hatte, auch wenn sie weiterhin verschwunden blieb. »Sie war also hier?«

Er verzog grübelnd den Mund. »Ich *glaube* nicht. Jedenfalls habe ich nicht mit ihr geredet. Sie ist bei vielen Konzerten von mir, und normalerweise kommt sie hinterher zu mir und sagt kurz Hallo. Aber gestern war so viel los, keine Ahnung, ob sie da war.«

Ich zeigte ihm Kenny. »Okay. Und was ist mit dem?«

»Nein, der war nicht beim Konzert. Ich kenne ihn trotzdem, weil er mal im Café war und einen Flyer ans Schwarze Brett hängen wollte, Werbung für irgend so einen aromatisierten Wodka. Ich habe ihm gesagt, dass der Aushang nur für kulturelle Veranstaltungen ist.«

Das klang ganz nach Kenny. »Danke«, sagte ich. »Mehr wollte ich gar nicht wissen.«

Als er Anstalten machte aufzustehen, fügte ich hinzu: »Warten Sie, eins noch: War die Polizei hier, um mit Ihnen zu sprechen?«

»Die Polizei?«

Ich nickte.

»Nein.«

Er ging davon, und ich trank meinen Tee aus, ohne Geschmack oder Temperatur wahrzunehmen. Es war mehrere Stunden her, dass Shelby Meeks darüber informiert hatte, wo Veronica gestern Abend gewesen sein könnte. Die Polizei hätte den Hinweis immerhin überprüfen und sich das Café ansehen müssen. Wenn es um *meinen* Verbleib ging, war sie blitzschnell, aber bei einem verschwundenen Mädchen ließ sie sich Zeit. Ich brachte meinen Becher zurück zum Tresen und ging nach draußen. Die Belmont Police mochte zu faul sein, um nach Veronica zu suchen, ich war es ganz sicher nicht.

VIERUNDZWANZIG

Das Insomnia befand sich in einem kleinen Einkaufszentrum mit einem Supermarkt, einer Reinigung, einem Nachhilfestudio, einem Zahnarzt, einer kleinen, heruntergekommenen Bar namens The Varsity Lounge und einem Friseursalon. Mit Ausnahme des Supermarkts und der Bar waren sämtliche Geschäfte am Montagabend geschlossen gewesen. Ich betrat sie dennoch alle, fragte nach Überwachungskameras und zeigte meine beiden Fotos vor. In der Reinigung, dem Nachhilfestudio, dem Friseursalon und der Zahnarztpraxis gab es keine Kameras, zumindest keine, die zum Parkplatz hin ausgerichtet waren. Der Supermarkt war zwar mit Kameras ausgestattet, aber dort durfte man mir die Bänder ohne richterliche Anordnung oder eine schriftliche Genehmigung der firmeneigenen Sicherheitsabteilung nicht zeigen. Die Varsity Lounge hingegen besaß zum Parkplatz weisende Kameras und hatte keine derart strengen Richtlinien. Ich bot dem Barkeeper zwanzig Dollar, wenn er mich einen Blick auf die Bänder werfen ließ.

»Ich weiß nicht«, sagte er zögernd.

Die zwanzig Dollar waren bereits in seiner Tasche verschwunden, wir hatten also einen unausgesprochenen

Vertrag miteinander geschlossen. Ich wartete. Er wartete ebenfalls. Das hieß, dass er mit den Vertragsbedingungen grundsätzlich einverstanden war und es nur auf den Preis ankam. Ich öffnete meinen Geldbeutel und zog einen weiteren Zwanziger heraus.

»Ich könnte *richtig* Ärger kriegen deswegen«, sagte der Barkeeper. Er war ein großer, kräftiger Kerl mit einem buschigen roten Bart. Ich nahm es ihm nicht ab, dass er sich von irgendjemandem Ärger machen ließ. Trotzdem fügte ich noch einen Zehner hinzu. Das war alles, was ich an Bargeld dabeihatte.

»Das hier oder nichts.«

»Okay«, sagte er.

Das Büro der Bar war ein kleiner Lagerraum, in dem sich Bierfässer und Papiere stapelten. »Fassen Sie sonst bitte nichts an«, warnte er mich wichtigtuerisch und stupste die Computermaus an, um den Rechner zum Leben zu erwecken. »Hier hinten liegen Gehaltsabrechnungen rum.«

»Sie haben sich gerade von mir bestechen lassen«, erwiderte ich. »Also seien Sie ein bisschen netter.«

Nachdem er gegangen war, setzte ich mich an den Computer. Der Monitor war schon älter und hatte eine ruckelige Bildfrequenz von ungefähr fünf Bildern pro Sekunde, aber die Bedienfläche war unkompliziert. Ich klickte mich durch den Ordner mit den Video-Dateien von gestern. Es gab sechs Kameras in der Bar: zwei auf dem Gehweg, die einander gegenüber installiert waren, sodass ich mehrere Meter in beide Richtungen blicken konnte; zwei im Inneren der Bar, eine vorne und eine hinten; und zwei, die zum Hinterhof wiesen. Ich konzentrierte mich auf die Gehwegkameras und begann mit sieben Uhr abends. Veronica war um halb acht bei Shelby aufgebrochen, und obwohl das Konzert im Insomnia erst um zehn begonnen hatte, bestand immerhin die Möglichkeit, dass sie schon früher zum Einkaufszentrum gegangen war, um sich dort irgendwo die Zeit bis zum Konzertbeginn zu vertreiben. Ich rechnete nicht mit einem glasklaren Bild von Kenny, wie er Veronica in seinen nagelneuen Lexus lockte, aber ich hoffte, zumindest etwas zu entdecken, das mir die Aufstellung eines genaueren zeitlichen Ablaufs ermöglichte, etwas, was die Polizei von Belmont nicht einfach ignorieren konnte.

Um 20.10 Uhr erfüllte sich mein Wunsch: Kenny Brayfield kam den Gehweg entlang und betrat die Bar.

»Heilige Scheiße«, murmelte ich.

Ich spürte, wie sich mein Kiefer anspannte, als ich die im Inneren der Bar angebrachten Überwachungskameras aufrief und beobachtete, wie Kenny zu dem bärtigen Barkeeper ging, auf etwas zeigte und den Kopf schüttelte. Der Barkeeper zuckte mit den Schultern und wandte sich ab. Ein oder zwei Minuten später verließ Kenny die Bar wieder.

Ich kehrte zu den Außenkameras zurück und sah, wie er in die Richtung ging, aus der er gekommen war. Das war alles.

Ich spielte die Aufnahmen im Schnelldurchlauf weiter ab und sah mir innerhalb der nächsten dreißig Minuten drei Stunden des montagabendlichen Barbetriebs an. Dann stand ich auf und marschierte zurück in den Schankraum, wo ich noch einmal das Foto von Kenny auf meinem Handy hochhielt. »Sie haben doch gesagt, Sie hätten ihn nicht gesehen«, sprach ich den Barkeeper an.

Er schälte gerade eine Orange für jemanden, dem offenbar nach einem vornehmeren Drink zumute war, und hielt in der Bewegung inne, um sich das Bild anzuschauen. »Habe ich auch nicht.«

»Haben Sie wohl«, widersprach ich. »Er ist gestern Abend hier reinmarschiert, und Sie haben mit ihm geredet. Das beweist die Kamera. Wahrscheinlich ging es um einen Zimtwodka mit Blattgold.«

»Ach«, sagte er. »Der Typ.«

»Ja, der Typ.«

»Er wollte wissen, warum sein Wodka nicht ganz oben im Regal steht. Weil niemand, der in diese Bar kommt, diese Scheiße bestellt, habe ich ihm geantwortet.«

»Das war's?«

»Das war's«, bestätigte er. »Er meinte, er hätte mit dem Inhaber über die Platzierung geredet, *Platzierung*, das war seine Formulierung. Was auch immer, habe ich nur geantwortet, wir haben hier zu tun, also zieh Leine.«

»Ich dachte, Barkeeper vergessen nie ein Gesicht.«

»Nein, wir vergessen nie eine *Bestellung*. Gesichter, pah.«

Ich sah ihm dabei zu, wie er den bestellten Old-Fashioned mit einem großzügigen Schuss Whiskey fertigstellte. Als er die Flasche fragend in meine Richtung neigte, schüttelte ich den Kopf. »Okay«, sagte ich und scrollte zurück zu dem Foto von Veronica. »Wenn dieses Mädchen nichts bei Ihnen bestellt hätte, würden Sie sich also auch nicht an sie erinnern?«

Der Barkeeper widersprach: »Doch, an sie schon. Heiße Braut. Ich meine, Sie sind auch nicht schlecht, aber …«

»Sie ist siebzehn«, teilte ich ihm mit. Mir war nicht nach Flirten. »Und sie wird vermisst. Schauen Sie sich das Foto noch mal genau an. Sind Sie sicher, dass sie nicht hier war?«

Er starrte auf mein Handy. »Absolut.«

Ich ging in den Lagerraum zurück und sichtete weiter die Videoaufnahmen, erreichte jedoch die bezirksweite Sperrstunde um zwei Uhr morgens, ohne Kenny oder Veronica oder sonst irgendetwas Außergewöhnliches zu entdecken. Dann kehrte ich noch einmal zu Kennys Auftauchen auf dem Gehweg zurück, schob den USB-Stick, der an meinem Schlüsselbund hing, in den Rechner und kopierte die Datei. Kenny hatte mich vorhin nicht direkt angelogen – er hatte tatsächlich etwas für die Arbeit erledigt. Doch diese Arbeit hatte ihn verdammt nah an Veronicas vermutlichen Aufenthaltsort geführt.

Ich brauchte deutlich mehr Beweise, um erneut mein Glück bei Lassiter versuchen zu können, aber wenigstens konnte niemand behaupten, diese Videoaufnahmen würden nicht existieren.

Ich ließ mein Auto, wo es war, und überquerte den Parkplatz zu einem kleinen Wäldchen an dessen hinterem Ende. Auf dem lehmigen, grasbewachsenen Boden war ein deutlich sichtbarer Pfad ausgetreten, offenbar von den Leuten, die regelmäßig diese Abkürzung nahmen, genau wie Shelby gesagt hatte.

Ich folgte dem Pfad durch die Bäume und fand mich jenseits des Wäldchens im Garten eines gelben Hauses wieder. Der Himmel war grau verhangen und die Luft feucht. Es war niemand zu sehen, nur ein deutscher Schäferhund beobachtete misstrauisch, wie ich den leicht ansteigenden Garten erklomm. Als ich den Gehweg erreichte, erkannte ich, dass ich mich am hinteren Ende der Providence Street befand. Etwa ein Dutzend Häuser entfernt standen zwei Streifenwagen der Belmont Police vor dem Haus der Wexfords. Keiner der Beamten schien draußen Wache zu halten, deshalb stieg ich kurz entschlossen die Verandatreppe des gelben Hauses hinauf und klopfte an die Tür.

Wenig später waren Lebenszeichen zu hören – jemand schlurfte durchs Haus, eine Tür schlug zu, dann folgte ein längerer Zeitraum, in dem sich derjenige am Türschloss zu schaffen machte. Schließlich stieß ein alter Mann in kariertem Hemd schwungvoll die Tür auf und starrte mich unfreundlich an, wobei er sich schwer auf einen Gehstock stützte. »Sind Sie gerade durch meinen Garten gegangen?«, blaffte er.

»Bin ich«, räumte ich ein. »Entschuldigen Sie. Machen die Leute das öfter?«

»Andauernd. Ich bin es verdammt noch mal leid.«

Ich zeigte ihm das Foto von Veronica. »Dieses Mädchen auch?«

Er grapschte nach meinem Handy und hielt es sich wenige Zentimeter vors Gesicht. »Oh ja, und wie«, knurrte er. »Die wohnt hier in der Straße, glaube ich.«

»Stimmt. Was ist mit gestern Abend, haben Sie sie da gesehen?«

»Gestern Abend?« Seinem Ton nach zu urteilen, hätte ich ihn genauso gut nach letztem Monat fragen können.

»Ja, so gegen halb acht oder acht?«, hakte ich nach. Ich spürte, dass seine Aufmerksamkeit erlahmte, und fügte daher hinzu: »Sie machen den Eindruck, als hätten Sie alles, was hier in der Gegend passiert, genau im Blick.«

Das schien ihm zu schmeicheln. »Gestern Abend?«, fragte er noch einmal.

Ich lächelte höflich und wartete, während er über meine Frage nachdachte.

»Direkt nach dem *Glücksrad.*« Er nickte. »Also um 19.55 Uhr. Da kam jemand vorbei. Der Bewegungsmelder ist angegangen.«

»Und das war dieses Mädchen?«

»Ich würde nicht darauf wetten, aber ich glaube schon. Ihre Haare stehen ja regelrecht in Flammen, wenn der Scheinwerfer darauf fällt.«

Veronica hatte also vermutlich gegen acht den Trampelpfad durch das Wäldchen genommen. Um Viertel nach acht war Kenny aus der Varsity Lounge gekommen. Die Pfade der beiden hatten sich demzufolge höchstwahrscheinlich gekreuzt. Ich hatte keine Ahnung, was danach passiert war, ich wusste nur, dass Veronica es allem Anschein nach nicht ins Insomnia geschafft hatte und dass Kenny erst um zehn wieder zu Hause gewesen war.

Ich probierte es auch bei den umliegenden Häusern, erhielt jedoch meist keine Reaktion auf mein Klopfen – die Bewohner waren entweder noch bei der Arbeit oder versteckten sich vor mir. Ich konnte es ihnen nicht verübeln. Als es zu regnen begann, machte ich mich auf den Weg zu Shelby und Joshua. Die beiden Streifenwagen vor Veronicas Haus hatten sich nicht vom Fleck bewegt, aber ich sah, dass einer der Polizisten inzwischen am Steuer saß und drauf und dran war davonzufahren. Jedenfalls, bis ich mich näherte. Als er mich entdeckte, stieg er aus. Es war Pasquale, der Muskelprotz, der mir letzte Woche an der Tankstelle das Leben schwergemacht hatte.

Ich hob beschwichtigend die Hände, während ich die Treppe zur Veranda der Evans' hochging. *Nicht schießen.* Pasquale sprang nicht auf meinen Scherz an. Sein Gesichtsausdruck verriet, dass er bereits von meiner Begegnung mit Lassiter gehört hatte. »Ma'am, die Situation ist unter Kontrolle.«

Ich glaubte nicht eine Sekunde, dass hier irgendetwas unter Kontrolle war, wollte jedoch keine Zeit verlieren, indem ich erneut mit der Belmont Police diskutierte. »Ich weiß«, sagte ich und klopfte an die Haustür. »Ich besuche nur einen Freund.«

»Ach so, einen Freund?«, wiederholte Pasquale skeptisch.

Zum Glück machte genau in diesem Moment Shelby

die Tür auf und bat mich herein. Ich widerstand der Versuchung, über die Schulter zu blicken und Pasquale die Zunge herauszustrecken, und folgte Shelby ins Haus. Joshua saß in seinem Sessel und telefonierte, hob jedoch grüßend die Hand, als er mich sah. Beide wirkten ein wenig entspannter, was die Frage aufwarf, welche Erklärung die Polizei ihnen wohl inzwischen für Veronicas Abwesenheit aufgetischt hatte.

»Er redet mit meiner Oma«, erklärte Shelby, während wir den engen Flur entlang zu ihrem Zimmer gingen. »Sie wohnt in Indiana. Er will, dass wir dort hinfahren und eine Weile bei ihr wohnen, aber ich will nirgendwohin. Ich will hierbleiben.« Sie setzte sich auf ihr Bett und drehte ihren Laptop um, damit ich den Bildschirm sehen konnte. »Ich entwerfe gerade ein Vermisst-Plakat. Keine Ahnung, was ich sonst noch tun könnte. Dad hat mit den Polizisten gesprochen, und die meinen, dass wir daheim bleiben sollen, für den Fall, dass Veronica nach Hause kommen will und sich nicht traut, weil bei ihr die Polizei vor der Tür steht.«

»Ah, okay«, sagte ich. Für diesen brillanten Einfall war garantiert Lassiter verantwortlich, darauf hätte ich jederzeit gewettet. Im Grunde war es egal, es gab ohnehin nichts, was Shelby hätte tun können. Ich betrachtete nickend ihr Plakat. »Sieht echt gut aus. Hör mal, ich zeige dir jetzt ein Foto, und du sagst mir, ob du die Person darauf kennst, ja?«

»Ist gut.«

Ich zeigte ihr das Bild von Kenny, und sie nickte sofort.

Mir schlug das Herz bis zum Hals. »Du kennst ihn?«

»Ich glaube, er wohnt hier irgendwo«, sagte Shelby. »Ich sehe ihn manchmal vorbeifahren.«

Mein Mund war plötzlich staubtrocken. Kenny wohnte keineswegs in der Nähe von Shelbys Straße, sondern auf der East Side. »Shelby, wann hast du ihn das letzte Mal vorbeifahren sehen?«

Darüber musste sie kurz nachdenken. »Wir haben ihn am Freitag gesehen, glaube ich. Ja, Freitag. An dem Tag, als Sie das erste Mal bei uns waren.«

»Hast du je mit ihm geredet?«

»Nein.«

»Und Veronica?«

»Auch nicht. Jedenfalls nicht, wenn ich dabei war. Das ist nur so ein Mann.«

Falsch. Er war nicht nur so ein Mann. Kenny trieb sich anscheinend oft genug auf Shelbys Straße herum, dass er ihr aufgefallen war. Ich würde nicht zulassen, dass die Belmont Police weiterhin so tat, als gäbe es keinen Anlass einzugreifen.

»Warum?«, fragte Shelby. »Wer ist dieser Kerl?«

»Das weiß ich noch nicht«, antwortete ich. Ich fuhr mir mit der Hand durch die Haare und atmete tief durch. »Du hörst doch auf deinen Vater und bleibst zu Hause, oder?«

Sie nickte.

»Gut.«

FÜNFUNDZWANZIG

Von der Clover Road aus, der Hauptgeschäftsstraße von Belmont, konnte ich direkt bis zum Anwesen der Brayfields blicken. Ein Polizeiauto war wie eine Warnung vor dem Tor geparkt. Ich fuhr daher an Kennys Wohnstraße vorbei und bog stattdessen in die Zufahrtsstraße zum Aussichtspunkt ein. Es hatte sich eingeregnet, und der Regen prasselte schräg gegen meine Windschutzscheibe, als ich am hinteren Ende des Brayfield-Grundstücks am Straßenrand hielt. Durch den schmiedeeisernen Zaun war das riesige Haus gut zu erkennen. Ich zog meine Lederjacke aus, schlüpfte in meinen Regenmantel, packte Handy und Schlüssel in dessen Taschen und holte in letzter Minute auch noch meinen Revolver aus dem Handschuhfach, darauf hoffend, dass diese Entscheidung mir keinen Ärger einbringen würde. *Noch* mehr Ärger. Ich ließ den Magnetverschluss meines Pistolenholsters auf Höhe meiner rechten Hüfte zuschnappen und zog mir die Kapuze über die Haare.

Wahrscheinlich sah ich aus, als würde ich nichts Gutes im Schilde führen, was ja auch stimmte. Ich hatte keine Ahnung, wie die Situation derart hatte eskalieren können. Danielle Stockton hatte mich engagiert, um die Frau aufzuspüren, die sie an der Tankstelle gesehen hatte. Zugrundeliegendes Ziel war die Rettung ihres Bruders vor der Todesstrafe, und bei der Verfolgung dieses Ziels hatte ich mich immer weiter in ein fatales Labyrinth vorgewagt. Am liebsten hätte ich auf dem Absatz kehrtgemacht und die Flucht ergriffen, doch das ging nicht. Veronica Cruz war verschwunden, und ich hatte allen Grund zu der Annahme, dass Kenny wusste, wohin. Ich blickte am respekteinflößenden Zaun seines Grundstücks empor. Es hätte mich nicht gewundert, wenn er zum Leben erwacht wäre und versucht hätte, mich zu vertreiben. Ich würde ja den Vordereingang nehmen, wenn ich könnte, sagte ich mir. Aber das ging leider nicht mehr. Und irgendetwas musste passieren. Wenn die Belmont Police nicht bereit war, überall nach Veronica zu suchen – ich war es auf jeden Fall.

Kurz entschlossen stieg ich aus dem Auto und erklomm die leichte Anhöhe zum Zaun. Er bestand aus quadratischen Eisenpfosten, die im Abstand von ungefähr fünfundzwanzig Zentimetern in den Boden gerammt waren. Die Pfosten waren gut zweieinhalb Meter hoch und liefen nach oben spitz zu. Der Zaun war offenbar schon älter, das Eisen rostete bereits an den Kanten. Ich spähte zum Haus hinüber, das etwa hundert Meter entfernt lag. Über dem Schwimmbad brannte ein Licht, dessen trüber Schein durch die raumhohen Fenster nach draußen fiel. Das Anwesen war riesig; es bot unendlich viele Orte, an denen man einen Menschen hätte verstecken können. Traf dieses

Szenario zu? War Veronica bereits im Haus gewesen, als ich betrunken aus dem Fenster der Schwimmhalle geblickt hatte? Ich lehnte meine Stirn gegen den Zaun. Falls es so war, würde ich mir das nie verzeihen. Es gab nur eine Möglichkeit, es herauszufinden.

Ich überlegte, ob ich mich zwischen den Zaunpfählen hindurchzwängen konnte, und stellte probeweise einen Fuß in den Garten. Weiter kam ich nicht, weil ich hinter mir ein leises Knarren hörte. Der Dienstgürtel eines Polizisten war der einzige Gegenstand, der dieses Geräusch machte. Ich zog meinen Fuß zurück, drehte mich um und erblickte Jack Derrow wenige Meter unterhalb von mir an der Böschung. Sein Gesicht lag teilweise im Schatten seiner Kapuze. Irgendwie ließ ihn sein Regenmantel größer erscheinen, als er war.

»Wir müssen aufhören, uns auf diese Weise zu begegnen«, sagte er. »Sie wissen, dass das hier ebenfalls Privatbesitz ist, oder?«

»Ich weiß«, erwiderte ich und überlegte, ob er mir helfen würde, wie er es am Sonntag getan hatte. Sein Gesichtsausdruck verriet jedoch, dass Lassiter ihn bereits auf den neuesten Stand gebracht hatte. Am besten ging ich einfach zurück zum Auto und wartete, bis er wieder weggefahren war. »Ich wollte gerade gehen.«

Ich machte einen Schritt die Böschung hinunter, aber er stellte sich mir in den Weg.

»Ich fürchte, Sie haben Ihren Joker neulich schon verspielt«, sagte er. Sein Lächeln war verschwunden. »Ich muss Sie bitten, die Hände über den Kopf zu nehmen.«

»Ehrlich, ich bin schon auf dem Rückzug ...«

»Ich verhafte Sie wegen unbefugten Betretens von Privatbesitz«, verkündete Derrow. »Hände über den Kopf.«

»Das ist ein geringfügiges Vergehen, reicht da nicht eine Verwarnung?«, fragte ich. Eine Welle der Panik ergriff mich. Ich konnte Veronica nicht mehr helfen, wenn ich verhaftet wurde, ein Punkt, über den ich vermutlich vorher hätte nachdenken sollen.

»Ich mache die Gesetze nicht. Nehmen Sie die Hände über den Kopf.«

Ich atmete langsam aus und schüttelte ungläubig den Kopf, tat jedoch, was er von mir verlangte.

Derrow drehte mich um und stellte sich hinter mich, so dicht, dass er mir auf die Fersen trat. Ich hörte ihn atmen. »Tragen Sie irgendetwas bei sich, von dem ich wissen sollte?«

»Handfeuerwaffe, rechte Hüfte«, knurrte ich.

Schon spürte ich seine Hände an meinem Oberkörper, an dem sie entlangfuhren, um nach dem Reißverschluss meines Mantels zu fassen. Ich nahm reflexartig eine Hand herunter, um die Kragenenden zuzuhalten.

»*Keine* Bewegung«, ermahnte mich Derrow routiniert. Er rammte mir den Ellbogen zwischen die Schulterblätter und stieß mich mit dem Gesicht gegen den Zaun. Mein Wangenknochen prallte gegen einen Eisenpfosten, und das raue, rostige Metall riss mir die Haut auf.

Derrow bohrte mir weiter seinen Ellbogen in den Rücken, während er mit der anderen Hand in meinen

Mantel griff und beim Öffnen des Pistolenholsters mit den Fingern die nackte Haut meiner Hüfte streifte.

»Sie tun mir weh«, beschwerte ich mich.

»Nein, tue ich nicht«, widersprach er. »Haben Sie eine Genehmigung für das verdeckte Tragen von Waffen, oder haben wir hier einen weiteren Anklagepunkt?«

»Ich habe eine Genehmigung«, blaffte ich. Der Regen fing bereits an, mein Shirt zu durchnässen.

»Man muss Gott auch für die kleinen Dinge danken, nicht wahr?«, sagte Derrow. Er zog mir die Kapuze vom Kopf und tastete mich weiter ab. »Ich werde Ihnen jetzt Handschellen anlegen, und dann bringen wir Sie auf die Wache.«

»Und dann was?«, fragte ich, während er meine Hände nach unten riss, sie auf Höhe meines Kreuzes festhielt und ein Paar unangenehm kalte Handschellen um meine Handgelenke schloss.

»Ich denke, das hängt von Ihnen ab«, antwortete Derrow.

»Was soll das heißen?«, fragte ich. Inzwischen lief mir der Regen das Gesicht hinunter. Mein Wangenknochen brannte, und ich schmeckte Blut.

»Das soll heißen, dass Sie vielleicht besser anfangen, sich zu benehmen«, erwiderte er. »Gewisse Leute sind nämlich ziemlich sauer auf Sie.«

Erst ließ er mich nass und mit Handschellen auf einer Bank im Warteraum der Polizeiwache sitzen, während er langsam seinen Regenmantel auszog und ihn aufhängte. Dann nahm er mir die Handschellen ab und forderte mich auf, meine Taschen zu entleeren und ihren Inhalt auf den Empfangstresen zu legen. Ich fügte mich und konzentrierte mich darauf, gleichmäßig zu atmen. Alles andere hätte die Situation vermutlich nur verschlimmert. Warum war ich nicht eine halbe Stunde früher auf diese Form der Selbstberuhigung gekommen? Derrow überprüfte meinen Führerschein und legte dann mein Handy, meine Schlüssel, meinen Geldbeutel und den Revolver in einen Umschlag, den er unter den Empfangstresen schob.

»Okay«, sagte er, »kommen Sie mit.«

»Wohin?«, wollte ich wissen. Während der ganzen Prozedur hatte ich naiverweise gehofft, eine Geldstrafe zahlen und danach meine Suche nach Veronica fortsetzen zu können. Dazu würde es offensichtlich nicht kommen.

Er packte meinen Arm oberhalb des Ellbogens. »Sie müssen jetzt ein Weilchen ausharren«, erklärte er und führte mich zu einer Zelle mit nackten Betonwänden.

»Moment mal, warten Sie«, protestierte ich. Der kleine Raum war mit einer surrenden Deckenleuchte, einem Fenster aus Glasbausteinen unterhalb der Decke und einer langen Edelstahlbank ausgestattet, die aussah, als gehörte sie eigentlich in ein Schlachthaus. Der gleiche Instinkt, der vorhin meinen Versuch ausgelöst hatte, mir den Mantel zuzuhalten, sorgte nun dafür, dass ich die Absätze in den Boden rammte.

Aber Derrow stieß mich in die Zelle und zog die Gittertür zu. »Ich bin gleich wieder da«, verkündete er, und dann lächelte er.

Er ging den Flur entlang zurück, bog um die Ecke und verschwand aus meinem Sichtfeld. Ich atmete geräuschvoll aus. Was genau hieß *gleich*? Zögernd setzte ich mich auf die Bank, stand jedoch sofort wieder auf, zu aufgedreht, um stillzusitzen. Also marschierte ich in der Zelle auf und ab, die vom einen Ende zum anderen gut vier Meter lang war. An der Wand gegenüber dem Fenster waren eine Metalltoilette und ein winziges Waschbecken angebracht. Zu diesem ging ich nun und beugte mich darüber, um in der glänzenden Metalloberfläche mein verschwommenes Spiegelbild zu betrachten. Ich konnte nicht viel erkennen, aber es war nicht zu übersehen, dass sich um meinen Wangenknochen herum bereits ein blauer Fleck bildete und ich aus einer senkrechten Platzwunde unterhalb des Auges blutete. Um das herauszufinden, hätte ich allerdings kein Spiegelbild gebraucht. Ich schnappte mir ein Bündel Papiertücher – es waren welche von der billigen Sorte, die schon zerfielen, wenn man sie nur anschaute –, ließ Wasser darüber laufen und säuberte damit vorsichtig mein Gesicht. Hinterher war das Papier rosa und mit getrocknetem Blut, Erde und Rost gesprenkelt. Ich wiederholte die Prozedur, bis das Papier sauber war. Dann warf ich die blutigen Tücher in die Toilette, setzte mich wieder hin und wartete darauf, dass das *Weilchen* vorüberging.

Ich wartete vergeblich.

SECHSUNDZWANZIG

Ich war noch nie verhaftet worden, hatte jedoch mit genügend Kriminalfällen zu tun gehabt, um zu wissen, dass dies nicht der übliche Ablauf war, denn dieser bestand normalerweise aus: Aufnahmebefragung, Abnahme von Fingerabdrücken, Erstellung von Polizeifotos, einem R-Gespräch vom Münztelefon.

Irgendwann stand ich auf, ging zur verschlossenen Gittertür der Zelle und versuchte, aus verschiedenen Winkeln um die Ecke herumzuspähen. Vom hintersten Ende der Tür konnte ich den Empfangstresen und den Umschlag sehen, der meine persönlichen Gegenstände enthielt. Ich erspähte auch eine Wanduhr, die aussah, als müsste sie auf dem Flur einer Highschool hängen. Angestrengt bemühte ich mich, die Zeit zu erkennen: Es war zwei Uhr nachmittags. Als ich noch einmal von der anderen Seite der Zelle aus durch die Gittertür blickte, entdeckte ich eine Überwachungskamera, die vor der Zelle an der Decke montiert war.

Ich ging noch eine Weile auf und ab, bevor ich mich erneut auf die Bank setzte. Kurz darauf stand ich wieder auf und spähte zur Uhr.

Halb drei.

Ich zog meinen Regenmantel aus, der auch von innen

nass geworden war, als Derrow im Wald den Reißverschluss geöffnet hatte. Ihn abzulegen fühlte sich an wie eine Kapitulation, denn damit akzeptierte ich die Tatsache, dass ich nicht einfach eine Geldbuße begleichen und mich wieder auf den Weg machen konnte. Ich stülpte die Innenseite des Mantels nach außen und hängte ihn zum Trocknen über das Ende der Bank. Dann zog ich auch mein Shirt aus und versuchte, es über dem Waschbecken auszuwringen, wobei ich mir der Überwachungskamera in meinem Rücken schmerzlich bewusst war.

Viertel nach drei.

Ich zog das immer noch feuchte Shirt wieder an und legte mich auf der Bank auf den Rücken. Die Decke der Zelle war ekelhaft, übersät mit Kaugummis und toten Insekten. Ich sann darüber nach, wer wohl für meine missliche Lage verantwortlich war. Vielleicht hatte mich Chief Lassiter überwachen lassen. Oder Kenny hatte mich durchs Fenster gesehen. So oder so, ich war mir mittlerweile ziemlich sicher, dass ich in die richtige Richtung stolperte.

Oder gestolpert war, bis man mich außer Gefecht gesetzt hatte.

Vier Uhr.

Ich versuchte, meine Theorie gedanklich zu einer Kurzpräsentation zusammenzufassen, um sie dem nächstbesten Menschen vorzutragen, der mir unter die Augen kam. Kenny Brayfield brachte seit sechzehn Jahren Frauen in Belmont um. Zwei der Frauen hatten als Ausreißerinnen gegolten, bis sie tot wieder aufgetaucht waren. Es war daher grob fahrlässig von der Polizei, so zu tun, als wäre das aktuell vermisste Mädchen aus freien Stücken abgehauen, vor allem, weil Kenny sich wiederholt in der Straße herumgetrieben hatte, in der Veronica wohnte. Und weil er in exakt dem Moment aus der Varsity Lounge gekommen war, als sie aller Wahrscheinlichkeit nach dort vorbeigegangen war.

Ich war mir nicht sicher, wie Garrett und Elaine Cook in meine Kurzpräsentation passten.

Ich war mir auch nicht sicher, wie lang eine solche Präsentation sein durfte.

Ich brauchte einen Stift.

Halb fünf.

Ich erfand ein Spiel: Versuche zu erraten, wann genau wieder fünf Minuten verstrichen sind.

Es war ziemlich still in der Zelle. Hin und wieder hörte ich in der Ferne das Knistern eines Funkgeräts oder ein gemurmeltes Gespräch, aber es kam nicht ein einziges Mal jemand den Flur entlang, von dem meine Zelle abging. Mir fiel auf, dass ich das Ticken der Wanduhr hörte, wenn ich ganz ruhig dasaß.

Tolles Spiel.

Um fünf Uhr nachmittags ging ich zur Tür, räusperte mich und rief: »Hey!«

Nichts.

»HEY!«

Nichts.

Ich zog einen Stiefel aus und schlug ihn so fest ich konnte gegen die Gitterstäbe, während ich weiterrief.

Endlich hörte ich Schritte auf dem Flur, und eine

Sekunde später erschien Officer Pasquale vor mir. »Sie machen einen ganz schönen Lärm«, lautete sein hilfreicher Kommentar. Sein Blick wanderte von meinem Wangenknochen zu meiner Brust. »Kalt da drinnen, was?«

Ich ignorierte ihn und fragte: »Gibt es irgendwelche Neuigkeiten bezüglich Veronica?«

»Nein«, antwortete er. »Veranstalten Sie deshalb diesen ganzen Radau?«

»Wann kann ich hier raus?«

»Dafür bin ich nicht zuständig.«

»Hören Sie«, sagte ich. »Ich bin jetzt seit drei Stunden hier drinnen, ohne dass meine Daten aufgenommen wurden oder ich einen Anruf tätigen durfte oder sonst irgendetwas. Können Sie mir wenigstens sagen, wann das nachgeholt wird?«

»Ich schaue mal, was Sache ist«, versprach Pasquale. »Bin gleich wieder da.«

Er kam nicht wieder.

Ich faltete meinen Regenmantel zusammen und versuchte ihn als Kissen zu verwenden, aber das dünne Nylonmaterial eignete sich nicht als Polster. Meine Kopfschmerzen kehrten zurück. Diesmal fühlten sie sich anders an, tief und knirschend. Außerdem knurrte mein Magen, schließlich hatte ich heute noch nichts gegessen. Ich ging zum Waschbecken und versuchte, daraus zu trinken, doch es war zu flach, um das Gesicht unter den Wasserstrahl halten zu können. Immerhin gelang es mir, ein paar Schlucke aus meiner gewölbten Hand zu trinken.

Sechs Uhr abends.

Ich zog erneut einen Stiefel aus, hämmerte damit an die Gitterstäbe und rief nach Pasquale. Dieses Mal war es Meeks, der den Flur entlangkam.

»Scheiße«, sagte er, als er mich sah. »Was ist passiert?«

»Ich bin seit vier Stunden hier drinnen und wurde weder offiziell registriert, noch durfte ich einen Anruf tätigen. Das ist passiert«, verkündete ich. »Gibt es Neuigkeiten im Fall Veronica?«

Meeks kniff leicht die Augen zusammen, als ich *vier Stunden* sagte. »Ich habe versucht, Sie …«, setzte er an, aber dann schien ihm aufzugehen, dass es nicht der richtige Moment war für Ermahnungen à la *Ich habe es Ihnen doch gesagt.* »Die Vermisstenmeldung ist an die Medien rausgegangen. Alle halten die Augen auf.«

»Zwanzig Stunden, nachdem sie zuletzt gesehen wurde«, erwiderte ich. »Das ist ja fantastisch. Übrigens: Was ich Ihnen das letzte Mal erzählt habe, über Kenny Brayfield …«

»Was haben Sie angestellt?«, unterbrach er mich. »Wer hat Sie festgenommen?«

Wieder mal wollte mir keiner zuhören. Ich seufzte. »Derrow. Hören Sie, ich verspreche, dass ich es nicht noch mal tun werde, ich verspreche Ihnen alles, was Sie wollen, wenn Sie mich hier rauslassen.« Ich hatte nicht vor, mein Versprechen zu halten, aber meine Optionen waren begrenzt, denn ich besaß kein einziges Druckmittel.

»Okay, ich gehe nachsehen, was los ist. Ich weiß,

dass Sie nur versucht haben zu helfen.« Er wandte sich zum Gehen.

»Warten Sie«, bat ich. Er blickte über die Schulter zu mir zurück. »Kann ich einen Stift haben?«

Er schüttelte den Kopf. »Tut mir leid.«

»Warten Sie«, sagte ich noch einmal, als er weitergehen wollte. »Kann ich etwas zu essen haben? Oder wenigstens etwas zu trinken?«

Er sah mich an. »Wegen was wurden Sie verhaftet?«

»Unbefugtes Betreten von Privateigentum«, antwortete ich. »Ja, richtig, ein geringfügiges Vergehen.«

»Und Sie sitzen seit zwei Uhr hier drinnen?«

Ich nickte.

Dieser Umstand schien ihn ein wenig zu beunruhigen. »Lassen Sie mich sehen, was ich herausfinden kann«, sagte er. »Ich bin gleich wieder da.«

Auch er kam nicht wieder. Meine Kopfschmerzen wurden immer schlimmer. Ich versuchte, mich auf die Bank zu legen und dabei die Beine an die Wand zu stützen. Ich versuchte, meinen Regenmantel über die Augen zu breiten, um mich vor dem aggressiven Neonlicht abzuschirmen.

Ich fragte mich, wo Mallory und Colleen getötet worden waren und wie lange es gedauert hatte.

Ich fragte mich, wie zum Teufel Sarahs Eltern in die ganze Geschichte passten.

Ich fragte mich, wie es Shelby ging. Hoffentlich war sie nicht allzu enttäuscht von mir.

Sieben Uhr.

»Ich brauche Hilfe!«, brüllte ich und warf beide

Stiefel gegen die Gittertür, ohne von der Bank aufzustehen.

Ein paar Minuten später hörte ich knarrende Schritte, dann tauchte Meeks wieder auf. Er hielt eine Flasche Wasser und eine einzelne Clementine in der Hand.

»Was ist das?«, fragte ich und stützte mich an der Wand ab, weil mir schwindlig war vom Aufsetzen.

Meeks antwortete nicht.

Ich nahm das Wasser und die Frucht entgegen. »Was ist hier eigentlich los?«, fragte ich.

»Es sollte sich bald jemand um Ihre Aufnahme kümmern«, erklärte er steif.

»Wann?«

»Bald.«

»Um wie viel Uhr?«

»Bald.«

»Ist Derrow noch im Dienst?«

»Nein«, antwortete Meeks.

Ich stand auf, lehnte mich gegen die Gitterstäbe und schloss die Augen. »Das könnt ihr nicht machen«, sagte ich. »Das ist illegal.«

»Sie werden innerhalb von zweiundsiebzig Stunden entweder offiziell angeklagt oder entlassen. So schreibt es das Gesetz vor.«

»Zweiundsiebzig Stunden?« Ich war mir sicher, in zweiundsiebzig Stunden tot zu sein, wenn ich weiter hier drinnen bleiben musste. Die bittere Realität meiner Situation war zu gewaltig, um sie auf einmal erfassen zu können.

»Ja.«

»Sie können niemanden zweiundsiebzig Stunden ohne Nahrung hier festhalten«, sagte ich.

»Ich habe Ihnen gerade eine Orange gebracht.«

»Die war von Ihrem Mittagessen übrig, und versuchen Sie nicht, mir etwas anderes weiszumachen«, erwiderte ich.

Er musste lächeln. »Tu ich nicht.«

»Danke.«

Er nickte.

»Können Sie mir bitte sagen, was los ist?«, fragte ich.

Er blickte zu Boden. »Chief Lassiter sagt, er hätte Sie heute Morgen gewarnt, sich nicht einzumischen.«

»Ich mische mich nicht ein.«

»Im Moment nicht, nein. Aber Sie haben sich eingemischt. Wir tun alles in unserer Macht Stehende, um Veronica zu finden. Wir brauchen keine Zivilpersonen, die bei den Ermittlungen mitmischen und versuchen, sich durch Zäune auf Privatbesitz zu schleichen …«

»So langsam reicht es mir mit diesem Privatbesitz! Meeks, Sie müssen mir zuhören! Es gibt eine Verbindung zwischen den Mädchen, und Kenny Brayfield ist diese Verbindung. Reden Sie mit Shelby Evans. Sie hat ihn dabei beobachtet, wie er auf ihrer Straße herumgelungert hat. Ohne jeden Grund. Zusammen mit all den anderen Hinweisen müsste das doch zumindest reichen, um ein Gespräch mit ihm zu rechtfertigen!« Ich konnte mich nicht mehr an meine Kurzpräsentation erinnern. Genau deshalb hatte ich nach einem Stift verlangt. Ich fuhr mir mit der Hand übers Gesicht, wobei ich die Platzwunde an meinem Wangenknochen ganz vergaß. »Sie können mir nicht erzählen, dass Sie die Verbindung nicht erkennen!«

Er erkannte sie, das sah ich ihm an. Aber er schien sich unwohl dabei zu fühlen. »Was die Brayfields angeht, gelten nun mal eigene Regeln«, sagte er.

»Eigene Regeln.«

»Ja.«

»Was bedeutet das?«

Meeks schüttelte den Kopf. Er würde nichts mehr zu diesem Thema sagen. »Hören Sie«, begann er und drehte die Lautstärke seines Funkgeräts herunter, das sich knisternd von seinem Gürtel meldete. »Verhalten Sie sich einfach still, dann dürfen Sie auch wieder gehen.«

Er marschierte davon.

Ich setzte mich wieder und trank die halbe Flasche Wasser in einem Zug aus, woraufhin mir sofort übel wurde. Deshalb schälte ich rasch die Clementine und stopfte sie in zwei großen Bissen in mich hinein. Dann lehnte ich mich nach hinten an die Wand und schloss die Augen, während sich ein quälendes, furchterregendes Loch in meinem Inneren öffnete. Ich trank das Wasser leer, auch wenn ich es eigentlich nicht wollte. Ich wollte einen Drink.

Zweiundsiebzig Stunden.

In zweiundsiebzig Stunden würde jede Spur von Veronica verschwunden sein.

Neun Uhr abends.

Mein Körper war unruhig, verlangte eine Erklärung von mir. Ich holte die Schale der Clementine wieder aus dem Waschbecken und sah nach, ob noch essbare Reste daran hingen. Ob man vom Essen einer Clementinenschale wohl sterben konnte? Bestimmt nicht, beschloss ich. Vorher würden mich meine Kopfschmerzen umbringen. Probeweise kaute ich auf einem Stück Schale herum. Sie schmeckte furchtbar. Ich spuckte sie aus. Jetzt wollte ich wirklich einen Drink.

Jetzt *brauchte* ich wirklich einen Drink.

Es begann mir Angst zu machen, wie sehr ich ihn brauchte.

Zehn Uhr.

Ich schlug mit beiden Stiefeln an die Tür und brüllte noch ein wenig herum. Allmählich wurde ich heiser.

Ich zählte bis tausend. Dann zweitausend. Ich stellte Listen auf.

New York, Los Angeles, Chicago, Houston, Philadelphia, Phoenix, San Antonio, San Diego, Dallas, San José, Austin, Indianapolis, Jacksonville, San Francisco, Columbus, Charlotte, Fort Worth, Detroit, El Paso, Memphis.

Royals, Giants, Red Sox, Giants, Cardinals, Giants, Yankees, Phillies, Red Sox, Cardinals, White Sox, Red Sox, Marlins, Angels, Diamondbacks, Yankees, Yankees, Yankees.

Ardmore, Buffalo Trace, Crown Royal, Dewar's, Eagle Rare, Four Roses, Glenlivet, Heaven Hill, Inchgower, Jameson, Knob Creek, Lagavulin, Midleton, Oban, Pappy Van Winkle, Queen of the Moorlands, Redbreast, Sazerac, Talker, Usquebach, Very Old Barton, Wild Turkey, Yamasaki.

Ich versuchte, die Wasserflasche am Waschbecken wieder aufzufüllen, schaffte jedoch nur ein paar Zentimeter, bevor das Wasser wieder hinauslief, weil das Becken so flach war. Auffüllen, trinken, auffüllen, trinken. Meine Hände zitterten.

Elf Uhr.

Ich machte die Flasche so voll ich konnte, legte sie an die Gitterstäbe der Zellentür und zog sie hin und her. Damit erzeugte ich ein markerschütterndes Geräusch, schrill und befriedigend laut. Mein Kopf fühlte sich an, als würde er jeden Moment explodieren, aber ich machte weiter, bis jemand kam, diesmal ein gemein aussehender Kerl in meinem Alter, der so viel Gel in den Haaren hatte, dass ich es riechen konnte.

»Gibt es eine Frau, die gerade Dienst hat?«, probierte ich eine neue Herangehensweise. Ich wollte endlich mit jemand Vernünftigem sprechen.

»Hä?«, machte der Beamte. Auf seinem Namensschild stand Shanahan.

»Ob eine Frau im Dienst ist«, wiederholte ich. »Ich habe ein, Sie wissen schon, Frauenproblem.«

»Weil Sie einen Tampon brauchen oder so was?«, fragte er intelligent.

»Ja«, antwortete ich. »So ist es.«

»Nö«, sagte er. »Tut mir leid.«

Er ging davon, kehrte jedoch einige Minuten später mit einem Tampon in einer zerknitterten rosa Schutzhülle zurück und warf ihn mir verlegen zu.

Ich seufzte und bereute es, einen Wunsch für einen Tampon verschwendet zu haben, den ich nicht brauchte.

»Können Sie mir sagen, ob es Neuigkeiten zu dem vermissten Mädchen gibt? Veronica Cruz?«

Er neigte den Kopf zur Seite. »Soweit ich verstanden habe, dürfen Sie keine Fragen zu dem Thema stellen.« Dann fügte er hinzu: »Ist noch nicht wieder aufgetaucht. Aber wir haben dafür gesorgt, dass jede Dienststelle im ganzen Bezirk nach ihr Ausschau hält.«

Sie mussten nicht im ganzen Bezirk Ausschau halten, sondern verdammt noch mal sehr viel näher. Ich verkniff mir einen Kommentar, legte mich wieder auf die Bank und überlegte, was für eine Art von Brandbombe sich aus einem Tampon, einer Wasserflasche und Clementinenschalen basteln ließ.

Mitternacht.

Ich brauchte einen Drink.

Ich wischte mir einen dünnen Schweißfilm von der Oberlippe.

Mein Vater zeigte mir, wie man mit einem Revolver umging. Ich war zehn. »Man überprüft immer erst, ob die Waffe geladen ist«, erklärte er. »Selbst wenn man sich sicher ist, dass sie nicht geladen ist. Nur so weiß man, mit was für einer Art Tier man es zu tun hat.« Er schwenkte die Trommel heraus und zeigte mir die leeren Patronenlager. »Jetzt weißt du, dass es harmlos ist.« Er richtete den Revolver auf mich. Peng, peng.

Ich wachte auf, als mit einem Knall die Zellentür aufging. Fast wäre ich von der Bank gefallen. Ein neuer Uniformierter schubste eine etwa zwanzigjährige junge Frau zu mir in die Zelle, die ein unverschämt kurzes schwarzes Kleid und Lacklederpumps trug und nach Wodka roch. Allein von dem Geruch wurde mir einen Moment schwindlig, und ich fühlte mich erst besser und dann schlechter.

»Hey«, sagte ich zu dem Cop, bevor er die Zellentür wieder schloss.

Er tat so, als hätte er mich nicht gehört.

»HEY!«

Hinter mir klingelte das Handy der jungen Frau. »Fuuuuuck«, lallte sie, »wo warst du, verfickt noch mal?«

Die Tatsache, dass sie ihr Handy in der Zelle behalten durfte, machte mich halb wahnsinnig. Der Polizist war unterdessen dabei, ungerührt davonzugehen. Ich zog den Tampon aus meiner Tasche und warf ihn nach ihm.

»Das ist illegal«, sagte ich. Meine Stimme war kaum noch vorhanden.

Der Cop kam zurück zur Zellentür. Auf seinem Namensschild stand *Kowalski.* Er lächelte mich kühl an. »Nicht Ihre Marke?«, fragte er und hielt den Tampon hoch.

»Für über die Stränge schlagende Vorstadtkids mag das alles hier echt cool sein«, begann ich matt, obwohl ich nicht in der Position war, Ansprüche zu stellen, »aber bei mir funktioniert das so nicht.«

»Es scheint doch ganz gut zu funktionieren«, sagte er.

»Ich muss telefonieren.«

»Nein.«

»Ein Anruf.«

»Nein.«

»*Sie* darf sogar ihr Handy behalten, und ich darf nicht mal einen verdammten Anruf tätigen, nachdem ich zehn Stunden hier dringesessen bin? Elf?«

»Sie wartet nur darauf, dass sie abgeholt wird«, erklärte Kowalski. »Also krakeelen Sie hier nicht so herum.«

Das Mädchen hatte inzwischen meinen Regenmantel auf den Boden geschoben und sich auf meiner Bank ausgestreckt.

»Kann ich kurz dein Handy benutzen?«, fragte ich sie.

Sie telefonierte weiter, als hätte auch sie mich nicht gehört. »Und dann habe ich gesagt, wenn sie ihm unbedingt ihren Schlampenarsch ins Gesicht strecken will, soll sie sich …« Sie hielt inne und starrte mich an. »*Was?*«

»Kann ich bitte kurz dein Handy benutzen?«, wiederholte ich. »Bitte.«

Sie blinzelte in meine Richtung. »Ja, ich bin noch da. So eine abgewrackte Alte versucht mir hier drinnen gerade mein Handy abzuschwatzen. Ich *weiß*.«

Ich ging vom einen Ende der Zelle zum anderen und wieder zurück, bevor ich eine Weile in den Schlund der Toilette starrte und zu entscheiden versuchte, ob ich Hunger hatte, ob mir schlecht war oder ob ich bald sterben würde. Obwohl der Boden schmutzig war, schnappte ich mir meinen Regenmantel und rollte mich auf der Seite liegend zusammen, das Gesicht in dem noch immer feuchten Innenfutter vergraben. Ich spürte meinen Pulsschlag an den Händen. In den vergangenen elf Stunden konnte dort draußen alles Mögliche passiert sein. Ich wusste nicht, was ich tun sollte.

Mein Vater zerrte mich am Ärmel aus dem Haus. Catherine begann ihre Autotür zu öffnen, aber Frank stieß sie mit der Hüfte wieder zu. »Reib es mir nicht so offensichtlich unter die Nase«, zischte er mir zu. Ich konnte den Whiskey in seinem Atem beinahe schmecken.

Dann war ich auf der Beerdigung und krallte mich an Andrews Arm, während die hohen Absätze meiner geliehenen Schuhe in den schlammigen Boden vor dem Grab meines Vaters einsanken. Der Geistliche bat um einen Moment der Stille. Das Knistern von Funkgeräten war zu hören, und durch die kalte Luft schallte laut und deutlich eine Stimme.

»*Einundvierzig drei null eins …*«

Die Dienstnummer meines Vaters. Es war der letzte Funkspruch, die letzte Ehre, die meine Mutter anstelle der üblichen drei Salutschüsse gewählt hatte, weil sie kein Gewehrfeuer hatte hören wollen. Um mich herum vor Kummer verzerrte Gesichter.

»*Einundvierzig drei null eins … Bitte melden, einundvierzig drei null eins …*«

»*Dies ist der letzte Aufruf an die Nummer einundvierzig drei null eins.*«

»*Keine Antwort von Detective Frank Weary. Es ist sechzehn Uhr am achten Februar. Nach achtunddreißig Jah-*

ren und vier Monaten Polizeidienst hatte einundvierzig drei null eins soeben seinen letzten Einsatz. Einundvierzig drei null eins hat für immer den Dienst quittiert. Ruhe in Frieden, Bruder. Wir übernehmen ab hier.«

Mein ganzer Körper schmerzte, jedes Wort war wie ein Autounfall.

Und dann war es zwei Tage nach der Beerdigung, und ich hatte nichts zu essen im Haus, aber dafür Whiskey, deshalb trank ich einfach den. Tom rief mich zehnmal an, und ich konnte nicht ans Telefon gehen. Ich konnte mich nicht bewegen. Dann war er auf einmal da, die Haustür noch unabgeschlossen von seinem letzten Besuch vor zwei Tagen. Er stieg zu mir ins Bett und umarmte mich von hinten. »Kann ich erst einmal hier bei dir bleiben? Ich weiß nicht, wo ich sonst hinsoll?«, sagte er, und ich nickte.

Crown Royal.

Crown Royal.

Ich wusste nicht, ob ich wach war oder nicht. Eine matronenhafte Polizistin schloss für einen glatzköpfigen Mann mit Brille und regenbespritztem Trenchcoat die Zellentür auf. »Kommen Sie, Kira«, sagte er.

»Aber ich bin so müde«, jammerte die Göre, die mir meine Bank weggenommen hatte.

Ich setzte mich auf. Die Kopfschmerzen trieben mir das Wasser in die Augen, und ich rieb mir mit der Hand übers Gesicht, weil ich wieder meinen verletzten Wangenknochen vergessen hatte. Der scharfe Schmerz half mir dabei, einen klaren Kopf zu bekommen. Ich räusperte mich. »Sind Sie Anwalt?«, fragte ich.

Der Mann mit dem Trenchcoat betrachtete mich argwöhnisch. »Ja …«

»Ich werde hier nämlich seit gestern um zwei Uhr Nachmittag festgehalten«, erklärte ich rasch, »und wurde noch nicht einmal offiziell registriert. Anrufen durfte ich auch niemanden. Bitte helfen Sie mir.«

Der Typ sah erst mich an und dann die Polizistin. Ihre Augen waren weit aufgerissen vor Überraschung.

»Sie wurden noch nicht einmal *registriert*?«, fragte sie.

Ich rappelte mich vom Boden hoch. »Nein.«

»Also …«, sagte sie. »Also, dann lassen Sie mich mal nachsehen, was ich herausfinden kann.«

Das hörte ich nicht zum ersten Mal. »Kann ich bitte mein Handy zurückhaben?«, fragte ich.

»Was?«

»Sie durfte auch ihr Handy behalten. Kann ich wenigstens meins zurückhaben?«, fragte ich.

»Kira, kommen Sie jetzt, bitte«, forderte Trenchcoat seine Klientin auf.

»Ich hatte keine Ahnung von der ganzen Sache«, beteuerte die Polizistin. »Wenn Sie noch gar nicht offiziell aufgenommen wurden, warum haben Sie dann Ihr Handy nicht?«

»Er hat es unter den Empfangstresen geschoben, in einem Umschlag«, erklärte ich.

Sie verschwand um die Ecke, während der Anwalt kurzerhand Kiras Arm nahm und sie auf die Füße zog.

Ich hörte, wie die Polizistin meinen Revolver auf den Tisch packte und dabei murmelte: »Was zum Teufel …?«

Aber sie kam kurz darauf tatsächlich zurück, reichte mir mein Handy und verschloss die Gittertür wieder, nachdem Trenchcoat und Kira die Zelle verlassen hatten. »Ich werde herausfinden, was da los ist«, versprach die Polizistin.

Nachdem ich mich auf meine Bank gesetzt hatte, hielt ich das Telefon so vorsichtig in den Händen wie ein wertvolles Artefakt. Ich hatte sechs entgangene Anrufe und ein Dutzend Textnachrichten, doch da der Akku bei nur noch vier Prozent war, verschwendete ich lieber keine Energie, indem ich sie mir ansah.

Stattdessen rief ich Tom an.

SIEBENUNDZWANZIG

Als die Zellentür wieder aufging, war es nach fünf Uhr morgens, und Jake Lassiter funkelte mir böse vom Flur entgegen. Er sah noch ganz zerknittert aus und schien stinksauer darüber zu sein, dass man ihn wegen mir geweckt hatte. »Sie können gehen«, sagte er.

Ich setzte mich zittrig auf.

»Den Rest Ihrer Sachen können Sie am Empfang abholen.«

»Wurde Veronica schon gefunden?«

»Den Rest Ihrer Sachen können Sie am Empfang abholen«, wiederholte er. Ich nahm an, das war ein Nein. Wenn man sie wohlbehalten wiedergefunden hätte, hätte mir das jemand wie Lassiter mit Vergnügen unter die Nase gerieben.

»Ist das alles, was Sie mir zu sagen haben?«, fragte ich.

»Allerdings«, antwortete Lassiter.

Ich brachte nicht die Energie auf, ihm die Standpauke zu halten, die ich mir ausgemalt hatte. Stattdessen schob ich mich an ihm vorbei und tappte in den Empfangsbereich hinaus, wo Tom mit geschlossenen Augen auf einem Stuhl saß. Er sah aus, als würde er schlafen, sprang jedoch auf, sobald er mich hörte. »Hey!«, begrüßte er mich mit einem Lächeln. Dann verfinsterte sich sein Gesicht. »Was ist passiert?«, fragte er und hob sanft mein Kinn an, um die Wunde an meinem Wangenknochen zu inspizieren.

»Nichts, alles gut«, sagte ich schnell. Durch seine Berührung schoss ein scharfer Schmerz von meinem Kiefer in mein Brustbein hinunter. »Ich muss hier raus.«

»Klar, natürlich«, erwiderte er.

Ich stürmte in den Regen hinaus und holte ein paarmal so tief Luft, dass mir die Lunge wehtat, in der Hoffnung, meine ganze Anspannung einfach aus mir herausatmen zu können. Es funktionierte nicht. Ich fühlte mich kein bisschen besser und wusste nicht, warum. Oder vielleicht wusste ich es doch, und das war noch viel schlimmer.

»Alles in Ordnung?«, fragte Tom.

»Ja, ja«, antwortete ich rasch. Benimm dich normal. »Ich bin nur ... das war ... danke, Tom. Ernsthaft. Was musstest du alles tun? Ich hoffe, du musstest wegen mir keinen alten Gefallen einlösen.«

»Ach, du weißt schon, ein paar leere Drohungen, ein bisschen wichtiger tun, als man ist«, erwiderte er.

»Ein typischer Mittwochmorgen also.«

»Ein typischer Mittwochmorgen«, bestätigte er. »Roxane, ist wirklich alles in Ordnung?«

»Mir geht's gut«, behauptete ich. »Ich habe nur gründlich die Nase voll vom gestrigen Tag und will ihn so schnell wie möglich abhaken.«

Ich folgte Tom zu seinem Auto und sank auf den Beifahrersitz, der sich nach fünfzehn Stunden Gefängniszelle wie eine Himmelswolke anfühlte. Ich zog den Anschnallgurt um mich herum, und der Verschluss klapperte in meinen Händen, als ich ihn zu befestigen versuchte.

Tom drehte sich zu mir um und berührte meinen Unterarm. »Du zitterst«, sagte er.

»Mir geht's gut«, wiederholte ich ein wenig zu schnell. »Ich glaube, ich habe nur Hunger«, fügte ich hinzu. Ich hatte keinen Hunger. Mein Magen fühlte sich an, als hätte ich einen Korkenzieher verschluckt. »Ich habe seit Montag nichts Richtiges mehr gegessen.«

»Soll ich dir was zum Frühstück besorgen?«

»Nein, nein, schon okay«, wehrte ich ab. »Du hast schon genug getan, indem du mitten in der Nacht hierhergefahren bist.«

»Es macht mir aber nichts aus«, sagte Tom, während wir in die Clover Road einbogen. »Ich brauche sowieso dringend einen Kaffee. Heute wird ein langer, harter Tag.«

Ich wollte nicht frühstücken. Ich wollte zurück zu meinem Auto, zu der Whiskeyflasche, die ich unter den Beifahrersitz geschoben hatte. »Ich dachte, Cops sind an ungewöhnliche Arbeitszeiten gewöhnt.«

»Ein Kaffee kann trotzdem nicht schaden«, sagte Tom.

Im Diner bat ich ihn, mir einen Becher Tee zu bestellen und zum Essen einfach das Gleiche wie er. Dann ging ich zur Toilette, schloss die Tür hinter mir und lehnte mich dagegen, während ich versuchte, gleichmäßig zu atmen. Als ich einen Blick auf mein Spiegelbild erhaschte, zuckte ich zusammen – mein Wangenknochen bot ein Farbenspiel in Schwarz und Blau, die Platzwunde war rot und entzündet. Ich war blass im Gesicht, und meine Haare waren verfilzt und fettig. Geduscht hatte ich ebenfalls zuletzt am Montag. Kein Wunder, dass mich die betrunkene Kira eine abgewrackte Alte genannt hatte. Ich wusch mir die Hände und betupfte mit einem kühlen, feuchten Papiertuch mein Gesicht.

Eine Stunde.

Maximal eine Stunde.

Das würde ich schon schaffen.

Ich ging zurück in den Gastraum, setzte mich Tom gegenüber und trank hastig den bitteren schwarzen Tee. Dann verschränkte ich die Hände auf dem Schoß, damit er nicht sah, dass sie immer noch zitterten.

»Erzählst du mir jetzt, wie es zu all dem gekommen ist?«, fragte Tom.

Ich sah ihn an. Ich wollte nicht darüber reden. Ich wollte überhaupt nicht reden. Ich wollte meinen Kopf auf den Tisch legen und vor Erschöpfung und Beschämung weinen. Aber Tom war auf meiner Seite, im Gegensatz zu den Polizisten, mit denen ich die ganze letzte Nacht zu tun gehabt hatte. »Ein Mädchen ist verschwunden«, sagte ich. »Sie ist am Montagabend nicht nach Hause gekommen. Und sie ist eine Freundin von der Tochter der Frau, über deren Fall ich im Zuge meiner Ermittlungen recherchiert habe. Franks Fall.«

Er stützte sich auf die Hand und betrachtete mich. »Okay.«

»Erinnerst du dich, als wir uns neulich unterhalten haben? Ich hatte Angst, gerade Sarah Cooks Leiche gefunden zu haben, Angst, dass Brad Stockton mich direkt zu ihr geführt hatte. Wie sich herausstellte, war es gar nicht Sarah. Es war ein anderes Mädchen. Zum Zeitpunkt ihres Verschwindens vor acht Jahren galt sie als Ausreißerin, doch das war ein Irrtum. Jemand hat sie umgebracht. Während Stockton längst im Gefängnis saß.«

Die Kellnerin brachte unser Essen, Waffeln, Speck und Maisgrütze mit einem öligen See neongelber Butter darauf. Fast hätte ich mich übergeben.

Ich schluckte und fuhr fort: »Damit sind es schon drei Mädchen – Franks Fall, Sarah und die Leiche, die ich gefunden habe. Und jetzt eben ein viertes Mädchen, das am Montagabend nicht nach Hause gekommen ist. Inzwischen sind fast sechsunddreißig Stunden seit ihrem Verschwinden vergangen. Und es gibt einen Kerl, der mit all diesen jungen Frauen in Verbindung stand, ein Stück Scheiße namens Kenny Brayfield. Seine Eltern haben irgend so einen Stadtpark in Belmont gestiftet, deshalb hört mir die Polizei nicht einmal zu, wenn ich versuche, auf ihn zu sprechen zu kommen.«

Tom nickte kauend. »Deswegen bist du also verhaftet worden, weil du die Stadtprominenz schlechtreden wolltest. Ganz schön kriminell.«

Ich wusste, dass er mich zum Lachen bringen wollte, und tat ihm den Gefallen. »Ja, auch. Leider war ich außerdem gerade dabei herauszufinden, ob ich durch einen gewissen Zaun passe.«

Er sah mich an, als hätte ich es eigentlich besser wissen müssen, was natürlich stimmte. Ich wusste es ja auch besser. Oder vielleicht auch nicht. »Warum?«, fragte er.

Ich schnitt ein winziges Stück Waffel ab und kaute so langsam, als hätte ich den Mund voll Sand. »Weil ich glaube, dass er das verschwundene Mädchen entführt hat. Sie heißt Veronica. Ich glaube, er hat sie entführt, und wenn sie nicht inzwischen tot ist, hält er sie irgendwo gefangen. Der Polizei ist das alles völlig egal …«

»Was für Beweise hast du? Belmont ist eine Kleinstadt. Ich weiß, du bist eine Großstadtpflanze, aber an solchen Orten ist nun mal fast jeder mit jedem verbunden.«

Ich blickte zur Decke empor. Ich hatte keine Beweise, nicht wirklich. Nur einen Haufen Anekdoten und die Tatsache, dass Kenny Brayfield von den Überwachungskameras der Varsity Lounge aufgezeichnet worden war, was im Grunde überhaupt nichts bewies – nur, dass er in besagter Bar gewesen war. Und ich hatte immer noch keine Ahnung, wie Sarahs Eltern in meine Theorie passten. Im Großen und Ganzen erzählte die Anekdotensammlung dennoch eine sehr überzeugende Geschichte, wie ich fand. Oder etwa nicht? Die Dinge verschwammen zusehends um mich herum, und ich hätte mich nicht gewundert, wenn ich aufgewacht wäre und festgestellt hätte, dass ich zu Hause im Bett lag oder immer noch in der Zelle saß oder zehn Jahre alt war oder tot.

Tom fügte hinzu: »Ich meine ja nur, dass du ohne Beweise vielleicht wie eine Geisteskranke rüberkommst, die bei einem Hinweistelefon anruft, um es mal ganz deutlich zu sagen. Polizeibehörden, vor allem die kleinen, reagieren empfindlich, wenn gewöhnliche Bürger ihnen sagen, wie sie ihren Job zu machen haben.«

Sein Kommentar ärgerte mich ein wenig. Als ob ich mir dieser Gefahr nicht selbst bewusst gewesen wäre. »Ich bin aber keine Alte, die will, dass vor ihrer Kirche eine Ampel aufgestellt wird«, sagte ich. »Ich spreche von einem vermissten Teenager.«

»Ja, ich weiß, schon verstanden. Wie lange, sagtest du, wird sie inzwischen vermisst?«

In diesem Moment leuchtete auf dem Tisch neben Toms Teller sein Handy auf.

Er senkte den Blick darauf, genau wie ich. Eine Textnachricht, von Pam G. *Geht es ihr gut?*

»Du hast ihr von meiner Verhaftung erzählt?«, fragte ich entgeistert.

Tom machte ein überraschtes Gesicht. »Ja, habe ich«, antwortete er. »Tut mir leid – ich wusste nicht, dass das geheim bleiben soll.«

Ich seufzte und schob meinen Teller beiseite. »Ach, es ist einfach … Ich finde es blöd, dass sie das erste Mal von mir hört, wenn ich dich vom Gefängnis anrufe.«

»Na ja, es ist nicht wirklich das erste Mal, dass sie von dir hört«, erklärte er. »Ihr das mit dem Gefängnis nicht zu sagen wäre außerdem ziemlich schwierig gewesen«, fügte er hinzu. »Ich war bei ihr zu Hause, als du angerufen hast. Im Bett.«

Natürlich. Ich fuhr mir mit der Hand übers Gesicht und vergaß schon wieder meine Wunde. »Warum bist du dann ans Telefon gegangen?«, wollte ich wissen.

»Was?«, fragte Tom. Jetzt wirkte er vollends verwirrt. »Ich dachte, du willst, dass ich drangehe.«

»Nur, wenn du nicht anderweitig beschäftigt bist«, sagte ich. Ich hatte keine Ahnung, was ich getan hätte, wenn Tom nicht ans Telefon gegangen wäre, aber das erschien mir in diesem Moment auch nicht wichtig. »Du sollst nicht an dein Handy gehen, wenn dich jemand, mit dem du Sex hast, anruft, während du mit einer anderen Frau, mit der du ebenfalls Sex hast, im Bett liegst.«

Er zog die Augenbrauen hoch. »Roxane, ich verstehe ernsthaft nicht, wie du deswegen sauer auf mich sein kannst.«

»Ich bin nicht sauer«, behauptete ich und bemühte mich, langsam und gleichmäßig zu atmen. Nicht einmal das funktionierte mehr. Ich brauchte einen Drink. »Ich bin nicht sauer. Du hast vollkommen recht. Ich wollte, dass du drangehst. Du kannst ihr sagen, dass es mir gut geht, es geht mir verdammt noch mal fantastisch.«

Er sah mich an, als würde ihm allmählich dämmern, dass bei mir etwas ganz und gar nicht stimmte. Schließlich war er Detective. »Was ist passiert?«, fragte er. »Wirklich passiert, meine ich.«

»Ich muss mein Auto holen«, sagte ich, unfähig, mich mit ihm auseinanderzusetzen. »Jetzt gleich. Kannst du mich hinfahren, oder soll ich mir ein Taxi rufen?«

Tom stieß einen tiefen Seufzer aus. Aber er zog seinen Geldbeutel hervor und legte einen Zwanziger auf den Tisch. »Na los, holen wir dein Auto.«

Wir fuhren schweigend durch die dunklen, nassen Straßen. Die Ampeln hinterließen leuchtende Schlieren in meinem Sichtfeld, wie Kondensstreifen. Ich wusste, dass ich etwas hätte sagen müssen, doch meine Gedanken waren ein leeres weißes Quadrat. Als wir hinter meinem Auto an der Zufahrtsstraße hielten, fragte Tom: »Was hast du jetzt vor?«

»Was ich vorhabe?«, wiederholte ich. »Wie meinst du das?«

»Na ja, du hast mir gerade erzählt, dass du dabei verhaftet wurdest, wie du versucht hast, durch einen Zaun zu steigen«, erklärte er und wies mit dem Kinn auf den schmiedeeisernen Zaun, auf den das Licht seiner Scheinwerfer fiel. »Vermutlich durch den hier. Ich will nur sichergehen, dass du es nicht noch mal versuchst.«

Ich starrte ihn an, verärgert über seine Andeutung, er könne *sichergehen*, dass ich irgendetwas tat oder nicht tat. »Was auch immer ich zu tun beschließe, es ist nicht dein Problem.«

Er verzog das Gesicht. »Ich versuche nur, dir zu helfen. So war es außerdem nicht gemeint.«

»Doch, war es«, erwiderte ich. Ich spürte, wie die Schwerkraft an unserem Gespräch zerrte, wie es bleischwer nach unten sank. Ich konnte es trotzdem nicht dabei belassen. »Du glaubst, du könntest mir Moralpredigten halten, weil du mir gerade aus der Patsche geholfen hast, oder?«

»Nein, ich …«

»Wie auch immer, das kannst du dir sparen. Ich brauche keine Moralpredigt, und Hilfe brauche ich auch nicht. Keine Ahnung, warum du überhaupt an dein verdammtes Handy gegangen bist.«

»Weil *du* mich angerufen hast.«

Ich stützte meinen Kopf in die Hände.

»Ich weiß nicht, worum es hier wirklich geht«, fuhr Tom fort, »aber ich spiele dieses Spielchen definitiv nicht mit. Ruf mich nicht an, wenn du nicht willst, dass ich drangehe. Ich werde nämlich immer drangehen.«

»Hör auf.«

»Der Grund ist, dass ich es versprochen habe, falls du dich dadurch besser fühlst.«

»Du hast mir gar nichts versprochen«, murmelte ich in meinen Schoß.

»Ich habe es Frank versprochen«, sagte er nach einer Pause, und seine Stimme klang jetzt sanfter. »Ich habe es Frank versprochen. Dass ich auf dich aufpasse.«

Ich betrachtete für einen Moment sein Profil in der Beleuchtung des Armaturenbretts, während mir das Herz bis zum Hals klopfte. Der letzte Mensch, an den ich jetzt denken wollte, war mein Vater. Ich stieg aus dem Auto und hielt mich an der regennassen Motorhaube fest.

Tom öffnete seine Tür und stieg ebenfalls aus. »Roxane, jetzt komm schon.«

»Du hast es *versprochen*?«, fragte ich und wirbelte zu ihm herum. »Und was genau hast du da versprochen? Und wann? Während er daliegt und verblutet, bittet er dich, für mich den *Babysitter* zu spielen, oder wie? Ist es das, was wir die letzten neun Monate getan haben?«

»Nein, natürlich nicht …«

»Ich habe es nicht nötig, dass du Zeit mit mir verbringst, um mir einen Gefallen zu tun, okay?«, stellte ich klar. »Ich kann auf mich selbst aufpassen.«

»Das weiß ich.«

Ich war kurz davor, komplett aus der Haut zu fahren. »Warum reibst du mir dann so was unter die Nase?«

Sein Blick war besorgt, verwirrt und auch ein wenig wütend. »Ich reibe dir gar nichts unter die Nase«, widersprach er. »Ich mache mir Sorgen – du verhältst dich nicht wie du selbst. Ich werde wirklich nicht schlau aus dir, und …«

Ich wollte nichts mehr hören. »Was auch immer du auf der Wache gesagt hast, um mich freizubekommen – ich danke dir dafür«, erklärte ich knapp und durchsuchte mit zitternden Händen meine Taschen nach dem Autoschlüssel.

»Roxane, warte.«

Beim Klang seiner Stimme schnürte sich mir die Brust zusammen. Ich wusste, dass ich ihm unrecht tat, konnte jedoch nicht damit aufhören. »Pass auf dich auf«, sagte ich und ignorierte seine Hand, die flüchtig meinen Arm berührte. Ich ging zur Fahrerseite meines Autos hinüber. Er sagte nichts mehr, und ich auch nicht.

An meiner Windschutzscheibe hing ein Strafzettel wegen Falschparkens. Ich schnappte ihn mir und warf ihn in den Straßengraben. Dann stieg ich ins Auto und tastete auf dem Boden unter dem Beifahrersitz nach der Flasche, wobei ich mir bewusst war, dass immer noch Toms Scheinwerfer auf mich gerichtet waren. Ich riss das Zellophan vom oberen Ende der Flasche und wartete darauf, dass er losfuhr. Den Blick zu heben und in den Rückspiegel zu schauen traute ich mich nicht. Endlich wendete er auf der Zufahrtsstraße und fuhr wieder hinunter zur Clover Road. Ich nahm einen großen Schluck Whiskey, schloss die Augen und dachte an das erste Mal, als ich Crown Royal probiert hatte: Ich war neun gewesen und hatte mitten in der Nacht heimlich einen Schluck aus der Hausbar genommen, neugierig auf die Flüssigkeit, die meinem Vater so viel mehr zu bedeuten schien als wir alle. Der Whiskey hatte wie Feuer in meiner Kehle und an meinem Zahnfleisch gebrannt, und ich hatte so heftig husten müssen, dass ich Sterne sah und nicht hörte, wie mein Vater die Treppe herunterkam, um nach dem Rechten zu sehen. »Den magst du wohl, was?«, hatte er gesagt und mich furchtbar erschreckt. Ich erwartete, dass er sauer war, aber er war es nicht, nur auf schläfrige Weise amüsiert, vermutlich war er selbst noch betrunken. »Schmeckt wunderbar friedlich, nicht wahr?«, hatte er hinzugefügt, und ich hatte damals nicht gewusst, was er damit meinte, schließlich war an jenem gewaltigen, hässlichen Schluck nichts Wunderbares und auch nichts Friedliches gewesen. Er schickte mich zurück ins Bett, nachdem ich ihm geschworen hatte, nie wieder die Hausbar anzurühren, ein Versprechen, von dem ich glaubte, es bis ins Erwachsenenalter problemlos halten zu können.

Aber irgendwann vergaß ich, wie widerlich ich den Whiskey gefunden hatte, und noch ein wenig später ging mir auf, dass mein Vater recht gehabt hatte. Er schmeckte wirklich wunderbar friedlich. Und er war das Einzige, was so schmeckte. Als ich nun im Auto saß, trank ich noch ein paar Schlucke und versuchte mir einzureden, dass alles gut werden würde.

Eine Sekunde lang hätte ich es beinahe geglaubt. Der Alkohol rann mir warm die Kehle hinunter und betäubte alles, was er auf seinem Weg berührte. Unglücklicherweise traf dies nicht auf mein Gehirn zu. Oder auf meinen weiß glühenden Zorn, meinen Zorn auf Tom, auf die Polizisten von Belmont, auf Kenny, meinen Vater, auf mich, auf jeden, auf niemanden. Ich hatte noch nicht vor loszufahren, startete jedoch den Motor und drehte die Heizung auf. Dann tastete ich in der Dunkelheit nach dem Kabel meines Ladegeräts, schloss es an mein Handy an und stöpselte es ein. Ein Symbol auf dem Display teilte mir mit, dass das Gerät erst eine Weile laden musste, bevor es sich wieder einschalten ließ. Ich warf es verärgert neben mir auf den Sitz.

Und dann sah ich plötzlich eine schwarz gekleidete Gestalt den Abhang herunter auf mich zustürmen.

ACHTUNDZWANZIG

Er öffnete ein Tor im Zaun. Mir blieb keine Zeit, die Existenz dieses Tores zu verarbeiten und darüber nachzudenken, inwiefern es die Ereignisse des gestrigen Tages geändert hätte. Stattdessen zog ich reflexartig meine Waffe aus dem Holster und war bereits aus dem Wagen, als er bei mir ankam. »Noch einen Schritt weiter, und ich erschieße dich hier auf der Stelle«, warnte ich und zielte auf seine Brust. Mein Revolver fühlte sich eigenartig leicht an.

»Hey, ganz langsam«, sagte Kenny. »Heilige Scheiße. Was soll das? Ich wollte doch nur …«

»Lass deine Hände, wo ich sie sehen kann.«

»Roxane, komm schon, ich …«

»Glaubst du, das ist ein Scherz?«, fragte ich und machte einen Schritt nach vorn. »Es ist keiner.«

Sein schmales Gesicht war bleich vor Angst. Echter Angst. »Ich … wollte nur nachschauen, ob mit dir alles okay ist«, stammelte er.

Das brachte mich völlig aus dem Konzept. »Was?«

»Ich habe mir Sorgen gemacht. Weil ich beobachtet habe, was gestern passiert ist«, erklärte er. »Oben vom Fenster aus. Man sieht nämlich bis ganz hier unten.« Er machte eine ausholende Handbewegung.

»Was?«, fragte ich noch einmal. Mein Kopf war außerstande zu verarbeiten, was er gesagt hatte. »Du hast beobachtet, was passiert ist? Wie ich verhaftet wurde?«

»Ja, ich habe alles mitgekriegt, aber ich war noch nicht, na ja … ich war noch nicht angezogen und so. Bis ich was anhatte und hier angekommen war, um ihm zu sagen, dass das in Ordnung geht und er dich nicht festnehmen soll, wart ihr schon verschwunden. Und vorhin habe ich deine Scheinwerfer gesehen und wollte schauen, ob du okay bist.«

Ich starrte ihn an. Sein Verhalten passte nicht wirklich zu meiner Theorie. Andererseits hielt Kenny mit seinem Pokerface und seinem harmlosen Getue ja seit Jahren die Leute zum Narren. Wie auch immer, mich hatte er nicht in die Irre führen können. Genau deshalb fühlte es sich so seltsam an, dass er jetzt glaubhaft wirkte. »Kenny«, sagte ich und versuchte, ruhig zu klingen. »Wo ist Veronica Cruz?«

»Ich *kenne* keine Veronica Cruz.«

»Doch, du kennst sie. Schließlich fährst du öfter durch ihre Straße. Providence Street.«

Seine Kiefermuskeln verspannten sich. Er starrte immer noch auf meine Waffe.

»Sag mir, was du so oft in der Providence Street machst.«

»Kannst du die vielleicht wegnehmen?« Er wies mit dem Kinn auf meine Waffe.

»Nein. Du musst anfangen, mir ein paar Antworten zu liefern, Kenny.«

Er presste die Lippen zu einer schmalen Linie zusammen. Es sah nicht aus, als wäre er wütend, sondern als hätte er Angst. Vor mir. »Diese Veronica hängt immer zusammen mit Mallorys Tochter rum, oder?«, fragte er.

»Sag du es mir.«

»Ich habe sie … Scheiße, Roxane, muss das wirklich sein?«

»Ja, es muss sein«, blaffte ich und trat noch einen Schritt näher an ihn heran. »Was weißt du?«

»Ich weiß gar nichts! Ich kenne sie nur aus den Nachrichten. Veronica, meine ich. Und ich habe sie zusammen mit Mallorys Tochter gesehen.«

»Woher kennst du Shelby?«

»Ich fahre manchmal … ach, ich weiß auch nicht. Ich vergewissere mich eben manchmal gerne, dass dort drüben bei ihr alles okay ist.«

»Wovon redest du, verdammt noch mal?«

»Kannst du bitte dieses Ding wegnehmen?«

Ich hatte den leisen Verdacht, dass die Trommel meines Revolvers ohnehin leer war, wovon er zum Glück nichts wusste. Ich ließ die Waffe, wo sie war. »Wovon redest du?«, wiederholte ich.

Wir starrten einander mehrere Sekunden in die Augen.

»Als Mallory mir damals erzählt hat, dass sie schwanger ist«, sagte er leise, »habe ich nicht so toll reagiert.«

O Gott, nein. Ich fühlte mich, als würde ich aus einem dieser Träume aufwachen, in denen man von einer Brücke stürzt.

»Bist du sicher, dass es von mir ist, habe ich sie gefragt. Weil da ziemlich viele Typen infrage gekommen wären, das konnte sie nicht leugnen. Ich hatte keine Ahnung, woher sie wissen wollte, von wem es war. Trotzdem hätte ich das nicht sagen dürfen. Sie kam schließlich zu mir, weil sie Hilfe brauchte. Sie wollte das Baby abtreiben lassen, bevor es jemand herausfindet.« Er senkte den Blick auf den schlammigen Boden. »Wir stritten uns deswegen, und dann habe ich sie eine ganze Weile nicht mehr gesehen. Sie ging von der Schule ab, und ich hörte, dass sie diesen Mechaniker geheiratet hatte und mit ihm eine Familie gründen wollte. Ich war einfach nur erleichtert, verstehst du, ich war damals noch im ersten Highschool-Jahr und wusste einen Scheiß über das Leben.«

Ich dachte an Shelby und Joshua, daran, wie nah sich die beiden standen. Was Kenny mir da erzählte, durfte einfach nicht wahr sein.

»Irgendwann kam Mallory dann wieder an, und wir nahmen unsere, du weißt schon … unsere Freundschaft wieder auf. Sie erzählte mir, dass dieser Kerl, dieser Josh, strohdumm sei, aber völlig vernarrt in das kleine Mädchen. Sie hatte also offensichtlich die richtige Wahl getroffen, als sie ihn geheiratet hat.« Kenny wischte sich die Augen. »Ich habe ihr gesagt, dass ich sie immer finanziell unterstützen würde. Sie und das Kind. Falls sie etwas brauchten. Sie hat immer wieder Geld von mir bekommen, das sie dann allerdings meistens in Drogen gesteckt hat. Zu der Zeit, als sie verschwunden ist, war ihre Dosis ziemlich hoch. Heroin. Nichts für mich, mit dem Zeug habe ich nichts am

Hut. Und dann war sie eines Tages weg, sie hat einfach nicht mehr angerufen und ist auch nicht ans Telefon gegangen, wenn ich versucht habe, sie zu erreichen – ich kann dir gar nicht sagen, wie oft ich aufgelegt habe, weil ihr Mann drangegangen ist. Ich dachte, sie braucht vielleicht eine Pause von ihrem Leben oder so. Sie war immer schon ein ziemlicher Freigeist.«

»Du behauptest also, du wusstest nicht, was mit ihr passiert ist.«

»Nein, ich hatte keine Ahnung. Ich dachte, sie wäre einfach abgehauen. Aber ich bin manchmal bei ihr zu Hause vorbeigefahren während der Monate, als sie noch als vermisst galt, an dem kleinen Bungalow, in dem sie gewohnt hat, und wenn ich dann Josh und das kleine Mädchen gesehen habe, die beide total happy miteinander aussahen, habe ich mich einfach nur gut gefühlt. *Richtig* gut. Hätten Mallory und ich versucht, ein Kind zusammen großzuziehen, wäre das … es hätte niemals funktioniert. Auf keinen Fall wäre irgendjemand von uns damit glücklich geworden.«

Das Gefühl des freien Falls, das mich bei meinem Gespräch mit Tom erfasst hatte, war noch längst nicht vorbei, im Gegenteil, ich hatte das Gefühl, immer schneller und schneller zu stürzen. »Warum hast du mir das alles nicht schon neulich erzählt?« Falls es überhaupt stimmt, fügte ich in Gedanken hinzu. Obwohl mein Arm bereits zu zittern begann, hielt ich die Waffe weiter auf ihn gerichtet.

»Weil ich nicht gern darüber rede«, antwortete er. »Du verstehst ja wohl sicher, warum.«

»Du hast auch nichts davon den Ermittlern gesagt, die ihren Tod untersucht haben, oder?«, riet ich ins Blaue.

Er schüttelte den Kopf. »Der Anwalt hat mir davon abgeraten.«

Ich rieb mir mit der freien Hand die Stirn. »Der Anwalt.«

»Mort. Onkel Mort. Als ich damals meinem Dad erzählt habe, dass ich Mallory kannte, wollte er, dass ich mit Mort darüber spreche.«

Man brauchte wohl einen ganz speziellen familiären Hintergrund, um seinen Anwalt Mort oder gar *Onkel* Mort nennen zu dürfen. »Und was hast du bei diesem Gespräch zu ihm gesagt?«, fragte ich.

»Dass sie und ich viel Zeit miteinander verbracht haben, zusammen Drogen genommen haben und so. Er hat dann veranlasst, dass ich mit Mr Lassiter spreche, und der hat mir geraten, es für mich zu behalten.«

»Der Polizeichef hat also für dich geschwiegen?«

»Mein Dad und er kennen sich schon ewig«, erklärte Kenny. »Mr Lassiter hat mir viel Ärger vom Hals gehalten im Laufe der Jahre. Hör mal, es ist nicht so, als würde ich mich deswegen toll fühlen. Die Scheiße, die Mallory passiert ist, verfolgt mich bis heute.«

Was ich da gerade gehört hatte, konnte einfach nicht wahr sein. Ich war mir unschlüssig, was schlimmer war: dass Lassiter die Frechheit besaß, mich einzubuchten, weil ich mich in eine laufende Ermittlung einmischte, obwohl er damals genau das Gleiche getan hatte, oder dass ich nach allem, was in den letzten vierundzwanzig

Stunden vorgefallen war, tatsächlich anfing, Kenny zu glauben.

»Erzähl mir von Colleen Grantham.«

Er schüttelte den Kopf. »Ich kannte sie nicht. Curt arbeitet erst seit einem Jahr für mich. Ich wusste gar nicht, dass es noch eine dritte Tochter gab. Die anderen beiden habe ich kennengelernt, aber nicht Colleen.«

»Wo warst du am Montagabend? Während des Spiels?«

»Ich musste in ein paar Läden, um zu checken, wie sie dort meinen Wodka präsentieren. Das habe ich dir doch schon erzählt. Erst war ich in dieser Bar, der Varsity Lounge, und dann im Kroger, das ist im selben Einkaufszentrum. Und im Spirituosenladen an der Clover Road. Ich musste mich vergewissern, dass mein Wodka da steht, wo er hingehört, weil mein Klient, der Inhaber der Wodkafirma, gestern in Belmont war, um mit meinem Vater zu Abend zu essen, und es sich bei der Gelegenheit anschauen wollte.«

Ich nahm langsam den Revolver herunter, weil ich meinen Arm nicht mehr hochhalten konnte. Kenny entspannte sich sichtlich. Ich wusste noch immer nicht, was ich davon halten sollte, dass er plötzlich auf alles eine Antwort zu haben schien, aber meine Antennen für Durchtriebenheit schlugen bei ihm nicht mehr Alarm. »Warum fährst du bis heute durch Mallorys Wohnstraße?«, fragte ich ihn. Ich klappte die Trommel meines Revolvers auf und sah, dass sie tatsächlich leer war. Welcher der reizenden Cops von Belmont hatte mich wohl um meine Kugeln erleichtert?

Kenny fuhr sich mit der Hand übers Gesicht. »Ich weiß auch nicht«, sagte er. »Ich … es macht mir einfach Freude, ihre Tochter zu sehen. Sie hat so viel Ähnlichkeit mit Mallory. Vom Aussehen her sind sie genau gleich. Und ich weiß gern, dass mit ihr alles okay ist. Dann bin ich, keine Ahnung, irgendwie ruhiger. Bitte, du musst mir glauben. Tut mir leid, dass ich dir das alles nicht schon neulich erzählt habe, und es tut mir auch leid, dass mein Dad Mr Lassiter angerufen und damit das alles hier in Gang gesetzt hat. Aber ich sage die Wahrheit. Und wenn ich dir dabei helfen könnte, dieses Mädchen, diese Veronica, zu finden, würde ich es sofort tun.«

»Du bist ihr nicht begegnet, als du in der Varsity Lounge warst?«

»Nein.«

»Bist du am Montagabend ihre Straße entlanggefahren?«

»Nein.«

»Woher wusstest du, dass die hier im Wald gefundene Leiche Colleen Grantham war?«

»Von Mr Lassiter«, antwortete Kenny. »Er hat es meinem Dad erzählt, weil der ein Investor der Wohnanlage ist, die da drüben gebaut wird. Er fand, dass er deswegen Bescheid wissen sollte, bevor die Meldung in den Nachrichten auftaucht.«

Ich sackte gegen mein Auto und registrierte kaum das feuchte, kalte Metall. Mir ging die Frage durch den Kopf, ob Lassiter Mr Brayfield womöglich noch vor Colleens Eltern in Kenntnis gesetzt hatte. Es gab nicht eine einzige Person in dieser Geschichte, die noch mit reiner Weste dastand. Schließlich sagte ich: »Kenny, du darfst nie jemandem erzählen, was du mir gerade anvertraut hast. Das mit Mallorys Tochter. Niemals. Joshua Evans ist ihr Vater.«

»Ich weiß.«

»Das meine ich ernst.«

»Ich weiß.«

Ich öffnete die Autotür. »Ich mache dich fertig, wenn jemals etwas anderes durchsickert.«

Er nickte, als würde er mir das ohne Weiteres glauben. Und obwohl es das Letzte war, was ich mir eingestehen wollte, war ich mir ziemlich sicher, dass auch ich ihm jetzt glaubte.

Nachdem mein Handy wieder genügend aufgeladen war, teilte es mir mit, dass drei der sechs entgangenen Anrufe und fünf Textnachrichten von Joshua Evans stammten. Von Shelby waren zwei Anrufe und die restlichen Textnachrichten. Sie enthielten keine echten Neuigkeiten, nur Updates bezüglich der polizeilichen Maßnahmen, gefolgt von Entschuldigungen, weil sie mir damit auf die Nerven ging. Der sechste Anruf stammte von Danielle Stockton, womit ich mich jedoch vorerst noch nicht befassen konnte. Keine Anrufe von der unbekannten Nummer, während ich in der Zelle gesessen hatte, ein Segen. Ich fuhr in die Providence Street und parkte vor dem Haus der Evans'. Es war kurz vor acht. Joshuas Auto stand noch in der Einfahrt, und im Wohnzimmer brannte Licht. Ich hoffte, dass er nicht die ganze Nacht wach gewesen war. Er riss etwa zwei Sekunden nach meinem Klopfen die Tür auf, als würde er seit Stunden darauf warten, dass jemand auftauchte. Erst wirkte er erleichtert, dass es nur ich war, aber als er mein lädiertes Gesicht sah, blinzelte er verwirrt. »Was ist denn mit Ihnen passiert?«, fragte er.

»Entschuldigen Sie die Funkstille«, sagte ich. »Ich wurde verhaftet.«

»Was ...?«

»Das ist eine lange Geschichte. Ich hoffe nur, dass Sie wegen mir nicht noch mehr Stress hatten.«

»Nein. Ich wusste nur nicht genau, was ich denken sollte«, gestand Joshua. »Erst waren Sie hier und haben uns geholfen, und dann plötzlich nicht mehr.«

»Es tut mir sehr leid.«

Wir sahen einander an. Er machte tatsächlich den Eindruck, als wäre er die ganze Nacht wach gewesen, seine Augen blickten müde und unruhig umher. Er trug ein zu enges Ohio-State-Sweatshirt mit einem Kaffeefleck auf der Brust. »Leider gibt es nichts Neues«, verkündete er leise. »Gestern Abend waren überall Polizisten, die mit jedem aus dem Viertel geredet haben. Ein Nachbar von weiter unten meint, er hätte sie die Abkürzung hinunter zur Wildflower Plaza gehen sehen, aber das ist auch schon das letzte Lebenszeichen. Die Polizei war sehr hilfsbereit und scheint alles im Griff zu haben. Amy Wexford geht es natürlich gar nicht gut.« Er schüttelte den Kopf. »Ich mag mir nicht einmal vorstellen, wie es wäre, wenn mein eigenes Kind verschwunden wäre.«

Mein Gesicht glühte. *Dieser Mann ist ihr Vater,* ermahnte ich mich in Gedanken. »Ich weiß«, sagte ich. Mir war schleierhaft, wie irgendjemand der Meinung sein konnte, die Polizei leiste bei der Suche nach Veronica gute Arbeit, aber ich wollte ihm diesen kleinen Trost nicht nehmen. Nicht, wenn ich keinen Ersatz dafür anzubieten hatte. »Ist Shelby in der Schule?«

»Nein, sie duscht gerade. Ich habe ihr gesagt, dass sie nicht in die Schule muss. Um sie in der Nähe zu behalten, wie Sie gesagt haben. Wir fahren gleich los und hängen ein paar Flugblätter auf. Gestern Abend haben wir auch schon welche verteilt, und Shel hat eine Liste mit weiteren Orten erstellt, wo Veronica sich gerne aufhält. Sie, äh, Sie können gerne mitkommen«, schloss er.

Es brach mir das Herz, wie er das sagte. Dass er immer noch glaubte, ich könnte den beiden helfen. Auch wenn ich keine Hilfe sein konnte, wäre ich gern geblieben, doch ich hätte wohl alles nur noch schlimmer gemacht, so abgrundtief, wie mich die gesamte Polizeitruppe inzwischen hasste. Ich musste nach Hause und mich neu organisieren, musste versuchen, eine andere Verbindung zwischen den Mädchen zu finden. Diesmal eine richtige. »Ich kann leider nicht«, antwortete ich, und er nickte rasch, sichtlich verlegen. »Ich wollte mich nur kurz vergewissern, dass es euch gut geht. Aber kann ich vielleicht ein paar Flugblätter mitnehmen?«

»Klar, natürlich«, sagte Joshua und verschwand in der Küche, um kurz darauf mit einem Stapel Computerausdrucken zurückzukommen. VERMISST. Unter dieser Überschrift lächelte Veronica von dem Foto, das

Shelby mir gestern gegeben hatte, dem Foto mit dem Keramik-Truthahn.

Wir betrachteten beide das Bild, auf dem alles so furchtbar normal wirkte.

Nur dass Veronica inzwischen verschwunden war.

Sie war verschwunden, und ich war hier. Das war nicht fair.

»Haltet mich auf dem Laufenden«, bat ich Joshua.

Draußen stand ein Streifenwagen der Belmont Police neben meinem Auto. »Was wollen Sie?«, blaffte ich, obwohl ich noch gar nicht sehen konnte, wer drinsaß. Wenn es Jake Lassiter war, würde ich laut anfangen zu schreien.

Doch als die Autotür aufging, stieg Meeks aus, die Hände beschwichtigend erhoben. »Ich habe es noch nicht an die Zentrale gemeldet …«

»Was gemeldet?« Mit wenigen großen Schritten hatte ich den Vorgarten durchquert. »Ist an dieser Straße etwa Parken verboten? Sagen Sie mir, was Sie verdammt noch mal zu melden hätten!«

Er sah aus, als hätte er Angst vor mir. »Sie dürften eigentlich nicht hier sein. Lassiter besteht darauf, dass Sie wegen ungebührlichen Benehmens festgenommen werden, wenn Sie hier auftauchen. Und dieses Mal sollen Sie auch angeklagt werden …«

Ungebührliches Benehmen war eine Pauschalanklage, die verschiedene Arten von Fehlverhalten abdeckte, allesamt geringfügige Vergehen. Allerdings kannte die Belmont Police eindeutig keine Gnade, wenn es um eben solche ging. Ich knirschte unwillkürlich mit den

Zähnen. »Ich will einfach nur dieses Mädchen wiederfinden.«

»Ich weiß. Wir auch.«

Ich schüttelte den Kopf und lächelte ungläubig.

»Das wollen wir wirklich, Miss Weary«, betonte Meeks. »Es wurde eine Vermisstenmeldung an alle Einheiten herausgegeben. Wir checken Krankenhäuser, Gefängnisse, Busbahnhöfe, alles. Das Beste, was Sie für Veronica Cruz tun können, ist, uns unsere Arbeit machen zu lassen, okay? Jeder Polizist der Gegend hält nach ihr Ausschau. Wir können jetzt keine Zeit damit vergeuden, uns auch noch um Sie zu kümmern.«

»Das haben Sie Ihrem Boss zu verdanken, nicht mir«, entgegnete ich, aber es war klar, was er mir sagen wollte. Und damit hatte er recht, wie mir nun aufging. Es war zwar absurd, was Lassiter für eine Fehde gegen mich führte, doch diese Fehde ließ sich nun einmal nicht ignorieren. Die drei Minuten, die wir uns gerade unterhielten, waren drei Minuten, in denen Meeks nicht nach Veronica suchte. Ich fühlte mich noch schlechter als vorher, und das wollte etwas heißen.

»Wir werden sie finden«, sagte Meeks. »Versprochen.«

Das konnte er nicht versprechen, weder mir noch sonst jemandem. Ich stieg ohne ein weiteres Wort in mein Auto.

NEUNUNDZWANZIG

Ich schlief den ganzen restlichen Tag. Als ich aufwachte, war es schon nach sechs, und im Schlafzimmer war es dunkel. Mein Aufenthalt in der Gefängniszelle erschien mir bizarr genug, um nur ein Traum gewesen zu sein. Leider war er es nicht. Mir tat alles weh. Ich stand trotzdem auf, warf einen Blick auf mein Handy und startete eine schnelle Suchanfrage bei Google, um herauszufinden, ob Veronica inzwischen wieder zu Hause war. Fehlanzeige. Ich seufzte und schlüpfte dann in saubere Kleidung, weil ich zu unserem wöchentlichen Abendessen bei meiner Mutter erwartet wurde.

Auf dem Flur wandte ich demonstrativ den Blick von dem Pappviereck ab, das immer noch an meiner Haustür klebte. Darum würde ich mich schon irgendwann kümmern, aber noch nicht jetzt. Im Badezimmer betrachtete ich meinen Wangenknochen, in der Hand mein selten benutztes Schminktäschchen. Ich beschloss, mir die Mühe zu sparen. Der blaue Fleck war zu groß, um ihn erfolgreich zu überschminken, zumal die Wunde immer noch bei jeder Berührung schmerzte. Der Rest meines Gesichts war bleich. Ich zog eine Bürste durch meine Haare, die zerzaust und plattgedrückt waren, weil ich nach der Dusche direkt ins Bett gestiegen war. Heute Abend würde ich niemanden mit meinem Aussehen beeindrucken, das stand fest. Zum Glück akzeptierte mich meine Familie jetzt, da mein Vater tot war, mehr oder weniger, wie ich war.

Dachte ich zumindest. Schon beim Betreten des Hauses wurde mir klar, dass dies nicht der richtige Ort war, um mich von meinen Problemen abzulenken. Matt saß wie festgenagelt auf dem Sofa und hob kaum den Blick von seiner Sportsendung, während von nebenan die erhobenen Stimmen von meiner Mutter und Andrew herüberdrangen.

»Ich verstehe nicht, warum du sie nicht einfach stehen lassen kannst!«, sagte meine Mutter gerade. »Wie oft bitte ich dich schon um etwas?«

»Bist du jetzt zufrieden?«, murmelte Matt.

»Ich?«, fragte ich.

»Ja, du«, antwortete er.

»Was macht das denn jetzt noch?«, wollte Andrew wissen. »Die trinkt doch sonst keiner mehr.«

»Oh«, sagte ich, als mir aufging, was los war: Andrew musste sich an Franks Alkoholvorrat im Arbeitszimmer bedient haben.

Jetzt blickte Matt zu mir auf. »Was ist denn mit deinem Gesicht passiert?«, fragte er.

»Ich bin gestolpert.« Ich warf meine Jacke auf einen Stuhl und ging in die Küche. »Hallo, Mom.«

»Hallo«, erwiderte meine Mutter kühl.

»Heilige Scheiße, was ist denn mit dir passiert, Rox?«, erkundigte sich Andrew.

»Nicht diese Ausdrucksweise!«, tadelte ihn meine

Mutter, bevor sie mich ansah und nach Luft schnappte. »Schatz, was ist passiert?«

»Schon gut, halb so wild«, behauptete ich. »Ich bin gestolpert und hingefallen, es sieht schlimmer aus, als es ist.«

»Das stimmt fast nie«, murmelte Andrew in meine Richtung, womit er vollkommen recht hatte. Ich suchte seinen Blick. Er starrte vielsagend auf den Auslöser des aktuellen Streits, eine Flasche Midleton auf dem Tisch, und ich nickte.

Meine Mutter wandte sich beleidigt wieder dem Herd zu. »Warst du wenigstens beim Arzt?«, fragte sie.

»Nein«, antwortete ich ungeduldig. »Ist doch nur ein Kratzer.«

»Ein Kratzer?«, wiederholte sie. »Roxie, du bräuchtest eine Schönheits-OP!«

»Niemand *braucht* Schönheits-OPs!«, rief Matt vom Wohnzimmer herüber. »Das sind Eingriffe, die allein der Eitelkeit dienen.«

»Studierst du jetzt plötzlich Medizin, oder was?«, rief Andrew zurück. »Halt die Klappe.«

»Und wo bist du hingefallen?«, wollte meine Mutter wissen. Sie drehte sich zu uns um und fuchtelte mit einem Holzlöffel herum. »Hast du denn nicht versucht, dich abzufangen?«

Matt erschien in der Küchentür. »Hattest du getrunken, als das passiert ist?«, fragte er und sah zu, wie Andrew Midleton in ein Whiskeyglas goss und es mir reichte.

»Nein.«

»Natürlich nicht.«

»Matt«, sagte ich ausdruckslos. »Lass das bitte meine Sorge sein.« Ich hob das Glas an die Lippen.

»Bist du sicher, dass du das trinken willst?«, erkundigte sich Matt. »Du müsstest nämlich nie wieder auch nur einen Schluck …«

»Halt *verdammt* noch mal die Klappe«, fuhr ihn Andrew an.

»Nicht diese Ausdrucksweise!«, meldete sich meine Mutter zu Wort.

»Danke, dass ihr alle so besorgt um mich seid«, sagte ich und trank mein Glas halb aus. »Ich war wandern und bin über einen Ast gestolpert, okay? Das Thema ist damit beendet.«

»Du warst *wandern*?«, fragte Andrew.

Ich drehte mich zu ihm um. »Fang du nicht auch noch an, mir blöd zu kommen«, schnauzte ich.

Er sah ein bisschen erschrocken aus. Ich schnauzte ihn sonst nie an. Ich hob eine Hand als stumme Entschuldigung.

Meine Mutter machte Schinken, grüne Bohnen und Blätterteighörnchen zum Abendessen, eins der etwa fünf Gerichte, die es in meiner Kindheit abwechselnd gegeben hatte. Sie hatte sich stets vorgenommen, in der Küche kreativer zu werden, wovon die Kochbücher mit Gerichten aus aller Welt zeugten, die sie ständig aus der Bücherei auslieh. Aber mein Vater hatte gern alles so gehabt, wie er es gewohnt war. Meine Mutter wälzte immer noch Kochbücher, hatte jedoch meines Wissens seit seinem Tod nichts Neues gekocht.

Ich nahm es ihr nicht übel, dass sie Frank zuliebe keine Veränderungen wollte – nicht bei der Spüle, nicht beim Essen, nicht beim Alkohol im Arbeitszimmer –, ich verstand es nur einfach nicht.

Als wäre ich wieder zehn Jahre alt, schob ich die grünen Bohnen auf meinem Teller hin und her und lauschte dem Gespräch, das um mich herum im Gange war. Meine Mutter berichtete, dass sie auch Tom zum Abendessen eingeladen hatte, er werde vielleicht später noch vorbeikommen. Das wäre so ziemlich das Schlimmste gewesen, was ich mir im Moment vorstellen konnte. Unterdessen stritten meine Brüder halbherzig miteinander. Wir waren alle nicht besonders gut gelaunt an diesem Abend. »Wenn ich es dir doch sage: Die Trabue Road wird auf Höhe der Hilliard-Rome Road zur Renner Road«, sagte Matt gerade.

»Nein, östlich davon«, widersprach Andrew. »Dein Orientierungssinn ist eine Katastrophe – weißt du noch, als wir uns damals wegen dir auf dem Weg zu Michelle Lindstroms Party total verfranzt haben?«

»Wir haben uns nicht wegen mir verfranzt, *du* hast die Adresse falsch aufgeschrieben, weil du stoned warst.«

»Ach was, lächerlich«, erwiderte Andrew. »Ich hatte ihre Adresse doch gar nicht, sie war deine Freundin.«

»Du warst trotzdem stoned.«

»Sie wird östlich der Hilliard-Rome Road zur Renner Road, Matt.«

So ging es schon seit zehn Minuten hin und her. Was als Gespräch darüber begonnen hatte, wo die Test Pavements am Wochenende ihren Auftritt hatten, war zu einem sinnlosen Aufguss jedes anderen Streits ausgeartet, den die beiden in der Vergangenheit miteinander ausgefochten hatten.

Veronica war verschwunden, und meine Brüder zankten sich um nichts und wieder nichts.

»Warum streitet ihr euch überhaupt über so was?«, fragte ich. »Es ist entweder so oder so, schaut es doch einfach nach.«

»Du bist in der ganzen Stadt unterwegs – ist es östlich davon oder nicht?«, wollte Andrew von mir wissen.

»Sie gibt doch sowieso wieder dir recht«, sagte Matt höhnisch.

»Hast du wenigstens Bacitracin draufgetan?«, erkundigte sich meine Mutter, die sich immer noch um den Kratzer an meinem Wangenknochen sorgte. »Sonst könnte es eine schlimme Narbe geben.«

»Ja«, log ich.

»Ich hätte nämlich auch welches da, oben im Verbandskasten.«

Ich holte tief Luft. »Mom, es geht mir gut.«

»Ich verstehe nicht, warum du überhaupt wandern gegangen bist, das Wetter war schrecklich die letzten Tage«, merkte sie an.

Meine Ausrede war nicht die allerklügste gewesen, das wurde mir jetzt klar.

Matt und Andrew beugten die Köpfe über eines ihrer Handys, Matt mit angesäuerter Miene. »Ach, ist doch egal«, knurrte er, als wäre die Auflösung nun, da Andrew recht behalten hatte, nicht mehr wichtig.

»Die Test Pavements spielen bestimmt so umwerfend toll, dass ich die Sache bis zum Ende des Konzerts vergessen habe«, sagte Andrew.

»Ach, halt die Klappe«, fuhr ihn Matt an. »Ich will euch beim Konzert überhaupt nicht dabeihaben.«

»Komm schon, Matt«, mischte sich meine Mutter ein. »Natürlich werden wir alle da sein, stimmt's, Roxie?«

»Ich kann es kaum erwarten«, erwiderte ich ironisch.

»Ach ja«, sagte Matt und tippte auf sein Handy. »Ich habe heute mit Danielle gesprochen.«

»Okay ...«, antwortete ich. Es wäre wirklich die Krönung gewesen, wenn mein Bruder mich nun auch noch in ihrem Auftrag gefeuert hätte. Ich zog mein eigenes Handy hervor, weil ich nachsehen wollte, ob ich es versehentlich auf stumm geschaltet hatte. Hatte ich nicht. Aber ich hatte einen entgangenen Anruf von Tom und legte das Telefon mit dem Display nach unten auf den Tisch.

»Sie sagt, sie hätte versucht, dich zu erreichen, und du hättest noch immer nicht zurückgerufen.«

Ich seufzte. »Steht ganz oben auf meiner To-do-Liste für morgen.«

»Ist das nicht irgendwie unprofessionell?«, fragte Matt. »So lange mit einem Rückruf zu warten?«

Am liebsten hätte ich ihn mit dem Brotmesser erstochen. »Danke, Matt, dass du dir so viele Gedanken darüber machst, wie ich mein Unternehmen führe. Leider hast du keine Ahnung davon.«

»Das weiß ich. Ich weiß aber auch, dass ich dich

empfohlen habe, und anstatt ihr zu helfen, lässt du dich mit Leuten volllaufen, mit denen sie auf der Highschool war. Sie hat mir erzählt, dass eine ihrer Freundinnen dir auf irgendeiner Party begegnet ist, wo du dich ziemlich seltsam benommen hast. Ich hätte es wissen müssen. Wirst du nicht langsam ein bisschen alt für so was?«

Ich hätte ihm gern gesagt, dass Danielles Unzufriedenheit mit mir momentan das kleinste meiner Probleme war. »Warum hast du mich dann eigentlich empfohlen, wenn du es hättest wissen müssen?«, fragte ich.

»Weil du mal eine gute Detektivin warst«, antwortete er.

Angespanntes Schweigen machte sich am Tisch breit. Ich holte tief Luft, entschlossen, die Sache auf sich beruhen zu lassen, und schob weiter mein Essen auf dem Teller herum. Aber dann hielt ich es doch nicht mehr aus. »Weißt du was?«, sagte ich. »Du hast vollkommen recht, Matt. Es ist unprofessionell. Ich gehe jetzt sofort los und rufe Danielle zurück. Danke fürs Abendessen, Mom.«

»Oh, Roxie«, sagte meine Mutter. »Er hat es doch nicht so gemeint. Bitte, setz dich wieder hin, dein Bruder macht sich nur Sorgen um dich.«

Ich umarmte sie rasch, marschierte hinaus und fügte Matt zu der Liste mit Personen hinzu, auf die ich momentan stinksauer war. Auch wenn er recht hatte. Ich war immer schon außergewöhnlich gut darin gewesen, Gegenstände oder Informationen aufzuspüren, bereits als Kind, und Matt hatte mehr als einmal davon profitiert. Ich hatte einen Geldbeutel für ihn ausfindig gemacht, den Namen eines Mädchens aus der Jugendherberge, später dann einen Zeugen für einen Unfall mit Fahrerflucht, bei dem er sich das Bein gebrochen hatte, und ein gestohlenes Fahrrad für eine seiner Freundinnen. Es war das Einzige, was ich je gut gekonnt hatte. Und ich hatte Erfolg damit gehabt, bis mein Vater gestorben war und ich mein Handwerk just in dem Moment verlernt hatte, als ich es am dringendsten gebraucht hätte.

Draußen schlüpfte ich in meine Jacke und erschrak vor mir selbst, wie ein Tier, das sich vor seinem eigenen Spiegelbild fürchtet. Ich musste Veronica Cruz aus meinen Gedanken verbannen. Sie spielt keine Rolle, versuchte ich mir einzureden. Ich kannte sie ja nicht mal. Shelby und Joshua kannte ich auch nicht. Das waren nur Menschen, denen ich im Rahmen einer Ermittlung begegnet war. Veronica war wahrscheinlich einfach abgehauen. Sie hatte große Träume – Modedesign, New York. Belmont war für sie ein Dreckskaff, womit sie vollkommen recht hatte. Ich machte mich auf den Weg zu meinem Auto, aber dann rief Andrew meinen Namen.

Ich drehte mich um und blickte wortlos in seine Richtung.

Er zündete sich eine Zigarette an. »Mal im Ernst jetzt«, sagte er. »Was ist los?«

Ich öffnete den Mund und schloss ihn dann wieder, weil ich nicht wusste, wo ich anfangen sollte. »Ich bin heute nur nicht in der Stimmung für diesen Abstinenz-

Mist«, sagte ich schließlich und überlegte zum vermutlich ersten Mal, ob Matt mit seinem Kreuzzug gegen den Alkohol nicht vielleicht doch recht hatte.

Andrew war so nett und ließ mich vom Haken. »Ja, er ist wieder mal in Hochform«, stimmte er mir zu. »Bevor du gekommen bist, hätte ich ihn am liebsten mit der Midleton-Flasche verprügelt. Sie hat gar nicht mitgekriegt, dass ich sie runtergeholt hatte, aber Matt musste mich natürlich verpfeifen.«

»Sie wird später den Rest der Flasche in die Spüle kippen, das weißt du«, sagte ich.

»Wenn ich nichts davon kriege, dann kriegt auch niemand sonst was«, imitierte Andrew treffend den Ton meines Vaters.

Obwohl es gar nicht lustig war, musste ich lachen, ein trauriges, leises Lachen, bei dem mir die Brust eng wurde.

»Apropos Spüle«, sagte mein Bruder. Er zog seinen Geldbeutel hervor und zählte sieben Hunderter ab. »Hier. Der volle Betrag.«

»Du musst nur die Hälfte zahlen«, erwiderte ich.

»Mach dir keine Gedanken«, beruhigte mich Andrew. »Du kannst gerne einen Termin beim Schönheitschirurgen auf meine Kosten vereinbaren. Hör mal, wollen wir uns zusammen noch was reinpfeifen?«

»Was denn, zum Beispiel?«

»Was zu essen vielleicht, nachdem du die gute alte amerikanische Hausmannskost da drinnen verschmäht hast.«

»Wahrscheinlich sollten wir lieber wieder reingehen.«

»Nicht doch, sei froh, dass wir es rausgeschafft haben«, widersprach er. »Außerdem willst du doch sicher nicht riskieren, noch da zu sein, wenn Tom auftaucht, oder?«

Ich räusperte mich. Zum ersten Mal war ich mit Andrew diesbezüglich einer Meinung. »Auf gar keinen Fall«, sagte ich.

Wir gingen ins Little Palace und setzten uns an die Bar. Ich bestellte ein Sandwich mit gebratenem Hühnchen und dazu Makkaroni mit Käse und einen Whiskey on the rocks. Das Essen war gut und fettig, und ich fühlte mich sofort wieder mehr wie ein Mensch. Im Restaurant war es angenehm laut und voll, niemand schenkte meinem Wangenknochen die geringste Beachtung.

»Ich wusste, dass ich diesen Fall hätte ablehnen sollen«, sagte ich. »Ich hatte von Anfang an ein komisches Gefühl dabei.«

»Das weiß ich noch«, erwiderte Andrew. »Du hast mir erzählt, dass du glaubst, es könnte was Größeres werden, und dass du Angst hast, es zu vermasseln.«

»Genauso ist es gekommen.«

»Und was genau hast du vermasselt?«, fragte Andrew. »Von Matts eingebildeten Chancen bei dieser Danielle einmal abgesehen?«

Ich zeigte auf mein Auge. »Es wird wohl niemanden überraschen, wenn ich sage, dass das hier nicht beim Wandern passiert ist.«

Andrew grinste. »Ich bin ernsthaft schockiert«, erklärte er. »Und? Erzählst du es mir?«

»Ich wurde verhaftet.«

»Wofür, dass du auf dieser Party eine Schlägerei angezettelt hast?«

»Hausfriedensbruch«, sagte ich. »Und Widerstand gegen meine Festnahme. Da kommt das Veilchen ins Spiel.«

Mein Bruder hörte auf zu grinsen. »Scheiße«, murmelte er. »Das hat dir ein Cop verpasst?«

»Belmont Police«, bestätigte ich.

»Scheiße«, wiederholte er. »Was hast du denn angestellt?«

»Ich habe wirklich Hausfriedensbruch begangen«, räumte ich ein. »Aber der Grund dafür, also die Befürchtung, die ich hatte … Inzwischen glaube ich nicht mehr, dass sie zutrifft, und selbst wenn, hätte Matts Freundin gar nichts damit zu tun. Ich habe also zehn Tage umsonst vergeudet, habe mir in den Hintern treten lassen für nichts und wieder nichts. *Das* meine ich mit vermasselt.« Dass außerdem ein siebzehnjähriges Mädchen seit achtundvierzig Stunden spurlos verschwunden war, verschwieg ich. Schließlich war ihr Verschwinden nicht meine Schuld, auch wenn ich die Situation ganz sicher nicht besser gemacht hatte.

»Hast du Beschwerde eingereicht?«

Ich starrte ihn nur an.

»Lass dir nicht vom alten Test Pavement das Selbstvertrauen kaputt machen, Rox. Wenn er wüsste, dass du verletzt wurdest, während du für seine Bekannte gearbeitet hast, wäre er am Boden zerstört, das weißt du.«

Es war mir egal, ob Matt am Boden zerstört gewesen

wäre oder nicht. »Der Name lässt dir immer noch keine Ruhe, oder?«

»Die Test Pavements. Nein. Niemals. Das ist das Großartigste und gleichzeitig Schlechteste, was ich je gehört habe. Ich kann es kaum erwarten bis Freitag.«

»Tja, ich werde nicht kommen«, kündigte ich an.

»Oh doch, du kommst.«

»Ich habe wirklich keine Lust, den ganzen weiten Weg zur Trabue *oder* zur Renner Road rauszufahren.«

»Dann fährst du eben mit mir. Das wird super. Außerdem hat er das nicht so gemeint, was er gesagt hat.«

»Warum verteidigst du ihn?«

Andrew trank sein Glas ebenfalls leer. »Man kann einem Menschen nicht seinen Charakter vorhalten, sonst wird man nur verrückt«, sagte er. »Willst du hier noch einen trinken, oder sollen wir woandershin? So ein Typ vom Hotel schmeißt heute Abend eine Poker-Party.«

Veronica war verschwunden, und wir redeten über Poker-Partys. »Ich mag keine Kartenspiele, das weißt du.«

»Wir würden aber voll abräumen«, erklärte Andrew. »Der Kerl ist ein Trottel.«

Ich schüttelte den Kopf und zerkaute den Rest meines Eiswürfels. Ich wollte, dass irgendetwas Interessantes passierte, etwas, das mich stimulierte und in meinem Kopf die endlos kreisenden Gedanken verdrängte, über Shelby, ihren Vater, Veronica, die Arschlöcher der Belmont Police, denen ich nun wohl oder übel zutrauen musste, dass sie Veronica schon finden würden. Wenn sie überhaupt gefunden werden wollte. Was wahrscheinlich nicht der Fall war. Oder? Sie war vermutlich längst in Manhattan, aß einen veganen Cronut und kritzelte in ihrem Skizzenblock herum. »Lass uns zu einer anderen Party gehen, von der ich gehört habe«, schlug ich vor.

»Was für eine Party?«

Ich blickte auf den Mayonnaiseklecks auf meinem Teller hinunter. »Von einer Freundin von Catherine«, antwortete ich.

Andrew reagierte zunächst mit Schweigen. »Sie ist also wieder aktuell?«, fragte er nach einer Weile.

»Nein«, sagte ich. »Weiß nicht.«

»Und du willst wirklich auf eine Party, obwohl du aussiehst, als wärst du gerade überfallen worden?«

»Vor einer Minute wolltest du noch, dass ich zum Pokerabend eines völlig Fremden mitkomme.«

»Roxane, du bist eine erwachsene Frau und kannst tun, was du willst«, sagte er, »aber du bist auch meine kleine Schwester, und ich mache mir Sorgen um dich. Catherine ist kein guter Mensch. Ist sie einfach nicht. Sie ist eine egoistische Fotze.«

Ich widersprach nicht. »Wie war das noch gleich, dass man einem Menschen seinen Charakter nicht vorwerfen darf?«, fragte ich.

»Wenn du dir diese Einstellung wirklich zu eigen machen willst«, sagte er, »dann ist Catherine Walsh nicht diejenige, mit der du anfangen solltest.«

»Wie auch immer, ich gehe hin«, verkündete ich. Ich

wusste, dass das keine gute Idee war, aber ich wollte, dass wieder Samstagabend war, dass sich ein Schalter umlegte und ich mich wieder gut fühlte. Ich wollte es nicht nur, ich brauchte es. »Willst du jetzt mitkommen oder nicht? Es wimmelt bestimmt von Kunststudentinnen mit Borderline-Syndrom.«

Mein Bruder seufzte und warf einen Fünfziger auf die Theke. »Wie könnte ich da widerstehen?«, fragte er.

Die Wohnung im Künstlerviertel Dakota war eins jener Lofts mit hohen Decken, freiliegenden Rohren und dekorativen, unbequemen Möbeln, die aussahen, als hätte man sie aus einem alten schwedischen Bahnhof entwendet. Keiner von uns beiden hätte noch etwas zu trinken gebraucht. Andrew besorgte uns trotzdem zwei Drinks, mit denen wir uns auf einen niedrigen Polsterhocker am Fenster setzten und die Leute beobachteten. Es waren jede Menge Tätowierungen, experimentelle Frisuren und lose herabhängende schwarze Kleidungsstücke präsent. Die Partygesellschaft war eine Mischung aus Kunst-Menschen – wie die, die vor dem dreieinhalb mal viereinhalb Meter großen Vagina-Gemälde an der Wand standen und über die Bildkomposition diskutierten – und Hipster-Lesben, die wiederum darüber diskutierten, wem besagte Vagina gehören könnte. Der allgemeine Konsens war, dass sie von Thaos Verlobter stammte, die momentan ein Stipendium in L.A. hatte und dort auf einem öffentlichen Platz eine Skulptur aus benutztem Plastikbesteck errichtete, obwohl es auch Getuschel gab, sie könnte Thaos studentischer Mitarbeiterin gehören. Ich mutmaßte, dass es sich bei Thao um die Gastgeberin handelte. Unter den Partygästen waren ein paar Leute, die ich flüchtig kannte, und ich sammelte zwei Beileidsbekundungen zum Tod meines Vaters ein sowie ein unerklärliches Kompliment über meine Haare.

Catherine entdeckte ich nicht.

Typisch.

»Wenn sie ein Mann wäre«, merkte Andrew an, »hättest du sie längst als totales Arschloch abgeschrieben. Niemals hättest du dir von einem Kerl derart viel gefallen lassen. Allmählich wird es langweilig.«

Ich verdrehte die Augen. »Willst du damit andeuten, dass ich mich sexistisch verhalte?« Ich stand auf und hielt ihm die Hand hin, damit er mir seinen leeren Becher gab. »Ich hole uns Nachschub, und danach können wir gehen.«

Er nickte und sah müde aus. Kaum hatte ich das Feld geräumt, setzte sich jedoch eine Rothaarige mit paillettenbesetztem Bustier und Satinhose auf meinen Platz, und Andrews Laune besserte sich sichtlich. Ich ging in die Küche und fand die Alkoholvorräte, spürte jedoch eine Hand zwischen meinen Schulterblättern, bevor ich uns einschenken konnte.

»Da bist du ja«, flüsterte mir Catherine ins Ohr.

Ich drehte mich zu ihr um. Sie trug ein bordeauxrotes Kleid, das das Grün ihrer Augen zum Leuchten brachte, und roch nach Whiskey und Nelkenzigaretten. Wenn es jemanden gab, der mich von der Situation in Belmont ablenken konnte, dann war es Catherine.

Hoffte ich zumindest. »Ich dachte schon, du hättest mich versetzt. Seit wann bist du hier?«

Sie hob leicht die Augenbrauen, als sie mein Gesicht sah. »Schon die ganze Zeit«, antwortete sie. »Ich war oben. Was ist denn mit dir passiert?«

»Die erste Regel des Fight Club«, sagte ich. Wir blickten uns in die Augen. Die ihren waren unergründlich. Auf einmal kam mir alles absurd vor, wie in einem Traum, in dem man an einem Ort ist, der wie ein ganz anderer aussieht. »Was ist oben?«

»Ruhe«, erwiderte Catherine. Sie wies mit dem Kinn auf die zwei Becher in meiner Hand. »Schon jemanden kennengelernt?«

»Andrew ist mitgekommen«, erklärte ich.

Sie lachte ihr gewaltiges Lachen. »Du hast deinen Bruder mitgebracht? Oh Mann, du musst dir dringend ein eigenes Leben zulegen.«

Andrew hatte recht, was sie betraf, wie üblich. »Das war ein Scheißspruch.«

Sie goss Whiskey in die Becher in meiner Hand, nahm sich einen davon und leerte ihn in einem Zug. »Trink aus«, sagte sie. »Und dann komm mit. Ich will dich jemandem vorstellen.«

Ich spähte zu dem Polsterhocker hinaus, auf dem Andrew und ich gesessen hatten: Er war leer. Mein Bruder und der Rotschopf standen vor dem Vagina-Gemälde, und er fing meinen Blick auf und zwinkerte.

Ich folgte Catherine aus der Küche hinaus zum Balkon, der voll war bis über seine Belastungsgrenzen – mindestens zwölf Frauen drängten sich auf der Fläche einer Badewanne. Im Zentrum der Aufmerksamkeit stand eine Asiatin mit bläulich schimmernden Haaren, weiß gerahmter Brille und einem kunstvollen Tattoo, das aus dem V-Ausschnitt ihres mit Farbe vollgespritzten T-Shirts hervorlugte. Als sie durchs Fenster sah, wie Catherine näher kam, drängte sie sich aus dem Frauenknäuel und betrat die Wohnung.

»Thao, das ist Roxane«, stellte Catherine mich vor. »Meine erste echte Liebe.«

»Hui, die berühmte Roxane«, sagte Thao und umfasste meine Hand mit beiden Händen. Sie hatte schöne Schlüsselbeine und ein gutes, ironisches Lächeln.

»Ich dachte mir, dass ihr zwei euch bestimmt gut versteht«, erklärte Catherine. Ich war kurzzeitig verwirrt. Versuchte sie mich zu verkuppeln? Um mich noch mehr durcheinanderzubringen, schob sie ihren Arm durch meinen und drückte ihre Taille gegen meinen Ellbogen.

»Cat denkt immer, alle müssten sich gut verstehen«, erwiderte Thao, was stimmte. »Und zehn Minuten später steht dann jemand schluchzend im Fahrstuhl. Aber du bist ein interessanter Typ, da hat sie vollkommen recht.«

»Thao, du solltest deine Kamera holen«, sagte Catherine. »Wäre Roxane nicht perfekt für die Serie?«

»Nein«, lehnte ich ab. Auch wenn ich keine Ahnung hatte, wovon sie sprach – wenn eine Kamera involviert war, war ich nicht interessiert.

»Ah, du bist eine dieser Frauen, die sich nicht gern fotografieren lassen«, stellte Thao fest.

»Thao macht großartige Porträts«, schwärmte Catherine. »Großformatig, direkt von vorn aufgenommen. Wie Richard Avedon, nur mit nackten Lesben.«

Ich verschluckte mich fast an meinem Drink. »Ich dachte, du wärst Malerin«, sagte ich zu Thao.

Sie grinste mich nur an.

»Nein«, wiederholte ich noch einmal mit Nachdruck.

»Du hältst dich wahrscheinlich für unfotogen, aber ein Passbild für den Führerschein ist nicht dasselbe, wie wenn man richtig fotografiert wird«, erklärte Thao.

»Ich bin mir sicher, dass hier jede Menge Leute herumlaufen, die sich über die Aufmerksamkeit freuen würden«, wehrte ich ab und leerte den Rest meines Whiskeys. Er half mir nicht dabei, Veronica zu vergessen. Er bewirkte gar nichts.

»Um Aufmerksamkeit geht es dabei nicht«, sagte Thao. Sie strich mir die Haare aus dem Gesicht und betrachtete meinen Wangenknochen. »Es geht darum, die Wahrheit zu transportieren. Was ist da passiert?«

»Ich bin aus einem fahrenden Auto gesprungen«, behauptete ich und brachte damit beide zum Lachen.

»Vielleicht könntest du uns zusammen fotografieren«, schlug Catherine vor.

Thao nickte. »Merkt euch, wo wir stehen geblieben sind«, sagte sie, nahm meinen leeren Becher und steuerte auf die Küche zu. »Das verlangt nach noch mehr Alkohol.«

Ich blickte Catherine an. »Ist das der Grund, warum du mich eingeladen hast?«, fragte ich. »Wegen irgendeinem bescheuerten Kunstprojekt?«

»Nein, natürlich nicht«, antwortete sie. »Andererseits bist du nun schon mal hier und siehst so verwegen und heiß aus …« Sie schob ihre Hände in meine Lederjacke. »Verklag mich doch.« Dann ließ sie mich wieder los, als ihr Blick auf irgendetwas hinter meinem Rücken fiel. »Andrew, hi«, sagte sie.

Ich drehte mich um. Mein Bruder hatte seinen Autoschlüssel in der Hand, und hinter ihm stand die Rothaarige und zog ihre Jacke an. »Ist es okay, wenn ich abhaue?«, fragte mich Andrew.

»Ja, klar«, sagte ich. »Viel Spaß.«

Er hob eine Augenbraue. »Wir werden sehen«, entgegnete er. »Hey, rufst du mich morgen an?«

»Um dir mitzuteilen, dass ich überlebt habe?«

»Sie wird überleben«, mischte sich Catherine ein.

Andrew drückte meine Schulter und ging davon, ohne auch nur ein Wort zu ihr zu sagen.

»Wow«, flüsterte sie. »Was ist denn mit dem los?«

In diesem Moment kam Thao mit meinem Drink zurück und hielt ihn mir hin. Wie neulich auf Kennys Party hatte ich das ungute Gefühl, dass mir der Abend entglitt. Catherine schob ihre Hände erneut in meine Jacke, und ich schloss die Augen und konzentrierte mich auf ihre Berührung, als könnte der Körperkontakt meine Erinnerung auslöschen. Und ich trank weiter. Ich wusste nicht, was ich sonst tun sollte.

DREISSIG

Ich erwachte um sieben Uhr morgens in einem dunklen Raum. Meine Gliedmaßen fühlten sich an, als hätte ich die Nacht zusammengeklappt in einem Metallkoffer verbracht. Als ich mir mit der Hand übers Gesicht fuhr, zuckte ich bei der Berührung meines Wangenknochens zusammen. Ich hatte keine Ahnung, wo ich war. Von irgendwo weit her waren Küchengeräusche zu hören, und ich stieg leise aus dem Bett. Ich fühlte mich nicht direkt verkatert, eher fragmentiert, als hätte mir jemand gewaltsam die Hälfte meiner Gedanken aus dem Kopf entfernt. Ein Blick auf mein Handy verriet, dass der Akku schon wieder leer war. Meine Jeans lag linksherum auf dem Boden, abgestreift wie eine Haut. Das T-Shirt hatte ich noch an. Ich spähte durch die offene Tür und sah ein weiteres Schlafzimmer, dessen Tür geschlossen war. In dem Zimmer schrillte ein Wecker, den niemand beachtete. Ich befand mich offenbar auf der Galerie des Lofts, die durch ein Metallgeländer von der unteren Etage getrennt war. Dort sah es aus, als hätte eine Bombe eingeschlagen, überall Plastikbecher und Papierservietten und neben dem Vagina-Gemälde eine Schmierspur an der Wand, die entweder Hummus oder Erbrochenes war. Eine Frau mit langen schwarzen Haaren lag leise schnarchend auf dem Polsterhocker. Catherine war in der Küche und trank Kaffee, der Reißverschluss ihres Kleides stand offen. Ich schlüpfte in Jeans und Stiefel und stieg die Wendeltreppe hinunter.

»Guten Morgen«, sagte ich.

Sie lächelte, aber das Lächeln drang nicht bis zu ihren Augen vor. So war sie immer schon gewesen: Im einen Moment konnte sie die Finger nicht von mir lassen, und im nächsten ereilte sie die übelste Laune, die man sich vorstellen konnte. »Du warst vollkommen weggetreten«, teilte sie mir mit. »Ich war überrascht, dass du geblieben bist.«

Ich fand, dass das eine seltsame Bemerkung war. »Sie ist doch auch geblieben«, sagte ich und zeigte auf die schnarchende junge Frau. »Und du auch.«

»Äh, ja, bin ich«, erwiderte sie, als wäre ich dumm.

»Also, was, äh … was ist heute Nacht passiert?«

Catherine sah mich an. »Schon komisch«, lautete ihr Kommentar.

Ich schüttelte den Kopf und musste mich an der Küchentheke festhalten, um nicht das Gleichgewicht zu verlieren. »Ernsthaft«, sagte ich.

»Ernsthaft? Ich denke, du trinkst verdammt noch mal zu viel, wenn du dich nicht mal an letzte Nacht erinnerst. Danke, dass du da warst. Wir haben uns gut amüsiert.«

Ich spürte, wie mir das Blut ins Gesicht stieg, und betrachtete sie im spärlichen Licht des frühen Morgens. Ihr Eyeliner war verschmiert, ihre Haare zerzaust. Sie hätte irgendjemand sein können, wie sie da in dieser großen, modernen Küche stand.

Wir.

Dieses *Wir*, das waren nicht Catherine und ich. Das waren Catherine und Thao.

Plötzlich ergab alles einen Sinn.

Ich machte mich am Reißverschluss meiner Jacke zu schaffen, musste dringend aus dieser Wohnung heraus. Wie hatte ich nur glauben können, dass Catherine meine Welt wieder in Ordnung bringen könnte? Irgendwann gab ich es auf, die Jacke schließen zu wollen, meine Hände zitterten zu sehr. »Hättest du nicht was sagen können?«, fragte ich.

Catherine stellte ihren Kaffeebecher klirrend auf die Granit-Arbeitsfläche. »Was meinst du?«

Ich starrte sie ungläubig an. »Neulich Abend, meine ich. Da habe ich dich gefragt, ob dein Mann unterwegs ist, weil du dich dazu herablässt, mit mir zu Abend zu essen«, erinnerte ich sie. »Die Frage hätte wohl lauten müssen, ob Thao unterwegs ist.«

»Jetzt werd nicht sauer«, sagte Catherine. »Neulich Abend war toll. Gestern Abend war toll. Ich bin in einer Beziehung, so oder so. Also, wo liegt der Unterschied?«

Sie wusste genau, worum es mir ging, das sah ich in ihren Augen. »Der Unterschied«, begann ich, obwohl ich wusste, dass ich mir die Mühe sparen konnte, »liegt darin, dass du mir letztes Jahr noch erzählt hast, du würdest an deiner Ehe mit ihm arbeiten wollen.«

»Ja.«

»Und ich habe dir gesagt, dass du zu mir kommen sollst, falls es mit euch nichts mehr wird.«

»Ja.«

»Du meintest, das würdest du tun«, fuhr ich fort. »Und stattdessen bist du zu ihr gegangen? Du entscheidest dich für sie? Wie lange läuft das schon mit euch?«

»Ein paar Monate.« Sie verschränkte die Arme vor der Brust. »Was soll das eigentlich – *entscheidest dich für sie?* Komm schon, Roxane, du weißt, was Sache ist. Es ist ja nicht so, als wären wir beide uns irgendwas schuldig.«

Es klang ein bisschen wie das, was ich letzte Woche zu Tom gesagt hatte, nur dass es mir weniger behagte, wenn ich diejenige war, die es sich anhören musste. In beiden Fällen gab es jemand Neuen im Leben meines Gegenübers, und in beiden Fällen fühlte ich mich abserviert. Ich blinzelte heftig. »Na großartig«, sagte ich und spürte, wie mich jede Sekunde der vergangenen achtundvierzig Stunden herunterzog. »Warum hast du mich dann überhaupt eingeladen?«

Sie griff wieder nach ihrem Kaffeebecher. »Weil ich dich sehen wollte.« Ihr unschuldiger Tonfall machte mich rasend.

»Das steht dir aber nicht zu«, blaffte ich sie an. »Nicht, wenn du mir wichtige Informationen vorenthältst.«

Sie lachte, als könnte es bei diesem Gespräch etwas Erheiterndes geben. »Ach du«, sagte sie. »Versuchst mir vorzuschreiben, was ich zu wollen habe und was nicht.«

Ich drehte mich um und marschierte hinaus.

Diesmal kam mir niemand hinterher.

Nach einer vierzigminütigen Dusche und zwei Tassen Tee war ich immer noch nicht bereit, der Realität ins Auge zu blicken. Stattdessen lag ich mit zugezogenen Jalousien im Bett. Am liebsten hätte ich ein Jahr lang geschlafen und wäre nüchtern und rundum glücklich wieder aufgewacht. Aber ich konnte nicht einmal fünf Minuten schlafen. Also nahm ich mir mein Handy vor und begutachtete den Schaden des gestrigen Tages.

Anrufe von: Danielle (verwirrt), Marisa (besorgt, nachdem sie von Kenny erfahren hatte, was vorgefallen war), wieder Danielle (verärgert), Tom (besorgt, schuldbewusst), Matt (mit der Aufforderung, ihn zu einem Treffen der Anonymen Alkoholiker zu begleiten), meine Mutter (mit der Telefonnummer ihres Dermatologen), Joshua (nichts Neues zu berichten), Shelby (keine hinterlassene Nachricht). Der unbekannte Anrufer schwieg weiterhin.

Selbst er war offenbar zu dem Schluss gelangt, dass ich handlungsunfähig war und für niemanden eine Bedrohung darstellte.

Ich starrte die Leuchtsterne an meiner Zimmerdecke an und versuchte sie dazu zu bewegen, mir zu sagen, was ich tun sollte. Entweder sie wussten es nicht, oder sie rückten nicht damit heraus. Schließlich stand ich auf, nahm meinen Tee mit ins Arbeitszimmer und rief Danielle an.

»Tut mir leid, dass ich mich erst so spät zurückmelde«, entschuldigte ich mich bei ihr. »Eine Ausrede habe ich nicht. Es wird nicht wieder vorkommen, das verspreche ich.«

»Hören Sie, Roxane«, erwiderte sie, »ich glaube nicht, dass das mit uns funktioniert.«

Ich presste den Handballen gegen meine Stirn. »Danielle …«

»Es ist nichts Persönliches, wirklich nicht«, fuhr sie fort, »und ich will mir auch kein Urteil anmaßen über Ihre … äh … Probleme, wie auch immer sie aussehen mögen, aber für meinen Bruder läuft die Zeit ab, im wahrsten Sinne des Wortes. Ich habe Sie engagiert, damit Sie ihm helfen, und stattdessen verbringen Sie die gesamte vergangene Woche damit, ihm noch mehr Scheiße anzuhängen.«

Sie hatte also inzwischen mit ihrem Bruder geredet. Zum zweiten Mal an diesem Tag schoss mir das Blut ins Gesicht, obwohl ich allein im Zimmer war. »Ich habe nicht versucht, Brad irgendetwas *anzuhängen*«, widersprach ich und stand auf, um im Flur auf und ab zu gehen. »Ich wollte herausfinden, welche Verbindung zwischen den Cook-Morden und anderen Mordfällen besteht. Als Detektiv muss man nun mal jeden Stein umdrehen, auch wenn einem nicht gefällt, was man darunter findet. Auch wenn das Gegenteil von dem herauskommt, was das ursprüngliche Ziel war. Ich weiß …«

»Nein, das glaube ich nicht.« Danielle räusperte sich. »Brad hatte vor Kurzem Besuch von Kriminalbeamten der Columbus Police, es ging um diese Mallory Evans, nach der Sie mich gefragt haben. Die haben nicht einfach spontan beschlossen, diesen alten Fall wieder aufzurollen.«

Fick dich, Tom, dachte ich unfairerweise.

»Aus all diesen Gründen muss ich unsere Geschäftsbeziehung leider beenden«, schloss sie. »Mehr wollte ich gar nicht sagen.«

Ich brachte es nicht mal fertig, mit ihr zu diskutieren. Auf dem Weg zurück ins Arbeitszimmer weigerte ich mich wieder einmal, das Pappviereck an meiner Haustür anzuschauen. »Okay.«

Das schien sie ein wenig aus dem Konzept zu bringen. »Okay?«

»Es tut mir wirklich leid, Danielle«, sagte ich. »Ich weiß nicht, was ich sonst dazu sagen soll. Das war nicht Sarah Cook, die Sie an jenem Abend an der Tankstelle gesehen haben. Ich dachte, ich könnte einen anderen Weg finden, Ihrem Bruder zu helfen, aber ich kann es leider nicht. Ich weiß nicht, was damals passiert ist. Ich weiß nicht, wo ich noch suchen soll. Sie sollten jemand anderen engagieren, einen Ex-Soldaten mit kurz geschorenen Haaren und Zielscheibe auf der Visitenkarte. So einer geht bestimmt viel konventioneller an die Sache heran und erzielt damit womöglich bessere Ergebnisse. Und kreiden Sie es bitte nicht meinem Bruder an, er ist vollkommen anders als ich.«

Ich beendete das Gespräch und ging zurück ins Schlafzimmer. Statt erneut unter die Decke zu kriechen, lehnte ich mich eine Weile gegen den Türrahmen. Ich hatte keine Ahnung, wie ich in dieser Situation gelandet war. Was als Suche nach einer möglichen Zeugin in einem alten Mordfall begonnen hatte, hatte sich zu einem brandaktuellen Vermisstenfall entwickelt. Auf dem Weg dorthin hatte ich zwei Verdächtige ausgemacht, die rückblickend doch nicht mehr ganz so verdächtig wirkten, hatte Sarahs Cousine angelogen und als Quittung ein kaputtes Fenster kassiert und war immer noch kein bisschen schlauer geworden aus den Cook-Morden, dabei war genau das mein ursprüngliches Ziel gewesen. Ich hatte eine Reihe von Verbindungen zu erkennen geglaubt, die womöglich gar nicht existierten, sondern der Tatsache geschuldet waren, dass alle Beteiligten in einer Kleinstadt lebten. Vielleicht war ohnehin schon zu viel Zeit verstrichen, um noch irgendetwas beweisen zu können. Vielleicht hatte es von Anfang an nie irgendwelche Verbindungen gegeben. Vielleicht war der Wald unterhalb Clover Point ein allgemein bekannter Abladeplatz für Mörder im gesamten Mittleren Westen, wegen der unklaren Zuständigkeitsverhältnisse und der isolierten Lage.

Aber die blaue Plane.

Sofort erschienen wieder die Knochen vor meinem inneren Auge.

Eigentlich spielte es keine Rolle mehr, ob es eine Verbindung zwischen den Fällen gab, versuchte ich mir einzureden. Mallory, Colleen und Sarahs Eltern waren tot, also war es unwichtig, ob jemals jemand herausfand, was wirklich passiert war.

Doch das stimmte nicht. Natürlich war es wichtig. Es war wichtig für Brad und Danielle. Es war wichtig für Veronica, Shelby und Joshua.

Und es war auch verdammt wichtig für mich.

EINUNDDREISSIG

Shelby machte gerade Sandwiches mit gegrilltem Gemüse zum Mittagessen, als ich bei ihr und ihrem Vater eintraf. »Ich habe eins übrig«, sagte sie. »Haben Sie Hunger?«

»Klar, das klingt super, danke«, antwortete ich. Es war warm im Haus, und ich zog meine Lederjacke aus und hängte sie im Esszimmer über eine Stuhllehne.

»Du hattest es wohl im Gefühl, dass sie kommt, was, Shel?«, fragte Joshua.

Shelby sagte nichts dazu. Wir sahen uns an, und mir ging auf, dass das Sandwich eigentlich für Veronica gewesen war, eine hoffnungsvolle und zugleich verzweifelte Geste. »Wahrscheinlich schmecken sie nicht so besonders«, kündigte sie an. »Wir haben keinen Knoblauch mehr, und er lässt mich nicht in den Supermarkt, um neuen zu kaufen. Deshalb ist das Gemüse ziemlich fad.«

»Shelby«, ermahnte ihr Vater sie mit einem untypischen warnenden Unterton in der Stimme. An mich gewandt erklärte er: »Sie bekommt hier allmählich einen Lagerkoller.«

Shelby knallte eine Bratpfanne auf den Herd. »Oh Mann, hör auf, das ständig zu sagen«, rief sie und schob sich an uns vorbei aus der Küche. Kurz darauf schlug ihre Zimmertür zu.

Joshua schüttelte den Kopf. Er trug noch sein T-Shirt von gestern und sah aus, als hätte er immer noch nicht geschlafen. »Sie ist sonst nie so, aber im Moment hasst sie mich«, murmelte er. »Ich habe sie nicht zu ihrem Job im Restaurant gelassen, sie durfte nicht in den Supermarkt und auch nicht in den Copyshop, um noch mehr Kopien von den Flugblättern zu machen. Jetzt tut sie so, als wäre mir Veronica deshalb egal, was natürlich nicht stimmt. Das Mädchen ist wie eine zweite Tochter für mich. Die Polizei meint, dass wir nichts tun können, außer auf uns aufzupassen.«

»Da hat sie vermutlich recht.«

»Ich bin schon ganz krank wegen dieser Sache.«

»Ich weiß, Joshua.«

»Shelby erinnert sich nicht mehr an ihre Mutter, daher betrifft es sie nicht so direkt, was damals mit ihr passiert ist«, erklärte er. »Mich dafür umso mehr. Ich erinnere mich noch an alles. Und die Sache mit Veronica … ich bin einfach …« Er brach ab und schlug mit der Faust auf den Tisch, so heftig, dass seine Bierflasche umfiel. Sie war leer und rollte klirrend auf den Boden. Über seine Schulter hinweg erspähte ich eine ganze Sammlung leerer Bierflaschen in einer braunen Papiertüte.

Deshalb war er also nicht einfach mit ihr zum Supermarkt gefahren, um Knoblauch zu kaufen. *Dieser Mann ist ihr Vater*, wiederholte ich in Gedanken und spürte, wie sich mir die Brust zusammenschnürte.

»Joshua«, sagte ich, »wenn Shelby noch mehr Kopien

machen möchte, fahre ich mit ihr los. Für euch beide ist es vielleicht ganz gut, wenn ihr ein bisschen Abstand bekommt. In einer derart schwierigen Situation solltet ihr nicht miteinander streiten. Bei mir ist sie sicher.« Ich hatte meinen Revolver neu geladen, aber das erwähnte ich natürlich nicht.

»Das müssen Sie nicht, ich weiß, dass Sie selbst genug zu tun haben«, wehrte Joshua ab, doch in seinem Blick lag Dankbarkeit.

»Ich mache es gern«, versicherte ich. »Wirklich.«

Er nickte. »Danke, Roxane.«

Ich tätschelte ihm die Schulter, ließ ihn allein am Tisch zurück und ging den Flur entlang zu Shelbys Zimmer, wo ich an die geschlossene Tür klopfte. »Darf ich reinkommen?«, fragte ich.

»Mir egal.«

Das klang nicht wirklich nach einer Einladung. Ich betrat das Zimmer trotzdem. Shelby saß im Schneidersitz auf ihrem Bett, die Arme trotzig vor der Brust verschränkt. Ihr Laptop stand aufgeklappt neben ihr auf der Bettdecke, und Veronicas Facebook-Seite war geöffnet. Sie sah mich nicht an.

»Shelby …«, begann ich.

»Ich dachte, Sie wären sauer auf mich oder so was«, platzte sie heraus und fing an zu weinen. »Oder dass Sie mich für total dämlich halten. Weil Sie weggegangen sind und aufgehört haben, uns zu helfen.«

Ich schloss die Tür und setzte mich neben sie. »Nein«, sagte ich. Mir war elend zumute. »Nein, damit könntest du nicht falscher liegen. Als ich neulich von euch weggefahren bin, glaubte ich zu wissen, was passiert sein könnte, und habe etwas ziemlich Dummes getan. Und weil ich mich dabei in die Ermittlungen der Polizei eingemischt habe, wurde ich verhaftet.«

Sie sah mich endlich an, mit weit aufgerissenen Augen.

»Deshalb konnte ich nicht ans Telefon, um eure Anrufe entgegenzunehmen«, fügte ich hinzu. »Und als ich dann gestern aus dem Gefängnis entlassen wurde, fühlte ich mich total schlecht, weil ich keine Ahnung hatte, wie ich euch noch helfen sollte. Dein Dad meinte, dass die Polizei tut, was sie kann, und ich dachte: Gut, dann lasse ich sie machen. Aber dann ist mir klar geworden, dass es mir egal wäre, was die Polizei alles unternimmt, wenn es meine Freundin wäre, die nicht nach Hause gekommen ist. Dann würde ich selbst tun wollen, was ich kann, selbst wenn es nur ganz kleine Dinge wären. Deshalb bin ich heute zurückgekommen, um nachzufragen, ob ich euch irgendwie helfen kann. Dein Dad sagt, dass du noch mehr Kopien von deinen Flugblättern machen willst. Ich fahre mit dir hin, wenn du willst.«

Shelby schlug die Hände vors Gesicht und nickte. »Danke.«

»Warum kochst du nicht das Mittagessen für deinen Dad fertig, und danach fahren wir los, okay?«

Ich spendierte Shelby fünfhundert Kopien des Flyers in einem Copyshop in der Nähe der Highschool und ließ sie den Rest des Nachmittags bestimmen, wo sie überall hinwollte. Wir weiteten das Suchgebiet bis über die Grenzen Belmonts aus, um auch Veronicas Lieblingsplätze in Columbus abzudecken: das Drexel-Kino in der Nähe des Stadtzentrums, ein paar Secondhandläden – das Flower Child in Short North, den Boomerang Room in Clintonville – und den Souvenirshop im Kunstmuseum. Ich glaubte zwar nicht, dass Veronica seit bald zweiundsiebzig Stunden verschwunden war, um shoppen zu gehen, und es erinnerte sich auch niemand, mit dem wir sprachen, sie gesehen zu haben, aber wir verteilten trotzdem großzügig unsere Flugblätter. Es schadete schließlich nicht, das Netz ein wenig auszuweiten.

Danach nahm ich Shelby mit zum Angry Baker, der veganen Bäckerei, von der ich ihr letzte Woche erzählt hatte. Wir holten uns Chai Lattes und setzten uns an einen kleinen runden Tisch am Fenster, wo wir schweigend beobachteten, wie die Autos spritzend durch die Pfützen auf der Oak Street fuhren. Inzwischen hatte es aufgehört zu regnen, doch die Stadt war durch und durch nass, und man konnte sich nicht vorstellen, dass es jemals wieder anders sein würde. Es gab keinen wirklichen Grund, Shelby mit hierherzubringen, außer den, sie ein wenig aufzuheitern. Ich wusste nicht, was ich sonst tun sollte.

»Veronica würde es hier auch gefallen.« Shelby umfasste ihren Becher mit beiden Händen. »In diesem Teil der Innenstadt sind wir sonst nie. Mein Vater hat was dagegen, weil es angeblich eine schlechte Gegend ist.«

»Hey, das ist mein Viertel!«, protestierte ich scherzhaft. »Sieht es hier für dich nach einer schlechten Gegend aus?«

Ihr Blick wanderte zu dem mit Brettern zugenagelten Gebäude auf der anderen Straßenseite, aber sie sagte nichts.

Ich musste lachen und war drauf und dran, mich über Belmont zu echauffieren, das nach außen hin wie ein nettes Städtchen wirkte, jedoch weit davon entfernt war. Aber ich ließ es lieber bleiben. Es war nicht der richtige Moment für solcherlei Versuche, Shelbys Horizont zu erweitern. »War dein Vater denn überhaupt schon mal hier?«, fragte ich stattdessen.

»Wahrscheinlich nicht. Er verlässt unser Viertel eigentlich nur, um zur Arbeit zu fahren.«

»Na siehst du.«

»Wenn Veronica wieder da ist, komme ich mit ihr hierher«, sagte sie.

Wenn Veronica wieder da ist. Als wäre sie nur kurz auf einem Campingausflug.

Shelby starrte eine Weile wortlos in ihren leeren Becher. »Er hat mich gefragt, ob es möglich wäre, dass sie sich selbst was angetan hat. Sich umgebracht hat. Ist es nicht. Ist es absolut nicht. Das würde sie mir niemals antun.« Sie machte eine Pause, bevor sie weitersprach. »Mein Dad weiß gar nicht, wovon er da redet. Manchmal hat er echt keine Ahnung. Sie kommt wieder zurück. Kommt sie doch, oder?«

Ich wusste nicht, was ich darauf antworten sollte. Einerseits wollte ich Shelby nicht anlügen, und andererseits sah ich keine Möglichkeit, ihr die Wahrheit zu sagen. Denn im Moment brauchte Shelby dringender Trost als eine offene, ehrliche Antwort. »Ja«, sagte ich deshalb. Veronica würde tatsächlich irgendwann auf die eine oder andere Weise wieder auftauchen, deshalb war es streng genommen keine Lüge. »Kommt sie.«

Auf dem Rückweg fuhren wir noch beim Book Loft und bei einem großen Secondhandladen auf der South High Street vorbei, und um kurz vor sieben fiel Shelby ein, dass sie noch in die öffentliche Bücherei von Belmont gehen wollte. »Veronica steht nicht wirklich auf Büchereien«, sagte sie. »Ich schon, aber sie nicht. Trotzdem, da gibt es ein Anschlagbrett für Flugblätter, und ich sehe immer irgendwelche Leute davorstehen, die sie lesen.«

»Gute Idee.«

Die Bücherei war gemütlich und originell, ein kleiner Raum mit einem offenen Kamin in der Mitte. Wie ein Museumsstück stand ein alter Zettelkatalog in der Ecke, neben einem Plakat über die Geschichte des Dewey-Systems zur Katalogisierung von Büchern. Während Shelby um Erlaubnis bat, ihr Flugblatt aufhängen zu dürfen, sah ich mich um und versuchte mir Brad und Sarah bei ihrem wöchentlichen Schriftstellertreffen an diesem Ort vorzustellen. Als Shelby von der Ausleihtheke zurückkam, hob sie den Daumen in meine Richtung, während sie mit ihren Flugblättern zum Schwarzen Brett weiterging. Ich bezweifelte, dass es irgendwo auf der Welt eine Bibliothekarin gab, die sich geweigert hätte, eine Vermisstenmeldung aufzuhängen. Meiner Erfahrung nach zählten Bibliothekarinnen zu den nettesten Personen, mit denen man im Leben zu tun hatte. Es war dennoch gut zu wissen, dass es auch in Belmont noch anständige Menschen gab.

Ich spürte, wie hinter mir die Tür der Bücherei aufging, und machte einen Schritt in Richtung Zettelkatalog. Dann hörte ich plötzlich das verräterische Knarren eines Polizeigürtels.

Ich fuhr herum und stand Sergeant Jack Derrow gegenüber.

»Ich warte nur auf jemanden«, beteuerte ich und hob die Hände. Unglaublich, dass ich ihn bei unserer ersten Begegnung als freundlich empfunden hatte.

»Vielleicht bin ich ja nur hier, um ein Buch auszuleihen.«

»Warum habe ich das Gefühl, dass das nicht stimmt?« Sein Blick streifte meinen Wangenknochen. »Sie verstehen sicher, dass ich nur meinen Job gemacht habe.«

»Na klar«, entgegnete ich. »Gute Arbeit. Bitte sehr, holen Sie sich Ihr Buch.«

»Und was machen Sie hier?«

»Wie gesagt: Ich warte auf jemanden. Ich bin mir ziemlich sicher, dass das nicht polizeirelevant ist.« Mir kam der Gedanke, dass die Cops vielleicht einen GPS-Sender an meinem Auto angebracht hatten, als es an der Zufahrtsstraße hinter dem Anwesen der Brayfields geparkt hatte. Fahndungsaufruf hin oder her, die Geschwindigkeit, mit der sie mich bei jedem Belmont-Besuch ausfindig machten, war geradezu unheimlich.

Derrow beobachtete mich noch eine Minute, als erwartete er, dass ich direkt vor seinen Augen ein Verbrechen beging. Aber er konnte mir nichts anhängen, denn ich betrat weder Privateigentum, noch lungerte ich irgendwo an einer Straßenecke herum. Und es gab eine Menge Zeugen, die widersprochen hätten, wenn er mir ungebührliches Benehmen vorgeworfen hätte. Sein Blick wanderte über meine Schulter hinweg, als sich Shelby näherte.

Sie entdeckte Derrow und starrte auf ihre Schuhe, während sie mir im Flüsterton erzählte: »Ich darf zwanzig Kopien auslegen, und wenn sie knapp werden, machen sie noch mehr, haben sie gesagt.«

»Sehr gut. Bereit zum Abmarsch?«, fragte ich.

»Wie geht es dir denn mit der ganzen Sache, Shelby?«, erkundigte sich Derrow. »Und deinem Vater?«

»Uns geht's gut«, antwortete sie. »Ja, abmarschbereit.«

Wir traten in die Kälte hinaus. Shelby ging hinter mir, blieb mir jedoch dicht auf den Fersen. Ich warf einen Blick über die Schulter und sah, dass ihr Gesicht knallrot angelaufen war.

»Hey«, sagte ich. »Stimmt was nicht?«

Sie schüttelte den Kopf und zog schon am Türgriff, bevor ich das Auto überhaupt aufgeschlossen hatte. Sobald die Tür aufging, sprang sie hinein und zog sie hinter sich zu, während ich noch draußen stand.

Ich stieg ebenfalls ein. »Shelby«, sagte ich. »Was ist los? Du bist ganz rot im Gesicht.«

Shelbys Hände schossen zu ihren Knien, wo sich ihre Finger in den Stoff ihrer Hose gruben. »Ich ...« Sie brach ab.

»Du kannst es mir ruhig erzählen«, sagte ich.

»Ich werde eben manchmal rot, ohne dass ich was dagegen machen kann.«

Ich wartete, eine Hand am Zündschlüssel.

»Ich mag ihn einfach nicht, das ist alles«, erklärte sie schließlich.

»Derrow?«

»Ich mag ihn nicht«, wiederholte sie ein wenig bestimmter. »Veronica hat erzählt, dass er immer total komisch war beim Schock.«

Ich ließ den Zündschlüssel los und drehte mich zu ihr um. »Beim Schock?«, fragte ich verwirrt.

»Sie musste doch diesen Workshop machen, zu dem ihr Stiefvater sie gezwungen hat. Weil sie mal einen Lippenstift im Supermarkt geklaut hat. Die Polizei hält diese Kurse ab. Selbstdisziplin, Charakter, Höflichkeit, Ordnung und … äh, das C steht für … Chancen. Und K für Kurs. Es ist ein, wie heißt das noch mal? Ein Akronym. SCHOCK.«

Ich hatte plötzlich das Gefühl, in den Lauf einer Waffe zu starren. »Veronica hat daran teilgenommen?«, fragte ich langsam. Danielle hatte mir erzählt, dass Mallory Evans einen solchen Workshop absolviert hatte. *Ein städtisches Umerziehungsprogramm für verkorkste Jugendliche,* hatte sie gesagt. Und laut Colleens Mutter hatte Colleen ebenfalls zu *einem dieser von der Stadt organisierten Bootcamps* gemusst, *bei denen den Kindern Angst eingejagt wird, damit sie wieder zur Besinnung kommen.* War das der gleiche Kurs gewesen? Und war Derrow auch damals schon der Kursleiter gewesen? Ich schüttelte den Kopf und versuchte, meine rasenden

Gedanken zu zügeln. »Inwiefern komisch? Was hat er denn Veronica zufolge getan?«

Shelby machte ein verlegenes Gesicht. »Ich weiß es nicht genau. Angeblich hat er ständig ihre Brüste angestarrt. Keine Ahnung, ob das stimmt, Veronica kann manchmal ein bisschen übertreiben. Ihre Mom sagt immer: ›Veronica, du glaubst, die ganze Welt sei in dich verliebt. Warte nur ab, bis du herausfindest, dass das nicht so ist.‹«

Veronicas Mutter klang wie eine Zicke. Andererseits hatte auch ich als Jugendliche Mädchen gekannt, die so waren. Trotzdem klopfte mir das Herz bis zum Hals. Mir fiel das Gespräch wieder ein, das die Mädchen bei meinem ersten Besuch miteinander geführt hatten. *Auf einer Skala von eins bis zehn – wie oft hat er sämtliche Mädchen im Kurs angeglotzt?*

Aber das war noch nicht alles. Shelby nahm offenbar etwas an Derrow wahr, das ihr nicht behagte.

»Shel«, sagte ich. »Hör zu. Ich weiß, dass man bei manchen Dingen ein komisches Gefühl hat und bei anderen ein richtig schlechtes. Als Frau besitzt man einen kleinen Sensor, der einem mitteilt, was von beiden es ist, stimmt's?«

Sie nickte und ertappte mich dabei, dass ich ihre Reaktion im Beifahrerfenster beobachtete.

»Du bist es dir selbst schuldig, immer auf diesen Sensor zu hören. Immer«, betonte ich.

Shelby nickte wieder. Dann drehte sie den Kopf und sah mich an. »Ich mag ihn nicht«, wiederholte sie. »Ich mag es nicht, wie er mich anschaut.«

»Und wie schaut er dich an?« Eine finstere Vorahnung begann sich in meiner Brust einzunisten.

»Als ob er … ich weiß nicht genau, wie ich das erklären soll. Als ob er etwas über mich wüsste. Dabei stimmt das gar nicht, er kennt mich nicht mal«, antwortete sie.

»Übermäßig vertraulich«, versuchte ich ihre Erklärung in Worte zu fassen.

»Ja«, stimmte Shelby zu. »Ich denke, das ist es. Einmal kam er ins Restaurant und setzte sich an die Bar. Jedes Mal, wenn ich eine Gruppe zum Tisch brachte, hat er mich angelächelt. Oh Mann, das klingt so bescheuert: *Er hat mich angelächelt.* Na und? Ich weiß auch nicht. Ich mag so was einfach nicht.«

Sie fröstelte in der Kälte, deshalb startete ich den Motor. Shelbys Gesichtsfarbe war inzwischen wieder völlig normal, und sie schien nicht zu merken, in welchen Aufruhr mich das gerade Gehörte versetzt hatte. Im Rückspiegel sah ich Derrow langsam davonfahren, wobei er demonstrativ in die andere Richtung blickte.

Als wir bei Shelby zu Hause ankamen, hatte sich Joshua rasiert und umgezogen, und er hatte die Ansammlung leerer Bierflaschen aus der Küche geräumt. Er wirkte wach und ausgeruht. »Danke«, sagte er zu mir. »Ernsthaft.«

Er lud mich ein, zum Abendessen zu bleiben – der Pizzaservice war schon unterwegs –, doch ich konnte es kaum erwarten, wieder hinauszukommen. Ich hatte ein flaues Gefühl in der Magengrube und befürchtete, dass man mir ansah, was für eine Angst mir die soeben erlangte Erkenntnis einjagte. Bisher war Derrow überhaupt nicht auf meinem Radar aufgetaucht. Anfangs hatte er sich hilfsbereit gegeben, und dann, am Zaun der Brayfields, war er mir gegenüber aggressiv geworden, aber ich hatte geglaubt, das sei der Situation geschuldet gewesen. Die Anrufe der unbekannten Nummer hatten direkt nach meiner ersten Begegnung mit ihm angefangen und sofort nach meiner Verhaftung aufgehört, wie mir nun siedend heiß bewusst wurde. Während meines Aufenthalts in der Zelle hatte er nicht angerufen, weil ich ohnehin nicht hätte drangehen können, und nach meiner Freilassung waren seine Anrufe ebenfalls ausgeblieben – vermutlich, weil ich genau das getan hatte, was er wollte: Ich hatte aufgegeben und war nach Hause gefahren. Die Wunde an meinem Wangenknochen pochte. Bislang hatte ich nicht viel Erfolg damit gehabt, Verbindungen zu erkennen, aber manchmal drängte sich eine solche Verbindung auch ganz von allein auf. Das Universum erteilte einem wieder und wieder die gleiche Lektion, bis man sie endlich lernte.

Du kannst nicht darüber hinweg. Du kannst nicht darunter hindurch. Du kannst nicht außen herum.

Du musst mitten hindurch.

Der Eingangsbereich der Polizeiwache war um neun Uhr abends menschenleer. Ich betrat ihn und marschierte direkt zu den Fotos im Wartebereich, den Fotos, die ich erst vor Kurzem eine Stunde lang betrachtet hatte, während Lassiter mich hatte warten lassen. Es waren dreizehn mal achtzehn Zentimeter große

Abzüge mit kleinen eingravierten Plaketten unten auf dem Rahmen. SCHOCK 2015. Etwa zwanzig Jugendliche in identischen grünen T-Shirts. Ich spähte angestrengt auf das Bild und entdeckte Veronica schließlich in der zweiten Reihe, mit einem halbherzigen Lächeln auf den Lippen. Jack Derrow stand hinter den Teenagern, die Arme vor der Brust verschränkt. Ich machte mit den Fotos aus früheren Jahren weiter und versuchte grob zu schätzen, wann Colleen Grantham wohl am Workshop teilgenommen hatte. Falls sie überhaupt teilgenommen hatte.

Natürlich hatte sie.

SCHOCK 2007. Das Jahr, in dem sie verschwunden war. Sie stand in der vorderen Reihe und schien sich unwohl zu fühlen. Jack Derrow blickte mir auch diesmal aus dem Hintergrund entgegen.

Ich ging noch ein paar Jahre zurück. Mallory war nicht im Kurs des Jahres 1999 zu sehen, dem Jahr, in dem sie ermordet worden war. Aber da war sie schon nicht mehr zur Schule gegangen, sondern mit Joshua verheiratet gewesen. Ich fand sie schließlich im Workshop von 1997, wo sie mit toten Augen aus der hinteren Reihe in die Kamera starrte. Jack Derrow stand direkt hinter ihr.

Ich holte tief Luft und setzte mich auf eine Bank. Diese Verbindung zwischen den Mädchen ließ sich nur schwer ignorieren. Derrow hatte bei fünf der Begrüßungsempfänge, die man mir in Belmont bereitet hatte, seine Finger im Spiel gehabt. Er hatte alle drei Mädchen persönlich gekannt. Ich dachte daran zurück, wie er sich bei meiner Verhaftung verhalten hatte, an seine Hand, die langsam an meiner Brust nach oben gewandert war, um den Reißverschluss meines Regenmantels zu öffnen.

Doch was war mit Sarah? Sie war kein Teenager auf Abwegen gewesen.

Dann fiel es mir plötzlich wie Schuppen von den Augen.

Die Cooks waren persönliche Freunde von Derrow gewesen.

Das hatte er mir selbst erzählt.

Die Lounge des Westin Hotels war an diesem Abend gut besucht. Ich ergatterte den letzten freien Barhocker und nickte meinem Bruder zu, der die Hand hob, um mir zu bedeuten, dass er noch eine Minute brauchte. Während ich wartete, spielte ich mit meinem Handy und überlegte hin und her. Am liebsten hätte ich Tom angerufen. Ich war immer noch ein wenig sauer auf ihn, aber er hätte bestimmt gewusst, welcher nächste Schritt sinnvoll war. Oder er hätte gewusst, wie er mir die Sache ausreden und mich darauf hinweisen konnte, dass ich nach neun Monaten, in denen ich nicht zu klarem Denken fähig gewesen war, nun endgültig den Verstand verloren hatte. Wie auch immer, er hätte mir weiterhelfen können.

Doch ich brachte es nicht fertig, seine Nummer zu wählen.

Meine gespeicherten Kontakte bildeten ein tristes Sammelsurium von Personen, mit denen ich nicht mehr redete. Polizisten, Anwälte, eine Frau, die beim Bezirkssheriff arbeitete und mit der ich vor einem Jahr zwei nicht besonders geglückte Dates gehabt hatte. Ich steckte mein Handy wieder weg.

»Du«, sagte mein Bruder und schob mir ein Schnapsglas mit Whiskey über die Theke, »hättest mich eigentlich heute anrufen sollen.«

»Ist ein persönliches Gespräch nicht besser?«, fragte ich. Dann leerte ich das Glas in einem Zug und schob es zurück, damit er es wieder auffüllte.

»Schon«, räumte Andrew ein, »aber du bist nur hier, weil du irgendetwas von mir willst.«

Ich lachte. »Ich?«, fragte ich unschuldig.

Er grinste mich an. »Also, was ist es?«

»Ich würde mir gern dein Auto ausleihen«, verkündete ich.

Er füllte mein Glas erneut auf und schenkte auch sich selbst eins ein. Dann sah er mich mit leiser Sorge im Blick an. »Wieso, was ist mit deinem passiert?«

»Nichts«, antwortete ich. »Ich will nur für ein paar Tage die Autos tauschen. Weil ich mich inkognito fortbewegen muss.«

»Ich hab dir damals gleich gesagt, dass deine Karre nicht zum Observieren taugt«, erwiderte Andrew.

»Und ich habe dir dazu geraten, den Escape zu kaufen, weil niemand dem Fahrer eines kleinen beigefarbenen SUV irgendetwas Böses zutraut«, sagte ich. »Und genau deshalb brauche ich ihn jetzt.«

Wir tauschten die Autoschlüssel. Eine Frau im grauen Hosenanzug klopfte am anderen Ende der Bar ungeduldig mit ihrem Cognacglas auf die glänzende Holztheke, und Andrew verdrehte die Augen. »Ich hasse diese verdammten Leute«, knurrte er. »Das geht schon den ganzen Abend so.«

»Kein Problem«, sagte ich, »geh nur. Ich passe gut auf dein Baby auf, versprochen.«

Er war schon am Davongehen, drehte sich jedoch noch einmal zu mir um. »Roxane«, sagte er. »Das Auto ist mir scheißegal. Pass lieber auf dich auf.«

ZWEIUNDDREISSIG

Ich betrat das Radio Shack, ein Elektronikfachgeschäft im Einkaufszentrum Wildflower Glade, direkt nach Ladenöffnung am Freitagmorgen. Diesmal hatte ich einen Plan, denn ich hatte meine Lektion gelernt und würde keiner Spur mehr nachgehen, ohne sie vorher genau durchdacht und verifiziert zu haben. Auf keinen Fall würde ich mich noch einmal für fünfzehn Stunden in eine Zelle sperren lassen. Dafür hatte ich keine Zeit. Und Veronica Cruz auch nicht, falls es nicht ohnehin schon zu spät für sie war. So oder so, ich würde beweisen, dass ich recht hatte, was Derrow anging. Aber zuerst wollte ich mir die Möglichkeit verschaffen, jederzeit zu wissen, wo er sich aufhielt.

Nachdem ich mich hilflos im Laden umgesehen hatte, ließ ich mir von einem pickligen, enthusiastischen jungen Mann mit Saxofonkrawatte einen Polizeiscanner für fünfhundert Dollar aufschwatzen. Es war bei Weitem nicht das billigste Gerät, jedoch auch nicht das teuerste im Sortiment, der junge Verkäufer bewies also durchaus Zurückhaltung. Jedenfalls handelte es sich um das richtige Werkzeug, um innerhalb des dreißig Quadratkilometer umfassenden Gemeindegebiets von Belmont die Funksprüche der Polizei abzuhören.

»Viele Polizeibehörden arbeiten noch analog«, erklärte mir der Junge aufgeregt, »aber die Belmont Police hat ihre Funkzentrale letztes Jahr komplett umgerüstet, alles topmodern. Davor hätten Sie sie schon für weit weniger Geld abhören können. Heutzutage gibt es ja sogar Abhör-Apps, mit denen man allerdings nicht alle Kanäle belauschen kann. Echt schade, was?«

Ich schob ihm meine Kreditkarte hin, auch wenn ich niemanden mehr hatte, dem ich die Ausgabe in Rechnung stellen konnte. »Schade für mich, gut für Sie«, erwiderte ich. »Das mit den Apps sollten Sie vielleicht nicht zu sehr an die große Glocke hängen.«

Ich fragte ihn, ob er mir den Scanner sofort programmieren könne. Geben sie mir eine halbe Stunde, antwortete er. In der Zwischenzeit ging ich in einen Sportladen und probierte eine Reihe von Baseballkappen an, bis ich mich für eine graue mit der Aufschrift *Ohio State* entschied, mit der ich am durchschnittlichsten aussah.

»Wir haben auch Damenkappen«, teilte mir der Kassierer mit und zeigte auf einen Ständer mit rosa Baseballkappen im hinteren Bereich des Ladens.

»*Damen*kappen?«, fragte ich laut und klatschte meine Karte auf den Ladentisch.

Ich ging zurück zum Radio Shack, wo mir der Junge mit der Saxofonkrawatte eine kurze Einführung in die Themen DMO-Repeater, Digitalfunk-Koppler und Sprechgruppen gab. Das meiste überstieg meinen technischen Horizont, aber die Kernaussage war, dass der Scanner sich automatisch auf die Frequenz einstellte, auf der jemand aus der Sprechgruppe funkte, dass ich jedoch manuell jede Sprechgruppe einzeln abrufen musste. Ich ging mit meinem überteuerten neuen Spielzeug zu Andrews Auto und machte es mir auf dem Rücksitz bequem.

Eines wurde sofort klar: Die Bewohner von Belmont riefen *ständig* bei der Polizei an.

Schon um kurz nach zehn Uhr vormittags gab es Beschwerden über Lärm, über den allnachmittäglichen Stau vor der Abholzone der Montessori-Schule, über eine verdächtige Person, die gerade das Haus eines Nachbarn betrat.

(»Ich habe die Anruferin darüber in Kenntnis gesetzt, dass es sich bei der Person um ihren Nachbarn mit einem neuen Mantel handelt.«)

Ich hörte auch ein paar bekannte Stimmen, namentlich Meeks und Pasquale. Derrow war noch nicht dabei. Also lag ich weiter auf der Rückbank, trank Tee und wartete, während ich die spärlichen Informationen durchging, die ich über Derrow gefunden hatte.

Auf dem Papier war er auffallend unauffällig. John »Jack« Derrow. Sechsundfünfzig, geboren und aufgewachsen in Belmont, lebenslang dort wohnhaft bis auf die sechs Jahre, die er direkt nach der Highschool in der Navy gedient hatte. Nach seiner ehrenhaften Entlassung war er in den Polizeidienst eingetreten. Er hatte jung geheiratet, Theresa Marr, ebenfalls aus Belmont, aber die Ehe war vier Jahre später geschieden worden. Keine Kinder. Keine Profile in irgendwelchen sozialen Medien. Generell keine Internet-Suchergebnisse, bis auf den gelegentlichen Bericht eines Polizeireporters und im Jahr 2003 das Ergebnis seiner Teilnahme am Halbmarathon von Columbus. Zwei Stunden, sechs Minuten, im unteren Drittel seiner Altersgruppe. Was mir natürlich nicht wirklich etwas über ihn verriet. Nichts von alldem verriet mir etwas.

Es war gegen elf, als das leise Grummeln seiner Stimme aus dem Scanner drang. Er fuhr den Streifenwagen eins-vier, dasselbe Fahrzeug, in dem auch ich schon das Vergnügen gehabt hatte mitzufahren. Ich lauschte, während er einen Verkehrsunfall aufnahm und anschließend funkte, er werde sich um die Beschwerde wegen Identitätsdiebstahls kümmern, die der Disponent gerade an die Einsatzkräfte weitergegeben hatte. Ich fuhr zu der durchgesagten Adresse am östlichen Rand des Stadtgebiets und parkte einen Block von Derrows Streifenwagen entfernt. Nachdem er wieder aus dem Haus des Opfers getreten war und per Funk gemeldet hatte, dass der Fall erledigt war, zog ich mein Handy aus der Tasche und rief in der Polizeizentrale an.

»Da ist so eine Frau, die im Brayfield Park die Leute fotografiert«, berichtete ich mit besorgt klingender Stimme. »Von einem Auto aus. Sie sitzt in einem alten blauen Mercedes. Ich habe keine Ahnung, was sie da macht, aber in dem Park sind *Kinder*!«

Dann beschrieb ich mich selbst – dunkelbraune Haare, Lederjacke, möglicherweise ein blaues Auge?

»Danke für den Hinweis, Ma'am«, sagte der Disponent. »Darf ich bitte Ihren Namen erfahren?«

»Pam Gregorio«, antwortete ich.

Ein oder zwei Minuten später hörte ich den Funkruf aus dem Scanner: »Ist jemand in der Nähe des Brayfield Parks? Mir wurde gerade wieder die Kleine mit dem blauen Mercedes gemeldet. Klingt, als hätte sie diesmal eine Kamera dabei. Eine besorgte Mutter hat uns den Hinweis gegeben.«

Derrow meldete sich sofort: »Hier eins-vier, ich bin direkt um die Ecke und kümmere mich darum.«

Er schaltete Blaulicht und Sirene ein und raste davon. Ich fuhr hinterher. Auf der Glover Road verlor ich ihn aus den Augen, weil er viel zu schnell fuhr, als dass ich ihn hätte verfolgen können, ohne Aufsehen zu erregen. Doch ich wusste ja, wo er hinwollte. Das Interessante an der Sache war, dass er eben nicht direkt um die Ecke gewesen war, sondern am anderen Ende der Stadt.

Es war offensichtlich, dass alle, der Disponent eingeschlossen, instruiert waren, die Augen nach mir aufzuhalten, aber Derrows Interesse an mir war eindeutig noch ein wenig größer als bei seinen Kollegen. So groß, dass er mit hundert Sachen durch eine Geschäftsstraße mit vorgeschriebenen fünfzig Stundenkilometern raste, vom einen Ende Belmonts zum anderen. Und sich – wie ich später beobachtete, als ich ebenfalls am Park eingetroffen war – systematisch jedem einzelnen Spaziergänger näherte. Es war feuchtkaltes Wetter, weshalb nicht viel los war, doch er verbrachte fast eine halbe Stunde damit, nach mir zu suchen oder jemanden zu finden, der mich gesehen hatte. Von meinem sicheren

Versteck im unscheinbaren Auto meines Bruders sah ich ihm eine Weile dabei zu und fuhr dann los, bevor er auf meiner Seite des Parkplatzes angekommen war. Zehn Minuten später ertönte seine Stimme aus dem Scanner, der Fall habe sich erledigt. Offenbar hatte er aufgegeben.

Ich überlegte, ob ich noch ein zweites Mal in der Zentrale anrufen sollte – vielleicht, weil ich diesmal die Besucher der Eislaufbahn belästigte –, beschloss jedoch, mir meinen einzigen Trick lieber für später aufzuheben, falls ich ihn noch einmal dringender brauchte. Ich parkte vor der Bücherei und lauschte weiter den Funksprüchen. Pasquale verfolgte einen Jungen, der drei Dosen Sprühfarbe im Laden für Künstlerbedarf gestohlen hatte, verlor ihn jedoch aus den Augen; Derrow erwischte einen zu schnell fahrenden Verkehrsteilnehmer mit abgelaufener Registrierung; Meeks ging einem Hinweis darauf nach, dass eine unbekannte Person am Außenpool des Holiday Inn Express herumschlich.

Von Veronica Cruz war den ganzen Tag noch nicht die Rede gewesen, wie mir auffiel.

Na klar, die Polizei tat alles, was sie konnte.

Ich hängte mich gegen drei Uhr nachmittags an Derrows Stoßstange, nachdem er im Stadtzentrum einem ausgelösten Diebstahlalarm nachgegangen war und anschließend per Funk durchgegeben hatte, dass er jetzt Pause machte, um sich etwas zu essen zu holen. Ich folgte ihm in Andrews Auto zu einem Schnellrestaurant in der Nähe der Shoppingmall. Er ging hinein, kam acht Minuten später mit zwei schwer wirkenden

Plastiktüten wieder heraus, stellte sie in den Streifenwagen, bog vom Parkplatz und fuhr Richtung Westen davon.

Ich machte mich an die Verfolgung. Jetzt, am Nachmittag, war der Verkehr dicht genug, um nicht aufzufallen, zumal er mich sicher nicht in einem unauffälligen beigefarbenen SUV vermutete. Er erreichte die State Route 665, fuhr zehn Kilometer nach Westen und bog dann in ein Labyrinth aus schmalen Landstraßen ab. Mir blieb keine andere Wahl, als mich zurückfallen zu lassen. Zum Glück war der schwarz-weiße Streifenwagen schwer zu übersehen, und ich erspähte ihn schließlich durch die fast völlig kahlen Novemberbäume. Der Wagen stand in der Kieseinfahrt eines weißen schindelgedeckten Hauses im viktorianischen Stil, in dessen Vorgarten ein VERKAUFT-Schild steckte.

Es war ein wenig unheimlich hier draußen, neblig und still. Der Himmel hatte die Farbe feuchten Betons angenommen. Hinzu kam, dass dieses Haus nicht seins war, zumindest nicht sein regulärer Wohnsitz, der sich direkt in Belmont befand. Ich drosselte das Tempo, als ich an dem Sträßchen vorbeifuhr, an dem das Haus lag. Trotzdem konnte ich weder Derrow entdecken noch sonst etwas erkennen, also fuhr ich weiter, wendete bei nächster Gelegenheit und parkte auf dem Seitenstreifen. Ich durchwühlte die Tasche, die ich dabeihatte – Revolver, Laptop, Notizbuch, Taschenlampe, Kamera, Fernglas, Flachmann –, zog das Fernglas hervor und sah mir das Haus genauer an. Es war ziemlich heruntergekommen, um die Dachtraufen blätterte die weiße Farbe ab, und auf dem Dach waren einige Ziegel lose oder fehlten ganz. In den Fenstern hingen keine Vorhänge, doch die Scheiben waren zu schmutzig, um aus der Ferne hindurchblicken zu können.

Fünf Minuten später kam Derrow wieder aus dem Haus, die blauen Tüten vom Schnellrestaurant zerknüllt und leer in der Hand. Dieses Mal folgte ich ihm nicht, als er davonfuhr. Ich schnappte mir meinen Revolver und die Taschenlampe und ging zum Haus. Dort klopfte ich an die Haustür, hörte jedoch nichts, nur dumpfe Stille. Ich schlich um das Gebäude herum und spähte in alle Fenster. Es war offensichtlich, dass hier niemand wohnte, jedenfalls noch nicht. Der Holzboden war dreckig und mit Metallklammern und Klebstoffstreifen von einem entfernten Teppich übersät. Die Küche war zwar mit neuem Linoleumboden ausgestattet, aber es fehlten ein Teil der Arbeitsplatte und sämtliche Küchengeräte.

Ich blieb im schräg abfallenden Garten hinter dem Haus stehen und sah mich um. Alles hier war braun oder grau und trostlos. Es gab keinerlei Nachbarn in Sichtweite. Wenn er Veronica hierhergebracht hatte, hatte es garantiert niemand gesehen oder gehört. Wahrscheinlich wusste noch nicht einmal jemand, dass dieses Haus existierte, von den vorherigen Besitzern einmal abgesehen. Was hatte sich in den blauen Tüten befunden, und warum war es so wichtig gewesen, dass er es in seiner Mittagspause hierherbrachte? Mein Puls raste. Genau wie neulich im Wald unterhalb von Clover Point konnte ich das Gefühl nicht abschütteln, dass es hier etwas für mich zu entdecken gab. Diese Parallele war besorgniserregend, denn dort hatte mein Gefühl mit einem Fund geendet, den ich seither nicht mehr aus dem Kopf bekam.

Ich wollte nicht auch noch Veronica in diesem Zustand finden.

Aber finden musste ich sie.

Obwohl ich mir geschworen hatte, keine Dummheiten mehr zu machen, betrachtete ich prüfend den billigen Knauf der Hintertür – er hing nur noch lose im Schließblech und war alt und abgenutzt. Als Nächstes sah ich mir die Türangeln an, um herauszufinden, ob die Tür nach innen aufging. Ja, sie ging nach innen auf. Andernfalls wäre es so gut wie unmöglich gewesen, sie einzutreten. Ich machte einen Schritt nach hinten, sammelte mich und trat mit dem Schuhabsatz kräftig oberhalb des Schlosses gegen die Tür. Das Holz splitterte, ohne nachzugeben, deshalb trat ich erneut zu, so fest, dass die Erschütterung mein Bein hinaufwanderte.

Damit war die Sache erledigt.

Jetzt gab es kein Zurück mehr.

Ich trat ins Haus. Die Luft war kalt und staubig und roch nach Klebstoff und Rauch. »Veronica?«, fragte ich.

Keine Antwort.

Ich ging langsam durch das Haus. Bodendielen knarrten, und meine Stiefel knirschten durch den Renovierungsschutt, der überall herumlag. Sonst hörte ich nichts. Ich betätigte einen Lichtschalter, doch nichts passierte – der Strom war abgeschaltet. Also machte ich mir im schwindenden Licht des Nachmittags ein Bild vom Erdgeschoss: leeres Wohnzimmer, leeres Esszimmer, Badezimmer mit einem Heer toter Insekten im Waschbecken und auf dem Toilettendeckel gestapelten Werkzeugen. Ohne das leise Surren von Elektrizität fühlte sich das Haus isoliert an, vollkommen abgeschottet vom Rest der Welt.

Es war kein gutes Gefühl.

Erster Stock: fleckiger blauer Teppichboden, bräunliche, in Streifen abblätternde Tapete. Auf Augenhöhe waren Rechtecke erkennbar, wo Bilderrahmen gehangen und die Tapete vor dem Zigarettenrauch geschützt hatten, der den Rest des Hauses gelblich verfärbt hatte. Im Badezimmer befand sich eine Dusche mit einem verschimmelten weißen Duschvorhang. Bei seinem Anblick bekam ich plötzlich panische Angst.

Dann bewegte er sich tatsächlich.

Ich erstarrte an Ort und Stelle.

Mir kam jeder einzelne Horrorfilm in den Sinn, den ich je gesehen hatte. Normalerweise fiel es leicht, den Inhalt dieser Filme als Humbug abzutun, aber nicht, wenn man in einem unheimlichen Haus wie diesem stand und erst vor wenigen Tagen menschliche Überreste in einem Waldstück entdeckt hatte. Mit einer schweißnassen Hand am Revolver machte ich einen Satz nach vorn und riss mit der anderen den Duschvorhang beiseite. Nur mit Mühe unterdrückte ich ein Kreischen, als ich die beiden hellgrauen Mäuse sah, die davonflitzten und im rostigen Schlund des Abflusses verschwanden.

»Verdammt noch mal …«, fluchte ich leise und ließ angeekelt den Duschvorhang los.

Ich durchsuchte den Rest des Hauses, unter anderem einen düsteren, Furcht einflößenden Keller mit nackten Betonwänden und rötlich braun gestrichenem Fußboden, fand jedoch nichts außer weiteren Nagetieren und einer Ansammlung alter Einweckgläser in einem Regal.

Niemand war hier.

Es war halb sechs, und die Sonne war inzwischen untergegangen. Draußen im Garten richtete ich den Schein meiner Taschenlampe auf die zersplitterte Tür und zog sie zu, so gut es ging. Mein ergebnisloser kleiner Besuch sollte nicht noch mehr auffallen als ohnehin schon. Dann kehrte ich zum Auto meines Bruders zurück und drehte die Heizung auf. Ich fror und war aufgewühlt von der nervenzerreißenden Hausdurchsuchung, die mich einer Auflösung des Falls keinen Schritt nähergebracht hatte.

Trotzdem: Es konnte unmöglich sein, dass ich mich schon wieder irrte.

Derrow hatte Mallory, Colleen, Veronica und die Cooks persönlich gekannt.

Irrtum ausgeschlossen.

Oder etwa doch nicht?

Es passte alles so perfekt zusammen, bis auf die Tatsache, dass ich immer noch keine Ahnung hatte, was mit Sarah und ihren Eltern passiert war. Mallory Evans war vergewaltigt und erstochen worden. Ich wusste nicht genau, was Colleen angetan worden war, aber dass sie sich nicht selbst in eine Plane gewickelt hatte und dann friedlich eingeschlafen war, lag auf der Hand. Die jungen Frauen einfach so im Wald zu verscharren setzte kalte Berechnung voraus, wohingegen Garrett und Elaine Cook offenbar im Affekt getötet worden waren. Ihre Ermordung war weder geplant noch gut durchdacht gewesen. Derrow hatte sie gekannt, wodurch die Sache gleichzeitig schwerer zu ergründen und leichter zu verstehen war. Was war passiert? Waren die Cooks nach Hause gekommen und hatten Jack Derrow dabei erwischt, wie er über ihre Tochter herfiel? War sie bereits tot gewesen? Lag auch sie in jenem Wald vergraben?

Wenn ich genügend Beweise zusammentrug, durchpflügte die Polizei womöglich die gesamte Gegend unterhalb von Clover Point, um Sarahs Leiche zu finden.

Vielleicht konnte ich Kenny Brayfield überreden, seine Kontakte spielen zu lassen.

Bei dem Gedanken, dass ausgerechnet mein ehemaliger Verdächtiger mir helfen sollte, musste ich laut lachen, ein überspanntes, halb wahnsinniges Lachen. Hätte mich jemand gehört, er hätte sich vermutlich berechtigte Sorgen um mich gemacht. Mein Herzschlag hatte immer noch nicht wieder seine Normalfrequenz erreicht, obwohl ich bereits seit zehn Minuten aus dem unheimlichen Haus heraus war.

Ich betätigte den Schalthebel und fuhr zurück nach Belmont. Mit genügend Beweisen war vieles möglich. Doch ich musste sie erst einmal finden.

Als Nächstes machte ich Derrows offizielles Zuhause ausfindig, ein gepflegtes, aber hässliches zweistöckiges Haus mit angeschlossener Garage, grüner Fassade und schwarzen Fensterläden. Die meisten Vorgärten in der Straße waren mit einer dicken Schicht Herbstlaub bedeckt, wohingegen sich vor Derrows Haus eine makellose Rasenfläche erstreckte. Ich fuhr daran vorbei und parkte einige Häuser entfernt an einer Stelle, an der sich die Sackgasse zu einem Wendekreis verbreiterte. Zwei Frauen mit Nordic-Walking-Stöcken, gemusterten Leggings und reflektierenden Neonjacken gingen auf der anderen Straßenseite vorbei, vertieft in ein lautes, atemloses Gespräch über Low-Fat-Rezepte für den Schongarer. Ich versuchte ihre Stimmen auszublenden, während ich vom Auto aus Derrows Haus betrachtete. Im Erdgeschoss brannte Licht, ein hellgelbes Leuchten hinter den Jalousien. Ich hatte Derrow seit meiner Rückkehr nach Belmont nicht mehr über Funk gehört und wusste daher nicht, ob er zu Hause war oder nicht.

Falls Veronica dort drinnen war, saß sie bestimmt nicht seelenruhig neben einer Tischleuchte und las.

Mein Herz pochte. Die beiden Nordic-Walkerinnen waren auf dem Gehweg stehen geblieben, um ihr Gespräch zu Ende zu führen, bevor sich ihre Wege trennten. »Haut ab«, murmelte ich. Ich wollte mir das Haus aus der Nähe ansehen, ohne dass mich jemand dabei beobachtete und die Polizei anrief. Vermutlich würde mich schon jemand melden, wenn ich nur zu lange hier im Auto herumsaß.

Das Haus sah so normal aus. Wie ein ganz gewöhnliches Haus. Ich empfand nichts, während ich es betrachtete, anders als bei dem alten Haus von vorhin. Hatte das etwas zu bedeuten? Ich blickte durchs Fernglas, doch es war zu dunkel, um Einzelheiten zu erkennen. Über Funk wurde eine Schlägerei unter Teenagern im Skate-Park gemeldet, dann eine Beschwerde über jemanden, der zu nah am Eingang der Shoppingmall rauchte. Shanahan kümmerte sich um einen Unfall mit Blechschaden auf der Clover Road.

Ich überlegte, wie viele solcher Unfälle es jede Woche auf der Clover Road gab.

Dann überlegte ich, ob der Disponent die Meldungen selektierte, bevor er sie über Funk weitergab, denn ich hatte den ganzen Tag kein einziges echtes Verbrechen mitbekommen, was selbst für eine Vorstadt ein wenig seltsam anmutete. Vor allem für eine so verkommene wie Belmont.

Und ich überlegte, ob ich den überteuerten Polizeiscanner beim Radio Shack zurückgeben und mein Geld zurückbekommen konnte, und verbrachte eine Minute damit, nach der Quittung zu suchen, bevor ich es aufgab.

Ich warf einen Blick auf mein Handy: eine Textnachricht von meinem Bruder mit der Frage, ob er bei meinem Mercedes Diesel tanken müsse, und ein weiterer Anruf von Tom, der diesmal keine Nachricht hinterließ. Ich schrieb *Ja* an Andrew und ließ das Telefon auf den Sitz fallen. Dann rieb ich mir die Augen, wobei ich schon wieder die verkrustete Wunde an meinem Wangenknochen vergaß.

»Was machst du hier eigentlich?«, fragte ich laut, nicht zum ersten Mal in letzter Zeit.

Es hatte noch nie jemand einen Fall gelöst, indem er auf ein Haus starrte.

Ich schlug mein Notizbuch auf, in das ich bisher kaum etwas hineingeschrieben hatte.

Rote Limousine.
Großer grüner Pick-up.
Langer Wollmantel.
Marisa?

Es hatte auch noch nie jemand mit derart dürftigen Notizen einen Fall gelöst.

Ich warf das Notizbuch auf den Beifahrersitz und massierte mir die Stirn, in der Hoffnung, dass mir auf diese Weise endlich ein klarer Gedanke kam.

Derrow leitete seit mindestens achtzehn Jahren die SCHOCK-Kurse. Den Fotos im Eingangsbereich der Polizeiwache nach zu urteilen waren es etwa fünfzehn Teilnehmer pro Workshop. Das waren eine Menge Jugendliche, eine Menge Mädchen. Die Polizei führte sicherlich Buch darüber. Ich überlegte, wie ich den Beamten eine Teilnehmerliste abschwatzen könnte, um ehemalige Schüler von Derrow ausfindig zu machen und so vielleicht ein Muster zu erkennen. Aber es würde bestimmt Monate dauern, derart viele einstige Problem-Teenager aufzuspüren. Und Veronica blieben keine Monate mehr, genauso wenig wie Brad.

Ich dachte an Derrows freundliches Winken, nachdem er am Montagabend in Shelbys Wohnstraße neben mir gehalten und ich ihm aufgetragen hatte, Lassiter schöne Grüße von mir auszurichten. Was, wenn er da erst auf die Idee gekommen war, Veronica zu entführen? Neulich hatte ich mich noch mit dem Wissen getröstet, dass Veronicas Verschwinden nicht meine Schuld war, aber vielleicht stimmte das gar nicht. Ich zog den Flachmann aus meiner Tasche und schnipste mit dem Daumennagel über die Verschlusskappe, während ich das Für und Wider abwog. Whiskey würde dem schrecklichen Verdacht, der mich gerade ereilt hatte, vielleicht die Spitze nehmen, doch Veronica half er ganz sicher nicht. Ich steckte den Flachmann wieder weg. Dann scrollte ich abermals durch die in meinem Handy gespeicherten Kontakte und hielt erneut bei Toms Namen inne. Ich konnte ihn nicht anrufen. In meinem Inneren rumorte nach wie vor ein heißes, dunkles Gefühl, wenn ich daran dachte, dass mein Vater noch im Sterben der Überzeugung gewesen war, ich wüsste nicht, was ich tat.

Die Walkerinnen umarmten sich und verschwanden in ihren jeweiligen Häusern.

Hinter mir ging ein Garagentor auf, und ein rostiger Chevy Nova schnaufte die Straße entlang und bog nach links auf die Clover Road ab, während von dort ein anderes Fahrzeug in Derrows Straße gefahren kam.

Ich blinzelte gegen die hellen LED-Scheinwerfer an, vorübergehend geblendet.

Dann surrte Derrows Garagentor hoch, und das Fahrzeug nahm Kurs auf die Einfahrt, wodurch die

Scheinwerfer nicht mehr direkt in meine Richtung leuchteten.

Ich sah, dass es ein grüner Pick-up war.

Meine Hände ballten sich zu Fäusten.

Ein dunkelgrüner Pick-up, der vor dem offenen Garagentor stehen blieb.

Einer von diesen großen neuen, genau wie Danielle Stockton gesagt hatte.

Was, wenn Sarah doch nicht irgendwo in der Schlucht unterhalb des Aussichtspunkts vergraben war?

Was, wenn sie noch lebte?

DREIUNDDREISSIG

Während das Garagentor hinter Derrow zuging, tastete ich fieberhaft auf dem Sitz nach meinem Handy. Ich warf noch einen Blick auf Toms Nummer, scrollte dann jedoch zu Peter Novotnys Nummer weiter. »Wen kennen Sie im Büro des Sheriffs?«, fragte ich, nachdem der alte Privatdetektiv sich gemeldet hatte. Ich wusste, dass ich eine Stufe höher ansetzen musste, bei einer Behörde, die die Befugnis besaß, über die Köpfe der Ordnungshüter von Belmont hinweg einzuschreiten. »Oder beim Kriminalamt von Ohio?«

»Moment mal, ganz langsam«, erwiderte Novotny. Er klang verwirrt. »Was ist los? Steckst du in Schwierigkeiten?«

»Nein, ich stecke nicht in Schwierigkeiten«, antwortete ich, »aber ich brauche trotzdem einen Namen. Irgendjemanden, dem Sie vertrauen.«

»Hör mal, Schätzchen.« Er räusperte sich. »Du klingst ein bisschen überdreht. Erzähl mir doch erst mal, was los ist.«

Derrows Garagentor fuhr wieder nach oben, und er zog einige lange Gipskartonplatten aus der Garage, die er mühsam in den Pick-up hievte. Ich holte tief Luft. »Ich glaube, dass ein Beamter der Belmont Police etwas mit den Cook-Morden zu tun hat«, sagte ich. Diesen Verdacht laut auszusprechen fühlte sich an, als würde ich einen Verband von einer offenen Wunde reißen und sie überall herumzeigen.

Novotny schwieg einen Moment. Dann räusperte er sich noch einmal und fragte: »Warum?«

»Petey, Sie müssen mir zuhören. Ich glaube nicht, dass Sarah Cook tot ist. Ich glaube, dass sie in seinem Haus ist. Jetzt, in diesem Moment. Ich habe keine Ahnung, ob sie ihm mit den anderen Mädchen geholfen hat, aber …«

»Roxane«, unterbrach er mich, »hast du getrunken?«

Ich knirschte mit den Zähnen. »Nein, ich …«

»Du klingst nämlich, als hättest du verdammt noch mal den Verstand verloren. Ich weiß, ich trinke auch manchmal ganz gerne einen über den Durst, und dein Daddy hat das auch getan. Das ist vollkommen in Ordnung. Trotzdem musst du lernen, Arbeit und Whiskey voneinander zu trennen, okay?«

»Hören Sie, ich …«

»Nein, *du* hörst mir jetzt mal zu«, sagte er in scharfem Ton. »Mit diesem Thema ist nicht zu spaßen.«

»Ich spaße nicht …«

»Ach so, du spaßt nicht«, entgegnete Novotny. »Du hast also Beweise?«

»Er kannte all diese Mädchen. Er fährt genauso einen Pick-up, wie ihn Danielle an jenem Abend an der Tankstelle gesehen hat …«

»*Danielle* ist deine Referenz, ist das dein Ernst? Das ist nicht gerade ein Pluspunkt, würde ich sagen. Und von welchen anderen Mädchen redest du da eigentlich?«

»Bitte«, sagte ich eindringlich. »Kennen Sie jemanden beim Kriminalamt?«

»Du hast dich da in eine Idee verrannt, die dir selbst vollkommen plausibel erscheint, aber das ist nur der Alkohol, der aus dir spricht. Scheiße, ich könnte dir alle möglichen Geschichten über Fälle erzählen, die ich nach einem oder fünf Drinks geknackt zu haben glaubte.«

Ich hatte weder Zeit noch Lust, mir seine alten Anekdoten anzuhören. »Nein …«

»Wo bist du? Kann ich kommen und dich abholen? Glaub mir, morgen Früh wirst du mir dankbar sein.«

Ich beendete das Gespräch, presste die Hand vor den Mund und schrie, bis mir der Hals wehtat. Mein Herz hämmerte, und mir dröhnte der Schädel. Die Ironie an der ganzen Sache war, dass ich zum ersten Mal seit Monaten wieder das Gefühl hatte, klar zu denken. Ich beobachtete, wie Derrow in die Garage ging, wieder herauskam und in den Wagen stieg. Kurz darauf wurde seine Einfahrt von den Rücklichtern seines zurücksetzenden Trucks beleuchtet.

Ich stellte den Schalthebel auf Drive, folgte ihm jedoch nicht. Stattdessen wartete ich, bis er die Straße verlassen hatte, und parkte dann vor seinem Haus.

Sämtliche Türen zu Derrows Haus waren neueren Datums und sahen stabil aus. Die würde ich sicher nicht eintreten, es sei denn, ich wollte mir den Fußknöchel brechen. Es gab vier Kellerfenster, die von halbmondförmigen Lichtschächten umgeben waren. Die beiden auf der Vorderseite des Hauses gelegenen Fenster waren aus Glasbausteinen und würden sich nur schwer einschlagen lassen, jedenfalls nicht, ohne einen Höllenlärm zu veranstalten. Die hinteren Kellerfenster waren hingegen normal verglast. Ich legte mich auf den kalten, feuchten Rasen und leuchtete mit meiner Taschenlampe in beide hinein, weil ich ungefähr abschätzen wollte, was sich dahinter befand. Doch die Scheiben waren alt und schmutzverkrustet, sodass ich nicht viel erkennen konnte. Schließlich entschied ich mich willkürlich für eines der Fenster.

Ich schlug mit dem Griff meiner Taschenlampe die Scheibe ein und entfernte die scharfkantigen Scherben entlang des Fensterrahmens. Dann wartete ich einen Moment, um mich zu vergewissern, dass keine Nachbarn herauskamen oder Verandabeleuchtungen angingen.

Nichts passierte.

Niemand hatte etwas bemerkt.

Jetzt gab es wirklich kein Zurück mehr.

Es war neun Uhr abends. Ich rechnete damit, dass mir mindestens eine Stunde blieb, bis Derrow von seinem neuen Haus auf dem Land zurückkam. Das musste reichen.

Ich hängte mir die Taschenlampe an den Gürtel und ließ mich in den Lichtschacht hinunter, während ich mich mit den Händen an dessen Betoneinfassung abstützte. Dann schob ich mich vorwärts und ließ los.

Ich hatte mir meinen Sprung in den Keller deutlich einfacher vorgestellt, aber der Boden war weiter entfernt als erwartet, und ich landete unsanft auf der Seite und schrammte mit der linken Hüfte über den Betonbelag. Der Schmerz löste Übelkeit in mir aus und machte mich vorübergehend bewegungsunfähig. Ich blieb einen Moment auf dem kalten, staubigen Boden liegen und verfluchte meine Ungeschicklichkeit. Schon jetzt war ich völlig überfordert von meinem Vorhaben. Ich tastete in meiner Tasche nach meinem Handy. Tom konnte in einer halben Stunde hier sein, vielleicht sogar schneller. Vermutlich hätte er mich nicht einmal aufgefordert, ihm vorher alles zu erklären – wenn ich sagte, dass ich ihn brauchte, wäre er gekommen. Doch mein Handy hatte den Sturz nicht überlebt, ein Spinnennetz aus zersplittertem Glas und ein Regenbogen aus verschwimmenden Farben waren alles, was von meinem Touchscreen übrig war.

»Hast du getrunken?«, murmelte ich.

Mühsam rappelte ich mich vom Boden auf. Sobald ich einmal stand, fühlte ich mich ein wenig besser. Morgen Früh würde ich einen gewaltigen Bluterguss an der Hüfte haben, aber wenigstens lag ich nicht gelähmt in Jack Derrows Keller. Und war nicht auf meiner anderen Hüfte gelandet, an der ich meine Waffe trug. Ich schaltete die Taschenlampe ein und ließ den Lichtstrahl durch den Raum wandern. Es gab nicht viel zu sehen – ordentlich mit Klebeband verschlossene Kartons; ein Heimtrainer mit Gewichten, der aussah, als würde er tatsächlich regelmäßig benutzt, im Gegensatz zu den Trainingsgeräten, die bei den meisten anderen Leuten im Keller standen; eine lange weiße Gefriertruhe; ein Bügelbrett, auf dem sich zusammengelegte Uniformen stapelten. Ich schlich zur Kellertreppe und lauschte.

Nichts.

Im Haus war es totenstill.

Ich stieg mit schmerzender Hüfte die knarrenden Holzstufen hinauf und blieb alle paar Schritte stehen, um zu lauschen, doch es war noch immer nichts zu hören, nur mein eigener gehetzter Atem. Am Ende der Treppe angekommen, öffnete ich langsam die Tür, wobei ich die Luft anhielt und fest damit rechnete, dass mir jemand entgegentrat. Aber es war niemand zu sehen. Ich schloss die Kellertür hinter mir.

Das Haus war sauber und ordentlich. Es gab eine kleine Küche mit Essecke, blau gesprenkelten Arbeitsflächen und karierter Tapete sowie ein Wohnzimmer mit blauem Strukturteppichboden, unechter Holzvertäfelung, einem Fernsehsessel aus Leder und einem Röhrenfernseher von der Sorte, die so schwer ist, dass man sie nur zu dritt hochheben kann. Das einzige brennende Licht im Haus war das, das ich von der Straße aus gesehen hatte, eine Tischlampe neben dem Fernsehsessel.

Die Einrichtung war altmodisch, aber ganz und gar nicht außergewöhnlich.

Sie wirkte, als würde hier ein langweiliger, einsamer Mensch wohnen.

Ich leuchtete mit der Taschenlampe herum, in der

Hoffnung, irgendwo ein Festnetztelefon zu finden, doch vergeblich. Es gab nur eine freiliegende Buchse an der Wand zwischen Küche und Wohnzimmer.

Wenn ich jemanden in meinem Haus festgehalten hätte, hätte ich wahrscheinlich auch kein funktionierendes Telefon gehabt.

Ich hörte immer noch nichts, nicht einmal einen Atemzug.

Dann wurde es auf einmal seltsam.

An der Haustür war von innen eine mit einem Schloss gesicherte Metallstange angebracht. Der Boden knarrte, als ich hinging und an dem Schloss zog.

Normale Häuser hatten nicht solche Türen.

Ich starrte sie lange ungläubig an. Trotz allem, was ich bereits herausgefunden hatte, rechnete ich irgendwie immer noch damit, dass es auch in diesem Haus nichts zu finden gab und ich mich erneut auf dem Holzweg befand.

Jetzt wusste ich es besser. Ich mochte vieles sein, aber auf dem Holzweg war ich nicht.

Der Anblick der Tür löste Panik in mir aus, ich fühlte mich wie ein Tier im Käfig und überprüfte rasch die anderen Türen: Die Terrassentür auf der Rückseite des Hauses war mit einer ähnlichen Konstruktion gesichert, doch die Tür, die von der Küche in die Garage führte, die Tür, durch die Derrow das Haus betrat und verließ, war eine ganz gewöhnliche Tür. Ich öffnete sie und leuchtete mit der Taschenlampe in der Garage herum, in der es nach Öl und Staub roch. Es gab nichts Ungewöhnliches zu sehen, nur Gegenstände, die man typischerweise in einer Garage fand: Rasenmäher, Schneeschippe, ein Brett mit Nägeln, an denen offenbar Werkzeuge gehangen hatten, vielleicht, bevor er sie mit in das neue Haus genommen hatte. Noch mehr Kartons, säuberlich an der Wand gestapelt.

Derrow war definitiv ein Ordnungsfanatiker. Ich ging zurück ins Haus, und in diesem Moment hörte ich das Geräusch.

Es war ein leises Wehklagen, ein eindringliches Flüstern. Ich drehte mich mit der Taschenlampe um die eigene Achse und beleuchtete sämtliche Wände, aber die Stimme schien nicht aus dem Haus zu kommen. Also ging ich in den Eingangsflur und stellte mich lauschend neben die verriegelte Haustür, bevor ich mich der mit Teppichboden ausgelegten Treppe in den ersten Stock zuwandte.

Am oberen Ende der Treppe: eine weitere Tür aus grauem Metall.

Ich schlich die Stufen hoch und richtete den Lichtstrahl meiner Taschenlampe auf die Tür, betrachtete das auf Augenhöhe angebrachte Türschloss. Zur Treppe hin gab es einen drehbaren Türknauf, wohingegen man einen Schlüssel brauchte, wenn man von oben nach unten wollte. Ich drehte den Knauf und zog die Tür auf, darauf achtend, dass ich das Schloss deaktivierte, damit ich wieder zurück nach unten konnte. Dann blieb ich stehen und sah mich um. Hier oben roch es eigenartig, modrig und säuerlich. Das Flüstern wurde lauter.

»Veronica?«, fragte ich. »Sarah?«

Das Flüstern verstummte, und es kehrte wieder Stille

ein. Diesmal war es die geräuschlose Anspannung eines Menschen, der lauschte. Ich ließ die Taschenlampe durch den dunklen Flur schweifen. Vier Türen. Zwei von ihnen waren ebenfalls mit den nur von außen zu öffnenden Türschlössern ausgestattet. Offenbar sollte nicht herauskommen, wer oder was auch immer sich darin befand.

»Veronica?«, fragte ich, dieses Mal lauter.

Draußen blies der Wind, nackte Zweige kratzten an der Hauswand.

Das war das Einzige, was zu hören war.

Und dann war es plötzlich nicht mehr das Einzige.

»Hier drinnen, hier drinnen, hier drinnen«, flehte eine heisere Stimme. Metall klirrte, etwas klopfte dumpf gegen die Wand.

Ich rannte zum Ende des Flurs und riss eine der mit Schlössern ausgestatteten Türen auf. »Veronica«, sagte ich.

Obwohl ich seit Tagen nach ihr suchte, war es ein Schock, sie nun tatsächlich im Schein meiner Taschenlampe zu erblicken.

Ihr Flehen hörte abrupt auf, als sie mich sah. Sie saß auf einer Doppelmatratze auf dem Boden und umklammerte auf Brusthöhe ein Laken. Darunter schien sie nackt zu sein. Ihre rotvioletten Haare waren verfilzt, ihre Lippen trocken und aufgeplatzt. Sie spähte an mir vorbei, als erwartete sie noch jemand anderen.

»Veronica«, sprach ich sie an.

»Pssst«, flüsterte von irgendwo im Haus eine zweite Stimme.

Ich wirbelte in der Dunkelheit herum, doch das Zimmer und der Flur waren leer.

Mit wenigen Schritten war ich an der Matratze. »Veronica.« Ich kniete mich vor sie hin, die Taschenlampe zwischen Ellbogen und Rippen geklemmt. »Veronica.«

»Das ist ein Trick, antworte ihr nicht«, zischte die andere Stimme.

Veronica sah mich blinzelnd an, die Augen vor Verwirrung, Benommenheit und Furcht weit aufgerissen. »Wa... was...«, setzte sie an. Dann verstummte sie wieder.

»Veronica, was ist mit dir? Bist du verletzt?« Ich streckte die Hand nach ihrer Schulter aus, aber sie zuckte vor mir zurück. Dann zog sie das untere Ende des Lakens hoch und entblößte ihre Beine. Ihre Fußknöchel waren zusammengekettet, die Haut um die eisernen Fußfesseln schorfig und zerschrammt. An den Fesseln hing eine lange schwere Kette, die mit einem Schraubbolzen am Boden befestigt war. Die Matratze war fleckig, und im Raum roch es nach Blut, Sex und Urin. Ich biss mir so fest auf die Lippe, dass es nach Metall schmeckte.

»Veronica, hör mir zu«, sagte ich eindringlich und stand auf, um mich prüfend im Zimmer umzusehen. Das einzige Fenster war verbarrikadiert, der Vorhang war zugezogen und wurde von einer festgenagelten Sperrholzplatte gegen die Scheibe gedrückt. Die Kette, mit der Veronica am Boden gefesselt war, war lang genug, dass sie zu einem Eimer in der Ecke gelangen konnte, der als Toilette zu dienen schien. Ich packte die Kette und zog mit aller Kraft am Schraubbolzen, doch er rührte sich nicht. Die flüsternde Stimme hatte mir verraten, dass wir nicht allein im Haus waren. Ich musste mich trotzdem erst einmal darauf konzentrieren, Veronica zu befreien. Nachdem ich die Kette wieder losgelassen hatte, kniete ich mich erneut vor sie hin. »Wir sind uns bei Shelby begegnet, erinnerst du dich?«, fragte ich, für den Fall, dass der Schrecken der letzten Tage ihr Gedächtnis ausgelöscht hatte. »Du kannst mir vertrauen.«

»Ich erinnere mich«, murmelte sie benommen. Ich überlegte, ob sie unter Drogen stand. »Ein ›n‹.«

Ich rang mir ein Lächeln ab, in der Hoffnung, dass es beruhigend auf sie wirkte. Es fühlte sich alles andere als beruhigend an. »Ja, stimmt, Roxane mit einem ›n‹«, bestätigte ich. »Oh Mann, bin ich froh, dich zu sehen. Shelby wird so glücklich sein. Ich hole dich hier raus, okay? Ist Sarah auch hier?«

»Shelby«, wiederholte sie.

Ich versuchte es noch einmal. »Wo ist Sarah?«

»Anderes Zimmer.«

»Okay. Veronica? Hast du Kleider hier?«, fragte ich. Sie starrte mich nur an. Ich sah mich erneut im Zimmer um, entdeckte jedoch keine Kleider. Hier gab es überhaupt nichts außer dem Eimer in der Ecke. Darauf hoffend, dass mir Sarah irgendwie weiterhelfen konnte, ging ich in den Flur zurück und zog die zweite Tür mit Türschloss auf. Sie führte in ein weiteres kleines Zimmer. Ein vollkommen anderes Zimmer. In diesem gab es eine Lampe, ein Bett mit Kissen und einer richtigen Decke, einen kleinen Fernseher und zwei Stapel Bücher und Zeitschriften auf einer Kommode. Vor der Sperrholzplatte am Fenster hing ein Stück geblümter Stoff.

Und in der Ecke kauerte Sarah Cook, die Hände auf den Bauch gelegt.

Sie war schwanger.

Hochschwanger.

Ich ließ mich vor ihr auf die Knie nieder, und wir starrten uns an. Sie trug eine Jogginghose und ein graues T-Shirt. Ihre Knöchel waren nackt, es waren weit und breit keine Fußfesseln zu sehen. Sie schien in deutlich besserer Verfassung zu sein als Veronica, wirkte allerdings nicht gerade erfreut, mich zu sehen.

»Sagen Sie ihm, dass ich brav war«, flüsterte sie. »Sagen Sie ihm, dass ich brav war, das war ich nämlich.«

»Sarah, ich bin hier, um dir zu helfen. Ich will euch hier rausholen, euch beide«, erklärte ich und näherte mich ihr langsam.

Sarah wich noch weiter in ihre Ecke zurück. Sie schüttelte den Kopf und murmelte: »Nein, nein, nein, nein, nein, nein.« Im anderen Zimmer hörte ich Veronica weinen.

»Ich kenne Brad«, sagte ich. »Brad Stockton. Deshalb bin ich hier.«

Sie hörte auf zu murmeln, ihre Nasenlöcher weiteten sich. »Brad«, wiederholte sie.

»Ich weiß nicht, was hier alles passiert ist, aber es ist vorbei, Sarah«, sagte ich. »Bitte helfen Sie mir. Helfen

Sie mir mit Veronica, dann können wir von hier abhauen, und Sie können Brad wiedersehen.«

Sie schüttelte den Kopf und rührte sich nicht vom Fleck. »So dumm bin ich nicht mehr«, beteuerte sie.

Ich hätte sie gern gefragt, was sie damit meinte, doch dafür blieb keine Zeit. Die Digitaluhr auf ihrem Nachttisch verriet, dass es schon fast zehn war. Erschrocken stand ich auf und sah mich fieberhaft nach einem Gegenstand um, mit dem ich Veronicas Kette bearbeiten könnte, nahm Bücher in die Hände, schmutzige Teller und schließlich den Fuß der Lampe. Er war aus billigem Metall, jedoch relativ schwer. Ich riss das Lampenkabel aus der Steckdose und tauchte das Zimmer in Dunkelheit.

Sarah sog scharf die Luft ein.

Auf dem Weg nach draußen stolperte ich über etwas – einen Korb mit frischer Wäsche. Ich schnappte mir ein T-Shirt und eine Jogginghose und nahm beides mit hinüber zu Veronica. Sie weinte stumm vor sich hin, ihre Tränen glitzerten trostlos im fahlen Lichtkegel meiner Taschenlampe. Sie nahm die Jogginghose zwischen die Finger und sah mich an, als wollte sie sagen: *Und was soll ich damit?*

»Okay«, sagte ich, »dann mal los.« Ich setzte mich neben den Schraubbolzen auf den Boden und schlug mit aller Kraft den Lampenfuß dagegen, einmal, zweimal, dreimal. Beim vierten Mal zerbrach der Lampenfuß in vier Teile, wohingegen der Bolzen und die Kette völlig unversehrt blieben. Frustriert warf ich die Überreste der Lampe gegen die Wand. Mir war übel, als ich aufstand und in dem kleinen Zimmerchen auf und ab ging. Veronica kauerte immer noch auf der Matratze, hatte jedoch das Laken losgelassen und bemühte sich, das T-Shirt überzuziehen. Ihr Oberkörper war mit Blutergüssen übersät.

Ich würde nicht anfangen zu weinen.

Erneut beugte ich mich über den Schraubbolzen und dachte darüber nach, einfach eine Kugel hindurchzujagen, aber sowohl der Bolzen als auch die Kette waren aus Eisen, und es war schwer vorherzusagen, was passieren würde, wenn ich darauf schoss – in meiner Vorstellung flog ein Querschläger durchs Haus und machte uns allen den Garaus. Ich versuchte noch einmal, mit bloßen Händen an der Kette zu ziehen.

Wenn ich doch nur in meinen letzten klaren Momenten Tom angerufen hätte statt Peter Novotny.

Wenn doch nur mein Handy nicht kaputtgegangen wäre.

Wenn ich doch nur gewusst hätte, was ich tat …

»Ich mag die Dunkelheit nicht«, flüsterte Sarah in der Nähe meines Ohrs. Ich fuhr herum und zuckte zusammen, als ich ihre schemenhafte Gestalt vor mir sah. »Sie haben mir mein Licht weggenommen.«

»Tut mir leid«, sagte ich. »Hier.« Ich legte die Taschenlampe neben Veronica auf die Matratze, sodass sie den Boden vor Sarah beleuchtete. Dann schüttelte ich meine Lederjacke ab, weil mir der Schweiß herunterlief, und griff erneut nach der Kette. »Okay, ich brauche jetzt Hilfe. Bitte.«

Sarah starrte mich nur an. Sie mochte körperlich in

besserem Zustand sein als Veronica, schien geistig jedoch sehr viel schlechter dran zu sein. Fünfzehn Jahre waren eine lange Zeit. Sie war schon fast so lange in diesem Haus, wie sie zuvor in Freiheit gelebt hatte. »Sie dürften nicht hier drinnen sein«, murmelte sie. »Das wird ihm gar nicht gefallen.«

»Ich weiß.« Ich riss mit zitternden Armen an der Kette. »Genau deshalb müssen wir ja hier raus. Wissen Sie, wo der Schlüssel für diese Dinger ist?«

»Sie müssen gehen.«

»Sarah. Können Sie zum Nachbarhaus rennen und Hilfe holen? Die Garagentür ist nicht abgeschlossen.«

Sie schüttelte den Kopf, wieder und wieder. »Er wird zurückkommen, und ich werde brav sein.«

Ich ballte die Hände zu Fäusten, während mich eine Welle der Verzweiflung überkam. Wie sollte ich bloß zu ihr durchdringen, wie ihr klarmachen, dass die letzten fünfzehn Jahre nicht das wahre Leben gewesen waren? Es hätte vermutlich eine Ewigkeit gedauert, bis sie eingesehen hätte, dass es auch in ihrem Sinne war, wenn sie mir half. Aber sie musste es jetzt gleich verstehen. Also versuchte ich eine andere Methode.

»Sarah«, sagte ich, »wussten Sie, dass Brad im Gefängnis ist?«

Wie schon vorhin wiederholte sie seinen Namen und umklammerte dabei ihren Bauch.

»Er ist im Gefängnis, weil er angeblich Ihre Eltern umgebracht hat«, fuhr ich fort und wischte mir den Schweiß von der Stirn. Mein Mund war staubtrocken. »Aber er hat es nicht getan, stimmt's?«

Sie schwieg.

»Sobald wir hier raus sind«, sagte ich, »und sobald Sie der Polizei erzählen, was wirklich passiert ist, können Sie Brad aus dem Gefängnis holen. Sie können Ihr altes Leben zurückbekommen und wieder selbst die Kontrolle übernehmen. Dann spielt nichts von alldem mehr eine Rolle.«

»Der Polizei«, murmelte sie sichtlich unglücklich und blickte zwischen mir und Veronica hin und her. Dann setzte sie sich auf die Matratze, die Hände ineinandergekrallt. »Das hier sollte eigentlich nicht passieren«, sagte sie.

Ich verschob die Taschenlampe so, dass sie einen Teil des Betts beleuchtete, und kauerte mich vor sie. »Was sollte denn passieren?«, fragte ich.

»Er hat gesagt …« Sie brach ab. »Er hat gesagt, dass es im neuen Haus besser wird, dass wir dort wie eine Familie leben können. Und dass er die Tür im ersten Stock nicht abschließen wird. Dass ich manchmal sogar raus darf und dass wir eine Schaukel und einen Garten haben werden. Das hat er gesagt. Das Grundstück ist richtig groß, er hat es mir gezeigt.« Ihr stiegen Tränen in die Augen, und dann weinte sie.

Ich fragte mich, wie oft Derrow sie mit aus dem Haus genommen hatte. Vermutlich Dutzende Male in den letzten fünfzehn Jahren, und die Leute in Belmont waren zu sehr mit sich selbst beschäftigt gewesen, um es mitzubekommen. Vielleicht war er irgendwann übermütig geworden, in der Annahme, dass ihm ohnehin niemand etwas konnte. Vielleicht – wahrscheinlich – war er aber auch einfach nur verrückt. Eine Familie? Wie hätte das funktionieren sollen? Ich spürte, dass die Minuten davonrauschten wie Wasser, das in einem Abfluss verschwand. »Sarah, er ist kein guter Mensch. Sie dürfen nicht hier bei ihm bleiben.«

»So schlimm ist es nicht mehr«, erwiderte sie. »Jetzt, wo er mir beinahe vertraut.«

»Er hat Sie zur Gefangenen gemacht, und das werden Sie immer bleiben, wenn Sie nicht davonlaufen«, erklärte ich.

»Er hat gesagt, dass ich ihn liebe.«

»Sie lieben ihn nicht, Sarah«, widersprach ich, doch sie sah nicht aus, als würde sie mir glauben. »Hören Sie«, sagte ich verzweifelt. »Er vertraut Ihnen. Weil er Sie bereits auf die Probe gestellt hat und Sie nicht darauf hereingefallen sind. Stimmt's?«

Sie nickte.

»Er hat Ihnen sogar schon das neue Haus gezeigt, nicht wahr?«, fuhr ich fort.

Wieder ein Nicken.

»Und vor gut zwei Wochen waren Sie mit ihm an einer Tankstelle«, sagte ich.

»Woher wissen Sie das?«, flüsterte sie.

»Weil Brads Schwester Sie dort gesehen hat. Und weil ich sehr intensiv nach Ihnen gesucht habe. Daran erkennen Sie doch, dass das hier kein Trick ist, dass nicht er mich schickt, um Sie zu testen«, erklärte ich. »Sie haben sein Vertrauen längst. Er würde Sie nicht noch einmal auf die Probe stellen, nicht, nachdem er Ihnen schon genug vertraut hat, um Sie an der Tankstelle aus dem Pick-up steigen zu lassen. Habe ich nicht recht?«

Mit dieser umständlichen Logik schien ich endlich zu ihr durchzudringen. Sie blickte zu mir auf, den Kopf zur Seite geneigt. »Aber Sie wussten auch von Veronica«, sagte sie. »Woher hätte Brad von ihr wissen sollen?«

»Brad weiß nichts von ihr«, bestätigte ich. »Das mit ihr habe ich herausgefunden, während ich nach Ihnen gesucht habe. Ich habe vieles herausgefunden. Derrow hat Frauen umgebracht.«

Sarah starrte wieder auf den Boden. »Das liegt an seinem sexuellen Problem«, erklärte sie, als gäbe es gegen das, was mit Jack Derrow nicht stimmte, ein verschreibungspflichtiges Medikament. »Er kann nichts dafür. Und er kann auch ganz in Ordnung sein. Er kettet mich nicht mehr an, wenn er das Haus verlässt, und ich darf jetzt das Badezimmer benutzen. Und duschen. So schlimm ist er nicht.«

»Doch, Sarah, das ist er«, widersprach ich und ging zum Fenster. Ich wollte die beiden Frauen nicht alleinlassen und selbst Hilfe holen gehen, aber vielleicht konnte ich von hier aus jemanden auf uns aufmerksam machen. Die Sperrholzplatte war alle fünf Zentimeter festgenagelt. Ich rüttelte dennoch an ihren Rändern, weil ich auf eine lose Stelle hoffte.

»Er hat gesagt, wir könnten wie eine Familie sein.«

»Er hat Ihre Familie *umgebracht*. Ist es nicht so?«

Sie nickte. »Er ...« Sie verstummte wieder.

»Was ist damals passiert?«, fragte ich flüsternd.

»Er hat mich im Auto mitgenommen«, antwortete sie nach einer Minute.

Ich riss so fest ich konnte an der Sperrholzplatte. Bis auf meine Fingernägel löste sich nichts.

»Ich hatte einen Platten an meinem Fahrrad, und er kam zufällig vorbei und … und …«, stammelte sie und schüttelte den Kopf. »Und hielt an, um mir zu helfen.«

So hatte es sich also abgespielt, bei Sarah und vermutlich auch bei den anderen Frauen. Sie waren irgendwo in Belmont unterwegs gewesen, vielleicht in einer Notsituation, vielleicht auch nicht. Es war nichts Merkwürdiges daran, wenn ein Polizist am Straßenrand hielt, vor allem dann nicht, wenn man ihn kannte. Unten auf der Straße hörte ich ein Auto näher kommen, aber es fuhr an Derrows Haus vorbei. Ich entließ erleichtert die Luft, die ich gar nicht bewusst angehalten hatte. Trotzdem, Derrow konnte jeden Moment zurück sein. Ich verwarf meine Idee, das Fenster aufzubekommen, und kehrte zu dem Schraubbolzen zurück, der Veronicas Kette im Boden verankerte. Während ich ihn im Halbdunkel anstarrte, überlegte ich, ob mir das Schweizer Messer an meinem Schlüsselbund weiterhelfen würde. Mit diesem Messer hatte ich zwar neulich das Arbeitszimmer meines Vaters aufbekommen, doch wenn ich jemals diesen verdammten Bolzen lockern wollte, brauchte ich bessere Werkzeuge. Und besseres Licht. Dazu ruhige Hände und jede Menge Zeit. Vielleicht hätte ich es nicht einmal dann geschafft.

»Er war ein Freund von meinem Dad«, fuhr Sarah fort. »Daher kannte ich ihn und ließ mich von ihm nach Hause fahren. Er nahm auch mein Fahrrad mit, und seine Hände waren ganz schmierig von der Kette. Deshalb habe ich ihm gesagt, dass er gern mit reinkommen und sich die Hände waschen kann.«

»Sarah, es war nicht Ihre Schuld.« Ich stand vom Boden auf und sah sie an. Sarahs Augen waren weit aufgerissen und starr auf den Boden gerichtet.

Wie unter einem inneren Zwang fuhr sie fort: »Und dann in der Küche hatte er … da habe ich gesehen, dass er eine Erektion hatte.« Sie verstummte und wischte sich die Augen. »Ich fühlte mich total unwohl und wollte nach oben verschwinden, aber dann kamen meine Eltern nach Hause. Und Jack ist rausgegangen, weil mein Dad Hilfe mit dem Auto brauchte.« Jetzt blickte sie mich direkt an. »Ich erzählte meiner Mutter, was ich gesehen hatte. Und dann kam er wieder herein. Mom schrie ihn an, dass er verschwinden sollte, und sie schrie auch nach meinem Dad, rief seinen Namen. Jack zog ein Messer aus der Tasche und ließ einfach seinen Arm vorschnellen, und dann umklammerte meine Mom ihren Hals. Da war so viel Blut. So viel. Mein Dad kam hereingerannt, und Jack stach ihn ebenfalls nieder. Mich hat er bewusstlos geschlagen, und dann bin ich hier wieder aufgewacht.« Sie presste fest den Handballen gegen ihren Mund. »Er hat mir gesagt, dass er mich nicht umbringen wollte, weil ich so ein braves Mädchen sei. Allerdings würde er es tun, wenn es nötig werden sollte, weil alles meine Schuld sei.«

»Sarah«, sagte ich mit brüchiger Stimme. Ich hatte keine Ahnung, wie viel Zeit inzwischen vergangen war.

Es fühlte sich an wie ein Jahr. »Nichts davon ist Ihre Schuld, das müssen Sie mir glauben. Sie können die Geschichte immer noch ändern, können ihr von jetzt an einen anderen Verlauf geben. Aber dafür müssen wir schnell handeln. Bitte.«

Für einen Moment saß sie da, ohne irgendetwas zu sagen, und starrte auf ihre Hände hinab. Dann streckte sie einen Arm in meine Richtung und ließ einen kleinen silbernen Schlüssel in meine offene Hand gleiten.

VIERUNDDREISSIG

Sarah schaltete sämtliche Lichter ein, als wir hinaus in den Flur und anschließend die Treppe hinuntergingen. Sie hatte Angst vor dem Haus, oder vielmehr davor, dass hinter jeder Ecke Derrow lauerte. Wir kamen daher nur langsam voran. Veronica, die trotz ihres benommenen Zustands erstaunliche Kräfte entwickelte, umklammerte fest meinen Ellbogen, und Sarah hielt die Taschenlampe in beiden Händen. Sie hatte Schuhe angezogen, ein altes Paar Damenturnschuhe. Veronica hingegen besaß keine Schuhe; die Kleidung, die sie getragen hatte, als Derrow sie entführt hatte, war nirgendwo zu sehen. Aber das spielte keine Rolle, denn das Auto meines Bruders stand direkt vor dem Haus, auf der gegenüberliegenden Straßenseite.

Weniger als hundert Meter entfernt.

Doch als wir in der Küche ankamen, hörte ich ein Geräusch, das mir das Blut in den Adern gefrieren ließ.

Das heraufsurrende Garagentor.

Derrow war zurück.

Sarah stieß einen unterdrückten Laut aus und murmelte ein ums andere Mal: »Er wird uns umbringen, er wird uns umbringen, er wird uns umbringen.«

Die Tür zur Garage war die einzige ohne Riegel und

Vorhängeschloss. Jetzt gab es nur noch einen möglichen Weg aus dem Haus – durch den Keller und das Fenster, das ich beim Hereinkommen eingeschlagen hatte.

Aber die Zeit, bis Derrow merkte, dass etwas nicht stimmte, würde uns nicht reichen. Falls das vor seinem Haus geparkte Auto nicht schon Warnsignal genug gewesen war, würde er spätestens dann Bescheid wissen, wenn er das hell erleuchtete Haus betrat.

Ich riss die Kellertür auf und schob die beiden Frauen hinein. Derrows riesiger Pick-up rollte in die Garage, dann erstarb der Motor. Einige Sekunden später war ein Schlüssel im Türschloss zu hören. Das Garagentor ließ er offen.

»Los«, drängte ich. Ich zog die Kellertür hinter uns zu, und Sarah kreischte auf, als wir von Dunkelheit umschlossen wurden. Vorsichtig tastete ich mit dem Fuß nach der nächsten Stufe. Ich zitterte am ganzen Leib.

Sarah nestelte unbeholfen an der Taschenlampe herum und ließ sie schließlich fallen, woraufhin sie die Treppe hinunterpolterte und erlosch.

»O Gott«, flüsterte sie.

»Wir schaffen es auch so«, versicherte ich mit einer Zuversicht in der Stimme, die ich in keiner Weise empfand.

Da es nun stockdunkel im Keller war, mussten wir die Treppe noch langsamer hinuntersteigen. Ich öffnete den Verschluss meines Holsters und packte den Griff meines Revolvers. Meine Hände waren feucht. Veronica stützte sich schwer auf meinen Arm, und ihre langen

Haare streiften mein Handgelenk. Sarahs abgehackte Atemzüge ignorierend, lauschte ich angestrengt, um herauszufinden, wo sich Derrow befand und was er tat.

Er tat überhaupt nichts, ging nicht einmal im Haus herum. Es knarrten keine Bodendielen. Er stand einfach nur da, wahrscheinlich direkt hinter der Garagentür, und lauschte ebenfalls. Dann durchquerte er mit vier langen schweren Schritten den Raum. Vor der Kellertür blieb er stehen, drehte den Knauf, öffnete ihn jedoch nicht.

»Warum bist du nicht einfach weggeblieben?«, fragte er durch die Tür, und seine Stimme war so dunkel und kalt wie die Betonwände um uns herum. »Du hattest Angst am Telefon, das habe ich gehört.«

Ich erwiderte nichts.

»Ich hätte mich längst um dich kümmern sollen. Eigentlich war mir das von Anfang an klar. Du bist kein braves Mädchen. Du bist in mein Haus eingebrochen. In beide Häuser, nicht wahr?«

Ich blieb weiterhin stumm.

»Und jetzt versuchst du auch noch, meine Sarah gegen mich aufzuhetzen«, fuhr er fort.

Ich sagte kein Wort, war vollauf damit beschäftigt, mir einen neuen Plan zu überlegen. Falls wir immer noch auf der Kellertreppe standen, wenn Derrow die Tür öffnete, wären wir innerhalb von Sekunden alle tot.

»Du elende Schlampe«, knurrte er. »Ich sollte dich durch diese Tür hindurch erschießen, denn was könnte irgendjemand dagegen sagen? Selbstverteidigung. Ich habe nicht den geringsten Zweifel, dass du jetzt gerade deinen kleinen Revolver in den Händen hältst.«

Sarah japste leise. Ich sorgte eilig dafür, dass wir alle drei den Rest der Treppe hinunterkamen, für den Fall, dass er seine Drohung wahrmachte. Am liebsten hätte *ich* ihn durch die Tür hindurch erschossen, aber meine Augen hatten sich noch nicht vollständig an die Dunkelheit gewöhnt, und ich wusste nicht genau, wo die Tür war, geschweige denn, ob er dahinterstand oder daneben. »Das ist momentan Ihr kleinstes Problem«, sagte ich und zwang meine Stimme, stark und gelassen zu klingen. »Wobei Sie natürlich recht haben, ich halte tatsächlich meinen kleinen Revolver in der Hand. Den ich übrigens wieder geladen habe. Wenn Sie diese Tür öffnen, treffen Sie alle acht Kugeln direkt in die Brust.«

Ich packte Sarahs Oberarm und zeigte auf das eingeschlagene Fenster, durch das ein Hauch von fahlem Mondlicht auf den Kellerboden fiel. Sie starrte mich verwirrt an, nahm dann jedoch Veronicas Hand und schlurfte mit ihr darauf zu.

»Mein kleinstes Problem?«, fragte Derrow. Seine Stimme klang ein wenig weiter entfernt, bevor sie wieder näher kam. »Um meine Probleme würde ich mir an deiner Stelle gerade keine Sorgen machen.«

Ich hörte ein kratzendes Geräusch, dann klapperte leise die Tür. Er klemmte etwas unter den Türknauf, vermutlich einen Stuhl. Offenbar glaubte er, ich sei durch die Garage ins Haus eingebrochen, nicht durchs Kellerfenster.

»Eher um deine eigenen«, fuhr Derrow fort. »Ich bin

gespannt, wie du dich aus diesem Problem hier herausmanövrieren willst.«

Ich hörte ihn davongehen.

Hastig rannte ich die Treppe hoch und riss am Türknauf, doch er drehte sich nicht. Der Schweiß, der mir die Wirbelsäule hinunterrann, wurde eiskalt. Kurz darauf kehrten seine schweren Schritte zurück, begleitet von einem nassen, schwappenden Geräusch.

Dann der beißende Geruch von Benzin.

Halb rannte ich, halb stolperte ich die Treppe hinunter und weiter zum Fenster, wo Sarah einfach nur dastand und in die Freiheit jenseits des kleinen, offenen Rechtecks emporstarrte. Veronica wiederum stand neben dem Fitnessgerät und versuchte vergeblich, es über den Boden zum Fenster zu schleifen. Dass sie es überhaupt versuchte, machte mir Hoffnung.

»Nein, das ist zu schwer«, sagte ich zu ihr und überlegte, was ich im Licht meiner Taschenlampe sonst noch alles im Keller gesehen hatte. Es waren Kartons darin gestapelt gewesen, die vielleicht stabil genug waren, um Veronicas Gewicht auszuhalten, nicht jedoch meins oder Sarahs. Und dann fiel es mir ein.

Die Tiefkühltruhe.

Ich tastete mich an der Wand entlang, bis ich dagegenstieß. Veronica folgte mir dicht auf den Fersen. Ich zog den Stecker aus der Wand und versuchte die Truhe hinter mir herzuschleppen, aber sie wog gefühlt eine Tonne.

»Wir müssen sie schieben«, verkündete ich.

Veronica und ich umrundeten das Gerät und schoben, so fest wir konnten. Es bewegte sich kaum zehn Zentimeter vom Fleck.

Von oben hörte ich ein leises Knistern und roch neben dem Benzin nun auch Rauch. Ein Rauchmelder begann zu schrillen.

»O Gott«, sagte Sarah.

»Was zum Teufel ist denn da drin?«, fragte ich und riss den Deckel der Gefriertruhe auf. Mir kam ein Stoß kalter, feuchter Luft entgegen und ein Gestank, bei dem ich sofort würgen musste.

Sarah schrie gellend auf. »Nicht aufmachen, nicht, nicht«, stammelte sie. »Da ist Theresa drin.«

Veronica wich erschrocken zurück, und ich knallte den Deckel wieder zu, nicht bereit, im Dunkeln hineinzugreifen.

Theresa.

Den Namen kannte ich von meiner Hintergrundrecherche über Jack Derrow. Seine Exfrau. Meine Gedanken schwirrten wie ein Schwarm Insekten in alle Richtungen gleichzeitig. Noch nie in meinem Leben hatte ich so große Angst gehabt.

»Konzentrier dich«, ermahnte ich mich laut.

Ich ging trotz meiner heftigen Hüftschmerzen in die Knie und schob noch einmal, so fest ich konnte. Veronica tat das Gleiche. Wir schafften es, die Truhe zu bewegen, langsam zwar, aber stetig, bis ich hörte, wie sie knirschend über eine Scherbe rutschte, die von der Fensterscheibe stammen musste.

»Gut, das reicht.« Ich unterdrückte ein Husten und half Veronica und Sarah, auf die Truhe zu klettern.

Sobald Sarah auf Augenhöhe mit dem Kellerfenster stand, erkannte ich, dass sie mit ihrem Babybauch auf keinen Fall durch die schmale Öffnung passen würde. Auch ihr dämmerte dieser Umstand, und ich sah Todesangst in ihren Augen, als irgendwo im Keller ein Rauchmelder losging und das wütende Knistern der Flammen übertönte. Der Rauch musste inzwischen durch den Spalt unter der Kellertür gedrungen sein.

»Sie werden mich hier zurücklassen«, flüsterte sie.

»Nein, Sarah, das werde ich nicht.«

»Doch, werden Sie. Werden Sie, werden Sie, werden Sie.«

Sie hustete so heftig, dass sie sich an der Kellerwand abstützen musste. Mir war elend zumute. Sarah hatte die Hölle auf Erden durchgemacht und musste nun auch noch befürchten, bei einem Hausbrand ums Leben zu kommen. Und das nur wegen mir.

»Veronica«, sagte ich. Ich musste die Stimme erheben, denn das Prasseln der Flammen wurde immer lauter. An die Gefriertruhe gelehnt zog ich mir die Stiefel aus und warf sie ihr hin. »Kannst du zu einem Nachbarhaus laufen und Hilfe holen?«

Sie reagierte für einen Moment verwirrt, nickte dann jedoch und schlüpfte in meine Stiefel.

»Völlig egal, zu welchem Haus. Hol einfach Hilfe. Sag …« Ich hielt kurz inne, unsicher, was ich ihr auftragen sollte. »Sag, dass es hier brennt. Dass es brennt und dass die Feuerwehr kommen soll. Und der Sheriff, okay? *Nicht* die Belmont Police.«

Sie nickte. »Okay.«

Ich kletterte auf die Gefriertruhe und half Veronica durchs Fenster hinauf in den Garten. Dort stand sie im feuchten Gras und blickte zu mir herunter, als müsste das Ganze ein Irrtum sein.

»Was ist, Veronica?«, fragte ich. »Siehst du ihn?«

Sie schüttelte den Kopf.

»Okay«, drängte ich. »Geh einfach. Renn.«

Sie drehte sich um und rannte los.

»Sarah«, sagte ich und blickte mich nach ihr um. Ihre Schultern bebten, und ihr Atem ging viel zu schnell. Auch meine Brust war wie zugeschnürt, und die kalte Luft aus dem offenen Fenster schien immer eisiger zu werden, je höher die Temperatur im Keller stieg. »Sie müssen sich beruhigen.«

»Ich werde hier unten sterben«, sagte sie und klammerte sich an meinen Unterarm, nicht trostsuchend, sondern um mich unter allen Umständen davon abzuhalten, sie alleinzulassen. »Und das hier, mein ...« Sie blickte auf ihren Bauch hinunter.

»Sie werden nicht hier unten sterben«, widersprach ich und wischte mir die vom beißenden Rauch tränenden Augen. Von der Kellerdecke her stieg Hitze herab. Blinzelnd spähte ich in den dunklen Garten hinaus und hoffte inständig, dass es Veronica rechtzeitig gelang, Hilfe zu holen. Ich hatte keine Ahnung, wie lange es dauern würde, bis sich der Keller mit heißem schwarzem Rauch gefüllt hatte und keine Luft mehr zum Atmen blieb. Und ich wollte auch nicht hierbleiben und es herausfinden. »*Wir* werden nicht hier unten sterben. Wir werden überleben. Ich werde Sie nicht alleinlassen. Wir werden zusammen hier rauskommen.«

Sarah schüttelte den Kopf. »Ich habe mir so oft gewünscht, dass ich einfach nicht mehr aufwache«, sagte sie. »Und jetzt, jetzt …« Sie lehnte sich hustend gegen die Betonwand. »Warum haben Sie das überhaupt getan?«

Ich biss die Zähne zusammen und schwieg. Das Feuer über uns tobte wie entfesselt, hungerte nach weiterer Nahrung. Über das Prasseln der Flammen hinweg hörte ich, wie Derrow irgendetwas von der Küche in die Garage zog. Es klang wie ein Rollkoffer. Er hatte einen gepackten Fluchtkoffer. Er war vorbereitet. Ich nicht. Sarah hatte recht. Ich hatte bisher nicht das Geringste für sie bewirkt.

»Sarah«, sagte ich und packte sie bei den Schultern. »Ich bringe uns hier raus, das schwöre ich.«

Sie erwiderte aufgebracht meinen Blick, und ihre Nasenlöcher weiteten sich vor Wut.

»Ich weiß, dass ich für Sie alles nur noch schlimmer gemacht habe, aber ich versuche, es wiedergutzumachen. Ich werde es wiedergutmachen. Sie müssen mir vertrauen.«

Sie entgegnete nichts.

»Wenn ich dort hinausklettere, kann ich zurück ins Haus gelangen und die Kellertür öffnen«, sagte ich.

Sarah schüttelte wieder den Kopf und klammerte sich mit ihrer ganzen verbleibenden Kraft an meinen Arm.

»Ich werde von oben ins Haus gelangen«, wiederholte ich, »und dann komme ich und öffne die Kellertür, damit Sie auch rauskönnen. Okay?«

Sie glaubte mir nicht. Ich würde sie erst alleinlassen, wenn ich ihr Vertrauen gewonnen hatte.

»Ich komme wieder, das müssen Sie mir glauben«, beteuerte ich noch einmal.

Schließlich ließ sie doch meinen Arm los und begann, an der Wand hinunterzurutschen, bis sie auf der Gefriertruhe zu sitzen kam. Ich packte sie beim Ellbogen.

»Sie müssen beim Fenster bleiben, Sie müssen weiteratmen«, sagte ich.

Sie stand wieder auf, und das Mondlicht fiel auf ihr angespanntes Gesicht.

»Ich komme wieder«, versprach ich.

Nachdem ich meinen Revolver ins Holster geschoben hatte, legte ich die Hände auf die Betonbrüstung und zog mich durchs Fenster hinauf, bis sich mein Oberkörper im Lichtschacht befand. Nun wurde es noch schwieriger. Auf den Hüftknochen balancierend, streckte ich die Arme nach oben, bis meine Ellbogen auf dem Rasen lagen und ich mich mit ihrer Hilfe nach oben stemmen konnte. Sobald meine Knie im Lichtschacht waren, stand ich auf und kletterte nach draußen, wo ich benommen und gierig die saubere Nachtluft einatmete. Dann zog ich meine Waffe wieder aus dem Holster, umrundete das Haus und rannte in die Garage.

Ich kam genau in dem Moment dort an, als Derrow von innen die Tür öffnete und aus dem Haus trat, in der einen Hand eine Waffe, in der anderen den Koffer.

Erstaunt und wütend starrte er mich an, dann hob er den Arm mit der Waffe.

Ich feuerte zwei Schüsse auf ihn ab.

Es waren keine gut gezielten Schüsse, aber sie trafen ihn, der eine in die Schulter und der andere in den Oberschenkel. Er stürzte zu Boden, während das Blut aus seinem Bein spritzte. Seine Waffe polterte aus seiner Hand, und ich schnappte sie mir, bevor er es tat. Ich ließ ihn stöhnend in der Garage zurück und rannte weiter ins Haus, das einer lodernden Wand aus schwarzem Rauch und orangeroten Flammen glich. Der Boden war eine glühend heiße, scheinbar wogende Fläche, und ich spürte, wie der PVC-Belag an meinen Wollsocken kleben blieb. Ich konnte nichts erkennen, zog mir meine Jacke über den Kopf und spurtete durch die Küche, wobei ich mich zu erinnern versuchte, wie weit es bis zur Kellertür gewesen war. Zum Glück nicht weit. Ich stieß gegen den Stuhl, den Derrow unter den Knauf geklemmt hatte, und schrie auf, denn er war aus Metall und siedend heiß. Nachdem ich meine Hände mit meiner Jacke umwickelt hatte, zerrte ich ihn beiseite und riss die Tür auf. »Sarah!«, rief ich hustend. »Kommen Sie nach oben!«

Ich konnte sie durch den Rauch hindurch nicht sehen und rannte daher blind die Treppe hinunter. Im Keller war es mindestens fünf Grad kälter als im Erdgeschoss. »Sarah!«

Sie stand immer noch auf der Gefriertruhe, den Kopf dem Fenster zugeneigt. Ihr Gesichtsausdruck war gespenstisch friedlich.

Ich packte ihre Hand, und sie drehte sich erschrocken zu mir um. »Sie sind zurückgekommen«, flüsterte sie.

Ich half ihr von der Truhe herunter und gab ihr meine Jacke, damit sie sie über ihren Kopf hängen konnte. »Folgen Sie mir«, drängte ich sie, »wir haben nicht mehr viel Zeit.«

Hand in Hand rannten wir die Treppe hoch und stürzten in die Küche. Inzwischen hatten die Vorhänge Feuer gefangen, und die Flammen züngelten die Wände hinauf. Sarah folgte mir in die Garage und schnappte nach Luft, als sie Derrow blutend auf dem Boden liegen sah. Draußen waren Sirenen zu hören, die blitzschnell näher kamen, es schienen viele zu sein.

Im Garten fiel ich auf die Knie, während ein Streifenwagen die Straße entlangraste, den Bordstein heraufholperte und Zentimeter von mir entfernt zum Stehen kam. »Nehmen Sie die Waffe runter!«, schrie der Deputy Sheriff, der aus dem Auto sprang, und es dauerte einen Moment, bis ich verstand, dass er mich damit meinte.

Ich legte langsam meinen Revolver ins Gras und spürte kurz darauf das Gewicht des Mannes auf mir, als er mich mit dem Gesicht voran auf den Boden drückte und mir Handschellen anlegte. Sarah rief *Nein*, wieder und wieder. Die restlichen Sirenen näherten sich heulend, und die Blaulichter malten eine flackernde Lichtshow auf den Asphalt.

Es war beinahe schön.

FÜNFUNDDREISSIG

Ich musste die Geschichte so oft erzählen, dass ich irgendwann den Überblick verlor. Auf der Rückbank eines Streifenwagens sitzend, an einen Krankenwagen gelehnt zwischen Atemzügen durch eine Sauerstoffmaske, während die Verbrennungen dritten Grades behandelt wurden, die ich mir an meiner linken Hand zugezogen hatte, in einem schwach beleuchteten Befragungszimmer auf der Polizeiwache von Belmont. Ich erzählte sie Vertretern des Sheriff's Department, der Staatsanwaltschaft von Franklin County und des Kriminalamts von Ohio, davon ausgehend, dass die Belmont Police in der Angelegenheit nichts mehr zu sagen hatte. Ich hielt sie handschriftlich auf einem Notizblock fest, willigte ein, dass ich bei der Befragung auf Video aufgezeichnet wurde, und unterschrieb hinterher die abgetippte und ausgedruckte Aussage. Es war eine Wahnsinnsgeschichte, eine Geschichte, die die Grenzen des Glaubwürdigen strapazierte und die ich wohl selbst nicht geglaubt hätte, wenn ich sie nicht gerade am eigenen Leib erlebt hätte. Wenn ich nicht erzählte, wartete ich. Im Befragungszimmer legte ich während der Wartezeiten den Kopf auf die Arme. Ich hatte nicht das Gefühl zu schlafen, schien nur auf einer

Wolke verkohlter Erinnerungen dahinzuschweben. Doch jedes Mal, wenn die Tür aufging, schreckte ich hoch, nach Luft schnappend und hustend.

Es fiel bereits Licht durch das kleine, hohe Fenster, als ein Mann im dreiteiligen Anzug hereinkam und sich mir gegenübersetzte. Er trug sogar Manschettenknöpfe, dabei konnte es nicht viel später als acht Uhr morgens sein. An so etwas erkennt man, wie wichtig jemand ist, dachte ich.

»Ich bin David Homza«, stellte er sich vor.

Der Name kam mir bekannt vor. Ich betrachtete den Mann genauer: grau melierte Haare, Elvis-Costello-Brille. Nein, ich kannte ihn nicht. Aber dann fiel mir ein, in welchem Zusammenhang ich von ihm gehört hatte. »Sie waren der zuständige Staatsanwalt bei Brad Stocktons Prozess«, sagte ich. Meine Kehle kratzte vom vielen Rauch, ich roch, als hätte ich selbst das Feuer gelegt, und mir fielen immer wieder Ascheflocken aus den Haaren.

»Richtig«, bestätigte er. »Und Sie sind Frank Wearys Tochter.«

Ich stützte mich auf meine unversehrte Hand, während mein Magen Purzelbäume schlug. »Genau.«

Homza betrachtete mich einen Moment prüfend. »Brauchen Sie etwas? Einen Kaffee, ein Erfrischungsgetränk?«

Ich bat ihn um eine Cola. Er nickte und stand auf.

»Gibt es vielleicht die Möglichkeit, dass ich einen Schuss Whiskey in die Cola bekommen könnte?«, fragte ich, als er die Tür öffnete. Irgendjemand auf der Polizeiwache hatte bestimmt eine Flasche in seiner Schreibtischschublade gebunkert, und wenn Homza meinen Vater gekannt hatte, wunderte er sich hoffentlich nicht allzu sehr.

Er lächelte und verließ das Befragungszimmer, um einige Minuten später mit einer kalten Dose Cola aus dem Getränkeautomaten und einem Kaffeebecher mit einem Fingerbreit Whiskey zurückzukommen. »Reicht das so?«, erkundigte er sich.

»Das reicht«, antwortete ich. Ich machte mit einer Hand die Dose auf, goss die Cola in den Becher und nahm einen tiefen Schluck. Das hier ist der einzige Alkohol, den ich heute trinken werde, nahm ich mir vor. Für einen kurzen Moment versetzten mich der Zucker, das Koffein und der Alkohol in einen rauschähnlichen Glückszustand.

»Sie haben eine ganz schöne Nacht hinter sich«, sagte Homza nach einer Weile.

»Ja«, stimmte ich zu. »Wie geht es Veronica und Sarah?«

»Gut«, antwortete er. »Na ja, Sie wissen schon. Den Umständen entsprechend. Sie wurden beide sexuell missbraucht, bei Veronica war es sehr gewalttätig, und es liegt noch nicht lange zurück. Sie wurden erst einmal ins Mount Carmel East Hospital eingeliefert. Es wird Sie sicher freuen zu erfahren, dass beide Ihre Darstellung der letzten Nacht bestätigt haben.«

Ich nickte, auch wenn ich nicht nach den beiden gefragt hatte, um zu hören, dass sie meine Story bestätigten. Ich war einfach nur froh, dass sie einigermaßen wohlauf waren. »Hat jemand Veronicas Familie benachrichtigt?«, fragte ich. »Und Shelby Evans?« Er nickte.

»Was ist mit Sarahs Familie? Sie hat eine Tante hier in Belmont und eine Cousine.«

Homza lehnte sich in seinem Stuhl zurück. »Nein«, sagte er. »Ich wusste nicht, dass sie noch lebende Verwandte hat, und sie hat auch keine erwähnt.«

Darüber musste ich einen Moment nachdenken. Vielleicht wollte Sarah Elizabeth Troyan lieber nicht sehen, da deren überzogene Zeugenaussage dazu beigetragen hatte, Brad Stockton hinter Gitter zu bringen. Trotzdem war es immer gut, wenn man Angehörige hatte. »Ich habe die Telefonnummern der beiden«, verkündete ich. Dann ging mir auf, dass das nicht stimmte – mein kaputtes Handy war ein nutzloser Klumpen Metall und Glas, von dem ich nicht einmal wusste, wo er war.

»Wir überlassen es ihr, ob sie die beiden kontaktieren möchte«, erklärte Homza. »Wahrscheinlich haben sie es ohnehin schon mitbekommen – bei diesem Medienzirkus.«

Ich nickte und hoffte, dass meine Klientin ebenfalls Bescheid wusste, denn auch ihre Nummer war mit meinem Handy verloren gegangen. Andererseits war ich Detektivin, und vielleicht doch keine allzu schlechte. Ich bekam ihre Nummer also sicher irgendwie heraus.

»Derrow wird ebenfalls überleben«, teilte mir Homza mit.

»Halleluja.«

»Sein Zustand ist stabil. Die Kugel hat allerdings

seinen Oberschenkelknochen zertrümmert; er muss vermutlich mit einer Metallschiene und Schrauben gerichtet werden«, fügte er hinzu.

»Das ist ja schrecklich«, lautete mein Kommentar. Ich hatte nicht direkt gehofft, dass er verblutet war, aber sein Ableben hätte mich auch nicht um den Schlaf gebracht. Mir fielen die Schrauben in Colleen Granthams Sprunggelenk ein. Vielleicht würde irgendwann in einem anderen Zeitalter jemand Jack Derrows Leiche in einer Schlucht finden und ihn anhand seiner Schrauben identifizieren.

»Er redet übrigens«, ergänzte Homza noch.

Damit weckte er nun doch mein Interesse. Ich nahm einen Schluck aus meinem Becher und murmelte: »Sagen Sie mir bitte, dass er ein volles Geständnis abgelegt hat.«

Homza hob die Augenbrauen. »Hat er.«

Mir fiel die Kinnlade herunter.

»Ich weiß«, sagte der Staatsanwalt. »Ich war auch überrascht. Ihm ist offenbar bewusst, dass er geliefert ist und keine andere Chance hat. Dieser kranke Mistkerl. Ein Feigling ist er anscheinend auch, denn das Erste, was er zu uns sagte, war, dass er bereit sei zu kooperieren, wenn er dadurch der Todesstrafe entgeht.«

Ich nahm noch einen Schluck. »Und was genau hat er gestanden?«

Homza seufzte. »Eine ganze Menge. Zunächst einmal den Mord an seiner Exfrau Theresa Marr im Jahr 1995. Sie war nach der Scheidung nach Florida gezogen, wo sie auch als vermisst gemeldet wurde; es wusste ja niemand, dass sie zwischenzeitlich wieder nach Ohio zurückgekehrt war. Er hat außerdem gestanden, dass er Mallory Evans und Garrett und Elaine Cook getötet, Sarah entführt und Brad Stockton das Messer untergeschoben hat. Hinzu kommen der Mord an Colleen Grantham und die Entführung von Veronica Cruz. Und es gab wohl ganz am Anfang noch eine Schülerin aus seinem Kurs, die er vergewaltigt hat.«

Ich schüttelte den Kopf. Beinahe hätte ich gefragt, ob Derrow auch den Grund für seine Taten genannt hatte, doch das wäre eine dumme Frage gewesen. Es gab keinen Grund. Vermutlich würde ich nie mehr darüber erfahren, als ich bereits wusste. »Lassiter muss doch über manches davon Bescheid gewusst haben«, sagte ich stattdessen. »Die Vergewaltigung zum Beispiel. Wurde die nicht angezeigt? Hier in Belmont passiert so einiges, was nicht bis an die Oberfläche dringt.«

»Dazu kann ich leider nichts sagen«, antwortete Homza. »Es wird ebenfalls Teil der Untersuchungen sein.«

»Im Ernst?«

Er breitete die Hände aus. »Tut mir leid.«

»Okay, und was ist mit Brad?«, fragte ich. »Was wird jetzt aus ihm? Können Sie mir dazu etwas sagen?«

Er lächelte gequält.

»Ich hoffe, Sie haben eine gute Entschuldigung für ihn parat«, fügte ich hinzu, obwohl es natürlich unfair war, ihm allein die Schuld an Brad Stocktons vorschneller, ungerechtfertigter Verurteilung zu geben. Dafür war ein ganzes Dorf nötig gewesen …

»Glauben Sie mir, niemand ist entsetzter über die ganze Geschichte als ich«, beteuerte Homza.

»Niemand außer Brad. Und Sarah. Und Veronica.«

Wir sahen einander lange schweigend an. Er widersprach mir nicht, sondern erklärte unvermittelt: »Sie sehen ihm sehr ähnlich, wussten Sie das? Ihrem Vater.«

»Wurde mir schon öfter gesagt.«

»Wissen Sie was? Ihr Vater wäre heute sehr stolz auf Sie gewesen«, fügte er hinzu. Dann berührte er meinen Arm und stand auf. »Sie können jetzt gehen.«

Ich starrte in meinen Becher und blinzelte die Tränen weg.

Bevor ich tatsächlich irgendwohin gehen konnte, musste ich mich noch um eine Reihe von praktischen Belangen kümmern: Ich hatte keine Schuhe, keine Jacke und kein Auto. Also stakste ich auf Socken in den Eingangsbereich der Wache und erstarrte, als ich eine Horde Reporter mit Fernsehkameras vor der Tür sah. Homza hatte nicht übertrieben, als er von einem Medienzirkus gesprochen hatte. Ein mürrischer Polizeibeamter versuchte vergeblich, die Meute vom Eingang fernzuhalten. Im Wartebereich stand Jake Lassiter und war dabei, hastig Bilder von der Wand zu entfernen.

Die Bilder, auf denen Jack Derrow lächelnd hinter seinen Kursteilnehmern stand.

Als Lassiter mich entdeckte, hätte er um ein Haar einfach mit dem Abhängen der Bilder weitergemacht, aber dann hielt er doch inne. Wir sahen einander für einen langen Moment in die Augen. Er war um fünf Jahre gealtert, seit ich ihn vor zwei Tagen das letzte Mal gesehen hatte. Es war sicher nicht leicht, mit dem Wissen zu leben, zwanzig Jahre lang einem Mörder Unterschlupf gewährt zu haben. Ich fragte mich, wie lange er seinen Posten als Polizeichef wohl noch behalten würde. Er senkte den Blick auf das Foto, das er gerade in der Hand hielt, und warf es dann in den Müll.

»Sie sollten vielleicht lieber den Hinterausgang nehmen«, sagte er, nachdem er sich geräuspert hatte.

»Ja«, antwortete ich.

Ich wartete noch einen Moment, für den Fall, dass er etwas hinzufügen wollte. Da dies offenbar nicht zutraf, wandte ich mich zum Gehen. Er räusperte sich erneut. »Bitten Sie doch Dee von der Einsatzleitstelle, Ihnen die Kiste mit den Fundsachen zu zeigen«, sagte er. »Darin findet sich bestimmt ein Paar Schuhe für Sie.«

Ich drehte mich zu ihm um, doch er hatte sich bereits abgewandt. Vielleicht war es seine Art der Wiedergutmachung, mir die Schuhe einer fremden Person anzubieten. Ich beschloss, dass dem wohl so war, zumal ich in diesem Moment tatsächlich dringender Schuhe brauchte, als dass sich irgendjemand bei mir entschuldigte. Er warf zwei weitere Fotos weg, und ich ließ ihn stehen. Im Laufe der letzten Woche hatte ich schon mehr als genug Zeit in diesem schrecklichen Gebäude verbracht. Nachdem ich mir einen Kapuzenpullover und ein Paar Canvas-Turnschuhe aus der Fundkiste geholt hatte, machte ich mich auf den Weg zum Hinterausgang.

Und dann hörte ich plötzlich meinen Namen.

»Roxane?«

Ich drehte mich nach der vertrauten Stimme um und sah Tom durch den Eingangsbereich auf mich zu rennen. Er packte mich beim Arm, strahlend vor Erleichterung. Ich glaubte nicht, dass in meinem Leben schon mal jemand so glücklich gewesen war, mich zu sehen.

»Du bist wohlauf«, sagte er atemlos.

»Was machst du hier?«, fragte ich und versuchte, sauer auf ihn zu sein, weil er hier einfach so auftauchte, aber es gelang mir nicht. Stattdessen legte ich meine unversehrte Hand auf seine und drückte sie fest.

»Ich ...«, begann er. Dann schüttelte er den Kopf, als hätte er keine Ahnung, was er sagen sollte. Seine Krawatte war gelockert, und seine Haare standen in alle Richtungen, als hätte er sie sich verzweifelt gerauft. »Ich wollte unbedingt diese krasse Detektivin treffen, die nach all den Jahren doch noch Franks Fall aufgeklärt hat.«

Obwohl sich mein Gesicht wie betäubt anfühlte, rang ich mir ein Lächeln für ihn ab. »Stimmt, das habe ich ja wirklich«, sagte ich. Bei der ganzen Aufregung hatte ich diesen Aspekt vollkommen übersehen. Mallory Evans. Der Fall meines Vaters.

»Dein Handy ist aus«, erklärte Tom, »und wir hatten widersprüchliche Informationen darüber, was passiert war, deshalb musste ich einfach herkommen und es selbst in Erfahrung bringen. Ich musste herausfinden, ob es dir gut geht.«

»Wir?«, hakte ich nach.

»Mit diesem *Wir* spreche ich inzwischen wahrscheinlich für einen Großteil der Stadt«, antwortete er, »aber ich meinte mich und meine Männer. Eigentlich die gesamte Kriminalabteilung. Ich hab's dir ja gesagt, wir Polizisten sind Klatschtanten.«

»Ist das so?«, fragte ich.

»Schlimmer als ein Haufen Erstsemester-Studentinnen«, bestätigte Tom. Sein Grinsen wirkte nervös. »Du scheinst ganz schön was abgekriegt zu haben«, stellte er mit Blick auf meine bandagierte Hand fest.

Ich nickte. Schmerzen hatte ich keine, jedenfalls noch nicht. Das würde sich vermutlich ändern, sobald das Adrenalin nachließ. »Das ist wohl wahr, und irgendwann in naher Zukunft können wir uns gerne auf einen Drink treffen, und dann erzähle ich dir alles.«

Er holte tief Luft. »Aber nicht heute«, sagte er.

»Aber nicht heute.« Ich drückte noch einmal seine Hand und ließ sie dann los. »Ich bin einfach … ach, ich weiß auch nicht, Tom. Es geht nicht. Ich musste schon so viel darüber reden und kann nicht mehr.«

»Hey, klar, das verstehe ich.«

Wir sahen einander für ein paar Sekunden in die Augen. Ich wusste nicht einmal mehr, warum ich eigentlich so sauer auf ihn gewesen war.

»Tja«, sagte ich. »Ich bräuchte dann wohl jemanden, der mich zurück zu meinem Auto fährt. Wieder einmal.«

Er lachte, und dieses Lachen nahm mir ein wenig die Befangenheit. »Willst du hinten Platz nehmen?«, fragte er. »Und ich setze mir eine kleine Chauffeursmütze auf?«

»So sehr mir das auch gefallen würde, für heute gebe ich mich mit dem Beifahrersitz zufrieden«, antwortete ich.

»Geht klar«, sagte er. Dann legte er mir sanft eine Hand auf den Rücken und dirigierte mich den Flur entlang. »Ich gehe davon aus, dass du dir den Presserummel sparen willst.«

»Mir ist, als würdest du mich kennen.«

Nachdem wir ins Auto gestiegen waren, beschrieb ich ihm den Weg, und wir fuhren eine Weile schweigend dahin. Aber es war ein besseres Schweigen als das vom vergangenen Mittwoch. Ich schloss die Augen, um die grelle Morgensonne auszusperren, war mir jedoch sicher, nicht schlafen zu können. Ich hatte keine Ahnung, ob ich je wieder würde schlafen können.

»Hör zu«, sagte Tom, als wir in Derrows Straße einbogen. Sie war immer noch größtenteils durch Streifenwagen abgeriegelt, auch wenn es nicht mehr ganz so viele waren wie in der Nacht. »Noch mal wegen neulich.«

Ich schüttelte den Kopf. »Schon okay, Tom«, wehrte ich ab. »Das Ganze war meine Schuld. Wirklich. *Mir* tut es leid. Vergessen wir es einfach.«

»Ich will es aber nicht vergessen«, sagte er. »Weil ich noch was loswerden muss.«

Er parkte das Auto und drehte sich zu mir um. Ich dachte darüber nach, einfach auszusteigen und abzuhauen, blieb jedoch sitzen. Wenn ich die vergangene Nacht überstanden hatte, schaffte ich das hier auch noch.

»Ich weiß, dass Frank und du nicht das einfachste

Verhältnis miteinander hattet«, begann er und überrumpelte mich damit völlig. »Und ich weiß, dass du denkst, er hätte dich nicht respektiert, hätte dich irgendwie infrage gestellt. Das ist mir alles bekannt, aber Roxane, ich habe fast zehn Jahre lang mindestens zehn Stunden pro Tag mit dem Kerl verbracht, und ich glaube, ich kannte ihn sogar besser als du.«

Meine Brust begann zu schmerzen. »Bitte nicht«, flüsterte ich.

Er fuhr trotzdem fort: »Er war mein bester Freund. Ich weiß also, wovon ich spreche, wenn ich dir jetzt versichere, dass er nicht meinte, du könntest nicht auf dich selbst aufpassen, als er mich gebeten hat, mich um dich zu kümmern. Er hat das getan, weil er dich geliebt hat.« Seine warmen braunen Augen glänzten, und er blinzelte heftig. »Und ich habe es ihm versprochen, weil ich ihn geliebt habe. Und dieses Versprechen nehme ich verdammt ernst.«

»Schon gut«, murmelte ich, ohne zu wissen, was gut war oder wem ich das sagte.

»Ich war neulich nicht sehr geschickt mit meinen Äußerungen«, erklärte er und kniff sich in die Nasenwurzel. »Aber ich wusste nicht, wie ich es dir sonst begreiflich machen sollte.«

»Mir was begreiflich machen? Was ist denn da noch?«, fragte ich.

Seine Kieferknochen traten hervor, und seine Augen füllten sich mit Tränen. Auch ich biss mir unwillkürlich auf die Zähne und presste eine Hand gegen meinen Mund.

»Wie wichtig du bist, Roxane«, antwortete er. »Wie wichtig du für mich bist. Dass es in meiner Welt immer einen Platz für dich gibt, egal, was passiert. Du hast mir sehr deutlich zu verstehen gegeben, dass das zwischen uns nur Sex war, und vielleicht stimmt das ja auch. Aber du bedeutest weit mehr für mich, denn du warst da, als sonst niemand für mich da sein konnte.«

Ich schüttelte den Kopf. »Ich habe doch gar nichts getan.«

»Spinnst du?«, fragte Tom, und dann weinte er, und ich weinte auch, ohne eine Ahnung zu haben, was da gerade mit uns vorging. »All die Nächte, in denen ich in deiner Anwesenheit über ihn reden durfte, obwohl du eigentlich nicht über ihn reden wolltest? All die Male, die ich nicht reden, aber auch nicht allein sein wollte? Du wusstest immer, was zu tun war.« Er beugte sich zu mir herüber, so dicht, dass sich unsere Köpfe fast berührten. »Ohne dich hätte ich es nicht geschafft. Ich fühle mich, als hätten wir zusammen einen Krieg durchgestanden, Roxane, als hätte ich dir mein Leben anvertraut. Das bedeutet mir mehr als alles andere. Das ist wichtiger als jede andere Person. Und deshalb will ich, dass du mich immer anrufst und dass ich immer drangehe. Egal warum, oder wo du bist, oder wo ich bin, okay?«

Ich kniff die Augen zu. »Nein.«

»Was meinst du mit nein? Dass du niemanden willst, der dir zur Seite steht?«

Ich benahm mich wirklich lächerlich. Natürlich brauchte ich jemanden, der mir zur Seite stand, wahrscheinlich mehr als je zuvor. »Tut mir leid, ich bin unmöglich, ich weiß«, entschuldigte ich mich.

»Das stimmt nicht. Dass es dir leidtut, meine ich«, sagte er mit einem Lächeln in der Stimme, und wir mussten beide lachen. »Und dass du unmöglich bist, hast du von ihm.«

»Ich habe es immer gehasst, wenn die Leute gesagt haben, ich wäre wie er«, gestand ich. »Auch wenn es stimmt.«

»Ja, es stimmt, Roxane, und darauf kannst du stolz sein. Die Teile von ihm, die du nicht mochtest, kannst du ja weglassen.«

»So funktioniert das leider nicht.«

»Sagt wer?«

»Keine Ahnung.« Im Laufe der letzten neun Monate hatten wir ausgiebig über meinen Vater gesprochen, jedoch nie über mich. Weil ich es nicht gewollt hatte. Ich hatte geglaubt, mich nicht mit mir selbst und meinem Verhältnis zu ihm auseinandersetzen zu müssen und trotzdem am anderen Ende des Tunnels herauskommen und über ihn hinweg sein zu können. Aber das funktionierte nicht. »Ich vermisse ihn nicht mal, ich habe nur das Gefühl, dass ein Teil von mir fehlt«, flüsterte ich. »Also vermisse ich ihn wohl doch.«

»Ist ja auch okay, dass du ihn vermisst«, sagte Tom.

Wir saßen lange so da, bis erst seine und dann meine Tränen versiegten. Dann küsste er mich auf die Wange und setzte sich wieder gerade hin. »Ich werde dich beim Wort nehmen, was den gemeinsamen Drink angeht«, verkündete er und rieb sich das Gesicht, als könnte er auf diese Weise seine Traurigkeit loswerden. »Und zwar bald.«

Ich nickte rasch. »Sehr bald.«

»Und ich will, dass du Pam kennenlernst.«

»Dafür musst du mir noch ein bisschen Zeit lassen«, sagte ich und wischte mir die Augen. »Ich hoffe, sie weiß, was für ein zartes Pflänzchen du bist.«

Er grinste. »Nein, sie hält mich für stoisch und taff. Ich schätze, sie steht auf solche Typen.«

»Dann musst du es ihr wohl schonend beibringen.«

Tom zuckte mit den Schultern. »Oder ich komme einfach zu dir, wenn mir nach Heulen zumute ist.«

Ich erwiderte seinen Blick. Es fiel mir schwer zu glauben, dass wir uns vor weniger als einem Jahr noch kaum gekannt hatten. Inzwischen hatte ich das Gefühl, ihn schon immer in meinem Leben gehabt zu haben. »Jederzeit«, sagte ich, und dann drückte ich seine Schulter und stieg aus dem Wagen.

Der Morgen war sonnig und kalt und schmerzte mir in den Augen und der Lunge, als ich die Straße entlang zum Auto meines Bruders ging. Jack Derrows Haus war zur Hälfte verschwunden, seine Garage ein klaffendes schwarzes Loch. Ich blieb einen Moment stehen und starrte hinüber, wandte mich jedoch gleich wieder ab. Ich war nicht bereit, Jack Derrow auch nur eine weitere Sekunde meiner Aufmerksamkeit zu schenken.

SECHSUNDDREISSIG

Auch vor dem Krankenhaus warteten Reporter, die mich jedoch nicht weiter beachteten. Sie waren offenbar mehr daran interessiert, wer aus dem Krankenhaus herauskam, als daran, wer hineinging. Die Polizei war ebenfalls zahlreich vertreten, es schien, als stünde die Hälfte der Beamten des ganzen Bezirks hier herum und würde Däumchen drehen. Einerseits freute ich mich, sie zu sehen, als würde ihre Anwesenheit die Klinik irgendwie sicherer machen, andererseits hätte ich ihnen gern gesagt, dass sie sich endlich wieder an die Arbeit machen sollten. Ich legte einen Zwischenstopp im Krankenhausladen ein und starrte die Ständer mit den Ballons, Teddybären und Zeitschriften an. Mir gefiel nichts von alldem, daher setzte ich meinen Weg in den dritten Stock mit leeren Händen fort. Ein Beamter der Belmont Police bewachte den Gang, auf dem die beiden Frauen lagen. Als ich näher kam, sah ich, dass es Shanahan war, der Kerl, der mir den Tampon gebracht hatte. Er nickte mir mit einem verlegenen Lächeln zu, bevor er beiseitetrat und mich vorbeiließ.

Ich fragte mich, ob Veronica und Sarah wohl je wieder in der Lage sein würden, einen Polizeibeamten anzusehen, ohne Angst zu empfinden.

Falls nicht, wäre es nur allzu verständlich.

Veronicas Tür war geschlossen. Ich klopfte, und Joshua Evans machte mir auf und schnappte nach Luft, als er mich sah. Sein breites Gesicht hellte sich erst auf und verzog sich dann zu einer andächtigen Grimasse, während er vor mir auf die Knie ging. »Sie sind ein Engel«, flüsterte er auf Höhe meines Oberschenkels.

Ich berührte seinen Arm. »Joshua, schon gut.«

Nach ein paar Sekunden erhob sich Joshua wieder und zog mich in Veronicas Zimmer hinein. Sie schlief und umklammerte dabei einen flauschigen rosa Teddy, den ihr jemand gekauft haben musste, der das Sortiment des Krankenhausladens offenbar nicht ganz so scheußlich fand wie ich. Ihre Mutter saß neben dem Bett. Als sie den Blick hob und mich sah, wirkte sie völlig überwältigt und schien nicht zu wissen, was sie zu mir sagen sollte. Ich nahm es ihr nicht übel, sondern lächelte ihr beruhigend zu. Sie musste nichts sagen. Ihrer Tochter zuliebe hoffte ich, dass die Abwesenheit ihres unsympathischen Ehemanns von Dauer war.

»Veronica hat noch nicht viel erzählt«, berichtete mir Joshua. »Der Arzt meinte … er meinte, sie hätte Glück gehabt. Es würde ihr bald wieder besser gehen. Vielleicht braucht es dafür nur ein bisschen Zeit.«

Ein bisschen Zeit. Das war vermutlich die Untertreibung des Jahrhunderts. Veronica machte zwar einen friedlichen Eindruck, wie sie da im Krankenbett lag und schlief, aber ich konnte nicht vergessen, wie hohläugig und abgestumpft sie in Derrows Haus gewirkt hatte. »Das freut mich zu hören«, sagte ich trotzdem. »Ist Shelby auch in der Nähe?«

»Ja, sie war gerade noch hier. Soll ich sie anrufen und ihr sagen, dass sie zurück ins Zimmer kommen soll? Ich weiß, dass sie unbedingt mit Ihnen sprechen will.«

Dieser Mann ist Shelbys Vater, wiederholte ich unwillkürlich in Gedanken. »Nein, schon gut, ich bin noch eine Weile da«, antwortete ich.

Joshua nickte. Wir sahen uns an. »Woher wussten Sie es?«, fragte er schließlich. »Das mit ihm. Er ist so ... er wirkt einfach wie der netteste Kerl, den man sich vorstellen kann. Als ich sie damals als vermisst gemeldet habe, Mallory, meine ich ... da war er einer der Beamten, mit denen ich gesprochen habe. Ich bin einfach ...«

Ich umarmte ihn und ließ ihn an meiner Schulter weinen, während langsam in mein Bewusstsein drang, was er gerade gesagt hatte: Derrow war einer der Beamten gewesen, die Mallorys Vermisstenmeldung aufgenommen hatten, und das, nachdem er sie selbst entführt hatte. Ich wünschte mir nun doch beinahe, ich hätte auf seinen Kopf gezielt. »Ich weiß, Joshua«, sagte ich. »Derrow hat eine Menge Leute zum Narren gehalten.«

»Nur Sie nicht«, erwiderte er unter Tränen. »Sie sind unglaublich.«

Ich fühlte mich nicht unglaublich. Ich hatte nur Glück gehabt. Außerdem hatte mich Derrow anfangs durchaus zum Narren gehalten. Ich tat Joshua trotzdem den Gefallen und nahm das Kompliment an. »Ich werde jetzt mal nach Sarah schauen«, verkündete ich. »Falls Sie irgendwann in Zukunft irgendetwas brauchen sollten, rufen Sie mich an. Das gilt für Sie, Shelby, Veronica und ihre Mutter. Okay?«

Er nickte. »Die meisten Leute sagen das nur so daher, aber bei Ihnen glaube ich sofort, dass Sie es ernst meinen.«

»Meine ich auch.«

In Sarahs Zimmer stellte ich überrascht fest, dass Shelby Evans neben ihrem Bett saß. Die beiden sprachen nicht miteinander. Sarah starrte an die Wand, die Arme über ihren Bauch gelegt. Als Shelby mich entdeckte, sprang sie auf, rannte zu mir und schlang die Arme um mich.

»Woher wussten Sie es?«, flüsterte sie an meine Schulter geschmiegt, genau wie ihr Vater einige Minuten zuvor. Hinter ihr blickte Sarah nicht einmal zu uns herüber.

Ich wischte mir die Augen. »Du hast mir dabei geholfen, es herauszufinden«, sagte ich. »Ohne dich hätte ich es nicht geschafft. Wie kommt es, dass du hier bei Sarah bist?«

»Veronica ist eingeschlafen, und ich fand es so traurig, dass Sarah keine Familie hat, die ihr Gesellschaft leistet«, erklärte Shelby mit einem Blick über die Schulter. »Veronica hat mir erzählt, dass sie nett zu ihr war, aber ich glaube nicht, dass sie mich hierhaben möchte.«

»Ach, Shelby«, tröstete ich sie, »es liegt nicht an dir. Ich finde es sehr lieb von dir, dass du dich zu ihr gesetzt hast.«

»Veronica sagt, sie hätte gedacht, sie würde träumen«, berichtete Shelby. »Als sie Sie gesehen hat. Sie hat gar nicht registriert, was los war.«

»Ich weiß.«

»Es war schrecklich, oder?«

»Ja, war es.«

»Sie will nicht wirklich darüber reden.«

»Hör zu, Shelby, ich möchte dir etwas sagen.«

Shelby sah mich an. »Okay.«

»Veronica wird Zeit brauchen, bis sie wieder halbwegs die Alte ist«, erklärte ich. »Wahrscheinlich sogar viel Zeit.«

»Ich weiß«, sagte sie.

»Du musst einfach Geduld haben. Heute ist ein Freudentag, das Schlimmste ist vorbei, aber es ist noch längst nicht alles überstanden.«

Sie nickte.

»Kannst du dafür sorgen, dass du genügend Geduld mit ihr hast? Dass du nicht die Hoffnung verlierst, wenn sie sich nur langsam erholt? Das gilt auch für ihre Mutter. Ich weiß, dass du stark bist, Shelby, deshalb beauftrage ich dich damit.«

»Ich weiß.«

»Und was dich betrifft«, fuhr ich fort, »wir bleiben einfach immer Freundinnen, ja? Falls du jemals jemanden zum Reden brauchst – über sie, über irgendein anderes Mädchen, was auch immer –, dann melde dich. Das meine ich ernst.«

Sie nickte erneut. »Ich bin wirklich froh, dass ich Ihnen begegnet bin.«

»Ich bin auch froh, dass ich dir begegnet bin«, erwiderte ich. Es fühlte sich gut an, dazu beigetragen zu haben, Brad Stocktons Namen reinzuwaschen, aber mein Versprechen, immer für Shelby da zu sein, fühlte sich sogar noch besser an. Und dieses Versprechen würde ich halten.

Sie umarmte mich erneut und ging dann den Flur entlang zu Veronicas Zimmer, wobei sie mir über die Schulter hinweg zulächelte. Ich hoffte, dass sie tatsächlich stark genug war, ihren Vater und ihre Freundin heil durch diese Krise zu führen. Wenn es jemand schaffte, dann sie. Ich kehrte in Sarahs Zimmer zurück und setzte mich. Ihr Blick war immer noch starr an die Wand gerichtet. In der grellen Krankenhausbeleuchtung sah ich ihre fahle Haut und die dunklen Ringe um ihre Augen. Ihre Haare waren verfilzt und spröde, ihre Fingernägel abgebrochen und eingerissen. An ihrem Handrücken war eine Infusionsnadel festgeklebt.

Sie sah erbärmlich aus.

Aber sie war nicht mehr in diesem Haus.

Das war immerhin etwas. Hart war ihr Schicksal trotzdem.

Lange Zeit sagten wir beide kein Wort, was keine von uns störte. Und irgendwann begann sie doch zu sprechen. »Die Ärzte haben eine Ultraschalluntersuchung durchgeführt«, erzählte sie. »Ich bekomme ein kleines Mädchen. In fünf Wochen. Anscheinend macht sie einen gesunden Eindruck.«

Ich lächelte strahlend. »Sarah, das sind ja wunderbare Neuigkeiten!«

Sie nickte, doch ihr Blick verriet, dass sie zwiegespalten war. »Aber es ist sein Kind.«

»Nein, Sarah, es ist Ihr Baby«, sagte ich. »Er hat keinerlei Anrecht darauf. Dieser Mann wird Ihnen nie mehr wehtun. Er wandert ins Gefängnis und kommt nie wieder frei. Nie wieder. Sie müssen für den Rest Ihres Lebens keinen Gedanken mehr an Jack Derrow verschwenden.«

Sie senkte den Blick auf ihren Bauch und wies mich nicht darauf hin, wie unsinnig diese Bemerkung war. Ich wusste es auch so. Derrow würde vermutlich bis in alle Ewigkeit ihre Gedanken heimsuchen, und auch ich würde ihn sicher nicht so schnell vergessen können. Wieder kehrte Schweigen zwischen uns ein. Hinter uns auf dem Krankenhausflur herrschte rege Geschäftigkeit, die tröstlich wirkte in ihrer Normalität.

Für den Rest der Stadt war es ein ganz gewöhnlicher Freitag.

»Ist Brad noch im Gefängnis?«, fragte sie nach einer Weile.

»Ja«, antwortete ich. »Es kann ein bisschen dauern, bis alle Formalitäten erledigt sind. Aber er wird freigelassen.« Dann fügte ich hinzu: »Er liebt Sie immer noch.«

Darüber dachte sie eingehend nach. »Jetzt haben wir sogar noch mehr gemeinsam. Uns beiden wurde von derselben Person unser Leben gestohlen«, sagte sie. Für einen kurzen Moment erkannte ich das fröhliche, aufgeweckte Mädchen in ihr, das sie einmal gewesen sein musste.

»Stimmt«, gab ich ihr recht.

Sarah nickte. »Vielleicht könnte ich mich mal mit ihm treffen«, sagte sie. »Vielleicht.«

Auf dem Parkplatz des Krankenhauses stieß ich auf Danielle Stockton, die beinahe an mir vorbeigeeilt wäre, weil sie so vertieft auf ihr Handy starrte. Im letzten Moment hob sie den Blick und riss die Augen auf. »Sie sind hier!«, platzte sie heraus. Sie wirkte aufgeregt, auf positive Weise überdreht. »Ich war auf der Polizeiwache und habe nach Ihnen gefragt, und dort meinten sie, dass ich es hier versuchen soll. Meine Güte, Roxane, Sie …« Sie unterbrach sich kopfschüttelnd, unsicher, was sie eigentlich sagen wollte.

»Ich muss mich noch bei Ihnen entschuldigen«, erklärte ich. »Dafür, dass ich Ihnen ausreden wollte, dass die Frau an der Tankstelle Sarah war.«

Sie lachte nervös. »Na klar, Sie müssen sich bei *mir* entschuldigen. Ich bin doch diejenige, die Sie eiskalt gefeuert hat.«

»Das war ja auch irgendwie nachvollziehbar. Aber aus jetziger Sicht ist es wahrscheinlich ganz gut, dass ich nicht auf Sie gehört habe.«

»Allerdings.« Sie schüttelte immer wieder ungläubig den Kopf, und ihre Hände spielten mit den Falten ihres Schals. »Ich weiß nicht, was ich sagen soll. Ein einfaches *Danke* scheint mir nicht ganz das richtige Wort zu sein.«

Ich lächelte. »Haben Sie schon mit Ihrem Bruder gesprochen?«

Danielle hob den Blick in den klaren blauen Himmel und lächelte ebenfalls. Es war vermutlich schon eine ganze Weile her, dass sie das letzte Mal beim Gedanken an Brad gelächelt hatte. »Ja«, antwortete sie. »Ich fahre später noch mit meiner Mutter nach Chillicothe, aber er hat heute Morgen bereits angerufen. Sein Anwalt sagt, dass sie ihn nicht einfach so freilassen können. Vorher muss eine Anhörung stattfinden und so weiter.« Sie stieß einen langen Seufzer aus. »Ich klinge, als würde ich mich beklagen. Das tue ich nicht, glauben Sie mir. Ich weiß, was Sie für uns getan haben. Vermutlich wird es mir nie gelingen, mich angemessen dafür zu revanchieren.«

Ihr war anzumerken, dass die neue Situation noch nicht ganz in ihr Bewusstsein vorgedrungen war. Wenn man derart lange in einer schwierigen Lage feststeckte, fiel es einem vermutlich schwer zu glauben, dass sie endlich vorbei war. Spätestens wenn Brad wieder zu Hause war, würde die Realität sie mit aller Macht einholen. »Dann gehen Sie ruhig und verbringen Sie Zeit mit Ihrer Familie, Danielle«, sagte ich nach einer kurzen Gesprächspause. »Vielleicht könnten Sie mir ja Matt vom Hals halten – damit würden Sie sich mehr als genug revanchieren. Abgemacht?«

Ich streckte ihr meine unversehrte Hand hin, und sie schüttelte sie.

»Abgemacht.«

SIEBENUNDDREISSIG

Als ich nach Hause kam, duschte ich erst einmal, was allerdings nicht ganz einfach war – ich musste meine bandagierte Hand vom Duschstrahl weghalten und alles mit der anderen Hand erledigen. Es gab eindeutig Gründe dafür, dass der Mensch von der Natur mit zwei Händen ausgestattet worden war. Dann machte ich mir eine Tasse Tee, verlor sie irgendwo in der Wohnung und legte mich ins Bett.

Zum zweiten Mal innerhalb einer Woche verschlief ich den ganzen Nachmittag. Diesmal wachte ich auf, weil jemand an meine Wohnungstür klopfte. Die Uhr verriet, dass es halb acht war. Ich rollte mich auf den Bauch, zog mir die Decke über den Kopf und hoffte, dass der Ruhestörer sich verziehen würde. Vergeblich. Schließlich stieg ich unter lautstarkem Protest meiner Hüfte aus dem Bett und zog ein Shirt über. »Nicht so ungeduldig, ich komme ja schon!«, rief ich.

Es war Andrew. Er hielt einen Strauß weißer Rosen und einen Zehndollarschein in der Hand.

»Was ist das?«, fragte ich.

»Keine Ahnung, lag vor der Tür. Apropos, was ist eigentlich mit deiner Tür passiert?«

»Frag lieber nicht.«

»Also, können wir dann los?«, wollte mein Bruder wissen. »Ach, du meine Güte, was hast du denn jetzt schon wieder gemacht?«, fügte er hinzu, als er meine Hand sah.

Ich hatte nicht mitbekommen, dass jemand etwas vor meiner Tür abgelegt hatte. Verwundert nahm ich den Strauß und den Zehndollarschein entgegen, an dem ein Klebezettel hing.

Tut mir leid, Schätzchen. Ich hätte es besser wissen müssen, stand darauf. Unterschrieben war der Zettel mit *Petey*.

Auch an den Blumen hing eine Nachricht: *Du bist meine Heldin. Lass uns bald miteinander reden. – C*

Ich dachte darüber nach, die Rosen direkt in den Müll zu werfen, legte sie jedoch stattdessen auf das Tischchen in meinem Flur.

Bisher hatte ich noch nichts von der Berichterstattung mitbekommen. Es sah aus, als wäre ich inzwischen so etwas wie eine Berühmtheit. Andrew hatte die Nachrichten offenbar auch nicht verfolgt. Wahrscheinlich war er genau wie ich gerade erst aufgestanden. »Los wohin?«, fragte ich.

»Zu den Test Pavements?« Andrew stellte pantomimisch eine E-Gitarre dar. »Ich hab dich angerufen, aber dein Handy scheint aus zu sein.«

Aus traf es nicht ganz. Kaputt und für immer irgendwo verloren schon eher. »Das hatte ich ganz vergessen«, gab ich zu. »Scheiße.«

»Wie konntest du die grandiosen Test Pavements vergessen?«

Ich rieb mir mit der Hand übers Gesicht, denn auch die Wunde an meinem Wangenknochen hatte ich zum ungefähr hundertsten Mal vergessen. »Sorry«, entschuldigte ich mich und zuckte vor Schmerz zusammen. »Warte kurz, ich mache mich fertig.« Ich tappte zurück ins Schlafzimmer.

»Rox, ist alles okay bei dir?« Die Dielen knarrten, als Andrew an meiner offenen Tür vorbei in die Küche ging.

»Ja«, antwortete ich. Meine Kleider waren überall auf dem Boden verteilt und befanden sich in unterschiedlichen Stadien der Verschmutzung. Ich warf einen Blick in meinen Schrank, entdeckte dort jedoch nur leere Kleiderbügel. Nachdem ich mich aufs Bett gesetzt hatte, seufzte ich tief und löste damit einen Hustenanfall aus. Meine Lunge war immer noch mitgenommen vom vielen Rauch.

»Du klingst ja furchtbar«, sagte Andrew und erschien mit einer Whiskeyflasche und zwei Schnapsgläsern in der Tür. Er schenkte uns ein und reichte mir ein Glas. »Bekommst du gerade eine Erkältung?«

»Mir geht's gut.« Ich stellte das Glas unangerührt auf meinen Nachttisch und schüttelte den Kopf, als Andrew mich fragend ansah. »Ich glaube, ich muss mal ein bisschen kürzertreten, was das angeht.«

Es war Furcht einflößend, diese Erkenntnis laut auszusprechen, vor allem in Anwesenheit meines Bruders. Aber er sah mich nur einen Moment an und schenkte sich dann noch einen Whiskey ein.

»Jeder, wie er will. Gut möglich, dass du deine Meinung später noch änderst«, sagte er. »Die Gruppe, die vor den Test Pavements spielt, ist anscheinend eine christliche Rockband.«

»Die Asphaltpriester?«, riet ich.

Andrew lachte. »Vier Bauarbeiter für ein Halleluja«, lautete sein Beitrag.

»Wir können da nicht hingehen«, sagte ich plötzlich. Es kam mir schon unmöglich vor, dass ich überhaupt hier saß und mit meinem Bruder scherzte. Als ob die Ereignisse von letzter Nacht jemand ganz anderem passiert wären. Als ob ich bei einem Horrorfilm eingeschlafen und während des Abspanns unversehrt wieder aufgewacht wäre.

»Soll das ein Witz sein? Das Konzert wird der absolute Hammer.«

Ich fing erneut an zu husten.

»Hey«, sagte er und wurde ernst. »So gern ich mich den ganzen Abend mit dir über Matt lustig machen würde – wenn du krank bist, ist das total okay. Mom wird es schon verstehen. Sie wird natürlich fragen, ob du schon beim Arzt warst, aber egal.«

Ich legte mir meine unversehrte Hand auf die Brust und versuchte, meine Lunge dazu zu bewegen, sich zu beruhigen. Es wäre so einfach gewesen zu antworten, dass ich tatsächlich krank war, und weitere sieben Stunden zu schlafen. Doch wenn ich ehrlich war, wollte ich das gar nicht. Ich wollte heute Abend mit meiner Familie zusammen sein. »Nein, schon gut. Ich muss mich nur schnell umziehen, dann können wir los.«

»Sicher, dass du fit genug bist?«

»Ja, klar«, erwiderte ich.

Andrew nahm die Whiskeyflasche wieder mit in die Küche, und ich zog einen BH, eine Jeans und ein halbwegs sauberes Oberteil an. Dann bürstete ich mir die Haare, ohne in den Spiegel zu blicken. Ich wollte überhaupt nicht mehr wissen, wie ich aussah.

»Mom hat mir gestern erzählt, dass sie Tom eine E-Mail geschickt und ihn auch zu dem Konzert eingeladen hat«, rief Andrew vom Flur herüber. »Ich hoffe, er ist schlau genug, sich von diesem *wichtigen Familienevent* fernzuhalten.«

»Hey«, rief ich zurück. »Meinst du, wir könnten aufhören, auf Tom herumzuhacken?«

Andrew beugte sich zu mir ins Schlafzimmer. »Was?«

»Er ist ein echt feiner Kerl«, sagte ich. »Und er stand Dad wahrscheinlich näher als wir alle. Ich glaube, er gibt sich wirklich Mühe, für Mom und die Familie da zu sein.«

Andrew hob die Augenbrauen, hakte jedoch nicht weiter nach. »Klar«, antwortete er nur.

»Über Matt können wir uns gerne weiter lustig machen, keine Sorge.«

»Gut.«

Andrew wartete an der Wohnungstür auf mich. »Willst du die vielleicht ins Wasser stellen?«, fragte er und wies mit dem Kinn auf Catherines Rosen. »Von wem sind die eigentlich?«

»Das geht dich gar nichts an«, sagte ich und gab ihm einen Klaps auf die Hand, als er anfing, in den Falten der Blumenfolie nach der Karte zu suchen. »Die Antwort auf deine erste Frage lautet übrigens nein. Ich glaube nicht, dass diese Blumen eine dauerhafte Stimmung ausdrücken.«

Er blickte mich an. »Was ist hier eigentlich wirklich los?«, fragte er. »Du siehst aus, als hätte dich jemand verprügelt, an deiner Tür klebt ein Pizzakarton … Was ist passiert?«

Ich warf ihm seinen Autoschlüssel zu. »Dazu gibt es eine Geschichte«, antwortete ich. »Aber die will ich heute Abend nur einmal erzählen.«

»Verständlich«, gab sich Andrew zufrieden. »Fertig?«

Das war einer der Gründe dafür, dass ich meinen Bruder so liebte. Weil er gutmütig war, nicht neugierig. Er musste nicht jedes Geheimnis sofort erfahren, sondern vertraute darauf, dass man es ihm schon erzählen würde, wenn man so weit war. In dieser Hinsicht war er das genaue Gegenteil von mir. Und deshalb war er auch in der Lage, seinen Frieden zu finden. Ich war mir nicht sicher, ob mir das je gelingen würde oder ob ich es überhaupt wollte. Denn das hätte bedeutet, jenen Teil meines Gehirns, der mich dazu bewogen hatte, in Derrows Haus einzudringen, vollkommen auszuschalten. Ich musste daran denken, was Tom am Morgen zu mir gesagt hatte: dass man die Teile, die einem nicht gefielen, einfach weglassen konnte. Er hatte vom Erbe meines Vaters gesprochen, aber mir gefiel die Idee, dass sich diese Art der Selektion auch auf den eigenen Charakter anwenden ließ, dass man sich aussuchen konnte, wer man gerade sein wollte, und dass man diese Entscheidung für jeden Moment seines Lebens neu treffen konnte. Dass, wie ich zu Sarah gesagt hatte, nichts aus der Vergangenheit eine Rolle spielen musste, es sei denn, man wollte, dass es eine Rolle spielte. »So einigermaßen«, antwortete ich meinem Bruder.

DANK

Dieses Buch wäre nichts ohne Kellye Garrett, deren Unterstützung, Anleitung, Humor, brillante Tipps zum Handlungsaufbau und Ermahnungen, dass Schreiben ein Denkprozess ist, diese Geschichte, aber auch mich als Schriftstellerin entscheidend beeinflusst haben. Danke, danke, danke.

Ebenfalls danken möchte ich Brenda Drake für ihre Unterstützung aufstrebender Autoren via Pitch Wars. Apropos: Vielen Dank an alle, die ich von der PW-Community kennenlernen durfte, vor allem an Elle Jauffret und Jenny Ferguson für ihren rationalen Rat, als ich völlig am Durchdrehen war, an Sonia Hartl und Roselle Kaes für ihre Großzügigkeit und ihr Feedback zu meinem Manuskript, und an Lisa Schunemann, meine Kollegin und Trinkgenossin.

Ein riesiges Dankeschön gebührt meiner Agentin Jill Marsal und meiner Lektorin Daniela Rapp, dafür, dass sie an dieses Buch geglaubt und so viel Arbeit in mich investiert haben. Ebenso danke ich Marla Cooper, die überhaupt erst den Kontakt zu Jill hergestellt hat.

Danke dir, Bill Kerwin, fürs fleißige Lesen.

Außerdem möchte ich noch Jessica Adamiak für ihr scharfes redaktionelles Auge danken und für ihre Geduld beim Lesen von ungefähr hunderttausend meiner Geschichten, Romane, Beiträge und Fragmente im Laufe der Jahre. Und dafür, dass sie mir beigebracht hat, niemals aufzugeben.

Und schließlich danke ich Joanna Schroeder, meiner besten Leserin, Zuhörerin und Ratgeberin, meiner Partnerin in diesem und in allen anderen Abenteuern.